LAS ISLAS DE LOS DIOSES

AMIE KAUFMAN

LAS
ISLAS
DE LOS
DIOSES

Traducción de Marta Carrascosa

Argentina – Chile – Colombia – España
Estados Unidos – México – Perú – Uruguay

Título original: *The Isles of the Gods*
Editor original: Alfred A. Knopf, un sello de Random House Children's
Books, una división de Penguin Random House LLC
Traductora: Marta Carrascosa

1.ª edición: marzo 2024

© 2023 *by* LaRoux Industries Pty Ltd.
All Rights Reserved
Translation rights arranged by ADAMS LITERARY
and Sandra Bruna Agencia Literaria, SL
Mapa © Virginia Allyn
© de la traducción 2024 *by* Marta Carrascosa
© 2024 *by* Urano World Spain, S.A.U.
Plaza de los Reyes Magos, 8, piso 1.º C y D – 28007 Madrid
www.mundopuck.com

ISBN: 978-84-19252-54-8
E-ISBN: 978-84-19936-38-7
Depósito legal: M-432-2024

Fotocomposición: Ediciones Urano, S.A.U.

Impreso por: Rodesa, S.A. – Polígono Industrial San Miguel
Parcelas E7-E8 – 31132 Villatuerta (Navarra)

Impreso en España – *Printed in Spain*

Para Eliza, Kate, Lili, Liz, Nicole, Pete y Skye

PROPIEDAD DE LA CASA

EL PASAJE DEL NORTE

ESCIUM

PETRON

LADRIANA

NUSRAVA

BAHÍA
VOSTER

MELLACEA

PUERTO
NARANDA

PUERTO
CATARO

PUERTA DE BREND

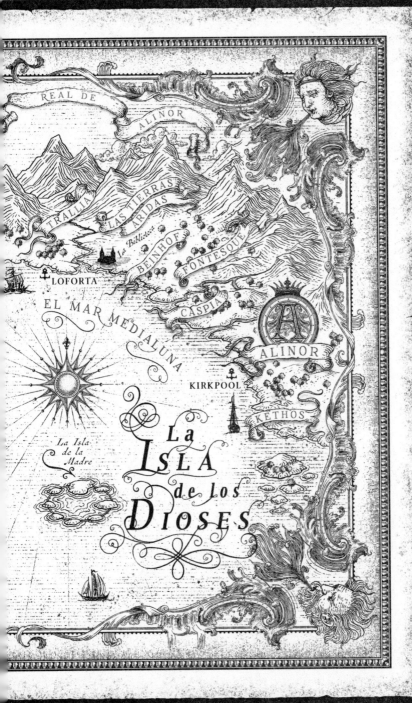

Hace quinientos y un años

Hace quinientos y un años...

—**N**o es que pensase que viviría para siempre. Solo que no esperaba que me avisaran con tanta antelación de cuándo iba a morir.

—Por los siete infiernos, Anselm —musita Galen, rompe un trozo del pan duro que nos han dado los marineros y lo aplasta entre los dedos. Vemos cómo las migas caen al suelo musgoso a nuestros pies.

Para él, es raro estar en un sitio sagrado como este haciendo algo tan mundano como comer. Aunque en realidad, tal vez nos hemos ganado el derecho de hacer lo que nos venga en gana.

Estamos sentados fuera del templo, con la piedra negra desgastada a nuestras espaldas. El claro está rodeado de selva, espesa y frondosa y de un verde tan vibrante como las marcas mágicas que serpentean por mis antebrazos. Es mucho más cálido y húmedo que los campos abiertos de casa.

Dejamos el barco anclado en la cala y mi mejor amigo subió conmigo a la cima de la isla.

Quería ver dónde iba a pasar lo de mañana.

Barrica también vino, aunque no dijo por qué. Nuestra diosa está de pie en el otro extremo del claro, contemplando el azul brillante del mar. Es una cabeza más alta que yo y yo soy el hombre más alto que conozco. Los dioses están hechos de otra pasta. Son más grandes que nosotros, infinitamente

11

más hermosos, de esa forma que no puedes imaginar a menos que los tengas delante.

Solía tener problemas para concentrarme con ella alrededor, su presencia me distraía, pero en el transcurso de la guerra he practicado mucho en su compañía.

Está de pie como una estatua, hermosa incluso en su tristeza. Sé que desearía con todo su corazón no tener que pedirme esto. Pero aquí estamos. No hay otra opción. No después de lo que le pasó a Valus, y a Vostain.

Miro a mi amigo, que está a mi lado. Antes de todo esto, su vestimenta de sacerdote era sencilla, de corte simple y del color azul de Alinor, pero en algún momento de la guerra, nuestro clero pasó a vestir algo parecido a un uniforme de soldado, en deferencia a nuestra diosa guerrera.

Lleva el cuello al descubierto, desabrochado, como de costumbre. Siempre llevaba alguna parte de la ropa desarreglada cuando éramos niños, y eso no ha cambiado.

Me resulta tan familiar. Su presencia es un consuelo.

¿Cómo esos dos críos hemos podido crecer y acabar aquí?

—Tengo miedo, Galen —murmuro.

—Lo sé, mi rey. —Deja escapar un suspiro lento—. Yo también.

Nos quedamos un rato en silencio, mientras el sol desciende a través de la maraña de hojas verdes. No hemos traído linterna, así que pronto tendremos que empezar el descenso.

Al final, soy yo quien rompe el silencio.

—Cuando éramos jóvenes y los sacerdotes nos contaban historias sobre los héroes de antaño, siempre parecían tan nobles. Ninguno tenía miedo, ni estaba enfadado, ni se sentía inseguro.

—También parecían estar más limpios —reflexiona Galen, mirándose a sí mismo—. Olían mejor.

Resoplo.

—Solía preguntarme en qué estarían pensando. Ahora ya lo sabemos, supongo. Cuando cuentes esas historias, haz que sea una persona real, ¿vale?

—Te lo prometo.

Es raro imaginar un futuro sin mí. Es raro imaginar la noche de mañana sin mí. Mi hermana será una buena reina. Ojalá hubiera podido verla. Pero hay tantas cosas que me voy a perder.

Algún día, los cocineros de Kirkpool harán otra tanda de mis pasteles favoritos, llenos de bayas que te tiñen los dedos de color rosa. Los demás los disfrutarán, y yo... no estaré allí.

¿Pensarán en mí?

—Ah, otra cosa —digo, retomando lo que hemos hablado los últimos días—. Todos los años, una pareja de mirlos anida frente a la ventana de mi habitación. No quiero ofenderlos, pero la verdad es que no son muy listos. Suelo poner pelusas en el alféizar para que tengan con qué forrar el nido.

—Me ocuparé de ello —dice Galen en voz baja y cierra los ojos. Llevo haciendo esto desde que subimos a la nave, pensando en los trabajillos que necesitaré que alguien haga cuando yo ya no esté. Nunca me dice que me calle, nunca me dice que ya se encargará otro. Simplemente toma nota y hace la misma promesa.

—Galen, ¿cómo hemos llegado hasta aquí? —susurro, formulando la pregunta que no deja de asaltarme una y otra vez.

En silencio, me ofrece un trozo de su pan mientras piensa qué responder. No es más que harina, agua y un poco de sal horneada hasta que está lo bastante dura como para romperte los dientes. Es comida de marineros y de soldados, y nos hemos convertido en ambas cosas. Pero mi interés por la comida ha ido menguando, como si mi cuerpo supiera que no voy a necesitarla.

—Bueno, al principio estaba la Madre —responde, cantarín, amenazando con contar toda la historia, tratando de aligerar el ambiente.

Cuando hace una pausa, hinco las rodillas y apoyo la barbilla en ellas.

—Continúa.

Parpadea y me mira con las cejas alzadas.

—Creo que me gustaría oírte contar la historia una vez más —digo en voz baja, cerrando los ojos para concentrarme en su voz.

Se ablanda, deslizándose sin esfuerzo en el viejo cuento.

—La Madre creó el mundo y lo vio crecer. Las criaturas más molestas (aunque, por suerte para nosotros, también las más divertidas) empezaron a reclamar cada vez más atención. Así que hizo lo que hacen todos los buenos líderes.

—Delegó el problema.

—Eso hizo. Creó siete hijos: Barrica y Macean, los dos mayores, nacidos juntos y siempre disputándose el liderazgo. Después, Dylo, Kyion, Sutista, Oldite y, por último... —Se le entrecorta la voz, pero continúa—. Y Valus, el más joven, siempre riendo.

Algunas noches, todavía puedo oír los gritos de Valus.

—Continúa —digo en voz baja.

—Cada uno de ellos se hizo cargo de las tribus que se convertirían en países, y se ocuparon de responder a las oraciones, bendecir las cosechas, curar las enfermedades. Todas esas típicas tareas divinas. Así se mantuvieron alejados de los problemas, al menos durante un tiempo.

—Pero los dioses pasaron demasiado tiempo a nuestro alrededor, y adquirieron malos hábitos —intervengo yo, donde normalmente los niños reunidos en torno a mi amigo estarían gritando para presumir de lo bien que lo recuerdan. A él se le escapa una sonrisa.

—De un modo u otro, aprendieron a ser codiciosos —asiente, y sus palabras se apagan. Ahora está contando la historia de nuestras vidas, y no hay viejas palabras que recitar, no hay un camino trillado que seguir hasta el final de la historia.

A la gente de Macean no le bastó con bajar de las montañas y esculpirle una nueva tierra junto al mar. Barrica se cansó de las ondulantes y verdes colinas de su país. Oldite se aburría de sus bosques frondosos, Kyion de los acantilados altos y el suelo rico de su reino, y Dylo de las aguas azules del suyo. Cada uno de ellos tenía sus propias quejas.

Comenzó como un forcejeo y terminó en una guerra.

Así pues, mientras Valus era el dios de la alegría y los trucos, Macean es el dios del riesgo, el Jugador, y se arriesgó, y sus ejércitos se extendieron para reclamar las tierras de sus hermanos.

Nuestra diosa, Barrica, es la Guerrera, y nosotros nos convertimos en sus soldados.

Pero por mucho que lucháramos, sangráramos y muriéramos por nuestra cuenta, no podíamos hacer nada comparado con la destrucción que los dioses podían traer al campo de batalla.

Soy un mago real: no domino un elemento, sino los cuatro. Yo era como un niño con mis juguetes junto a mi diosa y sus hermanos.

Las armadas fueron destruidas, los barcos saltaron por el mar como piedras en un estanque.

Los ejércitos murieron entre el fuego.

Y las fuerzas de Macean amenazaban con apoderarse de Vostain, las tierras de su risueño y sonriente hermano pequeño, Valus. Su hermana Barrica se enfrentó a él en defensa de Vostain, y...

Y nunca olvidaré ese día.

La conmoción de su impacto arrasó todo Vostain, y cada uno de nosotros escuchó los gritos de Valus cuando sus tierras fueron reducidas a lo que ya hemos empezado a llamar las Tierras Áridas.

Parece que fue hace toda una vida.

Solo ha pasado un mes.

Barrica sostuvo a Valus entre sus brazos, y me mandó llamar a mí, el líder de su pueblo. Y hablamos. Y poco a poco vi lo que tenía que hacer.

—Ojalá hubieras venido cuando visitamos Vostain hace unos años —digo, sacando a Galen de sus pensamientos—. Ojalá hubieras tenido la oportunidad de verlo. No dejo de pensar en la gente de allí.

—¿De quién te acuerdas? —pregunta. A Galen le gusta reír, habría sido un sacerdote hermoso de Valus de haber nacido en otro lugar, en alguna otra parte; pero nunca rehúye el dolor. Por eso ahora está aquí, a mi lado cuando más lo necesito.

—La cocinera de la reina hizo un pastel de frutas que tenía algo, pero nunca supe el qué, y envié a media docena de criados para sobornarla. Bajé yo mismo a las cocinas, pero ni siquiera mi encanto funcionó.

—Seguro que estás de broma. —Se ríe—. ¿Quién te ha dicho alguna vez que no?

—Bueno, justo hoy confieso que ocurrió una vez. Dos veces, si cuentas a lady Kerlion cuando teníamos catorce años.

—¿A quién más conociste?

—Había un guardia fuera de mis aposentos —murmuro—. Me prestó su capa para que pudiera escabullirme en la ciudad, y le di un sabio consejo para cortejar a su amada. Espero que lo usase.

—Espero que lo hiciese.

—Me gustaba la reina Mirisal —digo en voz baja, echando un vistazo a donde Barrica sigue inmóvil—. Solía reírse con Valus, bromeaban sin parar. Me preguntaba si fue él quien la convirtió en una mujer despreocupada, y Barrica a mí en un soldado, o si simplemente éramos las personas idóneas para nuestros papeles.

—YO NO TE HICE GUERRERO, ANSELM.

Nunca soy capaz de describir la voz de Barrica cuando no estoy en su presencia. A veces creo que es musical, otras veces parece un coro que habla al unísono. Pero ninguno de los dos se sorprende demasiado cuando se vuelve hacia nosotros y cruza el claro. Puede oírnos siempre que quiera. Solo se parece —en cierto modo— a uno de nosotros. Eso no significa que sea como nosotros.

Galen nunca se ha acostumbrado a estar en su presencia, y ahora baja la mirada, aunque yo miro al rostro de la diosa a la que ambos servimos.

—¿No?

—YO SOY EL MARCO SOBRE EL QUE PUEDE CRECER LA VID.

—¿Significa que tú proporcionas la dirección?

—SÍ. PERO PODRÍAS HABER TOMADO MUCHOS CAMINOS.

Se sienta con las piernas cruzadas ante nosotros, con una gracia increíble. Se mueve como una depredadora, pero nunca me he sentido inseguro a su lado. Mi fe —la fe de todo su pueblo— es lo que la fortalece.

De eso va el día de mañana.

Mi sacrificio fortalecerá a mi diosa, y ella dormirá a su hermano Macean para que no pueda volver a iniciar una guerra. Y entonces ella y sus otros hermanos se retirarán de nuestro mundo, y ya no caminarán entre nosotros.

Barrica la Guerrera se convertirá en la Centinela. Dejará la puerta entreabierta y vigilará a su hermano mientras duerme, para asegurarse de que sigue donde lo encerraron. Para asegurarse de que la última apuesta del dios del azar ha fracasado de verdad. Quizá a veces responda a una plegaria o bendiga a su pueblo, pero esos momentos de conversación fácil desaparecerán para siempre.

—PARA SIEMPRE ES MUCHO TIEMPO, ANSELM —dice Barrica, interrumpiendo mis pensamientos. Siempre ha sido capaz de arrebatármelos de la cabeza, pero nunca me ha molestado. Le doy mi fe, y ella me da un lugar sólido donde apoyarme.

No puedo imaginar cómo será para todos cuando ella se haya ido, pero pocos la conocen como yo. No la echarán de menos como yo lo haría.

—Cierto, Diosa.

—Y TAL VEZ MAÑANA NO SEA COMO IMAGINAS.

Le lanzo una mirada suplicante y deja el tema, inclinando la cabeza mientras se levanta. Está de pie ante mí, tan hermosa como siempre. Nunca he sido capaz de recordar de qué color son sus ojos cuando miro hacia otro lado, pero ahora veo que son tan azules como el mar que nos rodea.

Me ofrece su mano y un escalofrío de su poder me recorre mientras me pone en pie.

Despacio, los tres empezamos a caminar por el sendero de la selva hasta el punto donde está amarrado el barco, para disfrutar de nuestra última comida. Dudo que pueda dormir esta noche, pero será agradable contemplar las estrellas. Aquí en las Islas, el cielo está despejado.

De verdad que espero que Galen se acuerde de cuidar de los mirlos. Necesitan que alguien vele por ellos.

Quinientos y *un* años después...

PARTE UNO

BRILLO Y ARENA

SELLY

◆

Colina Real
Kirkpol, Alinor

La mujer que vende artículos para magos deambula por su pequeño puesto del mercado como si hubiera perdido el rumbo. Es como si cada objeto que encuentra, desde los montones de velas verdes hasta los cubos de cuentas de cristal y piedras brillantes, fuese un nuevo descubrimiento.

—¿Has dicho media docena de velas? —Hace una pausa para mirar por encima del hombro y apretarse las cintas del delantal sin que sea necesario. Está alargando las cosas con la esperanza de que algo más me llame la atención, pero, aunque el zumbido lúgubre y ansioso de la ciudad se me ha metido en los huesos, no voy a perder los papeles. No tengo tiempo.

—Sí, por favor. —Intento que mis dientes apretados parezcan una sonrisa, aunque por la expresión de la mujer veo que no funciona. Pero la verdad es que a este paso debería preguntarle su nombre y cómo le gusta el té porque las dos vamos a envejecer juntas.

En todo caso, parece aminorar el paso aún más, levanta un periódico y estudia la caja que hay debajo.

—Estas son las mejores de la ciudad. Hechas en el alto templo, ya sabes. ¿Son para ti, jovencita?

Mis manos se cierran en puños en mis mitones de cuero, pero miro hacia abajo de todos modos, comprobando automáticamente que ocultan las marcas verdes de maga en el dorso de mis manos.

—Son para nuestro primer oficial. El mago del barco. —Las palabras apenas provocan su viejo y familiar dolor. Hoy tengo otras cosas en la cabeza.

—¡Ah, no me digas! —Eso llama la atención de la mujer, y que los espíritus me salven, ahora se detiene del todo para estudiarme con interés—. Debería haber visto que eras de sangre salada; mira qué ropa. ¿De dónde vienes?

Su mirada vuelve al periódico que tiene en la mano y, de repente, lo veo: No está confusa. Está preocupada.

En todos los puestos en los que he estado hoy, me han hecho las mismas preguntas. Hay una escasez insólita, los precios cambian y en el mercado corren rumores sobre nuevos impuestos y confiscaciones. Sobre la guerra.

Cuando ven mi ropa de marinera —camisa, pantalones y botas que me diferencian de las chicas de ciudad con vestidos a medida—, todos me preguntan de dónde venimos y cómo era aquello.

—Venimos de Trallia —le digo a la mujer, rebuscando en mi bolsillo unas cuantas coronas—. De hecho, tengo un poco de prisa. Tengo que llegar a la oficina del supervisor del puerto antes de que cierre, o mi capitana no va a estar contenta.

En algún lugar, lo más probable es que la capitana Rensa haya levantado la cabeza y haya olfateado el viento, oliendo mis mentiras desde la cubierta del *Lizabetta*, pero la tendera se sacude, como si estuviera despertándose.

—Y aquí estoy yo, de cháchara contigo. Será mejor que... ¿cómo decís los jóvenes? Algo sobre autos. —Esboza una sonrisa al acordarse, aunque ahora puedo ver la tensión que hay en ella—: Será mejor que pisemos el acelerador.

Un minuto después, mis velas están envueltas y estoy en marcha.

Dejo atrás el áspero ondear de las banderas de los espíritus y los abarrotados puestos del mercado en lo alto de la Colina Real, y permito que mi ímpetu me impulse a trotar junto a la magnífica fachada del templo de Barrica.

Los sacerdotes y las sacerdotisas están en la entrada con sus uniformes de soldados, con el latón reluciente mientras llaman a los fieles al servicio de la tarde, a las oraciones por la paz. Sin embargo, los escalones de piedra del templo no están abarrotados de fieles, y un cartel colocado junto a la entrada anuncia que el espacio de reunión de al lado acogerá esta noche una fiesta con baile y música en directo. No sabía que la asistencia hubiera bajado tanto.

Dejo caer un cobre para la diosa en el cuenco de las ofrendas mientras me doy prisa —los marineros siempre mantenemos las formas— y sigo adelante sin llamar la atención del sacerdote que tengo más cerca. *Hoy no hay tiempo, amigo.*

Mi capitana me dio una lista interminable de recados y poco tiempo para cumplirlos, una forma de mantenerme alejada de la oficina del supervisor del puerto.

«Has estado haciendo el vago por allí todos los días desde que atracamos —espetó esta mañana—. Hoy puedes trabajar un poco, por una vez».

¿Por una vez, Rensa? ¡Qué graciosa!

Durante un año, he hecho todos los recados que se le han ocurrido a mi capitana, trabajando en cada centímetro de mi propio barco, desde las sentinas hasta el bauprés. Y por fin se acabó. Tiene que ser así, que los espíritus me salven si tengo que pasar un solo minuto más bajo la tiranía de un capitán. Este tiene que ser mi último día.

Hoy, en la oficina del supervisor del puerto, voy a ver las noticias que he estado esperando en tiza. La alternativa es insoportable.

Atravieso un estrecho callejón en el que los edificios están apiñados, los pisos superiores se inclinan sobre la calle y las flores brotan de las jardineras. Alguien pone la radio en el segundo piso y oigo el tono severo de una locutora, pero no distingo sus palabras.

Al girar por el bulevar de la Reina, me detengo cuando un carro cervecero retumba cuesta abajo, y luego me asomo para inspeccionar el tráfico que se aproxima, que viene en un flujo constante. La ciudad de Kirkpool rodea una serie de colinas por el lado del mar, con edificios de piedra arenisca dorada que se pliegan en los valles entre ellas. Desde el agua se puede ver el bulevar de la Reina, que va desde el puerto, en la base de la Colina Real, hasta el palacio, en la cima, tan recto como el palo mayor que se eleva desde una cubierta.

Las calles se bifurcan a modo de largueros, y en cada una de ellas se agrupan tiendas y puestos de sastres, panaderos y mercaderes que venden especias procedentes de lugares lejanos. Gente de todo el mundo vive y comercia en Kirkpool, y la mezcla casual de culturas hace que se parezca más a un hogar que cualquier otro puerto.

El carruaje de una mercader pasa rodando y, sin dudarlo, me agarro a la barandilla trasera y me balanceo como un lacayo por el accidentado viaje cuesta abajo. Atisbo los ojos de la mercader en el espejo retrovisor cuando nota el cambio de peso e intenta hacerme caer mientras traqueteamos sobre los adoquines, pero estoy acostumbrada a que la cubierta se agite bajo mis pies, así que doblo las rodillas y me mantengo en mi sitio.

Al pasar por la calle de los panaderos, me golpea una ráfaga de aire caliente y un recuerdo igual de intenso. Cuando era pequeña, solía venir aquí con mi padre cada vez que llegábamos a Kirkpool. Me subía a sus hombros para contemplar a la multitud, como si estuviera subida en un nido de cuervos, y me invitaba a un bollo.

Enrollan la masa formando un rollo, lo pintan con azúcar glaseado por encima y lo mezclan con especias que siempre me traen recuerdos de cuando viajaba al sur y era más pequeña, lo bastante como para que mis pasos tambaleantes encajaran a la perfección en la ondulante cubierta del *Lizabetta*. Me sentía más segura en el mar que en tierra.

Doblamos otra esquina, lo que me ofrece una vista rápida del agua en la base de la Colina Real. Mis pensamientos vuelven a la oficina del supervisor del puerto y al mensaje que debe estar esperándome. Y de ahí mi mirada se desliza hacia donde mis manos enguantadas se aferran con fuerza al carruaje. No puedo evitar imaginar que el cuero ha desaparecido, que las marcas verdes sin forma de mi piel están al descubierto. Aprieto los dientes y aparto ese pensamiento.

No importa. Está de camino. Pero juntos, Pa y yo, era más fácil.

Doblo las rodillas y hago fuerza para adelantar a un carro que va más despacio, pero más adelante los caballos relinchan y alguien grita, y ese es mi aviso antes de que el carruaje se detenga de golpe y las ruedas patinen hacia los lados. Me suelto de las empuñaduras y siento que empiezo a inclinarme; durante un horrible segundo estoy suspendida en el aire, con los brazos balanceándose, y luego caigo al suelo, con un dolor que me recorre todo el cuerpo. Rápido, me pongo de rodillas y salgo corriendo hacia la cuneta antes de que otro carro me aplaste.

—Nunca había visto volar a un marinero —dice una mujer asomada a la ventana, provocando las risas de la mayoría de los que están cerca. Con mi piel clara, sé que me pongo bastante colorada, y frunzo el ceño mientras me quito la suciedad de la ropa.

Ahora puedo ver con mis propios ojos la causa del atasco. Una larga fila de elegantes coches negros serpentea colina abajo hacia los muelles, arrastrándose hacia el agua como una flota en calma —lo que equivale a decir que no se mueve casi nada— porque un caballo y un carro avanzan delante de ellos, retrasándolo todo.

—¿Quién demonios es? —Le pregunto a la mujer de la ventana, ya medio segura de saber la respuesta.

—El príncipe Leander. —Apoya la barbilla en la mano y mira soñadora a los coches, como si pudiera ver a través de sus cristales tintados y admirar al mismísimo príncipe—. Uno creería que alguien movería al caballo de su camino.

—¿Al caballo? —La miro y enarco una ceja—. El caballo es el único al que veo trabajando honradamente. ¿Qué aporta exactamente Su Alteza a la sociedad?

Después de eso, me ignora.

Dicen que el príncipe hace fiestas que duran toda la noche y que duerme hasta la hora de comer. Que su armario tiene el tamaño de un apartamento. Que su secretario privado envía notas escritas en una máquina de escribir chapada en oro, en las que rechaza las ofertas de matrimonio que le llegan cada día.

Los demás escuchan las historias y dicen: «Yo quiero eso». Lo único que pienso yo es: «¿Para qué?».

Atravieso una calle lateral, dejando atrás hileras de sastres y rollos de telas procedentes de puertos lejanos, hasta que encuentro un camino paralelo por la Colina Real hacia los muelles. Rensa ya me estará esperando, y si se entera de que he desobedecido sus órdenes, me lo hará pagar caro.

La oficina del supervisor del puerto es un edificio alto y ancho en medio de los muelles. En el piso superior se encuentra la oficina, con vigías encaramados a catalejos que observan la boca del puerto. Cuando ven llegar un barco, bajan corriendo a las pizarras gigantes y registran su llegada. Pero hoy quiero ir a la planta baja.

Dentro huele como huelen los marineros —a algodón y lona, sal y un ligero toque de humedad— y, por lo general, me relajo cuando dejo atrás la ciudad y vuelvo a mi mundo. Pero he estado aquí los últimos tres días, desde que llegamos a puerto, y cada vez me he ido más tensa.

—¿Buscas el *Fortuna*, Selly? —Es Tarrant de *La Diosa Bendita*, otro de los barcos de mi padre. Su sonrisa destella contra su piel marrón oscuro mientras levanta un dedo—. ¡No, espera! ¡Lo que buscas es tu *Fortuna*! Sabía que había una broma por ahí. Van con la hora pegada, ¿no crees?

—Estará aquí —le digo, dándole una palmada en el hombro mientras paso de largo para acercarme a las tablas. Entonces me acuerdo y me doy la vuelta—. ¡Tarrant!

Mira hacia atrás, ya se dirigía a la puerta.

—No me has visto aquí. —Trato de evitar la súplica en mi voz.

Hace una mueca.

—¿Otra vez la capitana detrás de ti?

—¿Cuándo no lo está?

—Hay demasiada gente para ver a nadie, sobre todo a una marinera flacucha y pecosa —promete, y me guiña un ojo mientras se escabulle.

Vuelvo a abrirme paso entre la multitud hacia las pizarras.

Mi padre lleva un año fuera, en el *Fortuna*, y Tarrant tiene razón, va con el tiempo justo. Ha estado en el norte explorando nuevas rutas comerciales para la flota, y estos son los últimos días de su margen de retorno. Pronto, el Pasaje del Norte quedará cortado por las tormentas invernales y los mortíferos trozos de hielo que las acompañan.

Me dejó con Rensa durante un año cuando se fue al norte. Al principio pensé que era la decepción lo que le había llevado a dejarme atrás, pero la noche antes de partir me dijo lo contrario.

«Para cuando vuelva, estarás lista para el nudo de primera oficial, mi niña. Será un nuevo comienzo».

Y eso es lo que nos hace falta. Después de años esperando a que haga algo con mi magia, ambos tenemos que aceptar que voy a demostrar mi valía como una simple marinera. Tenemos que dejar atrás los largos años de mis humillantes fracasos y centrarnos en lo que sí puedo hacer.

Pero Rensa no me ha enseñado nada, no ha hecho nada para prepararme para las tareas de un oficial. En vez de eso, me he pasado los días en todos los trabajos sin futuro que ofrece el barco: fregando, cosiendo y vigilando.

En algún momento de los próximos días, Pa me preguntará qué he aprendido, y ¿qué puedo decirle? En el *Fortuna* he estado con él al timón. En el *Lizabetta*, el barco en el que crecí y que quiero dirigir algún día, me han tratado como a una nueva recluta.

Sin embargo, ahora mismo, no me importa. Lo único que quiero es verle. He mirado los tablones todos los días desde que llegamos, segura de que vería el nombre del *Fortuna* escrito con tiza, y todos los días me he llevado una decepción.

No me cabe la menor duda de que Rensa me mantendrá atrapada a bordo mañana, y pasado soltaremos amarras, y habré perdido a Pa por completo.

Hay tres tablones pegados a la pared, cada uno de ellos cubierto de una pulcra caligrafía. Sobre ellos, cuelgan bombillas eléctricas desnudas, una parpadea, encendiéndose y apagándose, como si cada momento pudiera ser el último; sinceramente, las ventanas son más útiles cuando se trata de luz para leer.

En un tablero figuran los barcos que han zarpado hoy, en otro los que han llegado y en el tercero los que han sido avistados: informes de otros navíos recién atracados, capaces de comunicar quién está en camino y a qué distancia podría encontrarse.

El tablero de salidas está repleto de barcos listos para zarpar hacia Trallia, Fontesque, Beinhof o los principados, o incluso para hacer el arriesgado viaje a Mellacea, a pesar de la guerra que se avecina; con notas al lado que indican si aceptan pasajeros o buscan tripulación. Solo un barco se dirige a Holbard: *Freya*, que se arriesga a volver al norte antes de que el hielo reclame el pasaje.

Ojeo el tablón de llegadas y se me hace un nudo en el estómago al llegar al final sin rastro del *Fortuna*. Sigo adelante con los avistamientos, recorriendo con la mirada impaciente los nombres marcados con tiza. *Por favor, Pa. Por favor.*

Llega con la hora muy pegada, pero puede lidiar con ello. Ningún capitán puede recorrer el Pasaje del Norte mejor que Stanton Walker.

Y lo prometió. Ha pasado un año.

Leo el tablón, luego lo releo, parpadeo, y luego otra vez, poco a poco, el corazón se me encoge dentro del pecho. Tiene que haber al menos un avistamiento. Tiene que haberlo.

Por primera vez me asalta un nuevo temor. ¿Podrían haberse adelantado las tormentas de invierno? Mi padre puede navegar a través de cualquier cosa, pero hay una razón por la que nadie desafía el estrecho cuando llega el frío. Dicen que hay olas que llegan hasta la mitad del mástil.

—¡Selly! ¡Selly Walker! ¡Por aquí, chica! —Alguien está llamándome por encima del bullicio de los marineros y me doy la vuelta para orientarme. La voz me resulta familiar y veo a una empleada que trabaja en un banco de mostradores a un lado de la sala. Me señala la pared del correo y me giro para abrirme paso entre la multitud, ahora empujo con una urgencia renovada y paso entre los marineros que se han detenido para saludar a viejos amigos e intercambiar noticias. Todo el mundo tiene algo que decir, ya que, ahora mismo, los puertos extranjeros cambian de parecer todos los días, pero mis ojos están fijos en mi destino.

La pared del correo es donde los marineros pegamos las cartas que llevamos a otros barcos. Me agacho bajo el brazo de un contramaestre parlanchín y me encuentro cara a cara con el tablón. Veo la carta enseguida, y es como si mi cuerpo lo supiera antes que mi cerebro.

El aire abandona mis pulmones y siento un repentino dolor detrás de los ojos cuando alzo la mano para sacarla del pasador que la atraviesa. Hay otra a su lado, dirigida a la capitana Rensa del *Lizabetta*, y como la mía, es demasiado gruesa para ser una nota rápida diciéndonos cuándo esperarle en Kirkpool.

No es una fecha de llegada. Es una excusa.

La multitud me empuja y me aplasta contra la pared mientras abro la carta con manos temblorosas, casi dejando caer la hoja de papel que contiene. La desdoblo, esperando que de algún modo diga…

Querida Selly:
Sé que esta no es la carta que esperabas, pero…

Pero. Se me entrecorta la respiración al leer el contenido de la carta.

Pero aquí se puede hacer fortuna.

Pero esto nos comprará otro barco, quizás uno que te guste… incluso mejor que el *Lizabetta*.

Pero hay algunos magos con talento aquí, y no puedo dejar pasar la oportunidad de reclutarlos.

Pero tengo que pasar el invierno aquí, seguir comerciando, seguir trabajando.

Pero pasará otro medio año antes de que vuelva a casa.

Pero me quedo tranquilo, sabiendo que Rensa te enseñará más que nadie, y Kyri es una maga de barco con talento, así que tal vez…

Arrugo la carta en un puño y la meto en la bolsa con las velas, luego agarro la de Rensa y también la guardo.

Esto no puede estar pasando.

Aprieto la mandíbula con tanta fuerza que me duele y me tapo la boca con un antebrazo para ahogar mi grito de frustración. De repente, la multitud que me rodea grita demasiado, está demasiado cerca, y busco con desesperación un hueco por el que abrirme paso, una forma de salir al aire fresco y a la brisa marina una vez más.

Pero entonces mi mirada se posa en el tablón de salidas y lo veo con otros ojos.

El *Freya* zarpa con la marea del amanecer, el último barco que se desliza hacia el norte hasta la primavera. Y eso significa que tengo una oportunidad más para solucionar esto.

Si Pa no viene a mí, yo iré a él.

De una forma u otra, cuando zarpe el *Freya* estaré a bordo.

Salgo a trompicones a la luz de la tarde, con el pulso todavía retumbándome en las sienes. El tablón indica que el *Freya* está al otro lado de los muelles del norte, así que me muevo en esa dirección.

Kirkpool es una de las ciudades portuarias más grandes del mundo y la capital de Alinor, puerto base de la flota comercial de mi padre. Sus muelles forman un semicírculo en torno a su puerto natural, cuya boca se abre al mar Medialuna, al oeste.

Mi *Lizabetta* está amarrada en los muelles del sur, así que nadie me verá hacer esta visita, no desde el otro lado del agua.

El capitán del *Freya* no dirá que no a la hija de Stanton Walker, y conseguir su consentimiento en lugar de ir de polizón facilitará la travesía. Diablos, si me dejan subir a bordo, me quedaré con ellos hasta que suelten amarras. En el *Lizabetta* no hay nada que no pueda dejar atrás.

La urgencia me impulsa a avanzar más deprisa mientras me abro paso entre barcos de todos los puertos, desde Kethos a Escium, pasando por el propio Puerto Naranda, todos amarrados uno al lado del otro, con la brisa marina azotándome alrededor de la cara y los mechones rubios de la trenza.

Ese que está al final debe de ser el *Freya*, encajonado entre dos sucios barcos de vapor, con su robusto casco construido para surcar el Pasaje del Norte. Acelero el paso mientras rodeo la curva del puerto en su dirección.

Y me topo de frente con una barricada que cruza la boca del muelle.

Más allá está la flota a la que se dirigía el príncipe Leander: un grupo de elegantes goletas con sus jarcias cubiertas de banderas y flores. Llevo unos días observándolas desde el otro lado del puerto, pero es la primera vez que las veo de cerca.

A su alrededor hay mucha actividad: los marineros transportan cajas en grupos y, por encima de ellos, unas grúas desvencijadas suben a bordo redes de carga y las balancean para bajarlas a cubierta. Hay un camión que retrocede lentamente hasta el borde del muelle y tres marineros le hacen señas para que se acerque. Alguien pone un disco en un gramófono en la cubierta de proa del barco más próximo. Unas chicas vestidas con colores brillantes bailan, levantan los brazos y se contonean para que los flecos de sus vestidos se abran en abanico, y luego se ríen a carcajadas cuando vuelven a intentar los pasos. Ignoran el trabajo a su alrededor, las hordas de obreros que preparan la flota para zarpar.

Tanto alboroto por un niño mimado.

La reina está enviando a su hermano a seducir a los gobernantes de los países vecinos de Alinor, y él se pasea como si fuera a tomar el té con sus mejores amigos, ajeno a la tensión que se respira en el ambiente.

Estoy segura de que la flota no será tan insensata como para llegar hasta Mellacea, así que los barcos no serán registrados ni sometidos a impuestos como lo hemos sido los marineros estos últimos meses. Mi padre no sabe nada de ese cambio, una de las muchas razones por las que debería haber vuelto con nosotros cuando pudo. Aun así, se lo diré cuando llegue.

La barricada está supervisada por una pareja de guardias de la reina, relucientes y pomposos en sus uniformes azul real. Los problemas no se hacen esperar.

—Tengo un asunto que tratar con el capitán del *Freya* —le digo con toda la cortesía que puedo.

La mujer levanta una ceja y hace ademán de sacar una lista del bolsillo.

—¿Nombre?

—Selly Walker, pero no estará ahí.

—¿No?

—No. —No puedo evitar la irritación en mi tono, pero ya veo cómo va a acabar todo. Es una sensación familiar: ver cómo algo se desenvuelve delante de mí y, sin embargo, ser incapaz de morderme la lengua y encontrar la manera de arreglarlo antes de que suceda.

—Siento decirte que, si tu nombre no está en la lista y no tienes un brazalete de la tripulación, no puedes pasar de aquí —me informa, sin que parezca que lo siente lo más mínimo.

—Miren, si uno de ustedes puede decirle al capitán del *Freya* que Selly Walker, la hija de Stanton Walker, está aquí, estoy segura de que...

—No estoy aquí para hacerte recados, chica. —Me interrumpe, mirándome de arriba abajo, y yo levanto una mano para alisarme el pelo alborotado y luego desearía no haberlo hecho. Su mirada se detiene en las sucias rodillas de mis pantalones, un recuerdo de mi caída del carruaje. Otra cosa que puedo agradecer a Su Alteza.

—¿Vas a irte? —pregunta, mientras su compañero por fin aparta la mirada de las chicas que bailan en cubierta y me estudia pensativo—. ¿O vamos a tener que escoltarte?

Me muerdo la lengua con tanta fuerza que me sorprende no hacerme sangre, esbozo una elaborada reverencia digna de los inútiles de la nobleza que hay en cubierta y me doy la vuelta. Si no me dejan pasar, encontraré otra forma.

Mientras bajo por el muelle, miro por encima del hombro y veo que la guardia de la reina no me quita ojo de encima, pero cuando vuelvo a mirar, ha perdido el interés.

Me escondo detrás de una larga pila de cajas que esperan a ser cargadas. Si puedo acercarme a las barricadas cuando la guardia de la reina no esté mirando, con un poco de suerte podré colarme entre ellos y llegar hasta el *Freya*. Pero tengo que volver a acercarme a la barricada, así que me preparo para moverme.

Me apretujo entre dos cajas y salgo del pequeño espacio como si fuese el corcho saliendo de una botella, directa hacia algo —alguien— que tropieza conmigo y me rodea con sus brazos para mantenernos en pie. Nuestras miradas se cruzan mientras nos estabilizamos y me doy cuenta de que he acabado abrazada a él.

Es un chico que tiene más o menos mi edad, de piel morena y cálida, a juego con la piedra arenisca dorada de Kirkpool, como si formara parte de la propia ciudad. Sus ojos castaños bailan bajo el pelo negro alborotado a la moda, y tiene ese tipo de sonrisa fácil que te dice que sabe lo guapo que es.

Odio esa clase de sonrisa.

—Por fin —dice animado, sin que parezca que le importe que una marinera se estrelle contra él de improviso—, pensaba que nunca llegarías.

Le miro fijamente mientras recupero el aliento, un poco distraída por su rostro. Tiene las pestañas injustamente largas.

Su boca se mueve como si algo le divirtiera, supongo que soy yo, y con eso basta para que vuelva en mí. Le planto una mano en el pecho y lo empujo hacia atrás mientras salgo de su agarre.

—No sé quién eres, pero no tengo tiempo para ti —murmuro—. ¿Qué demonios estás haciendo escondido detrás de un montón de cajas?

—Bueno, me enteré de que ibas a estar aquí —responde el chico misterioso sin perder el tiempo, sin señalar con educación que yo también estoy escondida detrás de un montón de cajas.

No puedo averiguar qué es. Va vestido como si fuera de los muelles —mangas arremangadas hasta los codos, tirantes negros y pantalones marrón oscuro—, pero su camisa blanca está demasiado limpia, la tela de los pantalones es demasiado buena y su voz suena demasiado elegante. ¿Un sirviente de palacio, quizás, intentando pasar desapercibido aquí abajo?

No puedo permitirme un retraso, sea o no sea un guaperas molesto, así que lo miro una última vez, lo empujo y me agarro al borde superior de la caja más cercana. Me impulso y me subo encima, obligándole a esquivar mis patadas mientras intento sujetarme. Pronto sabré si va a dar la voz de alarma.

Este lugar es mejor para vigilar a la guardia de la reina. Encima de las cajas hay unos ramos de flores enormes, destinados a decorar las jarcias de la flota del príncipe, y son un camuflaje excelente. Me acurruco entre ellas y me pongo a esperar.

—¿Qué buscamos? —pregunta una voz a mi lado, y casi me caigo de la caja.

El chico también se ha subido y ahora esquiva mi mano, que se balancea en el aire. Me agarra por la cintura, me estabiliza y tira de mí hacia el nido de flores, riéndose de mi ceño fruncido.

—¿Qué haces aquí arriba? —le pregunto.

—No podía quedarme al margen —responde con una sonrisa—. Además, creí que me habías oído subir, lo siento.

Ahora que retira la mano, veo que tiene marcas de mago de color verde esmeralda en los antebrazos y en el dorso de las manos, el tono de la joya resplandece sobre el marrón claro de su piel. Algo se retuerce en mis entrañas al verlas.

Sus marcas son las más intrincadas que he visto nunca y tan complejas que ni siquiera sé qué elemento señalan. Aunque, si he de ser sincera, solo con su aspecto ya era suficiente.

Extiendo mi propia mano enguantada para estabilizarme, resistiendo el impulso de preguntarle qué hace aquí, porque solo me preguntará lo mismo, y eso no termina como yo quiero.

—Esa es lady Violet Beresford —dice mi acompañante con ganas de hablar, y cuando miro hacia un lado para seguir su mirada, veo a una chica con un vestido del color azul plateado del mar al atardecer. Dirige el baile con la cabeza echada hacia atrás, riéndose.

—Bueno, me alegro de que alguien se lo esté pasando bien.

—¿Tú no te lo estás pasando bien?

—¿Has pasado hoy siquiera un minuto en la ciudad? —pregunto en tono de prueba, adelantándome para echar un vistazo a través de las hojas a los dos guardias de la reina, que parecen mucho más dedicados a su deber de lo que me gustaría. Mientras observo, un tercero se acerca trotando por el muelle desde la dirección de la ciudad para hablar con ellos.

—¿Qué pasa?

—Aparte de los nobles del barco, ¿quién se lo está pasando bien? Apenas llevo unos días en tierra, pero todo el mundo con el que he hablado me pregunta por los puertos extranjeros, por lo que dicen por el mar Medialuna. Si Mellacea va a empezar una guerra con nosotros. Ahora que veo esto, empiezo a entender por qué están tan preocupados.

Se inclina hacia mí para ver más de cerca los barcos, con el calor de su hombro pegado al mío. Lady Violet sigue bailando, instando a sus compañeras a que se unan a ella mientras la música avanza alegre sobre sí misma.

—¿Por qué? ¿Qué ves?

Resoplo.

—¿No lo ves? Sus barcos están cubiertos de flores.

—Tienes que admitir que parecen... ¿Qué tienen de malo las flores?

Abajo, ahora la guardia de la reina está en medio de una acalorada conversación con el recién llegado, y él está agitando los brazos. ¿Acaso espero que vaya a distraerlos?

—No tengo ninguna opinión firme sobre las flores —digo, consciente de que sueno como si la tuviera.

—¿De mal humor por naturaleza?

—Escucha. —Me recuerdo a mí misma que estaría mal empujarle de la caja—. Todos los barcos mercantes de los muelles saben los problemas que tenemos, saben lo tensas que están las cosas en cada nuevo puerto al que llegamos. Alinor tiene problemas. Ha estado durmiendo una siesta perezosa al sol de la tarde, y déjame decirte que en Mellacea se levantan antes del amanecer. ¿Y qué está haciendo la reina al respecto?

—Bueno, ella...

—Ha mandado a hacer el trabajo al crío del príncipe. Es como si quisiera que fracasara.

—Eso es un poco duro, ¿no crees?

Resoplo.

—Estamos hablando de un chico que tuvo tres cambios de ropa distintos en el festival del solsticio. En una sola noche.

—Oí que fueron cuatro, y llevó un abrigo de lentejuelas doradas para la ocasión.

—¿Qué parte de esa frase crees que mejora algo de todo esto? —espeto.

—Debo decir que sabes mucho sobre él —reflexiona.

—No puedo evitarlo, es de lo único que habla todo el mundo.

—Incluida tú, y parece que ni siquiera te cae bien.

—Que me caiga bien no tiene nada que ver —le respondo, obligándome a bajar la voz—. Podría hacer que todos los sastres del mar Medialuna trabajaran para él y no me importaría, si estuviera haciendo su trabajo.

—Tal vez esté haciendo su trabajo —sugiere el chico, aunque su tono da a entender que las pruebas están de mi parte.

—¿Estás delirando? Ha decidido decorar su flotilla con la mitad de los jardines de palacio, y estamos a las puertas del invierno, así que no quiero ni pensar cuántos invernaderos habrá requerido semejante estupidez, luego ha recogido a un chef de Fontesque y un puñado de sus amigos más íntimos y se larga por la costa a ver si se hace amigo de los vecinos.

—¿No debería hacerse amigo de los vecinos? —pregunta el chico, frunciendo el ceño hacia los guardias de la reina, que ahora observan a un par más de los suyos correr por los muelles.

—Debería aliarse con los vecinos —respondo—. Pero nadie le va a tomar en serio. ¿Quién lo ha hecho alguna vez?

—Auch —murmura, y giro la cabeza para verlo mejor, agachado, enmarcado por las flores.

Sigue siendo guapo, pero ahora estoy prestando más atención a su voz. Suena a dinero. *¿Conoce al príncipe?*

De repente me acuerdo de todas las veces que Rensa me dijo que tuviera cuidado con mi lengua, especialmente con la gente que no conozco. Al menos no sabe mi nombre.

Sé que estoy descargando toda la frustración de mi día, de las interminables órdenes de mi capitana, del abandono de mi padre, del camino bloqueado hacia el *Freya*; y la estoy volcando en él. Y sé que no debería.

Pero insiste en ponerse en mi camino.

Debajo de nosotros, siguen llegando guardias de la reina, ahora son una docena, y uno apunta en todas direcciones, haciéndolos correr por todas partes. Olvídate de escabullirte entre un par de ellos, están inundando el muelle.

Tendré que hacerlo al anochecer y viajar de polizón, porque estoy segura de que ahora no llegaré hasta el capitán del *Freya*.

—Creo que esto se va a poner movido —dice el chico, observando pensativo el creciente enjambre de guardias—. Parece que han perdido algo.

—Eso parece —murmuro. No pasa nada. Conseguiré llegar al *Freya* esta noche. Será más fácil al amparo de la oscuridad, y no zarpa hasta el amanecer. Puedo esconderme a bordo hasta que estén en alta mar y sea demasiado tarde para que hagan algo al respecto.

De momento, debo volver corriendo al *Lizabetta* antes de que Rensa se dé cuenta de cuánto tiempo he estado fuera y pierda los nervios.

—Eh, mira —dice de repente el chico que está a mi lado, alzando la voz, y yo me giro con urgencia para seguir su mirada.

—¿Qué? ¿Qué ves?

Está señalando la cubierta del barco más cercano, donde los jóvenes nobles de vivos colores se agolpan en torno a una mujer que lleva un elegante carrito de mano hacia la proa.

—Están trayendo algo de comer. Te apuesto media corona a que son pasteles de Fontesque.

Hago un ruido que parece un gruñido estrangulado, y él se calla.

Sí, definitivamente es un noble, no es un sirviente de palacio. El resto de la ciudad está muy preocupada, estamos en un puerto lleno de barcos con todas las de perder si estalla la guerra, y en lugar de pensar en formas de resolver cualquiera de nuestros problemas, en la flota del progreso —que es como todo el mundo llama a los barcos que se embarcan en este viaje de buena voluntad— acuden a su merienda como gaviotas en la estela de un barco pesquero.

—Primero las flores, ¿ahora no te gustan los pasteles? —me pregunta, estudiando mi ceño fruncido—. ¿Qué será lo próximo, los gatitos?

—Yo... ¿Quieres largarte de una vez?

Sonríe burlón.

—Creo que sabrás que yo estaba aquí primero. Vamos, cuando llegaste, literalmente te lanzaste a mis brazos.

Podría empujarlo de nuestro pequeño escondite y de la caja de embalaje, pero eso sería demasiado sutil para él. Le dirijo una sonrisa demasiado dulce y meto la mano en las flores que nos rodean, arrancando una delicada flor del color azul zafiro real de Alinor. Me observa con cautela.

—Ya está. —Me inclino para colocársela detrás de la oreja—. Todo lo inútil que hay por aquí está muy bien decorado. No quisiera que te sintieras excluido.

Su desconfianza disminuye y sus labios vuelven a esbozar una de esas pequeñas sonrisas. Este chico parece conocer todas las travesuras del mundo y haber inventado la mitad de ellas él mismo.

Sus ojos marrones permanecen fijos en los míos y, cuando rozo su pelo con las yemas de los dedos, el estómago me da un vuelco de lo más extraño. Debe de ser el sol.

Nos quedamos quietos durante un instante, mirándonos el uno al otro.

—Entonces, ¿no vienes a tomar un tentempié? —murmura, rompiendo la tensión. No puedo quitarme la sensación de que acabo de perderme el intercambio, y no sé por qué.

—Ya he tenido suficiente nobleza por hoy. —Ya estoy cambiando de posición, preparándome para bajar a una velocidad que se parece un poco a la de una huida, si soy completamente sincera conmigo misma.

—Esperemos que nuestro príncipe sea más de lo que crees —replica.

—Lo dudo —respondo, y antes de que tenga oportunidad de responder, salto al hueco entre las cajas y vuelvo a abrirme paso a empujones.

Siento el fuerte impulso de mirar por encima del hombro, pero me obligo a mantener la mirada fija hacia delante. No tengo tiempo para pensar en él. En mi mente, solo hay una cosa que importa, y está amarrada al final del muelle norte.

Aunque tenga que cruzar a nado el puerto y trepar por la borda como una pirata al abordaje, al amanecer estaré navegando hacia el norte a bordo del *Freya*.

JUDE

◆

El público ruge como un monstruo cuando arremeto, levantando la muñeca en el último instante para asestar el puñetazo con la parte de bajo de la palma en lugar de con los nudillos.

Es un movimiento sucio.

Me da igual.

El otro tipo se tambalea hacia atrás, escupe sangre y reclama una falta, y el monstruo de la multitud se agolpa a nuestro alrededor mientras yo danzo sobre las puntas de los pies, burlándome de él.

El ring de boxeo está bajo tierra y la única luz procede de los farolillos que cuelgan del techo. Mi alargada sombra se balancea a mi lado mientras espero a que recupere el equilibrio, con la respiración acelerada. Es demasiado pronto para entrar a matar: el monstruo quiere alimentarse primero, y con el pulso acelerado y la piel bañada en sudor, me siento completamente vivo. Más que dispuesto a darle de comer.

Se limpia la sangre de la boca con una mano desnuda, dejándose una mancha carmesí en la mejilla, y vuelve a levantar los puños. Esta vez me observa con más atención, con unos ojos pálidos que parpadean sobre mí.

La mitad de su tamaño, claro. Pero el doble de rápido.

Me retiro el pelo negro húmedo de los ojos y le miro fijamente. Y es él quien aparta la mirada.

A nuestro alrededor, la multitud es difusa, pero se está convirtiendo en mi monstruo, como siempre: gritan consejos y protestas, hacen apuestas y piden copas a gritos. La luz se refleja en las copas, el humo acre de los puros se esparce por el ring y yo vuelvo a avanzar.

El puño del grandullón gira a una velocidad aterradora y yo me agacho para esquivarlo, con un chasquido de dientes que me produce un dolor agudo en la sien. Vuelvo a levantarme antes de que se recupere y aprovecho el momento en que pierde el equilibrio para golpearle de nuevo, esta vez por encima del ojo, abriéndole la piel para que la sangre salga a borbotones, y el rugido del monstruo se vuelve ensordecedor.

Sacude la cabeza como un perro mojado, intentando despejar la vista. Bailo tras él, esquivando un torpe puñetazo y asestándole un golpe bajo la barbilla que le hace retroceder.

Entonces unas manos me agarran por los hombros, tirando de mí. Grito intentando zafarme, pero los dedos me aprietan más y ahora percibo la voz en mi oído.

—¡Jude, para! Para, ¿me oyes? ¡Tómate un descanso antes de que te lo cargues!

Despacio, bajo los puños y dejo que los hombres del dueño me arrastren hacia atrás, alejándome de mi tambaleante oponente.

Un descanso, tiempo para otra ronda de apuestas —cuanto mayor sea el bote, mayor será mi parte— y entonces podré acabar con él. Va dando tumbos hacia su rincón del ring improvisado, balanceándose contra los pares de manos que le esperan.

—Intenta no tumbarlo en los primeros diez segundos —me gruñe al oído, las manos me aprietan los hombros, como si necesitaran contenerme para que no me abalance hacia delante, dominado por la sed de sangre. El apretón es más que nada para aparentar, para los jugadores, aunque no me cuesta mantener el ceño fruncido.

Este es mi personaje, lo que quieren de mí. El asesino a sangre fría. El chico de colegio privado arrastrado a la cuneta, la prueba de que los ricos no son mejores que ellos.

—¿Me has oído, señoría? —vuelve a gruñir el responsable.

—No me llames así —murmuro. Esa parte no es verdad. Nunca lo fue.

—Mantente alejado de él, alárgalo —insiste el hombre.

—Creo que podré resistirme —digo, sin apartar los ojos del hombre que tenemos enfrente, aunque él se niega a mirarme. Ya le he ganado, y los dos lo sabemos—. Me van los tipos mucho más guapos.

El hombre se ríe en mi oído y alguien me ofrece una toalla para secarme la cara. Dejo que la aspereza de la tela sobre mi piel bloquee el ruido y la luz. A veces, si estoy lo bastante cansado y fuerzo mi cuerpo lo suficiente, puedo dejar de pensar, dejar de sentir y simplemente ser. Ahora, ese momento está cerca, y lo deseo con un ansia que nunca me abandona.

Pero cuando levanto la cabeza, la figura montañosa de Dasriel se abre paso entre la multitud, como si ni siquiera se hubiera dado cuenta de que están allí. Lleva las mangas de la camisa arremangadas hasta los codos, mostrando las marcas de mago verde esmeralda grabadas en su piel, llamas que se enroscan y se consumen unas a otras.

Empuja a los espectadores a un lado, dejando su indignación a su paso mientras avanza lentamente por el espacio vacío del ring, como si tampoco se hubiera dado cuenta de que hay una pelea.

Se detiene justo delante de mí y me saluda con un broche con una joya de color rojo brillante en la solapa.

—Ruby tiene un trabajo para ti.

—No ha terminado —protesta el encargado, ahora sus manos me aprietan bien los hombros.

—Ruby tiene un trabajo —repite Dasriel, como si el otro hombre no hubiera hablado.

Así que me sacudo el agarre del encargado y alcanzo mi camisa de detrás de la barra, dejando atrás los aullidos mientras me abro paso a codazos entre la multitud hacia las escaleras. Este lugar siempre ha sido una vía de escape para mí. Ahora también lo es para la multitud, que siente la tensión en la calle, percibe los oscuros nubarrones de la guerra que se avecina, y yo acabo de privarles de su distracción. Qué pena.

No me molesto en intentar ponerme la camiseta hasta que subo a la calle, el aire frío del exterior enfría el sudor de mi piel.

Y no me molesto en volver la mirada mientras sigo a Dasriel por la calle, dejando atrás a un monstruo para dirigirme a otro.

SELLY

◆

El Lizabetta
Kirkpoll, Alinor

Planto un pie descalzo contra la áspera madera de las crucetas y agarro un cabo para elevarme. El mástil se estrecha hacia la cima, está hecho para balancearse y ceder en caso de vientos fuertes, pero aquí, en el puerto, no hay más que una suave brisa vespertina.

En la costa, la gente de la ciudad ha terminado su jornada laboral y se dirige a las tabernas; el crepúsculo está al caer y la mayor parte de la luz y la vida que puedo ver se escapa por las ventanas abiertas a lo largo de las colinas, mientras los lugareños se reúnen para comer, beber e intentar quitarse de encima la tensión que recorre la ciudad.

Siempre me cosquillea el estómago cuando llegamos a puerto y todos los nuevos gritos, olores y vistas se agolpan para recibirme. Pero mi corazón no tarda en pedir el mar, y mi alma, el sonido del agua contra la madera.

Esta noche agradezco que no vayamos a hacernos a la mar. Es hora de ir a buscar la bolsa que escondí antes y bajar a tierra. Al amanecer, estaré de camino para reunirme con Pa, y Rensa no tendrá forma de seguirme. Para cuando la tripulación del *Freya* me encuentre, estarán demasiado lejos como para hacer nada, y nadie va a tirar por la borda a la hija de Stanton Walker.

Por lo que veo a través de mi catalejo, las cosas se han calmado en los muelles del norte: los nobles están en cubierta, el perezoso sonido de una trompeta flota sobre el agua mientras alguien toca el gramófono, pero no hay rastro del enjambre de guardias. Tampoco hay rastro de ese chico; tampoco es que lo esté buscando en especial.

Pero como si lo hubiera invocado, vuelvo a oír su voz, a ver la sonrisa en sus ojos marrones. *¿Qué tienen de malo las flores?*

Resoplo. Y entonces, por supuesto, vuelvo a oírle: *¿De mal humor por naturaleza?*

Le echo de la caja mentalmente, como debería haber hecho hoy, y veo cómo agita los brazos mientras se esfuma de mi vista. *¿Te parece lo bastante irritante?*

Entonces, me doy cuenta de que estoy discutiendo con una persona imaginaria y vuelvo a observar el puerto.

Nadie —ni el chico en esos barcos al otro lado del puerto, ni la capitana que cree que estoy confinada en mi camarote—, ninguno de ellos importa, porque cada vez está más oscuro y pronto me deslizaré hacia el *Freya*.

Me dará pena dejar a mi *Lizabetta*, sin embargo, me quito los mitones de cuero para enrollar una mano alrededor del cabo que cuelga a mi lado, la cuerda es áspera en contraste con mi piel. No tenemos la decoración de la flota real, pero nuestro barco es un auténtico barco mercante. Un barco de viento, alargado y estrecho, para navegar con poca tripulación y devorar las leguas con la bodega llena de mercancía. Lleva más lona que cualquier otro barco del puerto.

De toda la flota de mi padre, el *Lizabetta* es el barco al que más quiero. Crecí navegando entre el balanceo de sus cubiertas, apretujándome en cada rincón de la bodega para esconderme de sus marineros y quedándome dormida sujeta a mi camastro para volver a repetir todo al día siguiente.

Pero este último año ha sido mi prisión, y cuando miro hacia abajo, veo la razón de pie en medio del barco, su silueta es inconfundible. No le he dado a Rensa la carta de mi padre. Ya debe sospechar que no vendrá, pero si supiera que lo sé, estaría alerta por algo como mi fuga de esta noche.

Ahora mismo está junto a la pasarela, observándola con una intensidad extraña, casi sospechosa, como si esperase que se levantara y se marchara bailando.

Esta noche, casi la mitad de la tripulación está en tierra. Por lo general no esperamos en el puerto tanto tiempo como lo hemos hecho esta vez por el *Fortuna*, y todo el mundo está inquieto. Así que se echó a suertes, y Rensa envió a los afortunados a divertirse, y probablemente a gastarse hasta la última corona de su paga. Después de que me hiciese pedazos por volver con retraso esta tarde, estoy confinada en el barco.

¿Por qué Rensa está tan empeñada en que vuelva su tripulación? Apenas ha anochecido, y aún tardarán horas en volver, así que ¿por qué se queda aquí esperando como si llegaran tarde a casa?

Tal vez por fin ha percibido la tensión en la ciudad que llevo días olfateando. Los susurros de los habitantes de la ciudad que se están dando cuenta de lo que los sangre salada sabemos desde hace meses: se avecinan nubes de tormenta.

O espera… ¿sospecha que estoy planeando usar esa pasarela? Espero que no; si se va a quedar ahí toda la noche, me espera un baño muy desagradable.

Mientras intento no pensar en las gélidas aguas del puerto de Kirkpool, algo se mueve entre las sombras cerca de la proa: es el académico.

Mientras que Rensa es baja y robusta, él es alto y delgado, como un conjunto de brazos y piernas que intentan fingir con desesperación que no se conocen. La piel de ella es de un marrón cálido, más morena tras décadas en el mar, y la de él es de ese blanco deslumbrante que se obtiene tras una vida entera en el interior. Subió a bordo esta mañana con baúles llenos de libros que pesan demasiado para que los levante él y tomó un billete para Trallia, que es adonde se dirige el *Lizabetta*.

Cuando llegó, envuelto en un grueso chaquetón de lana, pensé que tenía la edad de mi padre. Tiene el porte de un erudito, el pelo rapado al ras de la cabeza —ese chico no tiene la forma del cráneo para eso— y hasta que Rensa no me hizo bajarle las últimas maletas no me di cuenta de que tenía mi edad. Me cae bien, aunque es un bicho raro. Solo hablamos unos minutos, pero parece que es de los que van al grano.

Hay movimiento en el muelle y, al mismo tiempo, una brisa agita las nuevas banderas espirituales que Kyri ha colgado esta tarde. Me vuelvo a poner los guantes y bajo en silencio hasta la siguiente cruceta; con los pies descalzos agarrados a las jarcias, me inclino hacia un lado y me cuelgo del mástil con una mano.

De pronto, Rensa se mueve y camina por la pasarela hasta donde se detiene un coche con un ronroneo bajo y el motor en silencio. Debe de ser otro pasajero; la carga habría llegado en un camión o en un carro tirado por caballos, y no a estas horas, lo que significa que hay algo más que Rensa no me ha contado.

Casi nunca aceptamos pasajeros, y nuestro único camarote ya está completo con el académico. Kyri y yo no hemos movido las cosas de nuestro pequeño rincón, pero es difícil imaginar que alguien se presente en un coche como ese y duerma con la tripulación en hamacas.

Mientras desciendo por el mástil, moviéndome por las jarcias tan silenciosa como un espíritu, un chófer salta del coche, tirando de sus guantes blancos mientras corre hacia la portezuela, abriéndola de un tirón y colocándose a un lado.

Sale un hombre, o tal vez un muchacho, es difícil distinguirlo entre las sombras. Es joven, moreno, lleva un traje bien hecho, debajo del cual se ve un destello de su camisa blanca.

Da una vuelta lenta, observando los muelles, la flota del príncipe, el *Lizabetta*. Y por un instante, me parece que sonríe.

Se mueve con una facilidad y soltura que me resultan extrañamente familiares, asiente al chófer, pero no hace ademán de ayudarle a descargar el equipaje de la parte trasera del coche. Son demasiadas maletas para la clase de pasajeros que llevamos a bordo de un barco como el nuestro. Tampoco llevan sirvientes.

¿Qué demonios está pasando?

Otra ráfaga de brisa pasa por mi lado, arrancándome mechones rubios de la trenza y haciendo que las jarcias se balanceen a mi alrededor.

Rensa sale al encuentro del desconocido. El gramófono al otro lado del agua silencia sus voces, pero la postura de Rensa es inconfundible. Balancea su peso de un lado a otro como si no estuviera segura de cómo saludar al recién llegado.

Rensa está nerviosa.

En el último año he visto a Rensa hacer de todo: gritar de frustración, ponerse al timón en medio de un mar embravecido, cantar desafinando descaradamente por las noches, apretar los dientes ante mi última queja… pero nunca, jamás, la he visto sin saber qué hacer a continuación.

El recién llegado resuelve el problema ofreciéndole la mano. Intercambian un apretón de manos y algunas palabras en voz baja, con las cabezas juntas. Luego, con un gesto alegre, despide al conductor.

Me arrastro hacia abajo, tanteando el bolsillo de la chaqueta en busca de mi catalejo. Lo alzo y giro el pequeño tubo hasta que lo enfoco. Rensa sostiene una linterna y ahora le veo con más claridad en el círculo de mi campo de visión ampliado.

Veo unos ojos castaños que bailan y unos labios que esbozan una sonrisa de satisfacción. Levanta una mano para pasarse los dedos por el pelo negro despeinado, y veo las intrincadas marcas de mago en el dorso de su mano.

¿Pero qué…?

De todas las personas en Kirkpool que podrían haber subido a bordo, ¿qué hace aquí el chico de los muelles?

Me apresuro a bajar de las jarcias, agarrándome a los cabos mientras las luces de la flota del príncipe centellean en la oscuridad. El viento se levanta con fuerza, las banderas de los espíritus ondean a mi alrededor, y allí donde las cuerdas de luces se reflejan en el agua, unas nuevas ondas las hacen brillar y bailar.

No creía que fuera a hacer este tiempo hasta por la mañana —al amanecer es cuando suele aparecer la brisa de Kirkpool—, pero es como si el aire a mi alrededor estuviera tan desequilibrado como yo.

¿El chico ha venido a quejarse a Rensa? ¿A informar de lo que dije sobre el príncipe y sus amigos? Imposible, y además lleva equipaje. Pero ¿qué es lo que podría…?

Mis pies descalzos encuentran la cubierta húmeda por el rocío y bajo despacio, intento pensar qué debo hacer. Rensa y el chico ya no están a la vista. Deben de haber bajado a cubierta.

¿Debo irme ya, sin bajar a por mi bolsa? Sigo descalza por haber subido al mástil, y una cosa es dejar mi bolsa, y otra abandonar mis botas. Y sea cual sea la razón que ha traído aquí al chico, ha sido algo fuera de lo común, lo que significa que debo llevarle esa información a Pa. Cuanto más tenga que compartir, menos tardará en pasársele el enfado.

Eso, y que me moriré de curiosidad antes de que el *Freya* rodee el extremo sur de Mellacea.

Cuando el académico pasa con pasos apresurados en dirección a la escalera con la cabeza gacha, me quedo cerca del mástil. Es cauteloso, se agarra a la barandilla con ambas manos, como si el barco fuera una criatura astuta y huidiza a la que se le podría pasar por la cabeza tirarle por la borda, en lugar de una dama bien educada atracada en el muelle.

Se encuentra con Rensa, que vuelve a subir después de llevar el equipaje del chico misterioso —¿qué hacía la capitana jugando a ser mozo?— y se detiene para que él pueda pasar, agarrándose con fuerza a la barandilla. Consigue llegar hasta el final sin caerse por las escaleras. Al menos eso es un avance con respecto a esta mañana.

No veo al recién llegado por ningún lado, se habrá quedado dondequiera que lo haya dejado bajo cubierta.

Rensa se dirige hacia la popa, con paso decidido, y yo la sigo en silencio, con las orejas prácticamente agitándose por la creciente brisa. Se detiene junto al timón y, mientras desciendo por el borde de la cubierta para flanquearla, veo el santuario. Es un lugar protegido contra el palo de mesana, similar a una chimenea, pero más profundo. Hay banderas espirituales colgadas en lo que sería la repisa de la chimenea y, en lugar de fuego, se suelen encontrar regalitos de la tripulación. Yo no me acerco si puedo evitarlo.

Kyri, nuestra primera oficial y maga del barco, está agachada junto al altar en la oscuridad, susurrando mientras enciende las velas verdes que he traído hoy de la ciudad, con el rostro oculto por su cabellera pelirroja. Mientras observo, las velas empiezan a desvanecerse, no a derretirse, sino a desaparecer lentamente en el aire de arriba abajo a medida que los espíritus consumen la ofrenda.

Así que de ahí viene la brisa. Puede que mi magia sea inútil, pero aún sé cómo funcionan estas cosas. Si Kyri está encantando a tantos espíritus por su cuenta, eso es una gran cantidad de trabajo. Una cosa es animarlos a agitar la brisa un poco más fuerte, o aliviarla, o inclinarla como nosotros queramos. Otra cosa es hacer que el aire a nuestro alrededor se mueva en una noche muerta. No creía que Kyri fuera capaz de algo así.

De hecho, estoy segura de que no lo es.

Pero un mago con marcas poderosas acaba de subir por la pasarela.

—¿Está aquí? —le pregunta Kyri a Rensa, mirando hacia arriba.

—Se está instalando —dice Rensa, con las manos en las caderas—. Preguntó dónde estaba la campana, por si necesitaba algo, ¿te lo puedes creer?

Kyri resopla, y yo me permito poner los ojos en blanco en la oscuridad. Desde luego, suena al chico que he conocido hoy.

—Esto va a ser una historia para contar —supone nuestra primera oficial—. Aunque los espíritus se lo están pasando muy bien. Lo aman.

—Me han dicho que tiene ese efecto —responde Rensa, seca.

Kyri mira más allá de la capitana, directamente a mí.

—Selly, preparada para soltar amarras en un minuto. —Luego su atención vuelve a centrarse en las velas que desaparecen poco a poco frente a ella, y en los espíritus que está encantando.

Me muerdo el labio para no maldecir. Cuando se conocen bien, los magos a menudo pueden percibirse mutuamente, y aunque mis marcas de mago son inútiles y están ocultas bajo mis guantes, ese don me ha metido en problemas desde que empecé a caminar por estas cubiertas.

Rensa se da la vuelta, mira fijamente en la oscuridad hasta que distingue mi silueta y, con un suave gruñido, levanta un dedo y me hace un gesto para que salga de las sombras.

Fingir no sirve de nada, así que doy un paso adelante.

—Capitana, ¿qué…? —Y ahí es cuando las palabras de Kyri me golpean, y mis ojos se abren de par en par—. ¿Ha dicho «soltar amarras»? ¿Qué demonios…?

—Nos vamos —dice Rensa, con la voz baja y tensa mientras me interrumpe—. A vuestros puestos.

—¿Nos vamos? —Las palabras me salen como si me hubieran dado un puñetazo en las tripas, y cuando su mirada se desliza por encima de mi hombro, me doy la vuelta para ver lo que queda de la tripulación emergiendo a la cubierta, extendiéndose en silencio para dirigirse a las amarras.

—¿Qué está pasando? ¿Quién es él?

Hay mil protestas que quiero soltar, pero las protestas se me mueren en la lengua. Si dejamos el puerto esta noche, perderé mi última oportunidad de llegar al norte, a Pa. El *Freya* se habrá ido por la mañana, y las tormentas cerrarán el paso tras ella.

Estaré aquí atrapada hasta la primavera, por lo menos. El aire abandona mis pulmones y siento como si alguien me estrujase las costillas.

No puedo seguir con esto, no cuando se suponía iba a terminarse. No puedo.

—Rensa, yo... —Mi mirada va de una silueta en la oscuridad a la siguiente mientras las velas comienzan a desplegarse en silencio sobre nosotros—. No, yo...

—Ahora no, Selly —espeta Rensa acercándose a toda prisa al timón y pasando las manos por la madera lisa con una suave plegaria cuando exhala.

—Pero yo...

—Si alguna vez te lo has preguntado —susurra, apuntándome con las palabras como si fuesen un arma—, este momento es la razón exacta por la que tu padre te dejó aquí para que aprendieras. Lo único que lamento es no haber conseguido enseñarte. Estamos dejando a la mitad de la tripulación en tierra para que se las arreglen por su cuenta, nos estamos yendo del puerto sin la carga adecuada para equilibrar los libros de cuentas, y lo estamos haciendo a vela, sin un remolcador, sin ayuda, en la oscuridad, sin la autorización del supervisor del puerto. Y aun así tu primera protesta comienza con un «pero yo». Como si no acabase de darte una lista entera de cosas en las que deberías haber pensado antes que en ti misma.

La miro fijamente, sin palabras, pero ella ya ha apartado la mirada. Está mirando las velas, con las manos en el timón.

—Mi padre... —Pero no sé cómo acaba la frase. Acaba de darme una lista de razones por las que no podemos hacer esto. Y, sin embargo, lo estamos haciendo.

—Tu padre haría exactamente lo mismo que yo —gruñe en voz baja, y por fin deja caer su mirada para encontrarse de nuevo con la mía—. Y te dejó para que recibieses mis órdenes, así que a tu puesto.

Me he quedado paralizada. No puedo hacerlo. Los meses se extienden ante mí, atrapada junto al camarote de la capitana, sin saber adónde vamos ni cuál será el próximo plan, tratada como si no sirviera para nada más que para arrastrarme por las sentinas o reparar velas.

Detrás de mí se escuchan unos pasos y me encuentro con el chico de la ciudad que se acerca caminando y se arrodilla junto a Kyri, dejando una vela sobre la mesa. No parece reparar en Rensa ni en mí mientras se arremanga y deja al descubierto esas marcas de mago que se enroscan y se abalanzan sobre su piel, más intrincadas y complejas de lo que jamás había visto.

—Un placer conocerte —dice alegre, ofreciéndole la mano a Kyri, con sus vocales redondeadas y llenas.

Ella lo mira como si no supiera qué responder, luego se sonroja y le tiende la mano.

—Kyri —balbucea, y el dolor que siento en la mandíbula me dice que la estoy apretando con tanta fuerza que casi me parto los dientes.

—Espero que no te importe enseñarme cómo se hace —dice con naturalidad, lanzándole una sonrisa deslumbrante, y luego inclina la cabeza hacia atrás para mirar las velas silenciosas.

Los restos de las velas del pequeño santuario se encienden cuando los espíritus responden a su contacto.

—Selly, ya —espeta Rensa, y por un momento me balanceo hacia el muelle. ¿Podría saltar? ¿Podría dejarlos a todos atrás, al chico de la ciudad, a la capitana, a mi tripulación?

Pero ya nos estamos alejando, y sea lo que sea lo que Rensa le esté haciendo a mi *Lizabetta*, no puedo abandonar el barco a su suerte.

Pa me perdonaría por ir de polizón en el *Freya*. Pero nunca me perdonaría abandonar el barco ahora. Y al mencionar los riesgos de sacar al *Lizabetta* del puerto tan rápido y de noche, Rensa ha conseguido atraparme con el único anzuelo que podría impedirme escapar.

Con la mandíbula apretada, los ojos encendidos por un dolor que quiere convertirse en lágrimas, me quiebro, empujo a mi capitana para llegar a las luces de navegación.

Su mano se posa en mi hombro.

—Vamos a oscuras —dice en voz baja, casi inaudible por encima de las banderas espirituales que ondean sobre nosotros.

Un escalofrío me recorre la espalda cuando me vuelvo hacia ella. Son palabras de contrabandista.

—Te quitarán la licencia —susurro—. ¿A qué nos estás arrastrando? ¿Qué estamos haciendo?

—Nuestro deber —responde, todavía en voz baja—. Y además nos pagarán bien. Tu padre haría lo mismo, chica.

Ahora, la tripulación está bajando de los mástiles, las velas están desplegadas, pero rizadas para mantenerlas pequeñas; aún no nos hace falta mucha potencia. Queremos ir despacio y en silencio hasta que estemos en mar abierto. Excepto que los barcos de mi padre no se escabullen como ladrones en la noche. Navegan orgullosos y enarbolan el estandarte de los Walker —el escudo de mi familia— bajo la bandera azul y blanca de Alinor.

—Tienes la mejor vista —dice Rensa—. Sube a la proa y haz que Conor me envíe mensajes. Llévanos mar adentro y hablaremos.

No me queda otra opción. El *Lizabetta* se mueve debajo de mí, arrastrándose con la ligera brisa. Las luces de la flota del príncipe y las tabernas en tierra se alejan y, de un modo u otro, abandonaremos Kirkpool.

La madera de la cubierta está resbaladiza por el rocío bajo mis pies descalzos cuando me doy la vuelta para correr junto a Kyri y el chico de la ciudad, más allá de la escalera, más allá de los mástiles. Si nos vamos, y nos vamos, me aseguraré de que lo hagamos sanos y salvos.

El bajo y perezoso llanto del gramófono a bordo de la flota del príncipe resuena en el agua mientras el *Lizabetta* deja atrás las reglas, deslizándose hacia la bocana del puerto, en silencio y a oscuras.

LASKIA

◆

El Tallador de Gemas
Puerto Naranda, Mellacea

D ejo atrás el bullicio nocturno de la calle para adentrarme en el callejón, el aire se vuelve más fresco cuando mis pasos chasquean sobre los adoquines mojados.

Detrás de mí, la ciudad se ilumina con una mezcla de gas y electricidad. El zumbido y el claxon de los coches se mezcla con el ruido constante de los cascos de los caballos y el estruendo de las ruedas de los carros y carruajes.

Aquí dentro está más oscuro y tranquilo, así ha sido desde que era una cría. Sin embargo, hay algo que ha cambiado: estos días hay una cola de clientes que se extiende hacia la calle Nueva, gente bien vestida acurrucada dentro de sus abrigos mientras esperan su turno para entrar en la discoteca. Quieren bailar toda la noche, dejar atrás los murmullos, rumores y preocupaciones que recorren las calles del Puerto Naranda últimamente.

La luz que hay en el callejón procede del cartel que hay fuera del Tallador de Gemas. La mayoría de los locales tienen una o dos bombillas eléctricas que proyectan luz y sombra sobre sus nombres impresos. Pero no la nuestra. Aquí, como en todas partes, es como si Ruby estuviera intentando decir: *¿ves de lo que soy capaz?*

Del cartel de Ruby cae una cascada de joyas enormes hechas de un cristal tallado deslumbrante. Son transparentes, excepto una que está teñida de rojo sangre, y cada una de ellas tiene su propia bombilla eléctrica detrás por lo que brillan como si estuvieran vivas.

El Tallador de Gemas. A los ricos que vienen aquí les encanta el nombre del local. Los clientes han oído hablar de quién es Ruby y a qué se dedica. Susurran que las palabras no hacen referencia a una artesana con lupa y un juego de diminutas herramientas, sino a la dueña del club, la mismísima Ruby. Una gema con un cuchillo muy afilado. Atravesar estas puertas les hace sentir peligrosos.

Hago una seña con la cabeza a los dos porteros, me escabullo entre la gente que hace cola y entro en los dominios de mi hermana.

Las luces están atenuadas, las mesas dispuestas alrededor de una pista de baile y un escenario bajo, la barra recorre el lado derecho de la sala. Aquí todo es lujo: el chef de Fontesque, los hilos de oro entretejidos en el fino lino de los manteles blancos, la madera pulida incrustada en las paredes. Hay una mujer canturreando en el escenario, algunas parejas abrazadas en la pulida pista de baile y el suave tintineo de copas y cubiertos.

El personal sabe quién soy y se aparta de mi camino cuando me dirijo al otro extremo del bar. No puedo fingir que no me gusta, aunque en realidad se apartan del camino de Ruby: yo solo soy la hermana pequeña. Pero esta noche es la noche en que eso va a empezar a cambiar, y estoy tan tan ansiosa por tener esa oportunidad que ella está a punto de darme.

Me arrimo a la barra, me apoyo en ella y estudio la sala mientras espero a que el camarero se fije en mí. Tengo tan buen aspecto como cualquiera de los presentes; esta noche he elegido mi atuendo con esmero. Mi traje gris oscuro tiene un corte perfecto, el chaleco ceñido a la cintura y las mangas de mi camisa blanca arremangadas. Destaco entre las mujeres con sus brillantes vestidos, y así es como me gusta.

Me he quitado la chaqueta y me he puesto el broche con el rubí en el chaleco: quiero que parezca que voy en serio. Hoy he ido a la peluquería y tengo los rizos bien sujetos en la cabeza y la pelusa de la nuca suave. Estoy elegante. Me siento elegante.

Los porteros compran sus trajes en el mismo sitio que yo, pero, aunque los míos quedan perfectos, los suyos siempre se rompen por las costuras. Los sastres de Ruby podrían hacer que les quedaran como un guante, pero el objetivo es que los hombres se vean como si fuesen un poco demasiado grandes, demasiado fuertes, para estar recluidos por la ropa como una persona normal.

Como en cualquier otro aspecto del negocio, ningún detalle es demasiado pequeño como para que a Ruby se le escape, y le gusta que sus matones parezcan lo que son. Una pizca de maldad bajo toda esa belleza y clase. Así es nuestro mundo: brillo y arena.

La camarera, una chica guapa con el pelo negro trenzado hacia atrás, con la piel del mismo tono marrón cálido que el palisandro de la barra, sonríe mientras se acerca a mí.

Sin embargo, no es la cara a la que estoy acostumbrada. Lorento lleva detrás de la barra desde el día en que Ruby abrió, siempre dispuesto a atenderme, a sacarle brillo a un vaso mientras yo hablo de mis problemas. No es propio de él tomarse una noche libre.

—Es la primera vez que te veo —la saludo, apoyándome en la barra con un codo y esforzándome por sonreírle.

—Suelo trabajar en el Ruby Red —responde, mete la mano bajo el mostrador y saca un sobre, y luego lo desliza hacia mí—. Una chica ha dejado esto para ti. —Nuestros dedos se tocan cuando la tomo y su mirada se cruza con la mía para decirme que no ha sido un accidente. *Bueno, vale*. Tal vez cuando vuelva.

—Por una vez, ¿Lorento se ha tomado la noche libre? —le pregunto mientras rompo el sello y saco la sencilla hoja que hay dentro.

—He oído que se ha jubilado —contesta con indiferencia, y yo me quedo quieta, con la mirada fija en ella. En nuestro negocio, «jubilación» no significa un sitio en el porche con los nietos. ¿Pero Lorento? ¿Después de todos estos años? ¿Qué podría haber hecho, y por qué, para que Ruby…?

—Ah —me obligo a decir. Miro una vez más hacia la barra y me lo imagino de pie detrás de ella, con uno de sus chalecos bordados, contándome historias disparatadas sobre cómo funcionaban las bandas cuando él era niño. Por un momento, me dejo llevar por el recuerdo. Luego lo guardo y vuelvo a centrarme en la carta que tengo en la mano. Hoy no puedo distraerme.

Es un informe del despacho de la embajadora de Alinor, una confirmación de que el príncipe ha seguido con sus planes. Me lo meto en el chaleco y miro a la chica que está detrás de la barra. Me revuelvo por dentro: la expectación bulle junto con la certeza de que todo depende de esto. Necesito liberarme un poco de ella, encontrar una forma de amortiguar la tensión.

—Sabes —digo—, creo que me tomaré una copa de champán antes de entrar.

Vuelve a meter la mano bajo el mostrador, saca una copa de cristal tallado con el borde azucarado y me la pone delante.

—Deja que te prepare algo nuevo —dice, y se pone manos a la obra—. Te encantará.

—Me gusta más el champán.

—Lo siento, pero Ruby… —Me lanza una mirada extraña y de disculpa mientras mezcla algo rosa y lleno de burbujas.

Lo que quiere decir es que Ruby no quiere que su hermana pequeña beba alcohol. Y eso es exactamente por lo que esta noche es tan importante. Cuando consiga esto, ya no seré nada de nadie. Por ahora, finjo que no me arden las mejillas y me encojo de hombros como si no importase mucho.

Me pasa la bebida. Bebo un sorbo, las burbujas me hormiguean en la lengua y saboreo los melocotones, aunque no sea temporada. Intento pensar en este lujo, en lugar de en la humillación de su vergonzosa negativa.

Ruby dice: «Nunca dejes de disfrutar de estas cosas», y tiene razón.

Ella y yo sabemos lo que es pasar hambre. Sabemos lo que es vivir de la caridad de otros. Han pasado años, pero no importa cómo me vaya a dormir, despatarrada con los brazos y las piernas buscando todos los rincones de la cama, por la mañana me sigo despertando exactamente igual. Todos los días me despierto apretujada contra la pared, a un lado del colchón para hacer sitio a mi madre y a mi hermana, aunque hace años que no hay nadie.

Algunas cosas nunca cambian. Incluso aquí, dentro del club, Ruby y yo seguimos siendo las niñas que vieron partir a mamá hacia la costa, hacia el norte, hacia Nusraya.

«Mandaré a alguien a buscaros en cuanto me instale», dijo, y Ruby tuvo que despegarme de ella mientras yo lloraba desconsoladamente. Creo que ella ya sabía que era un adiós.

Ninguno de los chicos de Ruby sabe de dónde venimos, dónde estábamos antes de labrarnos un futuro. Que el edificio que hoy ocupa este club era una antigua pensión, y que las dos solíamos acurrucarnos en la habitación más barata que tenían. Lo mantenemos en secreto, es una de las mil cosas que nos unen.

A veces siento que siempre seré la chica que miraba a Ruby vistiéndose para salir por la noche, trenzándose el pelo, deslizándose un cuchillo en la manga.

«Quédate en casa», me decía. «No hagas ruido. Deja que yo me ocupe».

Y me quedaba acurrucada en la oscuridad, primero en la húmeda habitación que mamá alquiló para nosotras cuando se marchó, y cuando se acabó el dinero y no volvió, en algún rincón del último piso de este sitio.

A veces me arrastraba a la iglesia y me sentaba en las últimas filas. Macean era un dios atado a un destino que no había elegido, y las hermanas verdes decían que necesitaba nuestra fe para poder ser libre.

Ahora Ruby es la dueña del edificio en el que solíamos escondernos. Pero ambas recordamos cómo era la impotencia, el sobresalto ante sonidos inesperados y el saber que podían arrebatárnoslo todo, como ocurrió tantas veces mientras intentábamos escalar.

Y nunca volveremos a sentirnos así.

Ruby ha construido su imperio con una fuerza y una determinación que la mayoría de la gente ni siquiera puede llegar a soñar, y nunca se ha detenido, nunca ha flaqueado.

La cosa es que ahora soy mayor de lo que ella era cuando empezó, y aun así no me ve como una adulta.

Soy como mi dios, yo también necesito fe. Me fortalecerá lo suficiente como para deshacerme de las ataduras de ser siempre la hermana pequeña, su hermana pequeña.

Y por fin le he traído una idea que ha hecho que me preste atención. Que ha hecho que me mire de verdad, que vea que estoy preparada.

Macean es el dios del juego, y esta noche comienza la mayor apuesta de mi vida.

Vuelvo a dar un sorbo a mi bebida, me relamo el azúcar de los labios.

Esta noche, mi hermana me va a dejar entrar.

Y me muero de ganas.

Media hora más tarde, veo a Jude junto a la puerta con los porteros. Parece como si Dasriel lo hubiera encontrado en una cuneta, lleva el pelo negro revuelto y tiene una mancha de sangre de color rojo oscuro sobre la mejilla tostada. Uno de los hombres montaña trajeados se gira para echar un vistazo al club y, cuando me ve, niego con la cabeza. Empuja a Jude hacia la puerta principal y no consigo ver más que su ceño fruncido antes de que desaparezca.

Me escabullo por debajo de la línea divisoria y me agacho detrás de la barra, dirigiéndole una sonrisa de agradecimiento a la camarera guapa mientras dejo mi copa vacía detrás del mostrador, para dejar claro que lo del champán no me importa. Luego vuelvo a las cocinas y, de repente, el ambiente aterciopelado y poco iluminado del club es sustituido por luces brillantes y el ruido de las sartenes, los gritos del chef de Fontesque y sus ayudantes.

Para cuando llego a la puerta trasera —que da a un callejón más sucio y todavía más peligroso— y abro el cerrojo, Jude me está esperando fuera, con los brazos cruzados y el ceño fruncido. Dasriel está de pie detrás de él, con sus enormes brazos cruzados para mostrar las marcas de mago y el rostro lleno de cicatrices, tan inexpresivo como siempre. A veces me pregunto qué haría falta para que Dasriel cambiase esa expresión.

Miro a Jude de arriba abajo —su ropa ha vivido días mejores, y ahora mismo está bañado en sudor y sangre— y doy un paso atrás para invitarle a entrar sin decir palabra. Jude y yo no hemos hablado mucho, pero sé más de él de lo que se cree. Al fin y al cabo, es parte de mi plan.

Nuestros pasos son suaves sobre la gruesa moqueta que recubre el pasillo que conduce a los aposentos de Ruby, y oigo su respiración entrecortada cuando está a punto de hablar. Quiere preguntarme qué está pasando, pero es demasiado inteligente para admitir que no tiene ni idea. Dasriel le sigue en silencio, probablemente mientras sueña despierto con romper algo.

—¿Una buena pelea? —le pregunto a Jude, mirándole por encima del hombro.

Se lleva la mano al pelo y se lo aparta de la cara en un intento vano de ordenárselo.

—No lo sé. —Su nítido acento alinorense redondea las vocales, dándole un toque de clase a su malhumor—. Me perdí el final.

Hay una mujer vestida de negro con un broche de rubí en la solapa esperando delante de la puerta de Ruby, la abre en silencio y luego la cierra sigilosamente a nuestras espaldas. Los dominios de mi hermana son como una prolongación del club: sofás de terciopelo rojo, moqueta gruesa, paredes con paneles de madera, destellos dorados en las lámparas de araña. Tiene media docena de locales en la ciudad, y todos tienen eso en común: el rojo y el dorado.

Al principio, no veo a Ruby, pero la hermana Beris está esperando en uno de sus sofás, como siempre, con su túnica impecable y las manos cruzadas sobre el regazo. Lleva el pelo negro recogido en una absurda y poco favorecedora trenza sobre la nuca, tiene la piel tan pálida como siempre.

Técnicamente, nuestro gobierno democrático dirige la vida en Mellacea. Es posible que incluso haya algunas personas que así lo crean. Pero la mayoría —incluido el primer consejero Tariden y sus asesores— sabemos que ahora mismo son otras fuerzas las que impulsan los acontecimientos. Una de esas fuerzas es la hermana Beris y la decisión de estar aquí esta noche, en este sofá, teniendo esta conversación.

Parece una mujer de acero, pero sé que es mucho más de lo que la mayoría cree. Sé que tras su actitud reservada se esconde la devoción, la fe que ha persistido cuando tantos otros han renunciado a ella.

La hermana Beris no viste de forma diferente a una acólita, pero es la tercera al mando dentro de la iglesia de Macean. La he escuchado hablar en los servicios durante años antes de que habláramos, pero con el tiempo me ha enseñado más que nadie, a excepción de Ruby. Y fue la primera en quien confié cuando ideé este plan.

No la había visto sonreír hasta entonces.

«Es su hora —dijo en voz baja—. Y es la tuya, Laskia. Tu fe es muy fuerte, y eso os elevará a los dos».

Sé que tiene razón, mi acto de fe servirá a mi dios y me dará la recompensa que más deseo.

Ahora saluda con un gesto solemne y, a cambio, yo levanto las manos, me presiono la frente con las yemas de los dedos y me cubro los ojos. *La mente de nuestro dios nos espera, aunque sus ojos estén cerrados*, según dice el saludo tradicional.

En el otro extremo de la sala se abre una puerta y aparece mi hermana, con una copa de champán ancha y poco profunda en una mano. El tallo está hueco y las burbujas suben y bajan en un ciclo interminable.

Los rizos castaño oscuro de Ruby caen con gracia alrededor de su cara, y su tiara dorada (que no está muy lejos de una corona) está salpicada de pequeñas gemas rojas en la frente. Su vestido de lentejuelas doradas resplandece sobre su piel morena, se ondula y brilla con el más mínimo movimiento.

—Aquí estáis —dice, levanta una mano para hacernos señas mientras se acerca al sofá, su voz es tan cálida que parece que Jude viene a visitarla todos los días y los dos comparten todos sus secretos—. Venid, sentaos.

Dasriel se queda junto a la puerta y yo calmo mi respiración mientras me acerco a ocupar mi sitio en el sofá, frente a Ruby y la hermana Beris. *Cuerpo tranquilo, mente tranquila, voz tranquila. Ignora esa bebida. Pronto tú también tendrás una.*

Jude se sienta a mi lado, en el borde del sofá, con la espalda recta.

—Me alegro de verte, Jude —dice Ruby y levanta la copa para darle un sorbo lento. Debería haberme servido algo antes de sentarme. Habría tenido las manos ocupadas—. ¿El médico pasó a ver a tu madre?

Jude asiente con rigidez.

—Sí, gracias.

Ruby gira la cabeza para dirigirse a la hermana Beris, es toda sonrisas y amabilidad, aquí todos somos amigos.

—La madre de su señoría está enferma; esperamos que haya algo que podamos hacer por ella.

—¿Su señoría? —pregunta la hermana Beris mientras Jude cambia de posición un poco, con la mandíbula tensa.

—No —dice, con mucho control—. Ese era mi padre.

Cierto. Y Jude, como era hijo de su amante, se quedó sin nada cuando su padre murió. Así que la amante trajo a su hijo a Puerto Naranda. Y ahora, para que el médico siga yendo a verla, lleva un broche de rubí en la solapa —aunque hoy no lo lleva— y cuando Ruby le dice que salte, aprieta los dientes y pregunta a qué altura.

—Siento oír que tu madre no se encuentra bien —dice la hermana Beris con amabilidad—. Rezaré a Macean por ella.

Jude asiente con cautela, lo que ella parece interpretar como un agradecimiento, aunque probablemente no lo sea. Fue criado en Alinor, adorando a Barrica. Abandonó su fe cuando sus plegarias no fueron respondidas, pero no he encontrado evidencia de que ahora le pida a Macean que le ayude a él y a su madre. Creo que tras la muerte de su padre aprendió que no puede confiar en nadie más que en sí mismo. Vuelve a mirar a Ruby, buscando una señal. No se suele dirigir a él en reuniones como estas. No suele estar en reuniones como estas.

—Bueno —dice Ruby como respuesta y todos nos volvemos hacia ella—. Jude, esto es lo que me gustaría que hicieras. ¿Sabes que Alinor va a enviar al príncipe Leander a visitar Trallia, Beinhof, y otros lugares? Lo habrás visto en los periódicos, estoy segura.

—Sí, Ruby. —Ahora Jude tiene toda su atención puesta en mi hermana. Se queda quieto, como una presa que ha olido a un depredador, pero no está seguro de dónde está.

—La reina quiere apoyar a los aliados de Alinor —dice Ruby con una sonrisa felina—. Mellacea está empezando a demostrar su poder, y ellos lo saben. Si, cuando llegue el momento de ir a la guerra, quieren asegurarse el apoyo de sus amigos y vecinos.

Estudio a la hermana Beris, pero no perdería una partida de cartas con facilidad: su expresión no vacila ni un ápice, y no hay señal alguna de lo mucho que esto significa para ella.

Hace unos años, no habría asistido a una reunión como esta más que Jude. Cuando yo era pequeña, la iglesia era algo que las ancianas frecuentaban para cotillear con sus amigas en un día de descanso. Dicen que las plegarias se amplifican en una iglesia, y que son más poderosas si se hacen en un lugar impregnado de fe. No creía que Macean pudiera oír las mías mientras dormía, pero pensé que nunca estaba de más intentarlo.

Entonces, un día conocí a la hermana Beris después de un servicio. Hablamos. Nos entendimos. Aprendí que detrás de esa fachada severa había una mujer que siempre tiene tiempo para escucharme. Que cree en mí.

Últimamente hay cada vez más gente en nuestros servicios, y dicen que cada vez hay menos en los templos de Alinor.

Dicen que, si esa guerra de la que todos hablan se acerca de verdad, seremos nosotros los que tendremos a un dios de nuestro lado.

—Fuiste al internado con el príncipe —continúa diciéndole Ruby a Jude—. ¿No?

Jude guarda silencio un buen rato. No se lo dijo a Ruby. No se lo dijo a nadie, pero yo lo descubrí por ella.

Descubrí muchas cosas sobre Jude. Sé dónde entrena para ganar sus peleas en el bar de Jack el Guapo. Sé que pone excusas por sus moratones cuando ve al chico que le gusta, el que atiende en la barra del Ruby Red, uno de los clubs de mi hermana. Diablos, sé la bebida que pide cuando busca una razón para merodear por allí.

—¿No? —le incita Ruby, con una ceja arqueada.

—Sí —admite Jude sin apenas moverse—. El príncipe y yo fuimos juntos a la escuela. No éramos muy amigos.

Eso no es verdad. Eran amigos. Creo que cuando el padre de Jude lo dejó sin nada, esperaba que el príncipe viniera al rescate, y se encontró con nada más que una mirada vacía. Pero mantengo la boca cerrada. No hay necesidad de hacerle saber las cartas que tengo. Todavía no.

—¿Podrías identificarlo? —pregunta Ruby.

Jude traga saliva.

—Sí.

Ruby le regala una sonrisa que brilla como una moneda de oro.

—Me alegra oírlo, Jude. Esta noche subirás a bordo de un barco con Laskia; hay un trabajo que necesito que hagas.

Jude se queda con la boca abierta, pierde la compostura e intenta protestar, pero no lo consigue, y termina diciendo con su acento de aristócrata:

—¿Un barco?

—Ah, no te preocupes —dice Ruby inclinándose hacia delante, es todo sonrisas—. Cuidaremos de tu madre mientras estés fuera, Jude. Sabemos que lo es todo para ti.

Todo el mundo se queda callado durante un buen rato, antes de que Jude se atreva a hablar.

—¿Qué tengo que hacer?

Entonces, Ruby me sonríe y yo respiro tranquila. No suelo hablar en estas reuniones, pero le dije que quería dar un paso adelante. Le presenté este plan. La convencí de que necesitaba a alguien en quien confiar para llevarlo a cabo y mantenerla informada, y como su hermana, soy la única opción. Esto es mío, o gano o pierdo.

—Vamos a interceptar la flota real del progreso —digo, con la voz serena y uniforme, no una mala imitación de la de Ruby, aunque no puedo imitar su ronroneo—. Vas a confirmar que el príncipe está a bordo y vamos a hundirla.

Jude palidece, la mancha de sangre de su mejilla resalta en relieve mientras se pone cetrino.

—Vais a desatar una guerra —susurra.

—Bueno —digo—, vamos a dejar unos cuantos cuerpos vestidos con uniformes de la marina de Mellacea entre los escombros, para dejar claro quién es el enemigo. Puedes apostarte hasta el último dólar a que vamos a hacer que estalle una guerra.

—Solo son negocios —dice Ruby, se encoge de hombros como si dijese «¿qué se le va a hacer?»—. Nuestro negocio son las importaciones y exportaciones, Jude. Piensa en ello más como... un ajuste en el mercado.

La hermana Beris se aclara la garganta y Ruby pone los ojos en blanco. Puede que la congregación vuelva, pero Ruby no comparte mi devoción, y no tiene por qué fingirlo todavía. Todos sabemos quién es quién en esta sala. El hecho de que la hermana Beris haya acudido a Ruby en busca de ayuda lo dice todo.

Sin embargo, a Ruby le importa que esto se haga. Últimamente, sus rivales han estado pisándole los talones. Y cuando sabes lo que es venir de la nada, harás lo que sea, cualquier cosa, para evitar volver atrás. En nuestro juego, no puedes permitirte ni un minuto de descanso.

Si tuviera que apostar, diría que por eso se retiró Lorento. Después de tantos años, valía la pena pagar por lo que sabía, y uno de los rivales de Ruby estaba dispuesto a pagar. De ser así, fue una jugada estúpida por parte de Lorento: si se hubiera quedado con Ruby, ella habría cubierto su jubilación de verdad. Ahora no tiene ninguna.

La cosa es que no podemos saber lo que le dijo a quien le pagó. Nunca sabemos lo que se avecina. Si Ruby consigue esta alianza con las hermanas verdes, podría hacerse intocable.

—Dejando de lado la parte de los negocios —digo, ya que me gustaría evitar molestar a la hermana verde, aunque le vendiera esto a Ruby como un acuerdo financiero—, el primer consejero se muestra dolorosamente reacio a cumplir con su deber patriótico y enfrentarse a Alinor. Mellacea también necesita esto. Cada día nos acercamos más a la batalla que liberará a Macean, pero sin una chispa, el fuego nunca prenderá.

Por fin, la hermana Beris habla, con esa voz suave que tiene que siempre se hace oír, aunque haya ruido.

—La familia real de Alinor ha olvidado sus obligaciones religiosas. Sus adoradores se han olvidado de Barrica la Centinela, y la reina Augusta envía a su hermano a contentar a la gente y a asistir a picnics. Ya debería haber hecho su sacrificio en las Islas de los Dioses y haber fortalecido a su diosa una vez más. Al abandonar ese deber, nos han ofrecido una oportunidad para burlar a la guardia de Barrica y despertar a Macean, y no debemos desaprovecharla.

—Exacto —coincido—. La Iglesia cree que este es el momento, y nuestro deber religioso también sería beneficioso, así que nuestros intereses están alineados. Si trabajamos juntos, dispondremos tanto del dinero como de los medios.

Jude sacude la cabeza con lentitud, todavía sin saber qué decir.

—Vais a empezar una guerra. ¿Vais a matar a Leander?

Ruby levanta una ceja perezosamente.

—Oh, ¿te tuteas con Su Alteza? Creía que no os llevabais bien. —Me lanza una mirada ociosa y se me hiela la sangre en las venas. Estoy segura de que no. Lo he confirmado. El príncipe se olvidó de Jude. Nadie le ayudó después de la muerte de su padre.

—No nos llevamos bien —dice Jude, pero su lucha es evidente. Supongo que de no gustarte un tipo a tirarlo al océano hay bastante.

—Escúchame —le digo, espero a que me mire—. Esto está pasando, Jude. No lo estás provocando. Simplemente estarás allí. A las partes implicadas les gustaría verificar que estaba a bordo de los barcos.

Jude y yo nos miramos y mantengo la calma mientras estudio la sangre de su pómulo. Le dejo pensar. No es estúpido, entiende que morirá si dice que no. Así que, como no es estúpido, acaba asintiendo.

—¿Puedo despedirme de mi madre? —pregunta en voz baja.

—No le harás ningún favor si le dices adónde vas.

—Entendido.

Ruby deja su copa de champán en la mesa baja que tiene al lado, y los dos nos sobresaltamos un poco cuando chasquea contra la madera.

—Laskia, ¿ya has subido tus cosas a bordo?

Asiento, luchando por contener la sonrisa. Tranquila. Profesional. Preparada para esto.

—Bien —dice—. Lleva a Jude a casa a ver a su madre y luego al barco. —Se vuelve hacia la hermana Beris—. ¿Te reunirás con ellos a bordo?

—Estoy lista —acepta, tan tranquila como si fuéramos al mercado a comprar pescado para la cena.

Me pongo en pie y Jude hace lo mismo a mi lado.

—Vosotros dos, pasadlo bien —dice Ruby—. Y Laskia, no te olvides de traerme un recuerdo a casa.

Le guiño un ojo.

—Te traeré algo bonito.

Ya está. Está sucediendo. El día de la graduación.

Jude no dice ni una palabra mientras dejamos atrás los aposentos de Ruby y nos dirigimos por un pasillo tranquilo. No habla hasta que estamos de nuevo en el callejón. Me meto las manos en los bolsillos, por dentro, deseo que mi abrigo no estuviera ya en el barco.

—¿Alguna vez has matado a alguien? —pregunta en voz baja.

—Siempre hay una primera vez para todo —respondo y hago que mi voz sea uniforme.

—Acercarte a la sangre no es como piensas que será. Cuando ocurre de verdad, cuando la tienes encima, cuando deja de ser solo una idea…

—Tal vez fue así para ti. Para mí no lo será.

Sacude la cabeza.

—No conseguirás lo que quieres.

Resoplo.

—Estoy segura de que su hermana mayor se enfadará, Jude.

—Lo hará. Pero tu hermana mayor sabe que no hay mucho sitio en la cima.

—No tienes ni idea de lo que dices —espeto. Entonces me detengo y obligo a mi voz a que vuelva a la calma. Ruby no suele estallar, y nunca lo hace solo porque alguien la moleste—. Ruby es mi hermana. Creo que es un poco diferente a que tus amigos ricos del internado no tengan sitio en la cima para un bastardo.

—Si tú lo dices —responde, con la mirada fija en el frente.

—Cierra la boca. O nos iremos directamente al barco, y tu madre se preguntará por qué has desaparecido.

JUDE

◆

Los suburbios
Puerto Naranda, Mellacea

odo duele, por dentro y por fuera. El dolor de la lucha está haciendo estragos y se me revuelven las tripas como si me hubieran vuelto a dar un puñetazo. Doy un paso tras otro, impulsado por la necesidad de volver con mi madre, aunque sé que ella no va a darme ningún consejo, ninguna salida para esto.

Solo quiero verla.

Al dejar atrás el club, nos golpea la luz y el ruido de la ciudad. Suenan las bocinas, los caballos apestan y la acera está abarrotada de gente que pasa a toda prisa, de camino a casa o a una noche de diversión, dispuesta a bailar y beber hasta olvidar sus miedos. Entrecierro los ojos para evitar el impacto, repitiendo la conversación en mi cabeza mientras intento entender lo que acaba de pasar.

Ruby quiere que asesine a Leander y a todos los de su flota. Eso podría ser la mitad de mi clase del colegio.

Nos alejamos de la calle Nueva, dejando atrás el ruido y la luz una vez más mientras nos dirigimos hacia los suburbios. Es como si nos alejáramos mucho más de seis manzanas, el mundo se vuelve más silencioso, más sucio, más oscuro. Las maltrechas fachadas de las tiendas con sus nombres pintados en letras descoloridas están cerradas a cal y canto por la noche. Los escaparates tienen muchas rejas. No hay coches, no caben en los callejones y, de todos modos, nadie podría permitirse uno. El aire es más fresco, a juego con la tranquilidad.

Levanto la vista cuando pasamos por delante de la iglesia, con diferencia el edificio más impresionante de los barrios bajos, aunque estoy seguro de que se construyó aquí porque el terreno era barato. El edificio en sí está pintado de negro para simbolizar el descanso de Macean. La estatua habitual de Macean rompiendo las ataduras que le impuso Barrica y despertando. A su lado, una hermana verde nos saluda con la cabeza, amable. ¿Sabe quiénes somos?

La hermanita de Ruby (no, la hermana *pequeña* de Ruby; he cometido un error al subestimarla, y quizá uno fatal) echa una moneda en el cuenco de la hermana sin decir nada. Sé que va a la iglesia a menudo, aunque Ruby no comparte su fe. Es lista por haber encontrado la forma de alinear los intereses de Ruby con los de la Iglesia.

La cuestión es qué hará cuando las exigencias de su hermana y las de su Dios empiecen a separarse.

En lo que a mí respecta, nunca había hablado con una hermana verde hasta hoy, y después de conocer a la hermana Beris, no quiero volver a hacerlo nunca más. Hacía años que no iba al templo en Alinor, pero el cura gordo y simpático del colegio con su falso uniforme militar era lo más distinto a ella que se puede ser.

Giramos en una esquina y dirijo mis pensamientos a un asunto más urgente. Voy a tener que subir a Laskia conmigo cuando lleguemos. Cada parte de mí se resiste a dejarla entrar en nuestro apartamento —no quiero que esté cerca de mi madre, y la parte de mí que creció al otro lado del mar no quiere que vea cómo vivimos—, pero si la dejo en la calle, con esa ropa tan bonita, hay muchas posibilidades de que alguien intente atracarla mientras no estoy. Y acabe como acabe, no será bueno para mí.

—¿Es aquí? —Su voz me sorprende, y alzo la vista para darme cuenta de que hemos llegado, antes de lo que creía, o quizá antes de lo que quería.

Me resuelve el problema de qué hacer con ella abriéndome la puerta e invitándose a seguirme por las escaleras. No se queda sin aliento, sube los seis pisos sin detenerse, y como dejarla en el pasillo provocaría más cotilleos que dejarla en la calle, le hago señas con la barbilla cuando abro la puerta.

Se detiene justo al entrar, cierra la puerta de un empujón y se apoya en ella, metiéndose las manos en los bolsillos. Es una mujer esbelta, con su traje de corte impecable, chaleco oscuro sobre la camisa blanca arremangada hasta los antebrazos. Todo en ella está cuidado al detalle y, en comparación, todo lo que la rodea parece más cutre.

Nuestra casa tiene dos habitaciones: en esta hay una mesa pequeña, una estufa y el sofá en el que duermo. Dejo a Laskia y me dirijo a la otra habitación, donde está mamá en la cama.

Está mirando por la ventana el oscuro cielo nocturno, pero gira la cabeza cuando entro. Su piel dorada está cetrina, sus ojos ensombrecidos, y parece más pequeña de lo que me esperaba. Siempre es así cuando vuelvo de la ciudad, tan llena de vida.

Apenas recuerdo a mi abuela, a la que visitábamos en Puerto Naranda cuando yo era joven. Era una mujer diminuta, aún más pequeña por la edad, que había hecho un largo viaje desde Cánh Dō, en el sur, décadas atrás, se había casado con un lugareño y se había quedado aquí. Se pasaba el día sentada con las otras abuelas, dando órdenes y haciendo críticas con evidente placer. Siempre pensé que algún día mi madre sería igual. Pero, aunque es tan pequeña como lo fue su propia madre, en lugar de ser así, se está desvaneciendo en la nada.

—Estás sangrando —dice con cautela y hace una pausa para toser.

Hago una mueca y me maldigo por haber olvidado lavarme la cara, y me siento en el borde de la cama. Vuelve a toser y le paso una mano por la espalda para ayudarla a incorporarse.

—No es nada —le digo cuando termina.

—No puedes pelearte con todo el mundo, Jude —dice en voz baja, acomodándose contra las almohadas.

—¿Por qué no? —murmuro—. El mundo dio el primer puñetazo.

Me mira fijamente y dejo que estudie mi rostro. Y me muerdo la lengua contra todas las razones que tengo para luchar, todas las razones por las que quiero luchar.

—¿Qué otra cosa puedo hacer? —le pregunto—. ¿Aceptarlo sin más? ¿Dejar que nos hagan lo que quieran?

Como tú. El final de la frase se interpone entre nosotros, sin ser pronunciada.

—No se puede culpar de todo a los demás —replica.

—¿Cómo puedes tú, de entre todas las personas, decir eso? —le pregunto—. Te abandonó. Hizo promesas, y cuando lo necesitaste, ¿de qué sirvió su palabra? ¿Por qué no deberías culparlo?

Me mira en silencio mientras respira de forma lenta y dolorosa. Los dos sabemos que no estamos hablando de mi padre, aunque solo uno de los dos sabe por qué tengo a Leander en la cabeza esta noche.

Cuando dejamos Alinor, mamá quería cortar por lo sano. Estaba desesperada por dejar atrás su dolor y su angustia, y para ella eso significaba huir a Puerto Naranda, su ciudad natal. Perdí la cuenta de cuántas veces dijo que teníamos que mirar hacia adelante, no hacia atrás.

Yo sentía lo contrario: habría hecho cualquier cosa por aferrarme a mi antigua vida. Mi padre siempre había pagado mis estudios, nuestro alquiler, pero nunca había tenido nada que ver con nosotros, por mucho que yo soñara con el día en que se presentaría en el colegio, con la forma en que se asombraría de mis trofeos deportivos, de mis notas, de esas pequeñas cosas estúpidas que ahora no significan nada. Una pequeña parte de mí siempre creyó como un tonto que al final me aceptaría.

Pero en lugar de eso murió, y no nos dejó nada. Cuando más lo necesitábamos, se olvidó de nosotros.

Estaba tan seguro de que Leander era mejor que él. De que Leander se ocuparía de nosotros. Unas semanas antes, me había sentado a su lado en clase, prestándole un lápiz, inclinando mi hoja de examen para que pudiera ver las respuestas a las ecuaciones que siempre lo desconcertaban.

No creía que fuera a ayudarme. *Sabía* que lo haría.

Mi madre me dijo una y otra vez que lo dejase estar.

«Jude —me decía en voz baja—, los dos os sentabais juntos en clase, sí, pero tú y él no sois iguales. Un príncipe no puede bajar hasta los bajos fondos por alguien como tú, no con todo el mundo mirando».

Yo me negaba a creerla y ella suspiraba por lo bajo.

«Lo mejor será cortar por lo sano», insistía.

Y yo seguía esperando a Leander, como un tonto. Era mi amigo. No habría sido nada para él, rescatarme. Habría sido tan fácil.

Pero él nunca apareció.

Y yo aprendí una lección que nunca he olvidado.

—¿Jude? —La voz débil y jadeante de mi madre me devuelve al presente, y me fijo en sus rasgos dibujados, las sombras bajo sus ojos.

—Estoy escuchándote —susurro.

—Todo el mundo cuenta diferentes versiones de la misma historia —dice en voz baja, y quizá ella, al menos, esté hablando de sí misma y de mi padre. No hay razón para que piense en Leander hoy—. Y la única versión en la que somos los héroes es en la nuestra, Jude.

La confianza que le da a todo el mundo sin que se la merezcan, su fe en lo mejor de cada uno, por eso estamos aquí. Alguien más mundano se habría asegurado de que mi padre nos mantuviera en lugar de dejarnos a merced de su mujer, y si él o su mujer tenían versiones diferentes de esa historia, no puedo hacer que me importe.

Pero algunos días esa fe que mi madre tiene en todo el mundo es lo que necesito para seguir adelante.

—Tengo que irme una temporada —digo, inclinando la cabeza hacia la puerta principal—. Ruby tiene un trabajo para mí.

Me sigue con la mirada y veo que comprende que no estamos solos.

—Ruby enviará al médico mientras estoy fuera —digo—, y volveré lo más rápido que pueda. Hay algunas patatas, y hay judías en remojo. Cuando la señora Tevner pase mañana de camino al mercado, dile que le arreglaré la cocina en cuanto vuelva. Ha estado pidiéndomelo, así que eso debería mantener el interés en ti mientras no estoy.

—Se lo diré —dice mamá, aunque los dos sabemos que no tengo ni idea de cómo hacerlo. Crecí en una casa estupenda en Kirkpool, con cocinera y criada, y en el internado no enseñaban a hacer chapuzas.

Cuando pienso en la escuela, vuelvo a pensar en lo que me espera —el antiguo amigo que se supone que tengo que identificar— y me alejo del borde de la cama, rebusco una bolsa debajo de ella. Se queda en silencio mientras meto dentro la ropa que me sobra, mientras tanteo demasiadas veces, tirando con demasiada fuerza del cordón.

—Volveré lo antes posible —repito, inclinándome para darle un beso en la mejilla. Su piel está suave, pero su brazo resulta tan delgado bajo mi mano, los huesos de su hombro están afilados. Hay algo en su lecho de enferma que huele dulce, que no está bien. La tensa bola de ira que hay en mi interior amenaza con abrirse paso hasta mi garganta, pero suavizo mis rasgos y me pongo en pie.

¿Hay algo más que deba decirle si la guerra se acerca? No tenemos dinero para abastecernos de comida. Aunque tal vez lo que Ruby pague por este trabajo nos saque de la ciudad.

—Descansa —le digo—. Haz lo que te diga el médico.

—Te quiero, Jude —dice, extendiendo la mano con un esfuerzo visible para darle un apretón a la mía.

—Yo también, mamá. —Quiero decir algo más, pero la presencia de Laskia en la habitación contigua me hace tragarme las palabras. Así que le hago un gesto con la cabeza y, con otro apretón, me suelta.

Paso junto a Laskia y, cuando me dirijo a las escaleras, no miro atrás.

SELLY

◆

El Lizabetta
El mar Medialuna

Hasta que el *Lizabetta* no se pone en marcha no me doy cuenta de lo reducida que es nuestra tripulación. Avanza a la luz de las estrellas, con las velas desplegadas y a toda máquina, las banderas ondeando y la cubierta meciéndose bajo mis pies. Pero, por una vez, el olor a sal no ralentiza mi corazón acelerado.

Ese corazón me empuja de vuelta a Kirkpool, al *Freya* que sigue amarrado en los muelles. A mi última oportunidad de ver a Pa antes de que las tormentas de invierno bloqueen el paso. Cuando me imagino al *Freya* desplegando sus propias velas por la mañana, alejándose del puerto sin que nadie sepa que se suponía que yo debía estar a bordo, ni siquiera un mensaje mío, las lágrimas vuelven a arderme detrás de los ojos.

Y al mismo tiempo, el corazón me late como un tambor en el pecho por el miedo de lo que ha hecho Rensa. Nuestra capitana está de pie tras el timón, y Kyri cerca de ella, levantándose del santuario.

Sigo en la proa, mirando más allá del mascarón de proa y el bauprés, aunque solo sé dónde está el horizonte porque las estrellas se detienen, dando paso a un agua negra como la tinta. Enrosco las manos alrededor de la madera de la barandilla

83

—los guantes me cubren el dorso de las manos, pero tengo los dedos prácticamente libres— y la veta desgastada de la madera bajo mi tacto es un ancla familiar en una noche en la que todo ha ido mal.

Además de Rensa, Kyri y yo, hay tres tripulantes más, es decir, seis en total, de los que deberían ser diez.

Abri estará en el mástil, no me cabe duda, y los gemelos han terminado con las velas, aunque no sé cómo lo han hecho ellos dos solos.

Me pregunto qué harán los cuatro que dejamos atrás, en algún momento antes del amanecer, cuando encuentren un espacio vacío donde solía estar su barco. Las palabras de Rensa aún me escuecen: pienso en lo que significará para ellos. Qué harán para cobrar, dónde dormirán.

Yo misma me habría hecho esas preguntas, sin que ella me lo recordara.

Hay un destello de movimiento en lo alto cuando Abri baja, y me dirijo a su encuentro cuando llega a cubierta, en la oscuridad asoma su rostro pálido y blanco. Aunque no le faltan curvas y tiene un aspecto afable y rollizo, es tan fuerte como cualquier marinero. Siempre tiene una sonrisa preparada, pero ahora sus rasgos están contraídos, preocupados.

—Ni una luz a la vista, salvo Kirkpool que está desapareciendo —informa—. Estamos solos aquí afuera.

—O de quienquiera que nos estemos escondiendo tampoco lleva las luces encendidas.

Hace un mohín y, sin decir nada más, nos dirigimos a la popa para escuchar lo que Rensa tiene que decir. Para escuchar lo que este chico tiene que decir, qué excusa tiene para lo que sea a lo que nos ha arrastrado. Jonlon y Conor se bajan casi sin hacer ruido de sus posiciones y avanzan con nosotras.

Rensa está encendiendo un farolillo, mantiene el escudo protector a su alrededor para que el resplandor se mantenga tenue, pero aun así es suficiente para verlo mejor. Y ahora que ha arruinado mi última oportunidad de ser feliz, miro mucho más de cerca a este chico.

Lo primero que pienso es que no es justo que alguien tenga este aspecto. Tiene más o menos mi edad, pero ahí acaban nuestras similitudes. Yo soy rubia, tengo la piel clara y muchas pecas. Él tiene el pelo negro y las cejas pobladas, la piel morena como la arena y una sonrisa fácil. Su boca está hecha para sonreír, sus ojos dispuestos a arrugarse en las comisuras.

Lleva el linaje en la cara y la fortuna en la ropa, aunque se ha despojado de su elegante gabardina, la ha tirado en la cubierta junto al santuario y se ha arremangado para mostrar esos fuertes antebrazos y las intrincadas marcas de mago que vi antes.

Levanto la vista de sus labios y descubro que me está mirando. Levanta una ceja, divertido, y por instinto entrecierro los ojos. No parece molesto.

La voz de Rensa interrumpe el momento y ambos nos volvemos hacia donde está ella, junto al farol.

—Gracias a todos por el rápido trabajo de esta noche. En primer lugar, me gustaría decir que sé que hemos dejado atrás a cuatro tripulantes, y lo siento. Alguien les estará esperando cuando vuelvan al muelle, y se ocuparán de ellos. No podíamos arriesgarnos a hacer nada fuera de lo normal, y mantener a todos a bordo podría haber llamado la atención. —Nos echa un vistazo—. En segundo lugar, permitidme que os diga que hemos llegado a este trabajo porque la flota de Stanton Walker tiene fama de cumplir con nuestros acuerdos.

Es imposible que mi padre hubiera estado de acuerdo con algo así; nunca habría permitido que nos metieran en el lío en el que ahora estamos metidos. Aprieto la mandíbula y echo un vistazo a la tripulación, pero todos miran al recién llegado.

—El *Lizabetta* se enorgullece de mantener el estándar de los Walker —continúa Rensa—. Además de fiable, es rápido, silencioso y no llama la atención. Todo esto fue lo que llamó la atención de Su Majestad.

—Su Majestad —jadea Jonlon, sin duda, hablando por todos nosotros. Creo que Abri murmura una oración. Conor me lanza una mirada que dice que no está más contento que yo con esto.

—¿Qué tiene que ver él con la reina? —estallo, y el chico tonto me sonríe como si hubiera dicho algo divertido.

—Sin ánimo de ofender —se apresura a añadir Abri, prácticamente pestañeándole, y pone mala cara cuando la miro mal.

—Él es el hermano de la reina, el príncipe Leander —responde Rensa sin más.

Por un momento no se oye nada, salvo el viento y el mar y los latidos de mi corazón en mis oídos. Intento entender lo que dice, pero no lo consigo.

Sabía que no era un simple sirviente, pero ¿el príncipe en persona? Tal vez sea un impostor. Si es el príncipe, ¿por qué se escondía detrás de...?

Mi mente elige este momento para presentarme una lista de los diversos insultos que le dirigí. Por la Diosa, ¿por qué no puedo mantener el pico cerrado? Pero me reafirmo en lo que dije.

«Todo lo inútil que hay por aquí está muy bien decorado. No quisiera que te sintieras excluido».

Y luego le puse una flor detrás de la oreja.

Que los espíritus me salven.

—Esta tarde he recibido un mensaje de la reina y la decisión se tomó con rapidez —está diciendo Rensa—. Con poca antelación, para reducir las posibilidades de que se corra la voz. Hemos puesto rumbo a las Islas de los Dioses. Su Alteza tiene negocios allí.

Las Islas de los Dioses.

Un grupo de islas que no aparecen en ningún mapa, cada una de las cuales alberga un templo sagrado de uno de los dioses o de la propia Madre. Está prohibido poner el pie en ellas; aunque un vigía las divisase, a nadie se le ocurriría desembarcar allí.

—Pero no tenemos carta de navegación —protesto.

—Su Alteza nos ha proporcionado una —responde Rensa con una inclinación de cabeza hacia él, que él devuelve, como si de alguna forma fueran iguales.

—Yo... pensé... ¿es el príncipe? —Jonlon se las arregla para hablar, con los ojos muy abiertos, y su gemelo le pone una mano en el brazo para tranquilizarlo. Jonlon es alto, corpulento y tranquilo, mientras que su hermano es bajo, delgado y no suele ser tranquilo.

—¿Por qué nuestro barco? —pregunto, sin pensar antes de hablar—. Somos un barco mercante honesto, sin una sola flor, guirnalda o bailarina a la vista.

—Las guirnaldas me sientan bien —asiente el chico, lo que provoca una risita de Abri y una sonrisa de Kyri. Increíble. Luego me guiña un ojo—. Y me queda muy bien una flor detrás de la oreja.

De inmediato, Kyri me lanza una mirada de «te acaba de guiñar un ojo, lo hablaremos más tarde», y Rensa me lanza una mirada que dice «cállate o te callo».

—Desgraciadamente, el deber me llama —continúa el príncipe, sin dejar de sonreír—. Haré el sacrificio tradicional de mi familia cuando lleguemos a las Islas y fortaleceré a nuestra Diosa lo suficiente para que siga vigilando a Macean. Ella se asegurará de que permanezca atado y dormido, donde debe estar, y así los mellaceos tendrán que recoger sus juguetes y esperar a jugar a la guerra otro día.

—¿Un sacrificio? —pregunta Abri.

—Cada veinticinco años —responde el príncipe Leander—. Mi familia lleva siglos haciendo este viaje.

Le miro entrecerrando los ojos, intento recordar lecciones de hace mucho tiempo; ni siquiera estoy segura de que esto fuese una lección, sino más bien una historia que alguien contó una noche para entretener a la tripulación. Algo sobre los veinticinco años me resulta familiar.

—Lo siento —digo despacio—. Solo para que quede claro, estamos al borde de la guerra, y en lugar de enviarte para que te asegures de que nuestros aliados están de nuestra parte, cosa que no es que sea un gran plan, ¿la reina apuesta por que la gente de Mellacea decida no jugar porque creen que su Dios está dormido?

—Exacto —responde, contento.

No puedo creerme que haya perdido la oportunidad de navegar al norte por esto.

—No sé ni por dónde empezar —murmuro. Sé que debería callarme, pero la verdad es que no sé ser diplomática.

—Basta, Selly —gruñe Rensa.

El príncipe Leander agita una mano en señal de indiferencia.

—No, capitana, su tripulación no es la única que piensa que la familia real se ha quedado dormida en el trabajo. Pero sabemos cuál es nuestro deber. El peligro de los asesinos significa que vale la pena despistarse, sin embargo, vale la pena fingir que nuestra atención está puesta en otro sitio totalmente distinto.

—Entonces, ¿qué está haciendo realmente la flota del progreso? —pregunta Conor, con un tono mucho más agudo que el de su hermano. Al menos hay otra persona en el barco que no mira al príncipe como si estuviera enamorada.

—La flota del progreso partirá hacia la costa, despacio, como si se dirigiera a las visitas diplomáticas que había planeado —responde el príncipe—. Se tomarán su tiempo, se harán a la mar primero: el príncipe y sus amigos estarán jugando a hacer un viaje de verdad. Mientras tanto, nadie rastreará al *Lizabetta* como lo harían con un navío de Alinor. Es hermosa, pero poco notable. Lo que significa que podemos bajar a las

Islas y volver a subir antes de que nadie sepa lo que estamos haciendo.

Hace una pausa, nos mira a todos, baja la voz y se muestra encantador.

—Mi hermana y yo les agradecemos la ayuda —continúa, y suena exactamente como lo que es: un chico al que nadie le ha dicho que no en la vida—. Haré todo lo posible por no estorbar. —Baja aún más la voz, y toda la tripulación se inclina hacia él—. Hoy cuando estuve a bordo de la flota del progreso, yo... tomé prestadas algunas provisiones. Nos daremos un festín como... bueno, como príncipes, supongo, para el desayuno de mañana por la mañana.

Resoplo, y me doy cuenta de que Rensa me oye. Pero la sonrisa de Leander es tan relajada, tan amistosa, que nos convierte a todos en cómplices, como si esto fuese una broma gigantesca en lugar de una misión tan peligrosa que tiene que llevarla a cabo de incógnito.

Antes de que ninguno pueda responder, Kyri se adelanta y alza la voz.

—Será un viaje rápido a las Islas, si todo va bien, y así debería ser, con Su Alteza encantando a los espíritus a mi lado. Por ahora, Jonlon, Conor, venid a cubierta conmigo. Abri, echa un vistazo a lo que hay en la cocina y prepara algo para que comamos. Selly, el príncipe dormirá en nuestra habitación. Saqué nuestras cosas hace una hora. Tú no estás de guardia, busca una hamaca en el camarote de la tripulación y descansa.

Y así, sin dejar de mirarla por el hecho de que me hayan echado de mi propia cama, me despido.

Leander se acerca a Rensa, entablan conversación de inmediato, y que los espíritus me salven, la hace sonreír en menos de diez segundos. No sabía que sabía hacerlo.

Ni siquiera me doy cuenta de que el académico está en cubierta hasta que se mueve bruscamente entre las sombras, apartando los ojos del príncipe. Estoy segura de que Su

Alteza está acostumbrado a que le miren fijamente —seguro que le encanta—, pero, aun así, hay algo en la mirada del erudito que me hace observarle mientras gira los hombros y se retira cubierta abajo.

Kyri comprueba el santuario y se dirige con los gemelos a ajustar las velas.

Abri me lanza una mirada que me invita a ir directamente a la galera a cotillear, y cuando niego con la cabeza, se limita a enlazar su brazo con el mío y me arrastra con ella por la cubierta.

—¡Un príncipe! —susurra, no tan bajo como ella cree—. ¡No pongas esa cara, Selly! Tenemos a bordo al soltero más codiciado del mar Medialuna.

—¿Qué? ¿Crees que ha venido a cortejar? —le respondo, y me arrepiento de inmediato cuando su sonrisa desaparece.

La voz de Kyri suena en mi oído y doy un respingo.

—Cierra la boca, Selly. ¿No puedes disfrutar de las vistas?

—Creía que se suponía que estabas arreglando las velas —murmuro.

—Conor también cree que es guapo —responde, ignorándome.

—Entonces podéis hablar los tres —respondo, soltándome del brazo de Abri.

—Ha dicho que su hermana y él nos están agradecidos —musita Abri, volviendo a su ensoñación anterior como si nunca le hubiera quitado las ganas—. Se refiere a la reina Augusta. ¡Agradecida con nosotros!

—La reina Augusta no sabe quién eres —señalo, y Kyri me clava un dedo en las costillas.

—Le he visto guiñarte un ojo —dice—. ¿De verdad estás diciendo que no quieres devolverle el guiño?

—Lo digo en serio… —Pero ahí me detengo, porque cualquier cosa más delataría lo que estaba planeando. Lo que he perdido.

Estuve tan cerca de escapar de las garras de Rensa. En vez de eso, pasarán meses antes de que tenga otra oportunidad de abandonar el barco y dirigirme al norte.

Y ahora el *Lizabetta* navega en la oscuridad hacia un lugar al que nadie va nunca, buscando el peligro en un templo al que nadie ha ido en años. Todo por culpa del príncipe Leander. Es como una historia de aventuras. ¿Rensa cree que esto puede funcionar, o no había forma de rechazar a la reina?

Todo el mundo sabe que Alinor y Mellacea se acercan cada vez más al borde del precipicio. Los barcos desembarcan en los puertos de ambos países con nuevos impuestos, registros e incautaciones cada día. El viento susurra que se avecina una guerra, y no se trata de algo de lo que pueda salvarnos una peregrinación a un templo en medio de la nada.

Si la familia real cree que invocar a una Diosa va a ahuyentar a la armada de Mellacea, entonces todo el mundo está metido en muchos más problemas de los que pensaba, porque esa no es ninguna plegaria de la que haya oído hablar.

Hay algo en todo esto que no entiendo… pero creo que sé quién podría hacerlo.

KEEGAN

◆

El Lizabetta
El mar Medialuna

e obligo a respirar mientras avanzo por el estrecho pasillo. Antes, uno de los marineros me dijo que mantuviera una mano apoyada en la pared una vez que estuviéramos en marcha, por si el barco rodaba de improviso, pero ahora mismo no es eso lo que me preocupa.

La conversación en cubierta ha terminado hace poco, y he vuelto a escabullirme sin que nadie me vea. Durante las últimas semanas en casa de mi familia, me he convertido en un experto en escuchar a hurtadillas, pero, aunque he oído muchas noticias desagradables, esta encabeza la lista con mucha diferencia.

Ahora entiendo por qué la capitana se esforzó tanto en convencerme de que buscara pasaje en otro sitio esta tarde, apenas unas horas después de darme la bienvenida a bordo. Debió de ser entonces cuando aceptó esta misión.

«Siento las molestias —me dijo, frunciendo el ceño como si yo fuera la causa de sus problemas, cuando había sido bastante educada al enseñarme mi camarote y verme guardar mis cosas—, pero nuestros planes han cambiado, y al final no tendremos sitio para ti».

«Capitana —le contesté, irguiéndome como mi padre—, está claro que tiene espacio para mí, ya que lo estoy ocupando en este mismo instante».

92

No iba a permitir bajo ninguna circunstancia que me volviese a dejar en el muelle: acababa de llegar a Kirkpool antes que el mayordomo de mi padre y mi única posibilidad de seguir así era esconderme bajo cubierta y esperar que no encontrase mi rastro antes de que el *Lizabetta* partiese. Permanecer en el muelle con los baúles a mi alrededor era lo contrario a lo que quería hacer.

«Jovencito», empezó a decir, y cuando su tono se hizo más firme, supe que no podía dejarla ir más lejos. Cuanto más durara esta discusión, más posibilidades tendría de recordar que simplemente podía hacer valer su autoridad a bordo de su propio barco.

«Capitana Rensa —respondí, obligándome a sonar igual de firme—. Que quede claro. Ha aceptado mi dinero y me ha subido a bordo. Si me echa ahora, no tardaré ni un segundo en decirle a todo Kirkpool que abandona a sus socios comerciales por ofertas mejores».

Su mirada acerada se clavó en mí, y en ese momento pensé que había dado en el clavo.

Ahora sé que esto habría atraído exactamente el tipo de atención que ella no podía permitirse, si acababa de ser reclutada para una misión secreta.

Ojalá se hubiera mantenido firme.

Preferiría que mi camino y el del príncipe no se volvieran a cruzar, pero sé que al final me verá y tendré que hablar con él, y dioses, comer con él. Ahora mismo, hasta retrasar ese encuentro unas horas me resulta apetecible.

Tengo que tranquilizarme, recomponerme, y entonces, esconderme en mi habitación —en mi camarote, mejor dicho— y esperar que se olvide de mí lo antes posible.

De todas las cosas que podían pasar, y de todos los momentos en los que podía pasar, tenía que ser ahora que estaba tan cerca de escapar.

Empujo la pequeña puerta de madera, me deslizo dentro y la cierro bien detrás de mí. El espacio es pequeño, pero está bien construido. Hay una litera empotrada en la pared, hecha con un grueso edredón que huele un poco a humedad, aunque no es desagradable. En el suelo, bajo el ojo de buey, hay un soporte que permite apoyar el baúl sin riesgo de que se deslice. Hay una pequeña mesa y una silla clavadas en el suelo. La lámpara, que he dejado encendida, pende de un gancho en el techo.

Supongo que la chica que ha ido a explorar la cocina —por lo que parece, no es la cocinera habitual del barco— llegará con la comida a su debido tiempo. Mientras tanto, haré lo posible por distraerme.

Levanto la tapa del baúl y estudio los títulos que hay entre la poca ropa que me sobra. Leer siempre me ayuda a ahuyentar las cosas que me preocupan, o peor aún. Me ayuda a respirar. Me detengo al ver *Mitos y templos* de Tajan. Resulta que no podría haber traído una lectura mejor, dado nuestro destino. Tajan es aburrido, a menudo predecible, pero no deja de ser minucioso.

Un fuerte golpe en la puerta me sobresalta, y me libro por los pelos de que la tapa del baúl se me cierre sobre mis dedos.

Barrica, por favor, que sea la chica con mi comida, y no Leander.

Con el tratado apoyado contra mi pecho con sumo cuidado, abro la puerta y me encuentro cara a cara no con la chica que ha ido a la cocina, sino con la otra. Es inconfundible: va marchando a todas partes, como si se preparase para la batalla.

Nos conocimos esta mañana y cruzamos unas palabras. Me miró de arriba abajo como si me estuviera evaluando y luego asintió con la cabeza, lo que parecía indicar que había pasado una prueba.

—Vengo a arreglarte el ojo de buey —me dice con brusquedad, blandiendo un cubo hacia mí.

—¿Ahora?

—Puede que nos encontremos con mala mar durante la noche —dice, señalando con la cabeza el Tajan que sigo sosteniendo contra el pecho, en una posición que admito que no es muy distinta a la de un escudo—. Aquí hay mucho papel. No me gustaría que se empapara.

No estoy en posición de discutir con ella, y estoy demasiado alterado por los últimos acontecimientos como para resistirme, así que retrocedo obediente y me retiro para sentarme en el borde de la cama. Deja el cubo sobre mi mesilla y se inclina para mirar el sellado de la ventana.

Tiene más o menos mi edad, el pelo rubio recogido en una trenza desordenada y la piel bronceada con muchas pecas. Entrecierra los ojos verdes y frunce el ceño ante el ojo de buey como si la hubiera ofendido personalmente. *Selly*, me dice mi mente. Así la llamó la capitana.

—Así que nos dirigimos a las Islas —dice, sacando un destornillador de su cubo y empezando a quitar los tornillos de alrededor del borde de latón del ojo de buey.

—Inesperado —coincido, y estoy seguro de que no oculto mi mohín. Ahora entiendo por qué está aquí: quiere información y sospecha, con razón, que yo la tendré.

Me tiende el primer tornillo y me quedo mirándolo demasiado tiempo antes de entender lo que quiere. Me levanto de la cama para unirme a ella y le tiendo la mano para que deje caer el tornillo en ella. Nos quedamos en silencio mientras retira los tornillos y los deja caer uno tras otro en mi palma.

Arranca el marco de latón del ojo de buey con un gruñido, lo deja sobre la mesa y busca en su cubo un tarro grande y lo desenrosca. Luego se quita los mitones que lleva y deja al descubierto la piel verde del dorso de cada una de sus manos.

Nunca había visto marcas de mago como estas en nadie que no fuera un niño; en lugar del intrincado diseño que debería indicar su afinidad, son simplemente una raya gruesa, como si hubieran sido pintadas con un pincel ancho. Siento curiosidad al instante, pero cuando tomo aire para preguntar, ella me sigue con la mirada y su rostro se contrae. Con las mejillas sonrojadas, gira las manos para ocultar el dorso. Y yo mantengo la boca cerrada.

Con los dedos, saca una generosa porción de sustancia viscosa negra del tarro, y yo rezo mentalmente a Barrica para que se asegure de que después no toque ninguno de mis libros.

—¿Tiene más sentido para ti que para mí? —pregunta al final, echando la sustancia viscosa en el espacio que ha dejado al quitar el marco—. Porque, desde mi punto de vista, estamos a punto de ir a la guerra, nuestro barco se hunde, y en lugar de hacer algo útil, intentamos salvarlo con un cubo invisible, con un cuento para dormir.

—Es más que una historia —respondo, aunque no estoy de humor para defender a Leander—. Hay muchos motivos para creer que el príncipe puede evitar una guerra si hace un sacrificio en las Islas. Al rey Anselm le funcionó, y debería funcionar ahora. —Ya habría funcionado si no hubiera llegado tarde, como siempre.

Se da la vuelta para mirarme, con los ojos entrecerrados mientras intenta decidir si le estoy tomando el pelo.

—¿Hablas en serio? El rey Anselm también es un cuento para dormir. ¿Estamos confiando en eso?

—El rey Anselm es mucho más que un cuento para dormir —le aseguro—. Puede que viviera hace cinco siglos, pero era real.

—¿Estás diciéndome que anduvo por ahí luchando de verdad en una guerra con una Diosa en su equipo?

—Bueno, creo que era él el que estaba en el equipo de ella, pero sí.

—¿Cómo puedes saber lo que pasó hace cientos de años?

—Libros, principalmente.

—Sabes que las historias de los libros se inventan, ¿verdad? Sobre todo, las de los reyes mágicos.

Suena un poco preocupada por mi cordura, pero por fin estoy en mi terrero.

—No todas las historias son inventadas, y. en este caso, hay múltiples fuentes contemporáneas sobre la historia del rey Anselm.

Me mira de reojo y pienso que «contemporáneas» podría ser el problema.

—Hay muchos relatos escritos del sacrificio original —le digo—. Muchos son de personas que estaban vivas en ese momento, en lugar de repetir algo que habían oído. Además, coinciden en los detalles importantes. Eso significa que es casi seguro que ocurrió como dicen que ocurrió.

Deja de trabajar para estudiarme bien, midiendo mi explicación. Lucho contra el impulso de mover mi peso como si fuera un colegial incompetente, como si algo dependiera de que ella acepte mis palabras.

—Si te sirve de consuelo —aventuro—, yo también estoy lejos de alegrarme de que Su Alteza haya elegido nuestro barco para hacer el viaje.

Resopla y saca un trozo de cuerda fina del cubo y la presiona alrededor del borde del ojo de buey, donde se pega a la misteriosa sustancia viscosa.

—De acuerdo. Entonces, escuchemos las pruebas.

Parpadeo.

—¿Qué?

—Has dicho que había muchas. Ese mocoso malcriado de príncipe me ha costado... bueno, lo suficiente. Demasiado. Convénceme de que no ha sido en vano. ¿Cómo va a detener una guerra?

Retrocedo un par de pasos y vuelvo a sentarme en el borde de la litera, con los tornillos en la mano mientras pienso por dónde empezar.

—Bueno, la historia comienza hace unos quinientos años. O, para ser más precisos, hace quinientos y un años. Y en este caso, la precisión importa. El tío abuelo del príncipe Leander, Anselm, era rey. Y estaba en guerra con Mellacea. —Hago una pausa para ver si lo he explicado de forma demasiado básica: no sé qué tipo de educación reciben las chicas que viven en barcos.

Asiente con la cabeza, golpea el último tramo de cuerda con el puño y busca un trapo en el cubo para limpiarse las manos.

—Sí, y en las historias, los dioses también luchaban, es decir, corrían literalmente como si fueran personas, luchando entre sí. Y al final, Barrica la Centinela convirtió al rey en un guerrero mágico, y juntos durmieron a Macean el Jugador y derrotaron a Mellacea, y luego ambos desaparecieron para siempre —dice—. O algo parecido.

—Algo así —acepto—. Aunque Anselm se convirtió en Mensajero, quizás, no en guerrero mágico.

—¿Qué es un Mensajero?

—Bueno, lo que aparece en primer lugar en la historia es su sacrificio. Los textos religiosos y académicos dicen que los dioses obtenían su poder de dos fuentes: la fe y el sacrificio. Cuanto mayor era su número de adoradores, más fuertes eran. Eso es la fe. Cuantos más sacrificios se hacían en su nombre, más poderosos eran.

—Igual que la magia —concluye—. Salvo que los espíritus solo requieren de pequeños sacrificios, como velas, o un poco de tu comida, y más que fe, por lo que sé.

—Exacto —coincido, haciendo una pausa al darme cuenta de lo que ha dicho. «Por lo que sé». Qué raro, para alguien con marcas de mago.

—Así que su sacrificio fue ayudarla a encerrar a Macean en un sueño, esta parte ya la sé. ¿Qué sacrificó?

—Bueno, hay que entender qué estaba en juego. Los dos dioses se habían enfrentado con tanta violencia que todo el país de Vostain fue destruido. Yacía en el lugar que ahora llamamos las Tierras Áridas.

Sus cejas se levantan.

—¿Donde está la Biblioteca?

—Así es. La Biblioteca es un lugar de aprendizaje neutral e independiente, por eso veneran a la Madre y no a ninguno de los siete dioses, y se construyó en un lugar que nos recuerda lo que ocurre cuando permitimos cualquier conflicto.

—No sabía que allí había un país —admite—. Así que Barrica y Macean estaban enfrentados, y… y pasó eso.

—Sí. Y Macean era fuerte. Y era atrevido, por algo lo llaman el Jugador, el dios del riesgo. Barrica solía llamarse la Guerrera, y sabía que era la única que podía detener a su hermano. Vio lo que le ocurrió al país de Vostain, y lo que le ocurrió a su hermano menor, Valus, que había perdido a todos sus adoradores en un instante. Entonces habló con el rey Anselm. Como rey de Alinor, él era el primero entre sus seguidores.

—Y lo convirtió en un guerrero mágico.

—Todavía no. Primero, necesitaba que la hiciera más fuerte. Así que lo hizo. El Rey Anselm hizo el mayor sacrificio que tenía para ofrecer. Su propia vida.

Deja caer el trapo con el que se limpia las manos en el cubo y se vuelve para mirarme.

—¿Se quitó la vida?

—La única forma de salvar a su pueblo era con un acto abrumador de sacrificio y fe. Uno tan grande que fortalecería a Barrica sin comparación. Y funcionó. Ella se levantó y ató a su hermano Macean en un sueño, en el que ha permanecido desde entonces.

—¿Y el rey siguió muerto? —pregunta, frunciendo el ceño—. ¿Barrica no lo trajo de vuelta, en su primer milagro? ¿Cuándo ocurre lo del Mensajero?

—Hay… cierto debate. Hay historias incluso más antiguas, de siglos antes de la Guerra de los Dioses, sobre la

Era de los Mensajeros. Sobre seres dotados del poder de los dioses, pero que no son ni dioses ni humanos. Dicen que hubo un Mensajero que creó la llanura sobre la que ahora se asienta Mellacea, otro que desvió un río entero en Petron. Las historias son tan antiguas que sus orígenes se han perdido.

—¿Así que tal vez nunca existieron?

—Lo más importante que un académico debe aprender a decir es «no lo sé». Y no lo sé.

—¿Qué es lo que crees?

—Algunos dicen que Anselm se convirtió en Mensajero, siglos después de que desaparecieran los últimos. Pero poco después de la batalla él simplemente desaparece de la historia, y su hermana es coronada, y después, sus hijos. Creo que quizá la gente quería que hubiera sobrevivido, y crearon historias para que así fuese.

—Sombrío —concluye ella.

—Fue una época sombría. Pero funcionó. Con Macean sumido en un sueño e incapaz de ayudarles, las fuerzas de los mellaceos fueron derrotadas, y Alinor venció.

—Así de sencillo.

—Salvo para el rey Anselm —reconozco—. La carga real es pesada. Para unos más que para otros.

—No parece que le pese mucho al príncipe —resopla.

Aprieto los labios y dejo que mi silencio responda por mí.

—Así que dime de qué forma esto nos lleva a un barco ahora —dice, extendiendo la mano para que le dé los tornillos—. No, dámelos de uno en uno.

Le doy un tornillo.

—Cada veinticinco años, un miembro de la familia real vuelve a hacer el sacrificio.

Suelta el tornillo y me mira horrorizada.

—No estarás insinuando que el príncipe quiere navegar hasta las Islas para morir.

Niego con la cabeza y ella se arrodilla para buscar el tornillo perdido.

—La familia real no comparte los detalles —digo—, pero uno de los descendientes del rey viaja a las Islas de los Dioses, a la Isla de Barrica en particular, y hace su propio sacrificio. Siempre regresan ilesos, así que es de suponer que será algo pequeño, que el esfuerzo del viaje es un acto de fe y un sacrificio en sí mismo.

—Y han pasado veintiséis años —concluye, poniéndose en pie y volviendo al trabajo—. Así que llega un año tarde a su cita. ¿Han estado navegando allí cada veinticinco años durante todo este tiempo?

—Sin falta. Con discreción, por razones obvias.

—¿Nadie ha intentado detenerlos?

—Si así fuese, apenas hablarían de ello.

—¿Y un año más importa tanto?

—No precisamente —digo, pasándole otro tornillo cuando extiende la mano. Para mi sorpresa, casi... disfruto de la conversación. O del elemento instructivo, en cualquier caso. He soñado despierto que este tipo de cosas sucederían todo el tiempo cuando esté en la Biblioteca. Cuando las cosas se han complicado, me he imaginado holgazaneando en la biblioteca, debatiendo cuestiones de historia y cultura—. Dime, ¿eres religiosa?

—No rindo culto en el templo —dice, cerrando un ojo para concentrarse en encajar el destornillador en la cabeza del último tornillo—. Pero ¿quién lo hace? Aunque le tengo un sano respeto.

Asiento con la cabeza.

—En Alinor, la fe es distinta a la de otros lugares. Los otros dioses se retiraron del mundo por completo, y su religión se ha convertido más en una... formalidad, a falta de una palabra mejor. Pero Barrica la Guerrera se quedó para velar por el Macean que dormía. Así es como se convirtió en

Barrica la Centinela. Dejó la puerta entreabierta, como suele decir el clero. Ya no curaba a los enfermos ni hacía grandes milagros, pero nos demostraba que estaba presente. El relleno anual de los pozos, el modo en que las flores florecen en los templos sin importar la estación.

—¿Las flores del templo no hacen eso en ningún otro sitio? —pregunta, parpadeando—. ¿Cómo saben que sus dioses son reales?

—Bueno, lo saben —le digo—. Simplemente esperan y creen, y ni siquiera lo hacen mucho en estos tiempos. Y en los últimos años la fe también ha disminuido en Alinor. La mayoría de la gente es como tú: no van al templo muy a menudo. Pero dicen que en Mellacea las iglesias están llenas.

—Oh.

—Sus hermanas verdes dicen que pronto Mecean será lo bastante fuerte para escapar de su sueño. Así que, en ese contexto, con cada vez menos fe fortaleciendo a Barrica, y cada vez más fortaleciendo a Macean el dormido... un año extra podría importar mucho. Una guerra entre dos países es una cosa. Si puede deshacerse de sus ataduras y despertar, entonces una guerra entre dos Dioses... Basta con echar un vistazo a las Tierras Áridas para comprender que no se sabe cuántos morirían, ni cómo quedaría el mundo después.

Sacude lentamente la cabeza.

—¿Los académicos de verdad pensáis que pueden volver y luchar entre ellos?

—Personalmente, preferiría no averiguarlo.

Lo considera mientras busca otro tornillo.

—En una guerra así, reclutarían barcos como los nuestros, ¿no? ¿Crees que ocurrirá? ¿Es por eso por lo que tomaste un pasaje para Trallia?

—No. No tengo ningún interés en verme envuelto en una guerra religiosa, pero mis motivos eran personales. Iba a viajar de Trallia a la Biblioteca y ocupar una plaza como estudiante.

Y estuve tan tan cerca de lograrlo.

—La guerra también será personal —señala—. ¿Tu familia no está en Alinor?

—Mi familia puede defenderse sola. —Mi familia es militar hasta la médula. Les encantaría tener una excusa para poner en práctica su entrenamiento.

Ambos oímos el cambio en mi tono, las palabras llegan con prisa, demasiado a la defensiva. Ella gira la cabeza, y yo me preparo para un golpe o una pregunta mordaz.

En lugar de eso, aprovecha la oportunidad para pasar a otro tema del que no quiero hablar, asumiendo que seguiré prefiriéndolo al tema de mis padres.

—Entonces, ¿conoces al príncipe? Vi cómo lo mirabas en cubierta.

Pongo una mueca involuntaria.

—Lo conocí en el colegio —zanjo.

—¿Cómo es?

En particular, no quiero responder a la pregunta. Esta chica, Selly, es muy directa y no quiero mentirle a la cara. Tampoco quiero decir nada de lo que me pueda arrepentir después.

—El príncipe Leander disfruta de la vida —digo al final—. Y se preocupa muy poco por nada.

—Uf. —Deja caer el destornillador de nuevo en el cubo y gira la tapa en el frasco de sustancia viscosa—. ¿Por eso llega tarde a su sacrificio? ¿Estaba demasiado ocupado divirtiéndose?

Una vez más, no digo nada y ella gruñe en el fondo de su garganta.

—Bueno, te ha costado tu viaje a la Biblioteca, y a mí también me ha costado bastante. Supongo que debería esperar que no se retrase tanto como para costarle a mucha gente bastante más que eso. Gracias por la lección, académico.

Abro la boca para corregirla, para darle mi nombre, y la vuelvo a cerrar.

—De nada.

Asiente con la cabeza mientras levanta el cubo.

—Avísame si te entra más agua por ese ojo de buey.

Me quedo en la litera cuando se marcha, y solo cuando la puerta se cierra tras ella con un ruido sordo me doy cuenta de que aún tengo la mano apoyada en *Mitos y templos* de Tajan. Lo abro a tientas y hojeo las páginas en busca de un capítulo interesante para relajarme.

Prefiero estudiar historia a formar parte de ella.

LEANDER

◆

El Lizabetta
El mar Medialuna

Resulta que las literas de los barcos son más estrechas de lo que cabría esperar. Estuve a punto de caerme de la mía un par de veces durante la noche, cuando olvidé dónde estaba e intenté darme la vuelta.

Puedo hacer que casi cualquier cosa luzca bien, pero quizás no sea malo que la otra litera no esté ocupada. Mis hermanas me dicen siempre que al menos intente evitar testigos, intercambian una mirada y suspiran.

Alguien metió una manta de hilos de oro en el equipaje, y yo me burlé de ella cuando rebuscaba en mi baúl para ver qué había, luego me tragué mis palabras y me acurruqué debajo de ella cuando pude echar un vistazo a la colcha que se suponía que tenía que usar.

Sin embargo, ahora ha amanecido y hay un resplandor alrededor los bordes de la persiana del ojo de buey.

Ah, y alguien está llamando a la puerta. Eso debe ser lo que me ha despertado.

—Pase —digo, sentándome en la cama, me paso una mano por el pelo y me rindo al sentir que se me eriza en todas direcciones. Qué más da. Soy encantador, puedo hacer que se vea bien.

Se abre la puerta y la chica de ayer entra con una bandeja y una expresión de desconfianza. Su mirada se posa en mi pecho y, un instante después, me doy cuenta de que no llevo camisa.

Los diez segundos siguientes son un caos.

Abre los ojos de par en par, y un segundo después está haciendo malabares con la bandeja del desayuno. Empiezo a moverme, dispuesto a apartar la manta para ayudarla, y entonces también me doy cuenta de que no llevo mucho debajo de la manta. Ella adivina lo mismo casi al mismo tiempo y grita un:

—¡Ni se te ocurra!

Estoy atrapado bajo la manta, rezando para que se recupere a tiempo de salvar mi comida, y ambos respiramos aliviados cuando deja la bandeja sobre mis piernas.

—Toma, comida —murmura, retirándose ya hacia la puerta.

—No es la primera vez que causo estragos quitándome la camiseta —la tranquilizo—. Hubo una vez que... En realidad, no estoy seguro de que esto ayude.

Me lanza una mirada que me indica que mi mera existencia no ayuda y cierra la puerta tras de sí, dejándome con un respetable, aunque sencillo, desayuno de huevos, salchichas, tostadas con mantequilla y fruta.

Es la segunda vez que no consigo causarle buena impresión. Qué raro. Empiezo a preguntarme si va en serio.

Dirijo mi atención a la comida. Por lo general, son mis propios cocineros los que se encargan de la comida cuando no estamos en palacio, pero, aunque faltan los adornos y alguien ha cortado la manzana en trozos en vez de en forma de flor o algo así, todo ha salido bastante bien.

Tras pensármelo dos veces, decido no volver a llamarla para preguntarle por el zumo de naranja.

Media hora más tarde ya estoy comido, vestido y listo para explorar mi nuevo reino. Me cuelgo la mochila al hombro, sintiéndome un poco ridículo, pero con la voz de mi hermana Augusta en mis oídos: *No la pierdas de vista*.

Hay una pequeña estatua de piedra de Barrica en un hueco junto a la puerta, pegada al suelo, con una medalla con la imagen de la Madre colgada a su lado. Al pasar, toco a Barrica con la punta de un dedo y dirijo mis pensamientos hacia ella. Tiene la superficie desgastada por todos los que han hecho lo mismo antes que yo.

Sé que para mucha gente ir al templo en vacaciones es una obligación, pero el vínculo de mi familia con Barrica significa que mi relación con ella siempre ha sido personal. Siento con claridad su presencia cuando la invoco, y es como tener a una hermana ligeramente aterradora y bastante militarista mirándome por encima del hombro cada vez que rezo; y no me intimido fácilmente ante esas cosas. Al fin y al cabo, vivo con Augusta.

Sin embargo, la suave expresión de esta pequeña estatua parece de especial desaprobación.

—No me mires así —murmuro—. Voy para allá.

Al subir los escalones de madera, es como salir de una cueva poco iluminada e inestable a un mundo de luz y aire fresco y salado. La cubierta aún está mojada por el rocío, las jarcias crujen bajo mis pies, las velas blancas se llenan y se redondean mientras el barco avanza a toda prisa. Es más temprano de lo que pensaba y el sol acaba de asomar por el horizonte.

Ese horizonte es perfectamente liso, se extiende en todas direcciones, y yo giro en un lento círculo para asimilarlo, estudiando cada aspecto del barco a medida que avanzo por él. No puedo evitar sonreír. El cielo es de un azul claro y cálido, el mar es un amplio manto azul marino con ribetes blancos, y siento que los espíritus de agua se arremolinan alrededor del barco, siguiéndolo con curiosidad, y que los espíritus de aire bailan sobre las velas. Están juguetones, y yo también.

Uno de los miembros de la tripulación se dirige al mástil más cercano y me saluda con un gesto de desconfianza antes de poner el pie en una estaca y empezar a trepar. Sigo su ascenso hasta las jarcias, más allá de las banderas sagradas, agarrándose a las cuerdas con manos seguras. El hombre más corpulento, que la capitana dijo que era su hermano, ya está arriba y le saluda con una inclinación de cabeza. Todo está tranquilo excepto por las olas. No se parece a ningún otro sitio en el que haya estado.

Al girarme un poco más, me encuentro a mi nueva amiga —o mi nueva enemiga, supongo, pero tengo días para ganármela— apoyada en la barandilla, estudiando el mar. Estuve pensando en ella ayer por la tarde, después de encontrarnos en el muelle.

Me preguntaba quién era, qué barco era el suyo. Sin embargo, estoy acostumbrado a olvidarme de las cosas y, a pesar de la extraña atracción que sentía por encontrarla, por saber más de ella, por convencerla de que no era una persona tan terrible, sabía que también tenía que olvidarme de ella.

De todos modos, una vez me encontraron y me arrastraron de vuelta a casa, era difícil oírme pensar en ella por encima del coro de sermones de la guardia de la reina.

Ahora, me acerco para colocarme a unos metros de donde está, me apoyo en la barandilla igual que ella y la miro de reojo, estudiándola más de cerca.

Tiene la constitución de una mujer que se gana la vida con sus músculos. Mechones de pelo rubio se sueltan de su trenza, jugueteando alrededor de su cara, y tiene la piel bronceada y pecosa, los labios carnosos. Sus labios se tensan cuando me mira de reojo y me ve allí. Sus ojos son de un verde musgo e inmediatamente se entrecierran, lejos de ser amistosos.

—Buenos días —digo, esforzándome por sonreírle. No tiene el efecto habitual.

Gruñe y se da la vuelta para apoyar la espalda en la barandilla y mirar a los hombres de las jarcias.

—¿Qué están haciendo? —Lo intento.

—Ajustando las velas —dice, sin apartar los ojos de ellos—. El viento dominante va directo de Alinor a Mellacea. Tenemos que navegar a través de él, o te entregaremos directamente a tus enemigos.

Si soy honesto, no suena como si creyera que eso es una mala idea. Es probable que no sea mañanera.

Dejo que el silencio se extienda un poco, luego lo intento de nuevo, aumentando el encanto un grado o dos.

—Lo siento, voy a empezar de nuevo. ¿Puedo preguntarte cómo te llamas?

—Selly —responde a regañadientes—. Selly Walker.

—¿Y eres...? Lo siento, no sé los nombres de los puestos de una barca.

—Barco —me corrige—. Solo soy una marinera. Marinera de cubierta. —Por su ceño fruncido, parece un tema delicado.

Volvemos a quedarnos en silencio y ambos miramos las velas. Supongo que ella está evaluando la forma en que los hombres las ajustan. Dejo que mi atención se desplace hasta que puedo ver los espíritus del aire fluyendo a su alrededor, como motas doradas de polvo.

Entonces los dos hablamos a la vez.

—Selly, si he...

—Escucha, si por un minuto has pensado...

Ambos nos interrumpimos, nuestras miradas se cruzan y ella se sonroja bajo sus pecas.

—¿Qué quieres?

Sacudo la cabeza.

—Olvídalo. ¿Qué querías que escuchara? —Me arriesgo a esbozar una sonrisa—. Prestaré mucha atención, lo prometo.

Me dirige una mirada indiferente.

—De acuerdo. Iba a decir que puedes dejar de intentar hacerte mi amigo. Tienes a la capitana, y te prometo que lo que yo piense no cambiará nada.

—Para mí sí —protesto—. Y si eres Selly Walker, esta es la flota de tu familia, así que me parece que importas mucho.

Y más allá de eso… parece que simplemente me importa. Elijo no decir eso, en parte porque es confuso.

Resopla.

—Mira —me dice, volviéndose hacia mí y bajando la voz—. He pasado un año bajo las órdenes de la capitana Rensa, haciendo todos los malditos recados que se le ocurrían, y nunca a su gusto. Estaba a horas de volver a la nave de mi padre antes de que tú subieras a bordo.

—Oh. —No puedo evitar un gesto de dolor—. ¿Y ahora?

—Y ahora estoy a medio año de volver a verlo, en el mejor de los casos —responde, en algo parecido a un gruñido real—. Gracias a ti. Sabía que eras…

—¿Sorprendentemente guapo? ¿Qué estaba destinado a cruzarme de nuevo en tu camino?

—Problemas —responde.

Una idea está empezando a tomar forma y no estoy seguro de qué hacer con ella.

—Selly, ¿puedo hacerte una pregunta?

—¿Puedo detenerte?

—Es que… ¿de verdad no te gusto? —Apenas puedo mantener un tono serio, pero al ver su mirada, mi sonrisa empieza a desaparecer.

«Ha mandado a hacer el trabajo al crío del príncipe. Es como si quisiera que fracasara».

«Nadie le va a tomar en serio. ¿Quién lo ha hecho alguna vez?»

No sé qué parte de mi cerebro pensó que era preciso memorizar los insultos que me dirigió ayer, pero ahora quiere reproducirlos para mí en el momento menos útil posible.

Selly niega con la cabeza. Cambia el tono y estoy seguro de que sus siguientes palabras son una imitación poco halagadora de mí.

—«He oído que llevaba un abrigo de lentejuelas doradas para la ocasión». ¿Gustarme, príncipe? Ni siquiera te entiendo. No te tomas nada en serio, y no tienes ni idea de lo que eso significa para todos los que te rodean.

—Mira, siento mucho lo de tu padre, pero…

—¿No es culpa tuya? —Vuelve a imitarme—: Entonces supongo que estoy «de malhumor por naturaleza».

Abro la boca y la vuelvo a cerrar. Puedo ganarme a cualquiera, con el tiempo suficiente, pero admito que me lo he puesto difícil.

—Así que puedes dejar de intentar hacer amigos —continúa, ajena a mis pensamientos—. Yo me encargaré de navegar el barco y tú te mantendrás al margen. —Su mirada se desliza hacia los lados antes de que pueda replicar, y sus labios se curvan en una pequeña y sorprendente sonrisa—. Podrías intentarlo con él —sugiere.

Sigo su mirada y me encuentro con una figura encorvada, de piel muy pálida y pelo oscuro y rapado, que sube los escalones de madera. No parece un marinero; debe de ser el pasajero que mencionó anoche la capitana. Le debo una disculpa por haberlo abandonado a bordo de mi pequeña expedición.

Entonces levanta la cabeza y me sobresalto al reconocerlo.

—¿Wollesley? ¿Keegan Wollesley?

Se queda inmóvil y me mira como si hubiera cometido una falta de ortografía.

—Buenos días, Alteza —dice, con rígida cortesía—. Creía que aún estaríais en la cama. —La implicación es perfectamente clara: no habría subido a cubierta si hubiera pensado que nos encontraríamos.

—¿Qué haces aquí? —pregunto, tratando de imaginar qué hace Keegan Wollesley, de entre todas las personas, a bordo de un barco mercante.

—Parece que navego hacia la Isla de Barrica, igual que vos —responde, lleno de reproche.

Así que, ante ese rechazo, hago lo que llevo haciendo desde que teníamos once años. Le molesto.

—Imagínate qué viaje de investigación va a ser. No hay otra forma de que te dejen ver ese lugar. Navegaremos a una isla que ni siquiera está en el mapa, Wollesley. ¿No te interesa ni un poco? Podrías escribir una monografía famosa sobre ella.

—Preferiría leer una monografía sobre ella —responde en tono sombrío.

—Lord Wollesley —le reprendo—. Si te pasas toda la vida con la cabeza enterrada en un libro, te perderás toda la diversión.

—Al menos yo he leído un libro —responde—. Y al menos yo haré lo que quiera hacer. Habré fijado mi propio rumbo, en lugar de simplemente ir a la deriva, sin esforzarme nunca por algo que importe.

A mi lado, Selly se ríe por la nariz, suena sospechosamente como si estuviera divirtiéndose.

Wollesley se ruboriza, atrapado en algún punto entre la sorpresa y el horror de que las palabras que tenía en la cabeza llegaran a su boca.

Y yo mantengo mi sonrisa fácil, gracias a toda una vida de práctica.

—Mírate, ya estás soltando esas metáforas náuticas —le digo—. Es como si llevaras toda la vida en el mar. Dime, ¿a dónde te dirigías antes de unirte a mí en mi viaje a la Isla de Barrica? —Algo me hormiguea en el fondo de la mente, y busco chismes medio olvidados—. ¿Me pareció ver tu compromiso anunciado en los periódicos?

—Se suponía que navegaba hacia Trallia, y luego a la Biblioteca —responde con frialdad.

—¿Con tu mujer detrás?

—No nos casamos —responde—. Descubrimos que no encajábamos el uno con el otro.

—No creí que ningún tipo de enredo romántico encajase contigo, Wollesley.

—Correcto.

—¿Mejor un libro que una persona?

—Un libro rara vez defrauda —dice tajante—. Encontrarás amigos entre sus páginas cuando no los haya en ningún otro sitio.

—Vamos, Wollesley, yo… —No tengo ni idea de adónde quiero llegar con esta frase, porque él y yo nunca fuimos amigos en el colegio, y sería ridículo argumentar lo contrario… o fingir que estamos hablando de libros.

—Por favor, Alteza —replica—. Vuestra amistad cubre mucho, pero nunca llega a ser profunda. Ni siquiera llegó a los que creían tenerla asegurada, y mucho menos a alguien como yo.

—Me cuesta imaginar por qué podrían haberte excluido. —Casi suelto las palabras, y me arrepiento en cuanto salen. Mi papel es ser generoso. Cuando lo tienes todo, siempre lo es.

Wollesley me mira largo y tendido, luego da los dos pasos hacia atrás que marca el protocolo —aunque él y yo seamos los únicos que lo sabemos— y se da la vuelta para desaparecer de nuevo bajo cubierta.

Sé de qué hablaba Wollesley cuando decía que mi amistad no llegaba a los que pensaban que podían confiar en ella: se refería a Jude. Si hubiéramos sido más cercanos, sabría lo que intenté después de la desaparición de Jude. Sabría todo lo que hice, desde lo razonable hasta lo más desesperado. Pero supongo que para que estuviéramos más cerca, yo tendría que… bueno, ser mejor amigo.

Este viaje me está haciendo reflexionar mucho más de lo que esperaba y me gustaría dejar de hacerlo.

Cuando Selly habla, me acuerdo de que está a mi lado y miro hacia el otro lado para ver cómo estudia las escaleras a la expectativa. Entonces me dirige su mirada de ojos verdes, y de inmediato es un 10% menos amistosa.

—Mencionó que os conocíais —dice, estudiándome como si (y no creía que fuera posible) estuviera viendo nuevos defectos que no había visto antes.

—Íbamos al mismo curso en el colegio —contesto—. Pero lo dejó hace un par de años. Sus padres y el director pensaban que los tutores le irían mejor, según entendí.

—¿Qué significa eso?

—Era demasiado inteligente —interpreto, apartando el mal humor en el que me ha dejado y esforzándome por sonreír en su lugar—. Volvió locos de preguntas a los maestros de las clases. Y como ves, no saca el mejor lado de nadie.

—A mí me gusta —dice, mirándome como si me estuviera lanzando un reto.

—Eh, vale. Me disculparé más tarde. Pero estoy seguro de que Wollesley estaba comprometido. Es extraño verlo dirigirse a la Biblioteca.

—Ha dicho que no funcionó —dice, encogiéndose de hombros.

—Mmmm. —Ahora me toca a mí entrecerrar los ojos, pensativo—. Ese tipo de compromisos se pactan con mucho esmero. No se trata de si la feliz pareja está ilusionada. —Entonces me doy cuenta de la verdad y sonrío.

—¿Qué? —Frunce el ceño.

Me acerco un poco más e inclino la cabeza para confiarle algo.

—Te apuesto lo que sea a que el compromiso no se canceló como es debido. O que no se canceló.

—¿Qué quieres decir? —Abre los ojos de par en par, y por un momento olvida la hostilidad.

—Te prometo que Wollesley no es de los que se declaran a nadie. Cuando vi el anuncio, pensé que su familia lo había obligado. Yo diría que ha tomado lo que ha podido, ha intentado disfrazarse (es la única razón por la que afeitarse la cabeza tiene sentido, no es su estilo), y está huyendo hacia las colinas. O más bien, a una biblioteca. La Biblioteca está en terreno neutral, por lo que el conocimiento que contiene no puede pertenecer a ningún país. Su familia podría haberse lamentado todo lo que quisiera, pero mi hermana nunca lo habría reclamado.

Alza una ceja.

—Bueno, ya somos dos a los que nos han arruinado los planes. Deberíamos formar un club.

Estoy a punto de contestarle con una respuesta rápida cuando vuelve a desviar la mirada hacia las velas y veo mejor su rostro. Hay una tensión en su mandíbula que no había notado antes, y las sombras bajo sus ojos parecen moratones en su piel clara.

Y entonces recuerdo que suele dormir con la primera oficial, y que probablemente fue en su cama donde dormí anoche, mientras ella se las apañaba con una hamaca.

—Sabes —digo despacio—, tienes razón.

Me mira con cara de sospecha.

—¿Sobre qué?

—Yo también te debo una disculpa —le digo—. Lo digo en serio. No tenía ni idea de que te estaba robando la oportunidad de ver a tu padre, pero lo siento de verdad.

Vuelve a apartar la mirada, con los labios apretados en una fina línea, lo que me hace preguntarme si he cometido un error al volver a sacar el tema de su padre.

—La capitana aceptó el trabajo —acaba diciendo, y odio la tensión que se apodera de su cuerpo con esas palabras.

—En un barco que es parte de la flota de tu familia. Estoy muy agradecido. Lo que estamos haciendo ahora marcará la diferencia para mucha gente.

—Estoy segura de que habría sido aún más importante si hubieras llegado a tiempo hace un año —señala. Pero el tono agresivo de su voz se ha desvanecido. Un poco. Aún podría cortarme con él.

—Es justo —concedo—. Y sé que es una lata tener que llevarme a un lugar en mitad de la nada.

—No creas que asumir la responsabilidad te librará de ella —me advierte.

Levanto las manos para protestar por mi inocencia.

—¿Qué tal una ofrenda de paz?

Enarca una ceja, pero no es un no. Puedo trabajar con eso.

—A los marineros os gustan los mapas y las cartas náuticas, ¿no? ¿Quieres ver algo que no hayas visto nunca?

Su mirada, que se había desviado hacia el agua, vuelve a clavarse en mí.

—¿No se las diste a Rensa?

—Le di las cartas oficiales, las de la realeza. Tengo algo mejor. —Abro la mochila y busco el diario. Está dentro de una bolsa de algodón encerado, impermeable, para una mayor protección.

—¿Qué es? —Se inclina hacia delante mientras lo saco, incapaz de ocultar su expectación, y no la culpo. Está prohibido en todos los países mostrar las Islas de los Dioses en cualquier mapa. Está claro que su atractivo es tan tentador que está dispuesta a aguantarme unos minutos más, en contra de su buen juicio.

—Es un mapa y es más que un mapa. —Lo abro y hojeo las páginas despacio. Varias generaciones de mi familia han escrito en este pequeño y maltrecho libro (más recientemente mi padre, y antes mi abuela), y este es tan solo el último de una larga serie de diarios. Las páginas más antiguas y descoloridas del primer volumen contienen los pensamientos del propio rey Anselm, la noche antes de morir.

La letra de mis antepasados llena las páginas, intercalada con bocetos, ilustraciones y, sospecho que, en épocas anteriores, marcas de alguien que trabajaba en el diario durante una comida.

Es lo más valioso que tiene mi familia, y aunque me he demorado mucho en este viaje —en aquel momento, la libertad de terminar los estudios y las interminables noches de fiesta me parecían mucho más divertidas—, ahora que estoy aquí en el mar, me gusta la idea de añadir mis propios pensamientos. De que, dentro de un siglo, alguien lea sobre este viaje.

Pero cuando haya añadido mi entrada, cuando haya hecho mi sacrificio, habré cumplido mi propósito en la vida. Solo me necesitan para este peregrinaje, a menos que quieran que vuelva a hacerlo dentro de otro cuarto de siglo.

Y la gente se pregunta por qué me gustan tanto las fiestas.

—Aquí están las Islas —digo, dejando a un lado ese pensamiento y abriendo una de las primeras páginas, que muestra el mapa del continente y el mar Medialuna que ambos conocemos tan bien, pero con un añadido que no se encuentra en un mapa habitual.

Toco la ciudad tralliana de Loforta, y trazo una línea recta hacia abajo hasta llegar a un círculo de ocho islas diminutas, muy muy lejos de cualquier otro sitio. Selly se inclina para echar un vistazo y su trenza se balancea sobre su hombro, que se aprieta contra el mío por un segundo; entonces se da cuenta de nuestra proximidad y se aparta. Sin embargo, sus ojos no se desvían del pequeño mapa dibujado a mano.

—¿Cuál es el círculo sobre el que se asientan las pequeñas islas?

—Se llama la Corona de la Madre. Un arrecife justo debajo de la superficie, que une cada una de las islas con sus vecinas. Dentro, es plana como un espejo: Aguas Calmas, las llama el diario.

—Eso será algo digno de ver —admite.

—¿Verdad? Aquí, la más grande de las islas es la Isla de la Madre, y las otras siete están dedicadas cada una a uno de sus hijos. Nosotros solo visitaremos la de Barrica. Está aquí, junto a la de la Madre.

—Siempre digo que he navegado por todos los lugares que aparecen en un mapa —murmura, sin dejar de mirar el boceto como si estuviera bañado en oro—. Ahora será verdad.

—¿De verdad es por eso por lo que los marineros no van allí? —pregunto—. ¿No está en las cartas de navegación? Me lo he preguntado, ¿quién lo sabría si así fuera?

—Bueno, nosotros lo sabríamos. Para empezar, la mayoría de los marineros son religiosos, así que no irán a un lugar prohibido por los dioses. Y segundo, hay historias sobre lo que pasa si vas allí, ¿no las conoces?

—No, ¿qué cuentan?

Sonríe.

—Dicen que si vas allí, descubrirás lo que pasa cuando enfadas a un dios.

Alzo las cejas.

—Suerte que navego por orden de la reina, y soy especialmente encantador.

Resopla.

—Te lo han dicho demasiadas veces, príncipe.

Nos miramos y me doy cuenta de que estoy llegando a una conclusión inesperada: me gusta esta chica. Aunque yo no le guste.

Pase lo que pase en este viaje, no volveremos a vernos después. A diferencia de la gente que conozco en mi vida normal, ella no tiene nada que ganar, y eso es alentador.

Aunque sería útil que estuviera un poco más impresionada por mi título.

—¿Cuál es tu lugar favorito de la barca? —le pregunto. Y luego, cuando frunce el ceño—: Del barco, quería decir.

—¿Por qué?

Me encojo de hombros.

—Este es tu sitio. Sabes más que yo. ¿Me enseñas algo?

Sus ojos verdes se encuentran con los míos y, mientras me mira de arriba abajo, sé que me está evaluando. Ahora sonreiría, pero no estoy seguro de que funcione. Es demasiado esperar que entienda que mostrarle el diario y el mapa que contiene significa algo. Nunca había hecho algo así antes.

Asiente despacio, y es un poco preocupante lo mucho que me complace.

—Ven conmigo —dice, apartándose de la barandilla. Se da la vuelta, segura de que la seguiré. Nada de «por favor», nada de reverencias. Es genial.

Me lleva hacia la parte frontal del barco. Me dice que se llama proa. Pasamos junto a un barquito volcado y amarrado a la cubierta, con su nombre pintado en el lomo en pulcras letras doradas: *Pequeña Lizabetta*. Selly lo recorre con una mano en señal de saludo silencioso.

—¿Para qué sirve este? —pregunto. He visto botes salvavidas en barcos grandes, pero este es demasiado pequeño.

—No todos los puertos son como Kirkpool —responde por encima del hombro—. A veces anclamos en alta mar y remamos hasta allí. Vamos, más hacia delante.

Juntos, nos dirigimos hacia la proa, donde las barandillas de cada lado se juntan en un punto en la parte delantera del barco. El bauprés sobresale por delante, como la lanza de un antiguo caballero.

—¿Puedes subirte a eso? —pregunto, especulativo. Sería como volar.

—Lo he hecho —responde—. Pero si te cayeras, acabarías debajo del barco. No sé cuál sería mi castigo si un príncipe se quedara inconsciente y fuese destrozado por los percebes durante mi guardia, pero supongo que no me gustaría. —Hace una pausa y mira hacia la punta afilada que tenemos delante.

—Venga —le digo—. Tengo curiosidad, ¿qué me estás enseñando?

Ahora que estamos aquí, vacila y yo contengo la respiración, con la esperanza de que no cambie de opinión. Vuelve a mirarme, el viento le suelta el pelo de la trenza y hace que se le ponga a bailar alrededor de la cara. Casi espero que los espíritus jueguen con ella, pero, en cambio, se arremolinan a su lado y giran a mi alrededor.

Levanta una mano y se echa el pelo hacia atrás con impaciencia, lleva mitones de cuero, supongo que para protegerse de las cuerdas.

Entonces da el último paso hacia delante y me hace señas con la cabeza para que me una a ella. Tenemos que apretujarnos cadera con cadera, hombro con hombro, y su mirada me advierte de que ni me fije en lo cerca que estamos, y mucho menos diga nada al respecto. La sigo y me asomo a la barandilla, e inmediatamente veo lo que quería enseñarme.

Debajo de nosotros está el mascarón de proa —una mujer tallada y coronada de conchas y algas—, pero más abajo está el agua. El casco del barco atraviesa la superficie como las tijeras de un sastre, y las olas blancas se extienden a ambos lados como si fueran encajes. Los arcoíris brillan donde la luz capta el rocío, van y vienen, van y vienen.

—Oh, hola —suspiro. Los sentí por todas partes en cuanto subí a cubierta, pero comprendo que este es el lugar ideal para saludar a los espíritus de agua locales.

Hay banderas espirituales ondeando sobre nosotros, pero la primera oficial, Kyri, ha hecho el esfuerzo de colgarlas, así que no me servirán de sacrificio. En su lugar, me meto la mano en el bolsillo y saco las cortezas de las tostadas del desayuno. Las guardé allí por costumbre: nunca sabes cuándo vas a necesitar algo.

Cada vez que los espíritus hacen magia, necesitan un sacrificio. Elige lo que quieres ofrecer y lo consumirán: se desvanece en la nada. Por eso, a los magos de Alinor nos gustan tanto nuestras velas: formadas y bendecidas en los templos de nuestra diosa, son lo bastante valiosas como para que los espíritus las consuman poco a poco, en lugar de consumirlas todas a la vez. Y ningún mago quiere que le atrapen sin una ofrenda, si los espíritus no te ignoran por el insulto, acabarán consumiendo una parte de ti. Los magos saben muy bien lo que es llevar siempre algo en el bolsillo.

Las cortezas no son una gran ofrenda, pero no necesito mucho para un saludo. Las lanzo hacia el agua y, mientras se desvanecen en la nada, extiendo la mano con la mente, abriéndome a ver qué encuentro. Es como tender la mano en una habitación oscura, sabiendo que hay alguien ahí, esperando a ver si la acepta.

Saltan al instante para establecer esa conexión, y yo vuelco mi amistad en el vínculo, mi alegría por su belleza. Las olas que rodean la proa se agitan en respuesta, el rocío salta y atrapa el sol. El arcoíris brilla con más intensidad y siento que los espíritus están dispuestos a hacer lo que yo les pida.

—Uf —murmura Selly a mi lado, mirando las marcas de mago verde esmeralda que se enroscan en mis antebrazos, vivas contra mi piel morena.

Sigo su mirada.

—¿Qué?

—Responden a ti —dice despacio—. Me doy cuenta con solo mirar. —Hay algo casi melancólico en su voz, y alguna otra nota que no puedo describir—. Nunca había visto a un mago real en acción.

Los magos comunes solo pueden encantar a un tipo de espíritu: tierra, agua, aire o fuego. Los magos de la Casa Real de Alinor siempre han sido diferentes. E incluso entre ellos, yo soy diferente. Más poderoso. Me gusta molestar a mis hermanas mayores diciéndoles que es porque soy muy bueno en ser encantador. A pesar de la evidencia actual de lo contrario.

—Los espíritus de agua aman el *Lizabetta* —digo, mientras las olas se forman delante de nosotros, y luego se separan en hileras de espuma.

Como esperaba, la mención de su amado barco distrae a Selly.

—¿Son diferentes a los espíritus de aire? —pregunta, volviéndose para estudiar el agua conmigo.

—Sí —digo, aunque tengo que hacer una pausa y pensar cómo explicar esa diferencia—. Los espíritus de agua tienen una especie de picardía, más energía. Hay que trabajar mucho para dirigir una brisa, y mi forma de comunicarme con los espíritus del aire es más solemne. Es un «te respeto» muy educado.

—¿Y qué les dices a los espíritus de agua? —pregunta.

Respondo sin vacilar.

—Te quiero, cosa preciosa.

Menos mal que ya me estoy acostumbrando a su mirada, o se me helarían las venas.

—Oye —puntualizo—. Tú has preguntado. Y esa es la respuesta. Coqueteo con ellos.

—Ni siquiera sé por qué me sorprende —murmura.

—Al menos funciona con alguien de por aquí —contraataco, y juraría que por un segundo estoy a punto de arrancarle una sonrisa. Estoy bastante seguro de que voy a esforzarme cada minuto del camino a las Islas para conseguir eso, al menos, la irritación es un poco menor.

—¿Siempre fue así? —pregunta, y luego, al ver mi confusión, aclara—: ¿Tenías los dos tipos de espíritus desde el principio?

—Los cuatro tipos, desde que tengo uso de razón —le digo—. Sé que empecé antes que la mayoría.

Puedes distinguir a un mago por sus marcas, que aparecen en los brazos cuando nacen: una gruesa franja verde en la piel, que baja por cada antebrazo hasta el dorso de la mano. En un bebé, parece como si alguien te hubiera pintado con pintura verde.

A los cinco años, un fuego arderá a su paso, o campanillas de viento cantarán con suavidad, y unos años después conseguirán encantar a los espíritus por primera vez. En ese momento, las marcas cambian y se transforman en intrincados diseños que parecen tatuajes, reflejo de los espíritus con los que comparten afinidad. Es un día de celebración, la familia del mago organiza una fiesta e invita a todos sus conocidos a admirar las nuevas marcas. Para la mayoría de la gente, eso ocurre alrededor de los ocho o nueve años, y suelen tardar hasta los quince o así en dominar su don de verdad.

Dicen que hacía girar los móviles sobre mi cuna y que salpicaba a mis niñeras con el agua de la bañera antes de saber andar. Mis marcas estaban en su sitio antes de mi primer cumpleaños, enroscándose y formando bucles por todos mis regordetes bracitos de niño pequeño. Fui aprendiz de los mejores magos de Alinor antes de que supiese hablar, en un intento de evitar que causara estragos.

A mis hermanas les encanta contar la historia de la vez que casi le prendo fuego al pelo de nuestra madre en una recepción de la corte cuando tenía cinco años. Estoy eternamente agradecido de que no sepan que el temblor de tierra que dejó grietas en el palacio hace unos años fue mi primer beso. Desde entonces he mejorado en el control.

A Selly le digo:

—Los espíritus y yo nos llevamos bien.

—Es justo que le caigas bien a alguien —dice, generosa, desviando la mirada hacia el horizonte.

—Mira, creo que te llevaste una impresión equivocada: suelo caerle muy bien a la gente.

—Aparte de a todo el país de Mellacea, que quiere matarte, ¿verdad? ¿De ahí el viaje secreto?

—Eso no cuenta, no es personal. —Cuando sigo su mirada, veo un barco de vapor, una mancha de humo oscuro saliendo de sus chimeneas. Sería más rápido que un barco como este, pero también mucho menos discreto. Nos decidimos por un barco como el *Lizabetta* porque son muy comunes, siempre de camino a alguna parte. Los barcos de vapor son grandes, poco elegantes. No se necesitan magos para manejarlos, ni cuidado ni delicadeza.

—¿Crees que funcionará lo que vas a hacer en las Islas? —me pregunta, cambiando de tema, y cuando vuelvo a mirarla, su cara es seria. Más seria de lo que esperaba.

Aunque le dije a la tripulación que la familia real no está vagueando en el trabajo, lo cierto es que la amenaza de Mellacea nos ha pillado desprevenidos. Mi hermana Augusta dice que ha oído cosas muy preocupantes de los marineros, y la cara de Selly me hace preguntarme qué es lo que no hemos oído.

—Sé que funcionará —digo con firmeza—. Siempre ha funcionado.

Entonces, duda:

—¿Hablarás con la diosa en persona?

—Eso espero —respondo, y soy demasiado listo como para hacer una broma sobre Barrica—. Sé que para la mayoría de la gente la religión no es algo especialmente personal. Saben que Barrica está ahí, porque ven las flores del templo florecer en invierno, ven los pozos llenarse de agua fresca en las fiestas de primavera. Ven a los magos utilizar velas bendecidas por la diosa como ofrenda, aunque probablemente no se dan cuenta de que ningún otro país las tiene. En cualquier caso, echan una moneda en el plato de la colecta, tocan la estatua de la diosa al pasar, esperan que les ayude a evitar la mala suerte. Y para ellos, eso es todo. Pero la Diosa Centinela conoce a mi familia, y está conectada con nosotros. Ella me conoce. Mi sacrificio será suficiente.

—¿Qué es el sacrificio?

—No es mucho, el verdadero sacrificio es la peregrinación. Una palma cortada, un poco de sangre, representando el regalo del rey Anselm todos esos siglos atrás. Renovar el vínculo real con ella.

—¿Y no le importará a la diosa que llegues tarde? —me presiona.

—No llego muy tarde —le aseguro—. Estaba ocupado, nada más.

La excusa suena débil, y es porque lo es. Aún puedo ver a mi hermana, con su expresión más propia de la reina Augusta, fulminándome con la mirada mientras su mujer, Delphine, le frotaba los hombros y no conseguía calmarla.

Estábamos discutiendo, y yo insistía aún más porque en el fondo sabía que no tenía mucho a mi favor. Fue la semana antes de que Mellacea acusara de forma abrupta a una capitana de Alinor de contrabando y confiscara su barco, encarcelando a la tripulación.

Fue entonces cuando nos dimos cuenta de que las cosas estaban peor de lo que habíamos pensado. Por aquel entonces, pensábamos que estábamos teniendo la misma discusión de siempre, que yo no estaba a la altura de mis responsabilidades.

«No me importa si dijiste que estarías allí —espetó Augusta—. Vas a saltarte una maldita fiesta e ir a cumplir con tu deber».

«Podrías enviar al primo Tastock —repliqué—. Tiene mal aspecto, un viaje por mar le vendría muy bien».

«Ni siquiera sé si estás bromeando —murmuró—. No voy a enviar a un primo».

«Solo tiene que ser un mago real», señalé.

«Y lo será —gruñó—. Así que ayúdame, será el mejor que tengamos. Esto solo pasa una vez cada cuarto de siglo, Leander. ¿No quieres hacer algo?».

«¿Qué hay para mí? —espeté—. Tú gobernarás, Coria será una buena segunda hija y producirá un montón de bebés para que tengas muchos herederos, ¿y qué? ¿El hermanito saldrá de la estantería cada cuarto de siglo para ser el mago de la familia?».

«¿Cuándo has querido más? —preguntó con sorna—. Asume alguna responsabilidad real y podría interponerse en tu calendario social».

«Augusta —murmuró Delphine, inclinándose para darle un beso en la mejilla. Pertenece a la propia familia real de Fontesque y no le importan los debates acalorados, pero pasa más tiempo del que estoy seguro de que jamás esperó arbitrando peleas entre los de Alinor».

Augusta respiró hondo.

«Eres muy poderoso —dijo despacio—. Eres el mago más grande que ha tenido nuestra familia en generaciones. Y eres encantador. Te llevas bien con todo el mundo. Y, sin embargo, lo único que te importa es divertirte. Si quieres hacer grandes cosas, tienes que arriesgarte a fracasar en ellas. Podrías ser alguien, Leander, si no estuvieras tan ocupado demostrando a todo el mundo que no te importa serlo».

—Eh, ¿príncipe? —Es la voz de Selly. Parpadeo y le sonrío.

—Mis amigos me llaman Leander —le digo.

—Bien por ellos.

—Eres un hueso duro de roer —le informo—. Pero tengo tiempo.

—Ja, buena suerte.

—¡Selly! —gritan su nombre desde algún punto de la parte de atrás del barco, es la voz de la capitana Rensa. Seguramente el mástil nos oculta, pero de todos modos me callo.

Selly pone los ojos en blanco y se da la vuelta para alejarse a toda prisa en respuesta a la llamada.

Espero un minuto antes de seguirla. El cielo es azul, el agua se extiende sin fin y los espíritus juguetean alegremente alrededor de la proa del barco.

Cuando vuelvo, Selly está hablando con Kyri al timón, y la capitana se dirige a las escaleras que llevan abajo.

Sin embargo, se detiene y me espera.

—Buenos días, Alteza.

—Buenos días, Capitana.

Me evalúa de una forma que me hace sentir como si estuviera otra vez en el colegio, pero sé que no debo esconderme.

—Muy pronto —dice—, estará en casa, en el palacio.

—Sí.

—Selly se quedará aquí —dice—. Donde siempre ha sido feliz. No le cambiéis eso y hagáis que desee que su vida sea diferente.

—Capitana —digo—. Le aseguro que no hay ninguna posibilidad de que ella desee eso por mi culpa.

SELLY

◆

El Lizabetta
El mar Medialuna

Cuando llega la tarde, decido que el príncipe Leander es el chico más molesto que he tenido la mala suerte de conocer. No pensé que pudiera superar los rumores sobre él, pero así es. Ahora, al recordar cómo me reía cuando imaginaba al académico tratando de evitarlo durante el viaje, me pregunto si podré aprovechar el gran cerebro de nuestro académico para encontrar la manera de hacerlo yo misma.

Lo único a mi favor es que cometí el error de decirle a Abri que vi al príncipe sin camisa esta mañana, y a partir de ahora ella se ha ofrecido voluntaria para llevarle todas las comidas.

«Tú —dijo con firmeza—, has perdido la cabeza, Selly Walker. Literalmente, es un príncipe apuesto que está en la cubierta de nuestro barco. Si no quieres hablar con él, puedes apostar a que lo haré yo».

Cada vez que lo miro, tiene una sonrisa burlona preparada. Sabe cómo es, y cree que puede usarlo para hacer que caiga rendida ante su atención. Lo más irritante, con diferencia, es que esta mañana me ha encantado casi tanto como a sus espíritus. Cuando terminamos de hablar, ya casi había olvidado lo que me ha robado.

Entonces Rensa me envió abajo a retirarle los platos del desayuno y a prepararle su litera, mi litera, y entonces me acordé. Allí estaba él, en cubierta, sonriendo, enseñándome mapas secretos y flirteando con todos los espíritus a la vista, y ahora aquí estoy yo, haciéndole mi propia cama para que se acurruque en ella esta noche, mientras yo me tapo los oídos con algodón, intentando ignorar los ronquidos de Jonlon en una hamaca del camarote de la tripulación.

El príncipe Leander y su manta de hilo de oro son la razón de que me quede con mi capitana al menos otros seis meses. No volveré a olvidarlo.

«No quiero que seas insolente con él —dijo Rensa con severidad desde la puerta, mientras yo murmuraba en voz baja, tirando de su manta—. Por un momento, esta mañana pensé que habrías conseguido ver su lado bueno, pero está claro que me equivocaba».

«¿Qué lado bueno? —respondí—. ¿Qué hacemos aquí, Capitana? No somos esto... somos un barco mercante».

«Justo por eso nadie mirará dos veces en nuestra dirección, chica. En cuanto a lo que estamos haciendo, estamos desempeñando nuestro papel. Intentamos asegurarnos de que este barco y todos los de la flota Walker no acaben cargados hasta más allá del nivel de flotabilidad con soldados de Alinor que van a morir en tierra extranjera».

«¿Al llevar a un niño que debería haber estado allí el año pasado?».

«Llevándolo —respondió—. Incluso los papeles pequeños pueden interpretarse con honor, Selly. Si todo va bien, nadie sabrá nunca lo que hacemos aquí. Eso no significa que sea menos importante».

Me mordí la lengua, porque no había respuesta a eso, y me puse a hacer la cama del príncipe, intentando no pensar en lo que me esperaba.

Medio año de las peores guardias, los trabajos más engorrosos y quedando fuera de todas las conversaciones que merecen la pena en el barco.

Ahora mismo está de pie en la popa con Kyri y Rensa, fingiendo estar interesado en la navegación, pero en realidad está interesado en Kyri, que se ríe y mueve la cabeza y le muestra exactamente dónde poner las manos en el timón. Estoy segura de que ha ido en esa dirección porque ha visto que era hacia donde yo me dirigía, y se ha dado cuenta de que no estoy interesada en otra conversación. Así que intenta provocarme.

Me doy la vuelta. Recojo el cabo que estaba reparando antes de comer, miro a mi alrededor para comprobar que no haya nadie cerca, me quito los guantes y deshago el extremo para trenzarlo con el nuevo tramo.

Tomo asiento a sotavento del mástil, abrigada y protegida. Cuando cierro los ojos, el sol brilla enrojecido a través de mis párpados, y con el *Lizabetta* jugueteando, surcando las olas, me pongo a trabajar olvidándome de que el príncipe está allí. Olvidándome de que estamos en esta aventura de locos. Olvidándome del *Freya*, que ya se dirige al norte, a Holbard, y se lleva con él la última oportunidad de reunirme con mi padre.

No sé cuánto tiempo llevo trabajando cuando oigo un grito desde el puesto de vigilancia. No puedo distinguir las palabras, pero hay algo en la voz de Jonlon que hace que me ponga en pie al instante. Me meto el cuchillo en el cinturón y estiro la cabeza hacia atrás. El sol me deslumbra los ojos, con lágrimas en los ojos, mientras lo enfoco.

Su brazo está extendido hacia el norte, hacia el horizonte que oculta la costa de Fontesque, o tal vez Beinhof, y cuando me agacho alrededor del mástil, hay humo a popa. Una mancha oscura y fea muy atrás, que empieza a surgir del mar.

No puede ser tierra, y no es una señal. No es una nube natural, no en este cielo azul claro.

Es un incendio a bordo de un buque.

Me llevo la mano al cinturón para comprobar si tengo el catalejo y, antes de que me dé cuenta, me lanzo a la jarcia con la cuerda quemándome las palmas de las manos. Agarrándome al mástil y a las cuerdas, me elevo sin preocuparme por mis manos. No me detengo hasta que llego a las crucetas y veo a Rensa al timón debajo.

Con un gesto con el brazo, me empuja hacia arriba. El príncipe Leander no está mirando, sino de pie junto a la barandilla, observando la nube que sigue creciendo.

Una cuerda junto a mi cabeza se tensa, golpeándome en el pómulo, y jadeo contra el dolor agudo. Kyri está debajo de mí, con su trenza castaña balanceándose mientras trepa con rápida eficacia.

No espero, sino que sigo adelante, trepando por el borde de la cofa para unirme a Jonlon, que ya se ha sacado el catalejo del cinturón.

Llevo toda la vida navegando con Jonlon: siempre ha sido la presencia grande, tranquila y reconfortante en los barcos de mi padre, el antídoto contra la lengua afilada y el ingenio punzante de su hermano gemelo Conor.

Ahora su mirada es de asombro, y sin decir nada se desliza detrás de mí, agarrándome por los hombros y manteniéndome en mi sitio contra la inclinación del barco. El balanceo de las olas es exagerado aquí arriba, y me apoyo en su ancho pecho mientras busco la fuente del humo.

Kyri se desliza por el borde y se apretuja a nuestro lado, toma el catalejo de Jonlon con un gruñido de agradecimiento. Ella y yo compartimos algo más que una habitación; como Jonlon y Conor, ella es la dulzura de mi amargura, la que escucha mis secretos en la oscuridad. Incluso cuando las cosas se tensan entre nosotras —cuando recuerdo que ella es la maga de nuestro barco y mis marcas son inútiles, que ella lleva el nudo de primer oficial y Rensa me ha convertido en nada—, Kyri y yo permanecemos unidas.

Ahora, apoya su hombro en el mío para mantenerse firme. Apoyada en ellos, escudriño el horizonte hasta encontrar la mancha que lo delata y giro las mitades de mi catalejo para enfocarla.

Es una pira fúnebre.

Las llamas saltan hacia el cielo desde los barcos en llamas, y me estremezco cuando algo explota en uno de ellos, haciendo volar cuerpos y escombros entre los restos de velas hechas jirones. Me dirijo al siguiente barco, en una búsqueda desesperada por encontrar alguna señal de lo ocurrido, alguna señal de vida o de supervivientes.

Cuando llego al tercer barco, el horror se apodera de mis entrañas y me sube por la garganta en una oleada de náuseas, y por fin me doy cuenta de lo que estoy viendo.

Esta es la flota señuelo del príncipe. Estos restos son lo que queda de los alegres barcos que dejamos atrás en Kirkpool, adornados con luces y flores, con música de trompeta en sus gramófonos mientras los jóvenes nobles bailaban en cubierta a altas horas de la noche.

Quienquiera que haya hecho esto quería matar al príncipe Leander.

La ley del mar es clara e inquebrantable: no se da la espalda a un barco en peligro de muerte. Ni por beneficio, ni por miedo. Te vuelves hacia ellos y les prestas ayuda. Sin embargo, sé, sin lugar a dudas, que en esos barcos no queda nadie a quien salvar.

—Barrica les otorgue descanso —murmura Jonlon detrás de mí mientras yo bajo mi catalejo.

Kyri niega lentamente con la cabeza y ya está volviendo a poner el catalejo de Jonlon en la mano del hombre.

—Reza más tarde —es lo único que dice, sin un ápice de su risa habitual. Con la boca contraída, la maga de nuestro barco señala el horizonte.

Al principio no se me ocurre qué me está mostrando que yo no haya visto. Luego trazo la línea hacia abajo y se me corta la respiración como un puñetazo.

Entre la moribunda flota señuelo y el *Lizabetta* hay un barco enorme. No tiene mástil ni velas: es un barco de vapor, del mismo gris que un océano tormentoso. Una caja enorme de metal y remaches que escupe chorros de humo.

No es un mercante.

Es un tiburón, y no ha terminado de cazar.

Me pongo los guantes y, sin mediar palabra, Kyri y yo nos lanzamos por el borde de la cofa. Medio trepamos, medio caemos juntas a la cubierta inferior. Tropiezo al aterrizar y Kyri me atrapa y me empuja hacia la popa; me sigue a un paso cuando corro hacia la capitana.

Puedo verlo en las caras de Rensa y del príncipe antes de que hable: saben que la mancha negra en el horizonte es la flota del progreso. Es la muerte de cada alma a bordo.

—Se han hundido —logro decir—. Todos. No queda ni uno vivo.

La piel morena de Leander ha palidecido: parece cetrino y enfermo.

—Tenemos que volver —dice con fuerza—. Tenemos que buscar supervivientes. Esa es mi gente.

—Su Alteza —empieza a decir Kyri a mi lado—, ellos…

—No —espeta—. ¡Esos son mis amigos!

—¡Ahora vendrán a por nosotros! —interrumpo, con urgencia—. Tenemos que irnos. —No me molesto en hablar con el príncipe. En el *Lizabetta*, no es él quien da las órdenes. En su lugar, busco la mirada de Rensa—. Capitana —digo con cuidado—, hay un barco de vapor que viene directo hacia nosotros. Están acabando con los testigos.

El susurro de Rensa es apenas audible en el silencio que sigue, casi ahogado por el golpeteo de las olas a nuestro paso.

133

—Que los dioses nos guarden a todos. —Agarra el timón—. No vamos a morir para salvar a los que ya se han ido. Izamos velas y huimos de quienquiera que haya hecho esto.

Conor y Abri han subido desde abajo, agolpándose a nuestro alrededor, y Jonlon aterriza en cubierta con un golpe sordo y se apresura a rodear con un brazo a su gemelo, que es una cabeza más bajo que él. El académico se cierne detrás de ellos, preocupado. Todos los ojos están puestos en Rensa, y su mirada nos recorre como si nos estuviera memorizando.

Entonces entra en acción.

—¡Vamos! ¡Más vela! —Mientras los demás se dispersan a sus puestos (incluso el académico corre a ayudar), me lanza una mirada sin decir nada y yo aparto de su camino a un Leander que ya protesta mientras ella se prepara al timón.

—No podemos hacer esto —grita, agarrándome de la mano por donde le sujeto el brazo, intentando zafarse de mi agarre—. No podemos dejarlos morir en el agua.

Una vez vi un incendio en un barco atracado en Escium. La carga era inflamable, y nadie podía hacer nada más que apartar sus propios barcos de las explosiones y esperar a que ardiera hasta la línea de flotación.

Entonces un hombre pasó corriendo junto a nosotros —tan cerca que me apartó de su camino con el hombro— y saltó desde el muelle directamente al barco, directo a las llamas. Alguien dijo más tarde que uno de sus compañeros seguía a bordo. Estaba tan fuera de sí que estaba dispuesto a morir para salvarlo.

Ahora mismo, Leander está en el mismo estado. Lo tiene escrito en la cara: si pudiera, se tiraría por la borda y nadaría de vuelta. Si encuentra la manera, hará que Rensa nos haga regresar.

—No viste lo que yo vi —le digo, agarrándolo por los brazos y bajando la voz—. Ya se han asegurado de que no quede nadie en el agua. Lo siento, de verdad, pero ya está hecho. Y tu deber ahora no es con tu flota, ni con los muertos. Es para con tu país.

—Selly, tienes que entender…

—Entiendo que te matarán si pueden hacerlo. —Le corto, apretándole de nuevo los brazos—. ¿No te parece que era Mellacea la que estaba allí, intentando empezar una guerra? ¿Cuánto crees que empeorará la cosa si matan al príncipe de Alinor?

Sus ojos marrones se encuentran con los míos, desnudos. Hay una profundidad en su mirada que normalmente oculta tras su sonrisa.

—Estás diciendo que soy demasiado valioso como para arriesgarme. —Habla como si las palabras le ahogaran.

Debe ser insoportable, ser prisionero de su propio rango cuando otros mueren a nuestro paso.

—Lo siento, Leander —susurro. Es la primera vez que le llamo por su nombre a la cara.

Pero él no es solo Leander.

Es el príncipe de Alinor.

Y tenemos asesinos pisándonos los talones.

LASKIA

◆

El Puño de Macean
El mar Medialuna

Dos marineros levantan el cuerpo para dejarlo frente a nosotros, uno sujetando los brazos y otro las piernas.

Es un chico de mi edad, moreno, con tez tostada, pero clara, más pálida por la pérdida de sangre, y una herida espantosa que le ocupa la mitad del torso, con la ropa desgarrada para mostrar... carne debajo. Se balancea sin vida cuando los marineros lo sueltan, con los ojos muertos mirando fijamente al cielo.

Trago saliva y me aseguro de que mi voz es uniforme, aunque suena fina y áspera en mis propios oídos.

—Bueno, ¿es él?

Jude se tapa la boca con una mano —ya ha vomitado dos veces—, y no la retira ni habla. Cuando lo miro, niega con la cabeza.

—¿Qué? —Lo agarro del brazo, tirando de él hacia la barandilla y fuera del alcance de la tripulación, con un ataque de pánico que me revuelve el estómago—. Pues dime dónde buscarlo.

—No lo sé —susurra, abrazándose a sí mismo con pesar. Está muy lejos del tipo duro que ahora vive en el ring de boxeo de Jack el Guapo, y ambos lo sabemos—. No lo

136

he visto. ¿Cómo se supone que voy a verlo entre todo… esto?

Echo un vistazo por encima del hombro y, aunque Dasriel se asoma por la cubierta, no hay rastro de la hermana Beris.

—Mira, era su flota —siseo.

—Sí.

—Así que estaba allí.

—Estoy seguro de que estaba —responde, cerrando los ojos.

—¿Y eso es lo que le vas a decir a Ruby?

Se queda quieto, el viento le alborota el pelo alrededor de la cara, y se muerde el labio con fuerza. Pero solo hay una respuesta y me la da:

—Sí.

Sabe tan bien como yo cómo se tomará Ruby cualquier noticia que no sea la que quiere oír.

—Vete —le digo, y se aleja a trompicones.

Una vez se ha ido, me agarro a la barandilla y contemplo los restos que flotan a nuestro alrededor, desenfocando la mirada para no tener que verlo.

Los pasajeros de la flota del príncipe nos saludaron mientras nos acercábamos. Los barcos eran un espectáculo para la vista: guirnaldas colgadas de las jarcias, velas decoradas con diseños brillantes y cintas ondeando al viento.

Las banderas de los espíritus bailaban en las jarcias con alegría y el estandarte azul y blanco de Alinor ondeaba en lo alto de los mástiles.

No podían ser más obvios.

Sin duda, sus capitanes se preguntaban qué hacíamos, sin bandera y tan cerca. Nuestro barco, *El Puño de Macean*, es un lobo elegante y hambriento de color gris hierro, que atraviesa las olas con sus motores retumbando en el vientre.

Estaba de pie junto a la barandilla y no en el puente, pero tenía una línea de visión clara de nuestro capitán. Me miraba a través de los cristales que lo rodeaban, esperando mi orden.

Volví a mirar los tres barcos llenos de juerguistas, la mayoría no mayores que yo, vestidos con sus mejores galas. Una chica que estaba en la barandilla me lanzó un beso.

Era preciosa.

Es la hora.

La voz vino de detrás de mí, y yo me sobresalté, luego me maldije a mí misma por dejar que la hermana Beris viese que me había asustado.

Llevaba un abrigo verde acolchado sobre la túnica, el pelo negro trenzado hacia atrás con tanta fuerza que no se le escapaba ni un mechón. Su suave voz se oía por encima de los ruidos que nos rodeaban.

«Lo sé», dije, mirando detrás de ella para ver que Jude estaba en la cubierta, preparado para identificar al príncipe. Parecía que quería vomitar, con ambas manos aferradas a la barandilla.

Todavía nos saludaban desde la flota del príncipe, y aparté la mirada de ellos para mirar al capitán en nuestro puente y asentir.

Nuestros cañones retumbaron y apareció un agujero hecho jirones en el barco más cercano. Cuando nuestros marineros salieron de debajo de cubierta, listos para lanzar las granadas a través de la brecha entre nosotros, los gritos comenzaron.

No cesaron durante casi media hora.

Sus barcos se inclinaron hacia un lado con sorprendente rapidez cuando les arrancamos los costados, e intentaron darse la vuelta y huir, pero eran demasiado grandes, demasiado aparatosos, para conseguirlo a tiempo.

Desde el principio sabíamos que no tenían forma de superarnos, y ellos también lo sabían.

Los demolimos metódicamente, rompiendo sus embarcaciones en pedazos y vertiendo aceite en el agua, para luego prenderle fuego.

Los cuerpos y las flores ardieron.

No esperaba que gritaran durante tanto tiempo, que vivieran lo suficiente para intentar huir nadando. Que se acercaran lo suficiente para que pudiera ver sus caras.

No había pensado en el hecho de que serían personas. Que se parecerían a personas que conozco.

La hermana Beris no se apartó de mi nado en ningún momento, no apartó su mano de mi hombro. Incluso ahora, no estoy segura de si me estaba dando fuerzas o impidiendo que intentase huir de este horror, o algo intermedio.

Había mucho más fuego del que esperaba, y hemos tenido que esperar a que empezara a extinguirse por sí solo para poder arrojar los cuerpos que nos trajimos.

Hace un par de días estaban en la morgue de Puerto Naranda. Escogimos unos cuantos que ya no estaban rígidos, blanquecinos y flexibles, para poder meterlos en los uniformes de la marina de Mellacea.

Ahora, miro hacia la cubierta mientras los marineros los arrojan por la borda en una serie de chapoteos silenciosos. Se enredarán entre los restos y esperarán a quien encuentre las ruinas de la flota del progreso del príncipe.

No habrá duda de a quién culpar por su muerte. No hay escapatoria para nuestro gobierno, que debería haber sido lo bastante fuerte como para luchar por su dios e iniciar él mismo esta guerra.

Por otra parte, es Barrica quien era la Guerrera. Macean es el dios del riesgo, el Jugador, y creo que aprobaría la apuesta que acabamos de hacer.

La hermana Beris camina hacia mí, y yo aprieto la barandilla y me enderezo para saludarla con una inclinación de cabeza.

—¿Bajamos a comer algo? —pregunta en voz baja.

Pienso en lo que nos espera mañana por la mañana en la cocina y cierro los ojos. Pero me obligo a asentir.

El plan ha funcionado. He hecho lo que había prometido. Por fin, Ruby sabrá que estoy lista para dar el paso.

Entonces, ¿por qué me siento así?

—Tenía que hacerse —digo en voz alta, como si me respondiera a mí misma.

—Y tú eras la indicada para hacerlo —dice la hermana Beris, volviendo a darme un apretón en el hombro y enviando una pizca de calor a la frialdad de mi cuerpo—. Tu hermana lo sabe. He visto cómo ha cambiado su actitud hacia ti desde que le presentaste este plan. Ve que estás lista para desarrollar tu potencial, Laskia.

—¿De verdad lo crees?

—Mi niña, lo sé. Estás haciendo grandes cosas, por tu hermana y por Macean. Es hora de que la Centinela afloje su agarre sobre él. Y para asegurarnos de eso, tenemos que asegurarnos de que no se fortalezca. Macean despertará, Laskia. Se levantará, y tú también.

—Gracias —susurro y no estoy segura de por qué le estoy dando las gracias, pero mantengo la mirada lejos del chico muerto en la cubierta, la carnicería de abajo, la sangre y el fuego en el agua. La mantengo enfocada en los pálidos ojos azules de la hermana Beris.

—Si no lo he dicho antes, déjame que te lo diga ahora —murmura—. Te estoy agradecida, Laskia. Por tu fe. Agradezco que te hayas cruzado en nuestro camino, con la comprensión de lo que debe hacerse, y la voluntad y los medios para hacerlo.

Parpadeo, sin saber si es el viento o son sus palabras lo que hace que me lloren los ojos.

Te estoy agradecida.

Un marinero viene trotando hacia nosotros.

—El capitán dice que han dado la vuelta, señora —le dice a la hermana Beris, señalando en dirección al barco que avistamos—. Saben que vamos a por ellos.

—¿Podemos alcanzarlos? —pregunta.

—Con tiempo sí —responde—. Pero nos llevará al menos un día.

—No podemos permitir que le cuenten a nadie lo que han visto —dice, volviéndose hacia mí.

Le devuelvo la mirada, con el corazón oprimiéndome las costillas.

Otro barco. Más muerte.

Pero he llegado muy lejos.

He luchado con todo lo que tengo, por el ascenso de Macean y el mío. Y ahora ambas cosas están a mi alcance. Mi dios y yo estamos tan cerca de reclamar el poder que debería ser nuestro.

Los recuerdos vuelven a aparecer ante mis ojos: una chica nadando desesperada lejos del fuego, con el vestido entorpeciéndole. Un chico muerto en la cubierta, mirando al cielo.

Se me revuelven las tripas por el horror y cierro la puerta a lo que he visto, alejando esas imágenes. Ya está hecho. Tengo que hacer que valga la pena.

Miro al marinero, que me observa con el respeto cauteloso que ahora me tienen todos.

—Dile al capitán que siga adelante —digo, mi voz es firme, cada vez más dura mientras hablo—. Que les dé caza.

KEEGAN

El Lizabetta
El mar Medialuna

La tripulación se arremolina en la jarcia, soltando las amarras de velas que ni siquiera había visto antes. La lona retumba al desenrollarse y cruje al recibir el viento.

El *Lizabetta* se repliega durante un segundo, brincando en el sitio en respuesta al aumento de potencia, y luego se lanza a la siguiente ola como un caballo a la carga.

Con una maldición, la capitana Rensa se aferra al timón, gesticulando como una loca hacia un lado.

—Ahí, ¡las cuerdas! —grita.

Hay cuerdas gruesas atadas a la barandilla alrededor del borde de la cubierta, y yo me abalanzo sobre una, tirando hacia ella.

—¡Al otro lado! —grita, y Leander aparece y se agarra a la segunda cuerda.

Selly se lanza hacia el mástil para ayudar a sus compañeros mientras yo tiro de la mía. Siento la cuerda áspera en las palmas de las manos, pesa más de lo que esperaba, y me cuesta tirar de ella. Entonces llega la primera oficial, Kyri, con su trenza castaña ondeando mientras me quita la cuerda de las manos y termina el trabajo.

La capitana hace girar la enorme rueda del barco y Kyri enlaza las cuerdas para evitar que el *Lizabetta* se desvíe de su rumbo mientras surca las olas.

—¿Tenemos alguna posibilidad de ir más rápido que un barco de vapor? —pregunta Leander, jadeando.

—Vamos a intentarlo —responde la capitana con un gruñido—. Nos sobra potencia para este viento, llevamos demasiada vela, pero añadirá velocidad. Si el *Lizabetta* no se hace pedazos o se hunde en una ola, podríamos hacerlo. Es rápido.

—¿Qué pasa si se hunde en una ola? —pregunto, con el estómago revuelto.

—Se para de repente y sus mástiles siguen avanzando. Ahora baja y busca entre tu ropa, académico. Busca algo más sencillo para el príncipe. No puede ir así si nos abordan.

Leander no aparta la vista del humo negro del horizonte, una mancha fea contra el azul claro del cielo. No parece que haya oído una palabra de lo que ha dicho.

—¿Alteza? —le pregunto, ya estoy haciendo inventario mental de mis camisas y pantalones, con la mente puesta en el único problema de una talla que puedo resolver.

—Debería haber sido yo —dice en voz baja. Cuando se vuelve hacia nosotros, tiene la mirada perdida. Lo he visto todos los días durante años en el colegio, riéndose, sonriendo o bromeando. Nunca lo había visto así.

—Es una buena noticia para todos que no haya sido vos —responde Rensa en pocas palabras.

Se estremece.

—Murieron por mí.

—No habéis matado a nadie —dice Kyri, la primera oficial, levantando una mano como si quisiera consolarle, pero detiene el movimiento al recordar que es de la realeza. Sin embargo, continúa, feroz—: Ellos hicieron esto. Ellos son los culpables.

La mirada de Leander se desvía de ella para posarse en mí. Quiere oírlo de alguien que no le cae bien. No de uno de la tripulación, asombrado de tener a un príncipe en su presencia, deslumbrado por su rango.

Le devuelvo la mirada, con el pecho oprimido por la ira y el resentimiento de cada vez que le he visto pasar por alto sus responsabilidades y dejar el desastre para que otro lo recoja. Porque la verdad es más complicada de lo que Kyri dice, y el príncipe y yo lo sabemos: si él no hubiera retrasado este viaje, nunca habría habido una flota señuelo que atacar.

Me mira fijamente mientras intento —y no consigo— responderle, y luego se vuelve hacia la capitana.

—¿El timón está asegurado? —pregunta.

Pone una mano en una de las cuerdas.

—Ajá. Ahora ayude a Kyri con los espíritus, y tú, muchacho —me mira, y yo me pongo recto—, ve a buscar esa ropa.

Hago una pausa cuando Leander se saca un anillo del dedo y lo estudia en la palma de la mano. Lo reconozco bien: lleva el escudo real y siempre he supuesto que lo heredó de su padre. Lo llevó durante todos nuestros años en el colegio.

Luego, con un movimiento brusco, echa el brazo hacia atrás y lo lanza con toda la fuerza que puede.

El oro del anillo atrapa el sol cuando se proyecta sobre el agua, y luego desaparece, se desvanece en el aire, consumido por los espíritus en el instante antes de que pueda ser tragado por una ola.

Sin palabras, cierra los ojos y extiende los brazos como suplicando. De algún modo, se mantiene firme sobre la cubierta, con el peso en movimiento y las rodillas flexionadas para mantenerse erguido.

Y el viento empieza a soplar.

Una ola levanta el *Lizabetta*, y cada centímetro del barco zumba y se tensa mientras avanza, sus velas casi se parten por las costuras cuando los espíritus del aire y del agua cumplen sus órdenes.

El mundo entero ha cambiado a nuestro alrededor en un abrir y cerrar de ojos, es como si se hubiera pulsado un interruptor, pero ese interruptor es simplemente este chico con el que fui a la escuela, que nunca pareció interesado en usar su magia para nada más que para trucos propios de una fiesta.

Nunca había visto un despliegue de poder como este en mi vida, y no puedo hacer otra cosa que no sea quedarme mirando, con la boca abierta.

Kyri también lo mira fijamente, luego se aparta y se arrodilla ante el altar junto al mástil, sumando sus esfuerzos a los de él.

Por un momento, todos permanecen inmóviles: la capitana Rensa al timón, Leander y Kyri concentrados mientras hechizan a los espíritus para que aceleren nuestra travesía; y todo se vuelve silencio a mi alrededor. Como si pudiera vivir en este momento para siempre, sin enfrentarme nunca a lo que nos espera en el horizonte.

Entonces, se me corta la respiración y me doy la vuelta para abajo, rebotando en las paredes del pasillo mientras el barco se tambalea y sus vigas gimen.

Entro a trompicones en mi camarote, levanto la tapa de mi baúl y agarro la poca ropa que he traído, camisas y pantalones de repuesto de colores lisos. Adecuados para un estudiante, y ahora un disfraz para un príncipe.

La puerta se abre de golpe y un fornido marinero —uno de los dos que supongo que son hermanos— entra a empujones. Sin mediar palabra, pasa por mi lado, cierra de golpe la tapa de mi baúl y lo levanta con un gruñido por el esfuerzo.

—¿Qué haces? —protesto—. Tengo la ropa, no hace falta todo.

—Todo lo que no esté sujeto con clavos se va por la borda. Órdenes de la capitana. Aligerar el barco.

Se me hiela todo el cuerpo.

—¿Qué? —Consigo decir—. No, son libros… no puedes… —Se me hace un nudo en la garganta, se me oprime el pecho.

—¿Crees que vas a leerlos cuando nos atrapen? —me pregunta, levantándolo en brazos.

145

Me abalanzo sobre el baúl, agarro el contenido y mis manos rebuscan en los delgados volúmenes que hay dentro. Los cuentos de hadas de Wilkinson que leía de niño, las gastadas tapas de cuero me resultan tan familiares como mi propio rostro. Las memorias de Ameliad que no podía soportar dejar atrás, mis constantes compañeras y aliadas contra el mundo.

—Por favor —le digo mientras aparta el baúl y se dirige a la puerta—. Por favor, no lo entiende.

El marinero no mira atrás y desaparece por el pasillo.

Me quedo de pie en medio del camarote, con los ojos ardientes y doloridos, con la respiración acelerada. Esto no puede estar pasando. No puede ser real.

Me pongo en cuclillas y apoyo las manos en el suelo que se tambalea. Tengo la mente entumecida e intento que comprenda la realidad, como si hurgara en el lugar donde había un diente, buscando el dolor.

Si nos atrapan, nos matará.

Si nos atrapan, el príncipe no hará el sacrificio.

Si nos atrapan y matan al príncipe, habrá una guerra. Una guerra que podríamos perder, sin Barrica fortalecida por el sacrificio, pero no hasta que miles y miles de personas hayan muerto antes. No hasta que países enteros hayan sido arrasados.

... Y a mí nada de eso me importará, porque estaré muerto.

Pero, aunque puedo decírmelo a mí mismo, no puedo obligarme a creerlo.

Me muevo de forma mecánica, me acerco a toda prisa a mis sábanas antes de que pueda volver a reclamarlas y meto la mano debajo de la almohada. Saco las cadenas de oro que escondí allí y me las pongo alrededor del cuello, dentro de la ropa. Una parte de mí comprende que nunca las venderé, que no las necesitaré para financiar mi primer año en la Biblioteca, pero después de todo lo que hice para conseguirlas...

Hay una parte en mí que todavía tiene esperanzas. Ese resquicio de fe vive en todos nosotros, por eso luchamos.

Tenía tantas ganas de ver la Biblioteca.

He soñado con ello toda mi vida.

Recojo los montones de ropa y salgo del camarote, subo deprisa a cubierta. Choco con la chica de la galera, su rostro alegre está pálido por el miedo, nos empujamos y seguimos corriendo.

Irrumpo en la cubierta, incapaz de girar la cabeza para buscar a nuestro cazador. Luego, me reafirmo, me retuerzo y escaneo el horizonte. Solo veo humo, ninguna señal de barco.

Corro hacia la parte de atrás del barco, donde la capitana sigue luchando con el timón, ladrando órdenes a la tripulación desde la cubierta. Selly se le ha unido, y trabajan juntas sin necesidad de hablar.

—¿Estamos ganando terreno? —pregunto—. No veo ningún barco de vapor.

La capitana niega con la cabeza y mi corazón se desploma.

—Todavía falta mucho para saberlo. El mundo se curva. Mientras esté tan lejos, solo lo veremos desde lo alto del mástil.

Pasa un marinero, el más delgado de los dos hermanos de la tripulación. Lleva un barril que lanza por encima de la borda: ¿es nuestra agua?

—¿Qué puedo hacer? —pregunto, dándole la espalda.

Selly me responde. Se inclina sobre el timón, manteniéndolo firme contra una ola que Leander ha conjurado.

—Apenas estamos armados —dice—. ¿Tiene ese gran cerebro tuyo algo sobre armamento improvisado?

Considero la pregunta, tratando de ralentizar mis pensamientos lo suficiente como para escanear en mi memoria.

—Sí —digo al final—. Si tenemos aceite de cocina a bordo.

—Entonces, será mejor que te asegures de que los gemelos no lo tiran por la borda.

Después, el tiempo pasa muy rápido. Es más fácil hacer la siguiente cosa que enfrentarse a lo que está sucediendo. Hay una extraña y sombría practicidad en todo esto: no puedes estar aterrorizado en todo momento. Al cabo de un rato, el cuerpo sigue adelante, aunque la mente siga gritando.

Leander permanece como una estatua mientras pasan las horas, encerrado en una comunión con los espíritus. Debe de estar agotado, pero no da señales de flaqueza.

Lo que ya no sé es qué está sacrificando para mantenerlos de su lado. Es el mago más poderoso de Alinor, pero lo que estamos presenciando debería ser obra de decenas de magos, no de un solo muchacho. Los espíritus le exigirán más que el anillo de su padre, por muy querido que fuera.

Tengo la horrible sensación de que lo que están exigiendo es a él, su esencia. Nunca he visto a un mago excederse, pero las historias de sus destinos son brutales.

A nuestro alrededor, los marineros luchan con el barco y apenas consiguen mantenerlo unido. Les oigo rezar a Barrica, supongo que con la esperanza de que nuestra diosa no se dé cuenta de que tenemos a bordo al chico que pasó olímpicamente de su sacrificio, y un par de ellos van más allá, rezando directamente a la Madre.

Está claro que con un viento tan fuerte apenas deberíamos llevar velas, pero en lugar de eso hemos izado todo lo que hemos podido encontrar menos nuestra ropa interior. El *Lizabetta* canta y se estremece, pero sigue adelante. Selly vuelve a subir al mástil como vigía y temo las noticias que nos traerá cuando descienda.

Sin embargo, desciende, agarrándose a las cuerdas y a las jarcias para evitar que la arrojen al mar. Cuando sus pies tocan la cubierta, se vuelve para mirar a la capitana a los ojos. Su rostro es una máscara sombría, pero ella se limita a sacudir la cabeza y levantar las manos hasta que quedan frente a frente, con las palmas hacia dentro. Luego las acerca poco a poco. Están ganando terreno.

Se me revuelve el estómago. Esto no puede estar pasando. Esto no puede estar pasando.

Pero ya no podemos escondernos de la verdad: nos van a atrapar.

—Tenemos que luchar —digo, apenas puedo creer que esté diciendo esas palabras en voz alta. No debería estar aquí. Esto no puede ser real—. Tenemos que luchar, por escasas que sean las posibilidades.

—Lo sé —responde la capitana, con la mirada al frente—. Que los espíritus nos salven. Nada más lo hará.

SELLY

El Lizabetta
El mar Medialuna

El barco de vapor aparece en el horizonte y el sabor del miedo se me agria en la boca.

Me he pasado las últimas horas evocando imágenes de la flota de progreso destrozada, madera astillada en el agua, flores y cuerpos flotando entre ella. Trato de imaginar que los restos del naufragio son el *Lizabetta* y que estamos inmóviles en el agua, y luego huyo de esa terrible imagen.

Siempre he sabido que existía la posibilidad de acabar en el fondo del mar, como todo marinero. Pero nunca lo he creído.

Hemos izado cada centímetro de lona que teníamos, hemos tensado las velas, hemos tirado por la borda todo lo que no necesitábamos y algunas cosas que sí necesitábamos para aligerar la carga, para conseguir un poco más de velocidad en nuestro barco afligido. Cuando salimos de Kirkpool, apenas podía creer que estuviéramos navegando en alta mar, sin un cargamento con el que pagar nuestro viaje. Ahora estoy desesperadamente agradecida porque nuestra bodega estaba vacía.

Y aun así van a atraparnos. Nuestros perseguidores siguen el rastro de escombros que hemos dejado atrás como si fuera un camino que les hemos trazado, nuestras pertenencias y provisiones desaparecen bajo su arco.

Leander empieza a tambalearse y Kyri está a cuatro patas junto al santuario. Sus velas están casi hechas polvo, los espíritus las consumen mucho más rápido de lo que he visto nunca, pero él no ha tomado nada de nadie en horas. He tenido suficientes lecciones fallidas para saber lo que eso significa. Está pagando a los espíritus con él mismo.

El barco avanza sobre grandes olas de punta blanca, pero los fuegos del vapor están ardiendo, y se acerca más rápido.

Estoy de pie junto a la borda, cerca de Rensa, con el pelo revoloteándome alrededor de la cara mientras observo cómo el gran vapor gris acorta la distancia que nos separa, y pronto distingo figuras en su cubierta, veo los ojos de buey a lo largo del costado.

El último tramo de distancia parece desaparecer de golpe: se cierne sobre nosotros al acercarse a popa, y entonces tengo al gran Jonlon a mi lado, poniéndome una botella de cristal en la mano. Está llena del licor bueno de la capitana y del aceite de la cocina, con un trapo metido en la boca.

—No la lances demasiado pronto —dice, rodeándome los hombros con un brazo para darme un rápido apretón, mortal. Jonlon, grande, fuerte y tranquilo, una década y media al servicio de mi padre. Solía sacarme de la bodega de carga, donde iba a llorar tras la visita a un nuevo mago en un puerto nuevo. Me daba un caramelo hervido y me llevaba a hacer algo, y luego se quedaba en silencio hasta que me recuperaba.

Y estamos a punto de morir juntos.

El académico está detrás de nosotros, arrastrando una cesta de botellas por la cubierta y un brasero que ha hecho con una de las grandes ollas del cocinero. Tiene el rostro pálido, blanco como la muerte, y la boca marcada en una línea de determinación.

El príncipe y él deberían estar de nuevo en la escuela, peleándose por los deberes como los niños ricos que son. No... no con esto.

Pero el barco de vapor se acerca a nuestro lado y puedo ver sus armas. Sus cañones.

Una ola de su proa se levanta hacia nosotros, y el *Lizabetta* se escora de forma peligrosa, se oyen gritos por toda la cubierta.

—¡Ahora! —grita el académico, sumergiendo su primera botella en las brasas. La mecha se enciende y él echa el brazo hacia atrás, entrecerrando los ojos. Prácticamente puedo ver los cálculos teniendo en cuenta el viento de costado y las velocidades de desplazamiento. Luego la lanza hacia el enemigo.

Se arquea en el aire, las llamas se extienden largas y finas tras él y se estrella contra un marinero del barco de vapor. El fuego lo envuelve y, aunque el viento ahoga sus gritos, veo cómo levanta los brazos.

En dos rápidos pasos salta por encima de la borda y desaparece bajo el agua. Empuja con una mano por encima de la superficie, pero ya está en nuestra estela, y un instante después lo pierdo de vista.

Y entonces el fuego vuela por el aire, suenan disparos y todo el mundo grita.

Keegan está de pie junto a Jonlon, los dos lanzan sus bombas de botella de cristal, y mi mano tiembla cuando me inclino para sumergir la cabeza de la mía en las brasas. Se prende fuego y no hay tiempo para vacilar: echo el brazo hacia atrás y la lanzo con toda la fuerza que puedo, trazando su trayectoria hasta la cubierta del vapor, donde aterriza entre dos marineros y los salpica de chispas.

¡BUM!

La cubierta tiembla y me doy la vuelta para verla rota y astillada, con un agujero entre las tablas.

Los cañones.

Keegan se pone de pie y Jonlon está arrodillado, sosteniéndose el brazo, está sangrando y un trozo de madera sobresale de él.

—¡Kyri! —El grito sale de Rensa, ronco y urgente, como arrancado de su interior.

Kyri está tendida junto al santuario, con los brazos extendidos, el pelo rojo soltándose de la trenza y azotado por el viento, y mira fijamente al cielo.

Está cubierta de sangre y las llamas de sus velas, que hasta ahora habían resistido un vendaval, se han apagado de repente.

No se mueve.

Leander sale del trance en el que se encontraba de golpe, y el viento y las olas que nos rodean no hacen más que empeorar, los espíritus enfurecidos sin que él los dirija, mientras cae de rodillas junto a ella, con las manos presionando con impotencia las heridas de su torso. Entonces la mira a la cara, a los ojos fijos y sin vida, y se queda inmóvil.

Una ola golpea el *Lizabetta*, y el barco se inclina salvaje, obligándonos a agarrarnos a lo que haya más cerca: el académico me agarra mientras casi caigo por la cubierta, y yo vuelvo a encaramarme a él para agarrarme a la barandilla. No puedo imaginar que esa bala de cañón se detuviera al caer; el agua debe de estar entrando a raudales en el casco incluso ahora, inundando las sentinas y llenando las bodegas de carga.

—¡Rendíos, renunciad a vuestro mago y no sufriréis ningún daño! —La voz es metálica y llega desde el barco de vapor a través de un altavoz.

Entonces, aparte del viento y el agua, todo queda en silencio. No hay disparos, no hay cañones. Nos dan tiempo para reflexionar.

Cuando el barco se estabiliza, Keegan, Jonlon y yo nos apresuramos a ir hacia Rensa. Abri y Conor salen de debajo de la cubierta, donde estaban construyendo más botellas bomba. Conor echa un vistazo al brazo de su hermano y corre hacia él, se saca un trapo del bolsillo para intentar detener la hemorragia.

Nos reunimos alrededor de la capitana y de Leander, que sigue arrodillado junto al cuerpo de Kyri. Sus ojos grises miran al cielo.

—Selly, Keegan, detrás del mástil —dice Rensa de inmediato—. Que no os vean.

—¿Qué? —digo mientras el académico me agarra del brazo, arrastrándome a sotavento del mástil sin hacer preguntas.

—No quiero que cuenten cuántos somos —dice Rensa—. Antes Conor y Abri estaban bajo cubierta. Que cuenten y piensen que somos menos de los que somos.

—¿Estás pensando en rendirte? —pregunta Keegan despacio—. Están mintiendo sobre nuestra seguridad.

—Estoy de acuerdo —dice Rensa—. Pero el príncipe no puede seguir aguantando para siempre y, de una forma u otra, nos van a hundir si no dejamos de escapar. Si eso ocurre, moriremos. Así que tenemos que intentarlo y ver si no podemos conseguir que algunos salgamos de esta. Alteza, es hora de hacer que la tormenta pare.

El príncipe, que sigue al lado de Kyri, con una mano descansando sobre la de ella y la piel ensangrentada, nos mira como si simplemente estuviese registrando las palabras de la capitana.

Entonces el viento empieza a detenerse y las olas cesan hasta ser nada. El enorme vendaval y la marea simplemente se han… ido. Si alguna parte de mí dudaba que su magia las había creado, la calma que ahora nos rodea me recuerda lo poderoso que es este chico.

El *Lizabetta* reduce la velocidad, el barco de vapor nos adelanta y el calor del sol de última hora de la tarde se reafirma. No ayuda: no puedo dejar de temblar.

—Conor, el timón —dice Rensa, soltándolo y dando un paso atrás para agarrar a Leander del brazo, lo arrastra—. Selly, conmigo, antes de que disminuyan la velocidad.

Por delante, el barco de vapor ya está perdiendo velocidad y pronto dará la vuelta para volver hacia nosotros. Pero ahora mismo, Rensa está arrastrando al príncipe por la cubierta y yo me doy prisa en seguirla. No entiendo qué está haciendo, no puedo hacer que mi mente se tranquilice, que piense.

Rensa se detiene al lado del *Pequeña Lizabetta*, el bote que mantenemos amarrado en la parte delantera de la cubierta.

—Escuchad —dice en voz baja—. Quedaos agachados. Han contado dos menos. Eso nos da la oportunidad de esconder a dos.

Abro la boca y después vuelvo a cerrarla, incapaz de hablar. Es como si todo el aire hubiese abandonado mis pulmones. Como si estuviese bajo el agua. A mi lado, el príncipe hace un sonido ahogado, con una mano presionada sobre su boca.

—Cuando nos hayamos ido —continúa Rensa—, como sea que nos vayamos, tal vez el barco siga a flote. Si eso ocurre, jovencito, escuchas a Selly. Ella es tu mejor oportunidad. Si los agujeros de los cañones pintan muy mal, podéis intentarlo con el bote.

Me mira y nuestros ojos se encuentran. Estoy temblando.

—He estado intentando enseñarte a ser una capitana, chica, lo cual significa cuidar de los tuyos antes que de ti misma, viendo las cosas a través de sus ojos. Por eso te he tenido haciendo todos los trabajos del barco y, sobre todo, los peores. Para que aprendas lo que le estás pidiendo a otros que hagan.

Intento hablar, pero me hace callar sacudiendo la cabeza.

—No tengo tiempo para enseñarte el camino despacio, así que tendrás que escuchar: no voy por la cubierta repartiendo abrazos, pero moriría por mi tripulación, y ellos lo saben. Es una lección que tienes que aprender ahora mismo, porque estás a punto de convertirte en lo único que el príncipe tiene en el mundo.

Respiro de forma entrecortada y asiento con la cabeza, mirándola fijamente.

—Y si vuelves a ver a tu padre —dice en voz baja—, dile a Stanton Walker que cumplí mi promesa, que mantuve a salvo a su hija.

—Rensa —protesto, buscando las palabras—. No puedes...

—Discutiendo hasta el final —dice—. El mundo es más grande que tú, Selly Walker. Más grande que yo. Eso es lo que he estado intentando enseñarte durante todo este tiempo. Mantén al príncipe con vida. Pase lo que pase, pase lo que pase, tiene que sobrevivir.

Antes de que pueda responder, se da la vuelta y sube a grandes zancadas por la cubierta hasta el cuerpo de Kyri, donde la esperan Jonlon, Conor, Abri y el académico. Está blanco como un fantasma, mirándonos sin decir nada.

Entumecida, me obligo a actuar, dejándome caer para arrastrarme por detrás del pequeño bote, diciéndoles a mis brazos y piernas que se muevan. Pero cuando miro hacia atrás, Leander está sentado en la cubierta, con una mano apoyada en la mochila que contiene el diario de su familia, y me doy cuenta de que no se trata solo del miedo y el horror. Está agotado, más que exhausto por la magia que ha utilizado para intentar salvarnos a todos.

Le agarro del brazo, tiro de él y, poco a poco, se arrastra tras de mí hasta que puedo colocarlo en el hueco entre el *Pequeña Lizabetta* y la borda. Allí, se apoya en la madera calentada por el sol, con los ojos cerrados, y levanta la bolsa para abrazarla contra su pecho.

El barco de vapor envía ganchos de agarre para arrastrarnos hacia su costado metálico, y cuando sale una pasarela entre los dos barcos, me escondo.

Es una carrera peligrosa a través del tablón, que se balancea y se mueve cuando ambos extremos suben y bajan. La primera en subir a bordo es una chica de piel morena, pelo corto y pantalones, que salta a cubierta con la elegancia de un gato. Tras ella vienen otros cuatro, hombres y mujeres con rostros inexpresivos y armas grandes.

Más miembros de la tripulación del barco de vapor se alinean en la borda, con las armas apuntando en nuestra dirección. Son muchos, nos superan con creces.

Leander y yo nos agachamos juntos en silencio mientras colocan a Rensa, Jonlon, Conor, Abri y Keegan en fila en la cubierta. Los cinco permanecen allí mientras la chica —a pesar de su edad, está claro que está al mando—, examina el barco.

—Pensaba que erais más —dice, mirándolos a los cinco y luego dirige su mirada al cuerpo de Kyri. Hay algo tenso y contenido en sus movimientos, como si se estuviera conteniendo y pudiera volar en mil pedazos en cualquier momento.

Nadie de la tripulación dice una palabra: miran al frente o a sus pies. Rensa mira fijamente a la chica.

Tras un breve momento de silencio, la chica se acerca a Kyri. Se agacha, la estudia y le levanta un brazo para comprobar sus marcas de maga. La sujeta por la manga en lugar de tocar su piel. Cuando la suelta, la mano de Kyri cae sobre la cubierta, haciendo que se estremezca. Luego endereza los hombros y, cuando se levanta, vuelve a estar tranquila.

—Uno de vosotros ha matado a la maga —le dice la chica a su tripulación, su irritación es obvia—. Mi hermana quería un recuerdo… una maga habría sido perfecto. Sobre todo, una tan poderosa como esta. Extraordinario. Menudo desperdicio.

Su tripulación parece estar tan nerviosa como la nuestra; tampoco le responde ninguno.

Los ignora, se acerca a la fila de la tripulación del *Lizabetta* y avanza examinándolos uno a uno. En la solapa lleva un broche con un rubí, una gema carmesí que parpadea bajo el sol, y no puedo apartar los ojos de él.

Por favor, me descubro rezando, y no estoy segura de si es a Barrica o a la chica que está en nuestra cubierta. *Por favor, no les hagas daño.*

Nadie habla. No parece que le moleste.

—Tengo la teoría —continúa—, de que lleváis algo valioso a bordo. Vimos los restos tras vosotros, pero no vimos ningún gran fardo, ninguna carga. Sin embargo, vi una manta bordada en oro flotando en el agua, estoy segura de ello. No es lo que esperaría ver en un barco como este. ¿Qué más traías, en vez de carga?

Nadie habla.

—Si uno de vosotros es un noble —dice despacio—. Puede conseguir salir de esta. No perdáis la oportunidad.

Y nadie habla. Parece que Abri va a vomitar, tiene la piel pálida casi verde. Jonlon se tambalea sobre sus pies, con la herida supurando sangre, y Conor lo sujeta. El académico mira al vacío como si estuviera haciendo cálculos mentalmente.

La chica se retuerce, mirando a su tripulación alineada a lo largo de la borda del barco de vapor, e intento trazar una línea a partir de su mirada, para ver qué está observando. El sol se está poniendo detrás de ellos y son casi siluetas. Entonces, uno de ellos se mueve y capto el color de su ropa.

Hay una hermana verde a bordo. Eso es lo que la chica está mirando. Tal vez no esté al mando, a pesar de que la tripulación la obedezca.

Camina a lo largo de la línea hasta Rensa, saca una pistola de su cinturón y la levanta despacio.

—¿Qué es lo que escondéis? —pregunta, tranquila y calmada.

Rensa la mira fijamente. No sé qué ven en sus rostros, pero los mantiene inmóviles.

—Por favor —dice Rensa, tranquila y con la voz clara—. Mi tripulación nunca hablará de lo que vio.

La voz de la chica se vuelve más aguda.

—¿Qué escondéis?

—Aquí no hay nada que esconder.

—¡No soy tonta! —Sube el volumen de su voz, medio ordenando, medio suplicando—. Habéis tirado muchas cosas por la borda, pero no he visto ningún cargamento. ¿Adónde ibas? ¿Qué estabais haciendo? Debéis de tener algo que merezca la pena en este barco.

Despacio, Rensa se limita a negar con la cabeza.

Entonces retrocede y, un segundo después, oigo un ¡PUM! ensordecedor y el cuerpo de Rensa cae sobre la cubierta. Intento gritar, pero Leander me tapa la boca con la mano.

Le arranco los dedos de un zarpazo y respiro agitada, pero de pronto vuelve a moverse y trata de ponerse en pie. Ahora yo lo agarro a él y lo empujo hacia abajo, a mi lado.

—¿Qué haces? —susurro, acercando su oreja a mi boca.

—Tengo que detenerla. —Intenta librarse de mi agarre como puede—. Yo soy lo que quiere.

En la cubierta, la chica está de pie con el resto de mi tripulación, con la respiración entrecortada y agitada, todavía con el brazo estirado por el disparo.

No puedo moverme. Estoy agachada, congelada, con los brazos alrededor de Leander.

Este chico se entregaría para salvar a una tripulación que apenas conoce. Para salvar a mi tripulación.

—No puedes. —Las palabras salen, apenas en un suspiro, antes de que sepa que han salido. Pero sé que tengo razón. Mi capitana me dio órdenes.

—Registrad el barco —dice la chica, en la cubierta—. El resto, ¿quién quiere salvar su vida diciéndome lo que busco?

Está de pie frente al grande y gentil Jonlon.

Él no dice nada, la mira fijamente mientras ella vuelve a levantar el arma.

Por favor, no.

Por favor…

¡PUM!

Conor grita, cayendo de rodillas junto al cuerpo de su hermano, acurrucándose sobre él con un agudo gemido que ahoga todo lo demás.

A mi lado, Leander respira con dificultad, todo su cuerpo está tenso: le está costando todo lo que tiene quedarse aquí y dejar que lo protejan. Lo sujeto y él me rodea con los brazos. Está caliente y es sólido, y me vuelvo hacia él mientras me aprieta con fuerza y me deja que apoye la cara en su pecho. Noto cómo se agita, cómo lucha por estabilizarse, cómo se aferra a mí con tanta fuerza como yo a él.

Pero no puedo taparme la cara, no ahora; tengo que mirar, estar lista para moverme. Levanto la cabeza y me obligo a contemplar la escena que hay en cubierta.

Y entonces el tiempo se ralentiza cuando Abri mira hacia donde Conor está acunando a su gemelo, y al cuerpo de Kyri, y al de Rensa.

Y luego vuelve a mirar a la chica que está en nuestra cubierta. A la chica que está prácticamente palpitando por la tensión, tan cargada como el aire antes de una tormenta, lista para explotar en truenos y relámpagos.

Y puedo ver lo que viene a continuación desarrollándose antes de que suceda. Abri levantará la mano y señalará el *Pequeña Lizabetta*. Va a decir: «Ahí se esconde el príncipe, lleváoslo y dejadme vivir».

Pero el siguiente movimiento viene del académico, que de repente levanta los brazos, bravucón e indignado, a un millón de kilómetros del chico tranquilo y torpe que he estado observando durante el último día y medio. ¿De verdad le conozco desde hace tanto?

—¡No puedes hacer esto! —anuncia mientras todos los ojos de la cubierta se vuelven hacia él—. Soy el hijo de lord Wollesley, ¡cómo te atreves a amenazarme!

Eso llama la atención de la chica, y no me equivoco. Se gira hacia él.

—¿Tú eres qué?

—Soy lo que estás buscando —responde, lleno de arrogancia—. Soy lo que había a bordo de este barco en lugar de carga. Emprendía una expedición de camino a la Biblioteca. Planeo hacer grandes contribuciones en el campo de los estudios históricos.

—Sí, ¿eh? —pregunta, mientras ajusta la empuñadura de la pistola—. Bueno, ¿tienes algo que ofrecerme, hijo de lord Wollesley?

Keegan se tantea el cuello, se saca una cadena de oro de debajo de la camisa y se la quita por encima de la cabeza.

—Toma —dice prácticamente indignado—. Quédatela, es tuya. Es una reliquia, ¿sabes?

Da un paso adelante, estira la mano para arrebatarle el collar con dos dedos y lo levanta para estudiarlo. Luego se lo pone alrededor del cuello, pasándoselo con cuidado por entre los rizos.

—Esto servirá —acepta.

Una pizca de la tensión lo abandona, aunque la mía sigue recorriéndome las venas.

—Supongo que no me dispararás —dice, cruzándose de brazos sobre el pecho. ¿Cómo puede ser tan ingenuo?

—No —dice la chica, y lo mira en silencio. Como si estuviera luchando con algo, o esperando algo—. No, no te dispararé —dice al final, más bajito.

Gira sobre sus talones y hace un gesto con la cabeza a dos de los marineros que ha traído con ella. No mira atrás mientras avanzan juntos, cada uno agarra a Keegan de un brazo y lo llevan hacia el lateral del barco.

A mitad de camino, Keegan empieza a darse cuenta de lo que va a ocurrir y forcejea como un loco, dando patadas en la cubierta y agitando el cuerpo. Llegan a la borda y, de un tirón, lo lanzan al vacío.

Esta vez me tapo la boca con las manos, guardando silencio. Una parte de mí se pregunta si saben que esta es la forma más cruel de morir. La mayoría de los marineros nunca aprenden a nadar a propósito: no hay vuelta atrás si uno cae por la borda, y no quieren pasar horas esperando lo que se les viene encima. Pero un chico noble puede que sepa nadar bastante bien. Demasiado bien. ¿Viviré para arrepentirme de saber nadar, también?

Leander permanece callado, pero un hilo de sudor le recorre la frente y tiene la mandíbula más apretada que cuando conjuró la tormenta, como si estuviera conjurando espíritus de nuevo. Aunque esta vez es el dolor de ser prisionero de su propia importancia. Y sé que lo está matando.

Tengo todo el cuerpo tenso por el miedo mientras espero a ver qué hace la chica. Si ahora se ponen a buscar, entonces Keegan se ha sacrificado por nada. No hay dónde esconderse: estamos agazapados detrás del bote, pero está en la cubierta boca abajo y realmente no ofrece ningún escondite.

La chica se toca con los dedos la cadena de oro que lleva al cuello, da una lenta vuelta en círculo y estudia el barco que siempre ha sido mi hogar. Se mueve despacio, fría y tranquila, pero con la mirada perdida y los movimientos demasiado controlados. Lo que acaba de ocurrir no la ha dejado indiferente. La cuestión es qué va a hacer al respecto.

Echa la cabeza hacia atrás, mira al cielo y cierra los ojos. Respira hondo.

—Hacedlo —dice en voz baja.

Mientras camina hacia la pasarela, sus marineros levantan las armas.

¡PUM!

Abri cae.

¡PUM!

Conor se desploma sobre el cuerpo de su hermano.

La chica vuelve corriendo por la pasarela, ligera como un gato, mientras su tripulación transporta barriles de aceite para empapar la cubierta. Se retiran, y yo contemplo cómo las antorchas encendidas surcan el aire para aterrizar a nuestro alrededor, y el aceite se enciende con un ruido suave.

Una bala de cañón impacta en el casco del *Lizabetta*, y otra más. La madera se astilla y el barco se tambalea mientras arde, las llamas suben por el mástil hasta alcanzar las velas de lona. Mi hogar está en llamas.

Ya se está yendo hacia el barco de vapor, y yo me apoyo en el *Pequeña Lizabetta* para evitar deslizarme por la cubierta, aferrándome con fuerza a Leander, que apenas está consciente, vencido por el cansancio.

No se quedan a vernos arder, el barco de vapor ya está virando hacia el suroeste para iniciar el largo viaje de regreso a Mellacea.

No puedo esperar mucho más tiempo para arriesgarme. Tanteo las amarras que sujetan el bote a la cubierta y me doy cuenta de que no voy a volver a necesitarlas, así que saco el cuchillo del cinturón y las corto. Un marinero nunca corta una cuerda, esa es la lección que siempre me han inculcado. A menos que sea cuestión de vida o muerte.

Casi de inmediato, el *Pequeña Lizabetta* empieza a deslizarse hacia estribor, cuesta abajo, hasta que el borde de la cubierta está a punto de tocar el agua. Agarro a Leander y lo arrastro conmigo mientras me lanzo tras ella en un movimiento apenas controlado.

La barandilla está rota y astillada, y la golpeo con un pie hasta que cede. Entonces me agarro a la borda de la embarcación y, con las últimas fuerzas que no sabía que me quedaban, le doy la vuelta hacia arriba y la empujo por el hueco de la barandilla hasta que cae al mar.

Manteniéndome agachada, sin soltar al príncipe, salto al agua. Y allí me escondo, con un brazo colgado de la borda del *Pequeña Lizabetta* para mantenernos a flote, y otro alrededor del chico semiconsciente que tengo a mi lado. El bote es más grande que los demás restos que hay en el agua, pero hay muchos, y si nadie mira de cerca, podremos escondernos entre ellos mientras el *Lizabetta* se hunde.

Por un momento, me parece ver una figura en el barco de vapor que nos devuelve la mirada: una sola persona, perfilada por la puesta de sol. Pero si están ahí, no nos ven.

El sol continúa su viaje hacia el horizonte, bañando lentamente el agua a mi alrededor, tan dorada como las llamas que nos rodean, mientras todo lo que he amado queda reducido a cenizas.

PARTE DOS

LA CIUDAD DE LA INVENCIÓN

KEEGAN

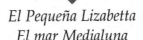

El Pequeña Lizabetta
El mar Medialuna

Avanzo por el agua con los ojos cerrados, tratando de mantenerme de espaldas a las olas. He descubierto que, si no lo hago así, cada ola nueva me golpea en la cara y me mete agua salada por la garganta y por la nariz.

—Por ahí —dice de pronto la voz del príncipe, que surge de la nada, áspera por el cansancio.

Abro los ojos de golpe y casi me hundo al moverme para intentar verle.

—No veo nada —dice la voz de Selly, mientras parpadeo para enfocar un pequeño bote—. ¡Espera, sí! Siéntate, antes de que te caigas por la borda, idiota.

La pequeña brasa de esperanza que vivía dentro de mí parpadea, creciendo hasta convertirse en una llama pequeña, pero constante.

Cuando caí al agua, me pareció que se calentaba a mi alrededor, como si la corriente me arrastrara tras el *Lizabetta*.

En realidad, no podía decidir si se trataba de un sueño o de la señal de que el mago más poderoso de Alinor seguía vivo a bordo del barco, realizando una hazaña mágica para mantenerme con vida a mí también.

El bote de remos que estaba amarrado a la cubierta del *Lizabetta* se acerca a mí y Selly tira de los remos mientras yo doy unas cuantas patadas cansadas para ponerme a su lado.

—Ponte al otro lado para hacer contrapeso —dice, supongo que al príncipe, y en un tono al que seguramente no está acostumbrado. El bote se balancea, aunque no puedo verle cuando obedece.

Alargo la mano para agarrarme al borde del bote, entonces Selly me agarra de la camisa y tira, y yo doy una patada y, de algún modo, me deslizo hacia arriba y hacia dentro, aterrizando en el suelo empapado y tosiendo agua de mar.

Ella vuelve a los remos y mira hacia Leander, que se ha desplomado contra uno de los bancos del pequeño bote. Su piel morena tiene un tono pálido y enfermizo, y sus ojos están ensombrecidos por los moratones azules del cansancio. Se agarra con una mano a la bolsa que contiene su diario y con la otra se sujeta a sí mismo, como si fuera a caerse de lado.

—Wollesley —dice con voz débil, a modo de saludo.

—¿El resto está...? —La pregunta muere en mis labios cuando él sacude la cabeza despacio.

Con una sensación de malestar, me levanto para poder sentarme, echando un vistazo al *Lizabetta*. Esperaba que después de matarme, la chica que nos abordó dejara de buscar cualquier otra cosa de valor. Una parte mucho más pequeña de mí esperaba que dejara el barco intacto y a la tripulación con vida.

No podía ver el barco desde el agua, pero incluso con esta pequeña elevación, tengo una mejor vista. Está ardiendo, las llamas ya trepan por los mástiles y se extienden por las velas.

Empiezo a moverme hacia un banco, pero, tras una mirada de Selly, me quedo donde estoy antes que agitar el bote y hacerle el trabajo más difícil. El pequeño bote está diseñado para una docena de personas, sentadas en los bancos en filas de tres, y sin duda está hecho para que lo remen dos personas, no una. Es lo bastante grande como para que necesite todas sus fuerzas para moverlo, pero en el vasto océano que nos rodea, es un puntito minúsculo.

—Fue un gran salto de fe por tu parte, Wollesley —dice el príncipe en voz baja.

Parpadeo en su dirección, con los ojos escocidos por la sal, mientras mi mente intenta entender lo que quiere decir.

—Me temo que solo fue un salto.

Me mira fijamente.

—¿Quieres decir que no sabías que podía ayudarte?

Niego con la cabeza.

—Resulta que yo no pienso en todo. Vuestra reputación como mago no tiene rival, Alteza, y está claro que os la habéis ganado, pero debo admitir que no se me ocurrió esa posibilidad. En mi defensa, estaba actuando bajo presión.

—¿Así que pensaste…?

Me encojo de hombros. Creo que mi voz podría temblar si hablo.

Selly se apoya en sus remos y me estudia, con un rostro ilegible.

—Pensabas que estabas sacrificando tu vida para protegerlo —dice al final—. Y ni siquiera te caía bien en el colegio.

Leander la mira y creo que me ruborizo, y, por un momento, ninguno habla. Sin embargo, él es el que tiene gracia para lo social y, al cabo de un momento, encuentra algo que decir.

—No sé si eres increíblemente valiente o estás como una cabra, Wollesley. Pero gracias.

Su tono me irrita tanto como siempre lo hacía en el colegio —la mezcla de condescendencia y fascinación—, pero me veo obligado a hacer una pausa y toser de nuevo antes de poder responder.

—No lo hice por vos —digo, y hay una extraña satisfacción en ver como abre los ojos.

—Entonces, ¿por qué…?

—Lo hice por todos los que confían en su príncipe para evitar una guerra y salvar sus vidas. Nuestros atacantes no podían permitirse dejar testigos, lo que significaba que yo iba a morir de todos modos. Pensé que bien podría ser al servicio de su protección, dándoles una pequeña oportunidad de evitar una guerra. Fue una elección sensata, no personal.

—Sensata. —Selly hace de eco, lanzándome una mirada llena de incredulidad.

Durante un buen rato no se oye nada más que el batir de las olas a nuestro alrededor.

—Intenté dirigirla hacia la parte de la borda —admito.

—Aunque no tenía ningún plan bueno para después de eso, aparte de mantenerme a flote. Aun así, fue una suerte que no me dispararan.

Ninguno de los dos dice nada.

Sin palabras, Selly se pone manos a la obra con los remos, empujando el de la izquierda para empezar a alejarnos del viento, de vuelta hacia el naufragio en llamas.

—¿Puedo ayudar? —le pregunto, viéndola cuadrar la mandíbula, con los nudillos blancos mientras forcejea con los dos remos a la vez.

—¿Sabes remar? —pregunta.

—La verdad es que no.

—Entonces dejaremos la lección para más tarde. Ahora mismo tenemos prisa.

—¿A dónde vamos? Estamos en medio del océano, y nuestro barco está destruido.

Y nuestra tripulación está muerta. La veo fruncir los labios, como si estuviese pensando en lo mismo.

—Precisamente por eso tenemos que darnos prisa —dice y endurece el tono—. No duraremos mucho en un bote como este: sin comida, sin agua, sin refugio, sin vela. Podemos usar un remo como mástil, está diseñado para encajar en ese banco del centro en caso de emergencia, pero tendremos que salvar un trozo de las velas del *Lizabetta* antes de que se quemen, y conseguir algunas provisiones del barco.

Leander estaba mirando al horizonte; ahora la mira a ella, y parpadea despacio.

—¿Qué?

Le lanza la misma mirada que le lanzaron mil profesores en el colegio.

—¿Qué pensabas hacer? —le pregunta, exasperada—. ¿Limitarte a dar vueltas por aquí? —Mueve la barbilla hacia el *Lizabetta*. Ahora el fuego crece con rapidez y el barco se está escorando hacia la derecha, con la cubierta en una pendiente peligrosa—. Un barco como ella no suele hundirse, solo se quema hasta la línea de flotación. El casco es demasiado grueso. Pero le han dado con un montón de balas de cañón, y si los mástiles caen a sotavento, podrían volcarla completamente sobre un costado. Creo que se va a hundir por completo, así que tenemos que rescatar lo que podamos antes.

—¿Y después? —murmura Leander.

Se apoya en sus remos y nos mira a cada uno por turnos.

—Y después seguimos las últimas órdenes de mi capitana —dice sin más—. Sobrevivimos.

LEANDER

◆

El Pequeña Lizabetta
El mar Medialuna

El barco se eleva sobre nosotros mientras nos acercamos y siento el calor de las llamas en la cara.

Selly mueve los remos mientras las suaves olas nos
llevan junto al *Lizabetta* y se vuelve para mirar su hogar en
llamas. Tiene el pelo rubio pegado a la cara como una cortina
húmeda y está blanca como una sábana, incluso sus pecas están pálidas.

Siempre ha tenido las mejillas sonrosadas por el viento y
el sol, pero ahora parece estar casi translúcida. Como si pudiera desvanecerse y desaparecer.

No ha parado desde que tocamos el agua, con los ojos
verdes entrecerrados por la determinación, moviéndose implacable hacia el siguiente paso de su plan, y luego hacia el
siguiente. Pero, por un instante, cuando levanta la vista hacia
el barco, vislumbro lo que hay detrás de ese propósito, detrás
de sus nítidas órdenes. Veo cómo aprieta los labios con fuerza,
asegurándose de que no tiemblan.

—Lo primero es lo primero, príncipe —dice, con la voz
firme—. ¿Puedes hacer algo con ese fuego?

Respiro con dificultad y asiento con la cabeza. La verdad
es que hoy ya he encantado a más espíritus que nunca, y a la
mayoría sin sacrificar nada. No estoy seguro de qué parte de

mí mismo les di a cambio de su ayuda, pero sentí que algo desaparecía. Y no sé cuánto me queda antes de desmayarme, o algo peor. Me tiemblan los brazos y las piernas, me duele la cabeza.

Pero todo esto es culpa mía, y me quede lo que me quede, se lo debo a los otros.

Rebusco en mi bolsillo algo que sacrificar y encuentro una moneda de cobre. De normal, no sería nada. Ahora, estoy seguro de que es todo el dinero que tenemos, y eso significa que lo es todo. Eso es lo que les importa a los espíritus: cuánto crees que vale.

Tengo la mano fría, pero enrosco los dedos alrededor de ella y estiro el brazo hacia atrás, luego la lanzo hacia la cubierta, donde desaparece en el aire y se extingue en algún punto por encima de las llamas cuando los espíritus la reclaman.

Entonces me concentro hasta que veo a los espíritus de fuego bailando alrededor de las llamas, jugando con alegría. De inmediato, me invitan a participar, y su presencia es cálida y tentadora. Los espíritus de fuego son como el amigo que sabes que es una mala influencia, pero con quien siempre te diviertes, antes de acabar metido en un buen lío.

Supongo que los espíritus de fuego son para mí lo que yo soy para los demás.

Son los más peligrosos de todos los espíritus, y cerca de ellos siempre estoy a medio camino de dejarlos sueltos para que salgan volando y consuman todo lo que nos rodea. Saben convencerte de que sería divertido para todos.

Pero me uno a su peligrosa danza, y mientras me dejo llevar por el encanto, se separan despacio, dejando un camino despejado hasta el barco, la madera carbonizada aún humea con suavidad. Es hora de subir a bordo.

—¿Podéis nadar una vez más? —pregunta Selly, evaluándonos a Wollesley y a mí. Ambos asentimos, sin duda mintiendo sobre lo seguros que estamos. Él lleva mucho tiempo en el agua y parece un fideo ahogado. A mí me duelen hasta los huesos.

Juntos, nos deslizamos por la borda, nadando y chapoteando a lo largo de la corta distancia que nos separa del barco. Usamos la madera rota y astillada de una de las heridas de las balas de cañón como escalera, y cuando Selly sube por delante de mí, su ropa empapada arroja agua sobre mi cabeza y se pega a su cuerpo, agobiándola.

Es una dosis de realidad que nos hace pensar en que estamos mojados y se acerca la noche. En el este, el cielo ya es de un azul aterciopelado; en el oeste, en dirección a Mellacea, es de un naranja furioso.

Se sube a la barandilla, se gira para tirar de mí y, juntos, agarramos las manos de Wollesley y lo arrastramos tras nosotros. Es el que más tiempo lleva en el agua y está temblando.

Arriba, en la cubierta, la luz es más brillante: las llamas bailan y parpadean, iluminando nuestro camino, aunque es difícil ver en la oscuridad más allá de ellas. El barco es una ruina que se inclina hacia nosotros. A lo largo de la cubierta puedo ver los cuerpos de la tripulación, ya en llamas.

Selly también los ve y se queda quieta, con la mirada fija, y se lleva una mano a la boca. Un escalofrío la recorre.

Yo los he matado.

Si no me hubiesen subido a bordo…

Selly intenta amortiguar el sonido que emite y, tentativo, extiendo la mano para darle un apretón en el hombro. Lo único que puedo ofrecerle es un apoyo silencioso, y es muy poco. Ni siquiera estoy seguro de si debería tocarla; aunque la tuve entre mis brazos mientras les disparaban, esto es diferente. Pero levanta la mano y la pone sobre la mía.

Luego respira hondo y se da la vuelta.

—Todavía debería haber un par de barriles de agua en la bodega —dice, con la voz quebrada—. Leander, intenta bajar y sacar uno de los más pequeños, y llévalo flotando al bote.

Sin agua potable, no vamos a ninguna parte. Keegan, busca cualquier cosa que puedas encontrar de comida. Puede que haya algo que se nos haya pasado en la cocina.

Asentimos, y, sin mediar palabra, se da la vuelta para correr hacia el mástil más cercano a la parte de atrás del barco —el que menos arde, pero el más próximo al cuerpo de la pobre Kyri— y trepa por él con esa rapidez tan suya.

La sigo con la mirada mientras sube, antes de dirigirme a las escaleras que conducen a la cubierta inferior. El aceite ha bajado por ellas y están ardiendo. A mi lado, Wollesley emite un ruido de consternación.

Levanto una mano y observo a los espíritus mientras juegan. No hay forma de dar órdenes a los espíritus de fuego, ni siquiera de seducirlos: tienes que sugerirles que saldrán ganando si prueban tu idea. Así que les muestro lo divertido que sería concentrar sus esfuerzos en un lado de la escalera, para que arda con más intensidad.

Una parte de mí agradece tener una excusa para apartar a un rincón el horror agudo de las últimas horas y esbozar una sonrisa para los espíritus. Una parte de mí arde de culpa por el hecho de que esto sea siquiera posible.

Los espíritus caprichosos desvían su atención con demasiada facilidad, y las llamas se desvanecen y se apagan por un lado de la bajada.

Doy un paso con cuidado, con Wollesley pisándome los talones, y luego otro, con el calor secándome la ropa a toda velocidad. Entonces, de repente, la madera quemada se hunde bajo nosotros.

Salto al siguiente escalón, luego al siguiente, medio corriendo y medio cayendo en el oscuro pasillo de abajo, mi antiguo compañero de clase aterriza en una maraña de miembros a mi lado.

—Buena suerte —digo en voz baja cuando se vuelve hacia la cocina, y avanzo deprisa por el pasillo hasta donde la capitana me mostró la bodega de carga la noche que subí a bordo.

Paso deprisa por delante de la puerta de mi camarote y, por un momento, es como si pudiera ver a través de la pared, verme dentro de él, sentado en la cama con sueño. Veo a Selly retrocediendo a trompicones, con los ojos muy abiertos al ver mi pecho desnudo. Me veo sonriendo. Veo la mirada que me dirigió la otra chica, Abri, cuando subí a cubierta esta mañana. Estaba claro que Selly le había contado lo de nuestro encuentro y, con la misma claridad, ella…

El shock me golpea como un puñetazo en las tripas. *Abri está muerta*. Su sonrisa con mejillas redondas ha desaparecido. Y no siento rabia alguna por el momento en que vaciló, por el momento en que pensó que podría salvar su vida si entregaba la mía. ¿Cómo puedo culparla por no querer morir? Nunca lo habría hecho si no me hubiera conocido.

La luz del exterior se desvanece con rapidez y la bodega de carga está casi a oscuras, salvo por la tenue luz de las estrellas que entra por los agujeros de salida de las balas de cañón en el lado más alejado. Toda la nave se inclina hacia mí y hay agua por todo su costado derecho. También hay un puñado de pequeños barriles que han rodado por la pendiente y están flotando allí.

Me deslizo con cuidado hacia ellos, chapoteando por el agua. Después de la calidez de las escaleras, vuelvo a sentir el impacto y se me contraen los pulmones, respiro con dificultad mientras me obligo a tomar aire. Entonces me agarro con el brazo al barril más pequeño. Es más o menos del tamaño de mi torso y, a juzgar por el peso, está lleno. También es lo más pesado que puedo levantar, y sé que me estoy quedando sin tiempo antes de que la debilidad me invada por completo.

Considero mis opciones para sacarlo y descarto la idea de volver a subirlo: sería imposible sortear las escaleras rotas.

En lugar de eso, trepo por el suelo inclinado, apoyándome en las maderas rotas y empujando el barril hacia delante, hasta que llego a los agujeros de las balas de cañón del otro lado. Un par de patadas rápidas agrandan uno de ellos y empujo el barril a través de él, agarrándome a la parte más lisa del borde.

El pequeño barril raspa y rueda por el costado de madera del barco, luego chapotea abajo, pero cuando asomo la cabeza para verlo balancearse en el agua, se me cae el alma a los pies. Se ve la parte inferior del barco, y está llena de percebes de color blanco verdoso. Si me deslizo tras el barril, me destrozarán. Tendré que hacerlo por la vía difícil.

Me escurro por el agujero, intentando no engancharme ni romperme la ropa que me ha prestado Wollesley, y miro hacia las oscuras aguas que hay debajo. No vale la pena dudar, o mi cuerpo me dominará.

Salto y me quedo en el aire una eternidad antes de golpear el agua, sumergiéndome bajo las olas heladas, con todo el aire expulsado de mis pulmones. Pataleo con fuerza, empujándome hacia la superficie, y me encuentro justo al lado de mi barril. Tosiendo, con los ojos escociéndome, emprendo una larga y lenta vuelta alrededor del barco que se hunde, empujando nuestro suministro de agua delante de mí.

Cuando rodeo la parte trasera del barco, los demás ya están a bordo del *Pequeña Lizabetta* y se han puesto manos a la obra. Selly ha amarrado un remo a la parte trasera del barco para poder maniobrar, y Wollesley sigue sus instrucciones para montar el otro remo como mástil. Juntos, tiran primero de mi barril, y luego de mí.

Empiezo a temblar una vez fuera del agua, y me ocupo de guardar el barril.

—Aquí —dice Wollesley en voz baja, sosteniendo un trozo de tela de vela—. Es más o menos a prueba de viento, debería darle calor.

Doy las gracias con una inclinación de cabeza, mis miembros parecen de plomo cuando me la envuelvo alrededor de los hombros y me acomodo en el fondo de la pequeña embarcación. Tal vez debería ayudarles a fijar el resto de la tela para hacer nuestra vela, pero no puedo. Soy débilmente consciente de los espíritus que se arremolinan alrededor del barco en el aire, en el agua, pero no me queda nada dentro para intentar alcanzarlos.

El sol está a punto de ocultarse en el oeste y los últimos destellos se desvanecen. El cielo es muy amplio y está muy negro sobre nosotros, y una franja plateada de estrellas se extiende a través de él, con las dos lunas a la vista. La vela ondea tranquila, aún sin tensar, y vamos a la deriva con las olas. El *Lizabetta* está ardiendo más abajo, sobre todo con un resplandor rojo, y más lejos de lo que había esperado.

—Tenemos que hablar de lo que vamos a hacer ahora —dice Selly, y saca una bolsa de manzanas que debe de ser parte del botín de Wollesley. Nos pasa una a cada uno y, cuando muerdo la fruta crujiente y dulce (lo contrario del agua salada que me entra por los ojos y la nariz), siento que apenas he comido en todo el día.

—Deberíamos navegar hacia Kethos —murmuro—. Llegar a Alinor por tierra.

Selly mastica su manzana y entrecierra un ojo mientras me estudia.

—Nuevo plan —dice—. Deberíamos hablar de cómo funcionan los veleros y luego de qué hacer a continuación.

—Muy bien, enséñanos.

Selly se muerde el labio, pensando en cómo llevar a cabo la tarea, y luego levanta la mano izquierda, aún enfundada en un mitón de cuero que se está endureciendo lentamente por la sal.

—Prestad atención —dice.

Me inclino hacia ella, y Wollesley se retuerce para poder estudiarla como si fuera a haber un examen más tarde. Aunque ahora que lo pienso, lo habrá. El único que haremos y que importará de verdad.

—Este es el continente. —Hace una U invertida con la mano izquierda, con los dedos y el pulgar apuntando hacia abajo—. El extremo de pulgar es Mellacea. Luego, subiendo y cruzando la parte superior, tenemos los principados, Trallia a medio camino, las Tierras Áridas, Beinhof y Fontesque. Más o menos a la mitad de mi dedo, tenemos Alinor, y debajo, al final de mi dedo, Kethos. —A continuación, apunta al espacio vacío en medio de su forma de U—. Estamos aquí, obviamente, en el mar Medialuna. Y el viento y las corrientes dominantes… —Traza una línea desde Alinor en el dedo hasta Mellacea en el pulgar.

—Así que tenemos que navegar contracorriente para llegar a casa —digo, con el corazón en un puño—. ¿No hay ninguna posibilidad de que cambie de dirección?

—No —dice, apenada—. No, a menos que veamos una tormenta muy seria, en cuyo caso estamos acabados.

Wollesley exhala despacio.

—Y si navegamos con el viento, iremos directos a Mellacea. Supongo que no podemos —estira la mano para trazar un camino hacia abajo desde ese espacio en blanco del centro, donde flotamos—, digamos, ¿navegar hasta las Islas?

Selly niega con la cabeza.

—Lo siento. Apenas tenemos comida, definitivamente no tenemos agua suficiente. Si el viento se vuelve mucho más fuerte, nos hundiremos. Tampoco tengo material de navegación; el príncipe tiene un mapa en ese diario suyo, pero sin las herramientas adecuadas no puedo fijar con exactitud dónde estamos. Podríamos pasar junto a las Islas sin saberlo, sobre todo si aparecieran de noche. E incluso si superáramos todo eso, acabaríamos atrapados en las Islas sin ningún barco capaz de navegar de vuelta a casa.

La verdad se asienta en mi pecho y apoyo un brazo en el borde del bote, tratando de impedir que me tambalee por el cansancio. De repente vuelvo a ser consciente del frío que tengo.

—Así que vamos a Mellacea.

—Es nuestra única opción. —Selly asiente—. Directos a Puerto Naranda. La costa en el resto de sitios es acantilada; no podemos estar seguros de dar con un pueblo, pero veremos la ciudad desde lejos. Al menos tenemos una cosa a nuestro favor: en Mellacea no nos espera absolutamente nadie.

—La verdad es que no —coincide Wollesley—. Creerán que el príncipe está muerto. Nadie le buscará.

—No estoy seguro de que el gobierno de Mellacea piense que estoy muerto —digo despacio—. El barco que nos atrapó no era de la marina, y la chica que lo dirigía no llevaba uniforme.

—¿Operaciones privadas? —murmura Wollesley—. Eso es...

—Mucho que desgranar, políticamente hablando. —Estoy de acuerdo—. Pero no es el primer problema que tenemos que resolver.

—Creo que podríamos lograrlo —dice Selly pensativa—. Navegar hasta Mellacea. No vas a parecer muy principesco cuando lleguemos, así que eso ayudará. Si podemos llegar al puerto de allí, tenemos opciones.

—La embajadora —digo—. Tengo palabras clave que servirán para demostrar mi identidad a cualquier embajador del continente o de más allá. Si conseguimos llegar a Mellacea, y podemos llegar a la embajadora de Alinor, la embajadora se hará cargo desde allí.

—Incluso antes de encontrar un barco que te lleve a casa, puede enviar un mensaje —acepta Wollesley—. La gente de Mellacea piensan que ha logrado matarte, y sean quienes sean, no hay razón para que se guarden esa noticia. Pero es más grave que eso: cuando llegue a Alinor la noticia de que la flota del progreso está hundida, la reina sabrá que no estabas a bordo. Ella creerá que seguimos aquí en el *Lizabetta*, escabulléndonos a las Islas para hacer el sacrificio. Incluso podría ir a la guerra, creyendo que fortalecerás a Barrica y le darás una ventaja inesperada.

Se me revuelve el estómago. Tiene razón, Augusta es una estratega.

—Así que no solo empezará una guerra —dice Selly despacio—, sino que será una guerra que no tendrá forma de ganar. —Se pellizca el puente de la nariz y siento un destello de compasión. Por muy extraños que nos resulten a Wollesley y a mí los vientos dominantes y el montaje de una vela, esto debe de ser igual de extraño para ella... y, sin embargo, no puede escapar de ello, igual que nosotros no podemos escapar del *Pequeña Lizabetta*.

De repente, lo que decidamos los tres puede evitar una guerra o iniciarla, y, además, decidir el ganador.

—A Mellacea, pues —digo en voz baja—. Solo tenemos que contactar con la embajadora, y ella avisará a mi hermana.

En Puerto Naranda podemos encontrar a alguien al frente, alguien con recursos. Escaparemos de esta pesadilla, aunque yo nunca escape de la lista de muertes que me persiguen.

No puedo creer que hace apenas un día pensara que esto era una aventura.

Me recorre un escalofrío y, a la luz de la luna, veo a Selly hacer una mueca.

—No tenemos forma de secarnos la ropa hasta que salga el sol —dice—. Aunque deberíamos empezar a navegar ya. Al menos hace tan buen tiempo que no necesitamos tu ayuda con los espíritus, príncipe.

—Ahora mismo no creo que pudiera levantar ni una brisa si lo intentase —admito.

Ella asiente.

—Navegaré a la antigua usanza, con el viento que tenemos y las estrellas. —Señala primero a Wollesley y luego a mí—. Acostaos los dos juntos, acurrucaos bajo ese trozo de tela de vela, compartid el calor corporal e intentad no congelaros.

—Alteza —empieza a decir Wollesley.

—Dadas las circunstancias —digo yo—, creo que será mejor que ambos empecéis a llamarme Leander.

Wollesley lo considera.

—Entonces, tal vez —prueba—, podrías usar mi nombre también. Wollesley es mi padre, o mi hermano mayor.

—Keegan —digo obediente.

—Apuesto a que ahora desearías no haberte afeitado la cabeza, Keegan —murmura Selly—. Piensa en todo el calor perdido.

Wolles... no, Keegan y yo nos tumbamos entre dos de los bancos, y yo nos cubro con un trozo de tela de vela, me acomodo para intentar dejar de tiritar y descansar un poco.

Veo a Selly desde donde estoy tumbado, una silueta pálida a la luz de la luna. Apenas distingo sus pecas, un reflejo de las constelaciones de arriba.

Mira hacia atrás por encima del hombro mientras nos alejamos de los restos en llamas del *Lizabetta*, pero solo una vez. Luego mira hacia delante, hacia la oscuridad, decidida.

JUDE

◆

El Puño de Mecean
El mar Medialuna

L legué a conocer a uno de los marineros de camino a casa.

El sol se puso y las estrellas fueron apareciendo una a una. Los primeros destellos de luz asomaron en el cielo azul aterciopelado mientras yo observaba, deseando que se calmara la agitación que sentía en las entrañas. A esas primeras estrellas se les unieron más, y luego más, hasta que formaron una impresionante vista del cielo, más vívida aquí que en cualquier otro lugar que haya visto jamás. Pero me dolía la cabeza, y para entonces ya había vomitado todo lo que había comido, y me había perdido toda aquella belleza.

Estaba apoyado en la barandilla, incapaz de soportar la idea de meterme en los límites de mi pequeña litera bajo cubierta —demasiado parecida a un ataúd— y él se acercó para reunirse conmigo cerca de la proa, asomándose desde la oscuridad.

Tenía la cara tan blanca como la espuma que corría bajo el barco y el pelo cobrizo apagado en la oscuridad.

—¿No puedes dormir? —me preguntó con una sonrisa compasiva.

Negué con la cabeza.

—Soy Varon —dijo, ofreciéndome una mano para que se la estrechase—. Encantado de conocerte.

—Jude —conseguí responder. Lo peor era que era amable y sonreía. Que pareciera el tipo de hombre con el que me esforzaría por hablar. Por ligar.

Eso me hizo pensar en Tom, el chico con el que... bueno, no sé qué somos. Es camarero en el Ruby Red, uno de los clubs clandestinos de Ruby, y aunque supongo que técnicamente trabaja para el jefe de una banda, la realidad es que simplemente le gusta mezclar bebidas, y se le da bien, y resulta que en el club consiguió trabajo.

Quizás a Varon se le da muy bien matar gente.

Es mucho más duro descubrir que son personas normales las que hicieron esto, y que me los cruzaba por la calle sin imaginar ni por un segundo que eran asesinos.

«He oído que tienes acento —dijo, como si confirmarlo fuera una especie de triunfo personal—. Antes ella te ha llamado «su señoría», ¿eres algo extravagante?».

Negué con la cabeza.

«No podría ser menos extravagante —respondí—. El acento es de Kirkpool, donde crecí. Ahora soy de Puerto Naranda».

«¿Cómo es Kirkpool? —preguntó, apoyándose en la barandilla y poniéndose cómodo—. Nunca he llegado tan lejos, y supongo que no voy a ir allí pronto, ¿verdad?».

Empezaba a relajarme, su sonrisa relajaba algo en mí. Pero esas palabras frívolas me hicieron volver a la tierra de golpe, y no respondí.

Él se limitó a absorber mi silencio, dejó de mirar el agua oscura bajo nosotros y las estrellas brillantes en lo alto para estudiarme a mí.

Cuando volvió a hablar, su tono era amable.

«No puedes culparte, Jude. Habría ocurrido contigo o sin ti».

«Eso da igual —respondí, sin saber que iba a decir esas palabras hasta que las pronuncié—. Sucedió conmigo».

Porque esa es la verdad.

Ahora soy parte de esto. Participé en una masacre, aunque lo único que hice fue mirar.

Una parte de mí no creía que fuera a hacerlo, pero con la hermana verde en un hombro y Ruby en el otro, creo que Laskia está tan acorralada como yo. La única diferencia es que ella se ha puesto en esa posición.

Otra parte de mí quiere preguntarse si hay algo que podría haber hecho para evitarlo, y el resto de mí sabe que no puedo permitirme el lujo de preguntármelo. Tienen a mi madre.

Estoy seguro de que mientras nos alejábamos de aquel barco mercante, vi una figura deslizarse por la cubierta. No dije nada —no quería que alguien los matara allí mismo—, pero ahora sigo preguntándome cuánto tardaron en ahogarse, o si siguen aferrados a los restos del naufragio, esperando a morir. Y si eso es peor.

También sigo pensando en Wollesley. Fue como una especie de pesadilla, como si no bastara con aniquilar una flota que transportaba a Leander y a la mitad de nuestros amigos de la escuela, ¿y luego los testigos que localizamos tenían a otro de nuestros compañeros de clase?

Nunca nos habíamos llevado bien en la escuela: él tenía todo lo necesario para encajar, pero seguía siendo un marginado. Yo no tenía nada de eso, pero me las arreglé para ser alguien útil y hacer amigos. A Leander nunca pareció importarle que yo fuera de baja cuna, y como a él no le importaba, a nadie más le importaba. Aún puedo imaginármelo, sonriendo como si supiese un secreto, tendiéndome la mano y pidiéndome que me uniera a su última locura.

«Se vuelve más fácil —dijo Varon con amabilidad, haciendo que volviese a prestar atención a la conversación—. Lo mejor que puedes hacer es dejar tus pensamientos aparcados durante un rato. —Señaló un grupo de estrellas—. Cada una de esas constelaciones tiene una historia. Quizá tenga una o dos que no hayas oído».

Para cuando los acantilados de la costa de Mellacean se perfilan en el horizonte, he pasado la mayor parte de la noche aquí con Varon, intercambiando historias.

No nos dirigimos a Puerto Naranda, donde un barco como este llamaría la atención. En su lugar, desembarcaremos una hora al norte de la ciudad, en un lugar llamado Bahía Voster.

Tiene el mismo aspecto que gran parte de la costa —acantilados rocosos e inhóspitos que surgen del mar—, pero la hendidura es lo bastante grande como para que los barcos puedan refugiarse allí. Y la iglesia tiene un puesto de vigilancia aquí, donde aparentemente nadie se pregunta qué hace un barco de guerra anclado de forma casual.

Varon se escabulle hacia sus obligaciones, pero solo me quedo a solas unos minutos antes de sentir una presencia a mi lado. La forma fantasmagórica de la hermana Beris se detiene junto a la barandilla, con un rostro blanco tan pálido que casi brilla en la oscuridad y el cuerpo oculto por su túnica verde bosque.

—No has dormido, Jude —observa, y al oír mi nombre en su boca noto un estremecimiento entre los omóplatos.

—No —digo, porque no tiene sentido negarlo, pero tampoco quiero darle explicaciones a esta mujer.

—Estás incómodo. —Algo en su tono me llama la atención. Cuando la miro, inclina la cabeza—. Yo también. —Entonces, justo cuando me pregunto si la he juzgado mal—: Pero debemos subyugar nuestro propio malestar por un bien mayor.

Ah, ahí está. La justificación.

—¿Una guerra puede ser por un bien mayor? —pregunto a mi pesar.

Se toma su tiempo, considerando la pregunta más de lo que esperaba.

—No creo que un muchacho de Alinor, ni siquiera un exiliado, ni siquiera uno que haya vivido tu vida de exclusión, pueda comprender de verdad la experiencia de un pueblo que ha sido apartado de su dios —dice al final—. Durante quinientos años hemos elevado nuestras plegarias y no hemos recibido... nada. Desaparecen en el gran silencio que es el sueño de Macean.

Tiene razón; no puedo imaginármelo. Mientras crecía, siempre veía florecer las flores del templo, incluso en pleno invierno. La llama del templo nunca se apagaba y nunca necesitaba combustible. Siempre supe que Barrica velaba por nosotros, aunque fuese desde lejos.

—Las hermanas verdes han luchado por nuestra fe durante siglos —dice, en respuesta a mi silencio—. A veces, a un gran coste. A veces, éramos las únicas. A veces, algunos años, algunas décadas, manteníamos las iglesias nosotras mismas, fregando la suciedad hasta que nos sangraban las manos, sabiendo que ningún fiel vendría, sabiendo que nosotras debíamos ser los fieles. Ha sido un largo, largo camino, Jude. Las decisiones que hemos tomado no han sido un capricho, no se han tomado sin la más profunda comprensión de las consecuencias.

—Y ahora tu gente ha vuelto a la iglesia —observo.

—Lo han hecho —coincide—. Mantuvimos vivas las brasas, a veces a duras penas, pero cuando nuestra gente tenía hambre, éramos nosotras las que acudíamos a sus puertas con comida. Cuando lo necesitaron, fuimos las hermanas verdes las que dimos de lo nuestro para ayudarles. Mantuvimos vivas las brasas, y ahora la gente de Mellacea vuelve a la iglesia para avivar la llama. El control de Barrica sobre Macean pierde fuerza. Pronto nuestra fe aumentará su poder lo suficiente como para deshacerse de su letargo, y volverá a nosotros.

—¿Y entonces qué pasará? —susurro.

—Caminará entre nosotros —dice con toda naturalidad, con la mirada fija en el horizonte—. Y nos guiará.

—¿Y qué hay de vuestro gobierno?

—Él es nuestro dios, Jude.

Dejo escapar un suspiro lento. Hay historias sobre cómo era cuando los dioses caminaban entre nosotros. De sus milagros, y su destrucción.

—La última vez que estuvieron aquí, acabamos con las Tierras Áridas —digo en voz baja—. Todo un país, todo un pueblo, desaparecido. Destruido en un instante. Lo aprendimos en la escuela. —Parece imposible de creer, pero sé que no es cuestión de creer. En realidad, es imposible de comprender.

—Tal vez haya una guerra —acepta, un poco arrepentida—. Si Barrica vuelve a encontrarse con él una vez más.

—¿Y eso es lo que queréis?

—Es la única opción que nos han dejado —responde—. No somos nosotras las que atamos a nuestro dios en un sueño.

No sé qué decir, cómo discutir los siglos de trabajo que ella y las hermanas verdes han invertido en su plan. Cómo hacerles ver el horror de lo que están haciendo, si no lo ven ya.

—¿Le rezas a Barrica? —pregunta tras una pausa.

Niego con la cabeza.

—Lo hacía, de pequeño. Ahora ya no.

—¿Deseas rezar a Macean?

Vuelvo a negar con la cabeza.

—Yo respondo a mis propias plegarias, hermana Beris. Nadie más lo ha hecho.

Espero que intente disuadirme, pero se limita a asentir.

—Tal vez estés destinado a la Madre —dice en su lugar—. Todos sus hijos están presentes en su templo.

—Tal vez —digo, de repente desesperado por alejarme de ella, de la conversación—. Debería ver si Laskia necesita algo, hermana. Discúlpeme, por favor.

Mira el broche de rubí que llevo en la solapa y me deja marchar.

Me obligo a caminar mientras me retiro.

Me mantengo al margen cuando llegamos a la bahía de Voster, y Varon y los demás preparan el barco, echan el ancla y esperan a que la nave gire en la dirección de la marea.

Se envía una señal al convento de tierra: las hermanas enviarán un barco para recogernos a Laskia, a la hermana Beris y a mí antes de que el barco se dirija a su próximo destino. Mientras tanto, todo el mundo se dirige al comedor para disfrutar de un desayuno caliente en las mesas, a pesar de que aún no ha salido el sol. Al fin y al cabo, su trabajo ha terminado.

Es imposible que coma sin vomitar, pero antes de que pueda rechazar la invitación, Laskia me agarra del brazo y, sin mediar palabra, tira de mí para que me quede en la puerta con ella y la hermana Beris.

Desde que dejamos atrás el barco mercante, tiene una expresión fija en el rostro. Diría que se ha dado cuenta de que ahora tiene dos opciones: o bien reconocer lo que ha hecho y comprender el horror que supone, y salir de ahí, o bien hundirse aún más.

Creo que su fe es real, y creo que de verdad creía que podía tenerlo todo. Que con una muerte podría provocar una guerra que reuniría a los fieles para la hermana Beris. Eso le daría a Ruby tanto dinero, tanto poder, que no tendría más remedio que reconocer a su hermana.

Pero Ruby nunca verá a Laskia como ella desea que la vea. La hermana Beris sirve a su dios y Laskia no es más que una herramienta para ella. Y Macean está sumido en un profundo sueño y no se entera de nada de lo que hace.

¿Pero Laskia? Sabe lo que ha hecho. Se ve en su mandíbula, en su mirada fija. Es como una chica que intenta olvidar la pesadilla de la noche anterior, pero cada vez que mira por encima del hombro se da cuenta de que la pesadilla está detrás de ella. Tiene que seguir adelante y confiar en que esta no la alcance.

Me quedo a su lado mientras la tripulación se pone a comer gachas de avena que se sirve en enormes cuencos, y se oye un grito cuando el cocinero saca tarros de miel para acompañar.

Señala a Laskia mientras llena su propio cuenco y se sienta en un banco a un par de puestos de Varon.

—Consideradlo un extra —dice Laskia con un generoso gesto de mano—. Gracias a todos por vuestro duro trabajo.

Se alegran como niños grandes con una golosina y se pelean por la miel, pasándosela a lo largo de las hileras para poder echársela a cucharadas al desayuno. Un regalo de agradecimiento por montones de asesinatos.

Laskia se vuelve para mirar a la hermana Beris, su expresión es ilegible, y la hermana verde le pone una mano en el hombro.

—Fuerza, Laskia —murmura—. Y propósito.

El olor de la comida me revuelve el estómago, y estoy a punto de retroceder por la puerta abierta y escapar a las cubiertas superiores cuando la conversación a nuestro alrededor se apaga.

Miro a la tripulación en busca de la causa, y me encuentro con bocas repentinamente abiertas, ojos saltones. Sus rostros se ensombrecen mientras luchan por respirar. Varon se pone rojo al mirarme a los ojos y yo le devuelvo la mirada, desconcertado.

—Laskia. —No puedo apartar la mirada—. ¿Qué has hecho?

—Intentamos inculpar a nuestro gobierno de un asesinato, Jude —dice en voz baja—. Por eso vestimos esos cadáveres con uniformes de la marina de Mellacea y los arrojamos a los restos. Los testigos son un lastre.

Mientras habla, Varon me tiende la mano y sus dedos se convierten en garras. Me mira como si yo lo hubiera sabido, como si le hubiera traicionado.

Y quiero apartar la mirada de lo que está pasando, pero algo me obliga a presenciarlo.

A su alrededor, los miembros de la tripulación se desploman, golpeándose la cabeza contra las mesas, o se ponen en pie y colapsan tras dar unos pasos tambaleantes.

Laskia observa desde la puerta, la hermana Beris permanece impasible a su lado.

—Los limpiadores de Ruby limpiarán el barco más tarde —dice Laskia cuando Varon cae de su banco y se desploma en el suelo, inmóvil. Tiene la mandíbula apretada y la mirada distante. Sea lo que sea lo que le está costando hacer esto, lo está ocultando muy dentro de ella—. No podemos permitirnos dejar atrás ningún cabo suelto.

SELLY

◆

El Pequeña Lizabetta
El mar Medialuna

E stoy al frente del timón cuando el sol asciende poco a
poco a mis espaldas. El horizonte se aclara hasta convertirse en un pálido tono plateado, y luego aparece
el dorado, iluminando el camino de vuelta a Alinor y a la seguridad. La primera luna se pone, la segunda permanece en
el cielo y se apaga al amanecer.

Un rato después, el frío de la noche empieza a abandonar
mis huesos; la camisa se me seca donde está estirada sobre
mis hombros, la tela se endurece a medida que la sal se va ca-
lentando.

Dormí unas horas por la noche; Keegan se despertó y le di
la mejor lección que pude. Me escuchó seriamente, asintiendo
de vez en cuando. Me imaginaba que se comportaría como un
esnob por aprender de alguien que no ha pisado una escuela
en su vida, pero no dejó de hacer preguntas.

Nuestra vela improvisada está sujeta a la parte superior
del mástil y fijada a babor y estribor en un triángulo irregular;
es de lo más cutre que hay, y no hay forma de ajustarla en
caso de apuro. Está fija, y tenemos que manejar el bote a su
alrededor, y no al revés. Estamos vulnerables, expuestos a que
una ola nos levante y nos haga girar, a que el barco se ladee y
caiga al mar, y no creo que podamos volver a levantarlo.

Así que, en vez de eso, tenemos que corregir el rumbo justo cuando cada ola nos alcanza por detrás, levantándonos para llevarnos, surfeando por encima, casi sin peso, antes de deslizarnos con suavidad por la parte posterior y esperar a la siguiente.

Es algo tranquilo, arrullador, algo en lo que concentrarse. Una forma de escapar de mis pensamientos. Mi cabeza me lleva de vuelta al *Lizabetta*. A su tripulación. A la imagen de sus cuerpos ardiendo.

No hemos despertado a Leander, y no ha movido ni un músculo mientras Keegan y yo hablábamos en voz baja sobre cómo navegar en el bote.

«Nunca he visto un despliegue de magia como este —dijo Keegan en voz baja, mirando a las estrellas para marcar nuestra dirección. Estaba practicando lo que acababa de enseñarle, y nuestra conversación había derivado hacia otros temas—. Fui a la escuela con él durante años, y lo único que vi fue holgazanería. Decían que era poderoso, pero ¿cuándo no lo adulaban? Sin embargo, ¿conjurar un viento como ese, para hacer que el *Lizabetta* fuese más rápido durante horas y horas, y luego, de algún modo, conseguir mantenerme a flote y dominar el fuego? Eso es más que poderoso. No sabía que se pudiera hacer algo así».

«Es un mago real», murmuré, observando a Leander mientras dormía. Parece imposible que este chico que me dejó gruñirle, ponerle una flor detrás de la oreja, pueda ser tan poderoso como lo es en realidad.

«Incluso para un mago real —replicó Keegan—. Reunir tanta magia con el sacrificio suficiente sería extraordinario. Sin…».

Se detuvo y me miró, con una pregunta en los ojos, y recordé que había vislumbrado mis marcas cuando le arreglé el ojo de buey. Pero no me quité los guantes y mantuve la boca cerrada. No estaba de humor para preguntas sobre magia ni para hablar de todos los profesores que no lograron ayudarme a encontrar mi propia magia.

Así que dejamos que Leander descansara, y una vez que estuve lo más segura posible de que Keegan sabía lo que estaba haciendo, yo también aproveché mi turno para dormir unas horas.

Ahora, el académico vuelve a estar dormido y yo recibo el sol a solas. Lo que significa que estoy mirando cuando nuestro príncipe por fin bosteza y se da la vuelta. La luz de la mañana le da de lleno en la cara, y veo desde primera fila cómo frunce esas facciones tan bonitas, irritado, intenta apartarse y se topa con la espalda húmeda de Keegan.

Sus ojos se abren de golpe y veo cómo se acuerda de todo. Lo que ha pasado. Dónde está. Tensa la mandíbula y vuelve a cerrar los ojos, oponiéndose con fuerza a la realidad. Y entonces contrae las facciones, relajándolas en una media sonrisa que debe de ser un acto instintivo.

Tiene el pelo negro endurecido por la sal y los ojos ensombrecidos por el cansancio, pero tiene mejor aspecto que cuando se puso el sol.

Con la camisa azul lisa y los pantalones marrones oscuros que Keegan le encontró, ropa de buena calidad, pero sin adornos, no se parece en nada a un príncipe. No puedo imaginármelo con su ropa a medida, no puedo imaginarlo en sus fiestas en el palacio.

En cambio, parece un muchacho. Alguien a quien podría conocer.

Cuando me mira, levanto la vista hacia la vela, pero estoy segura de que sabe que lo estaba observando.

—Buenos días —murmura, levantándose sobre un codo, luego hace una pausa para toser.

—Prueba con una manzana —digo en voz baja, haciendo un gesto hacia el pequeño montón que tiene cerca—. También deberías beber agua, pero la manzana es mejor contra la sal que tienes en la boca.

Toma una y se sienta mientras le da un gran mordisco.

—Gracias.

Nos sentamos en un silencio casi agradable durante un rato.

—¿Cuánto crees que falta para que lleguemos a tierra? —acaba preguntando.

Lanzo un suspiro.

—¿Si esto sigue así? No sé exactamente dónde estamos en las cartas de navegación, ni a qué velocidad vamos; tenemos suerte de que el sol nos dé una orientación aproximada. Pero si seguimos a este ritmo, yo diría que navegaremos todo el día de hoy, toda la noche, y con un poco de suerte llegaremos a Puerto Naranda mañana al anochecer.

—Otro día y medio. ¿Has dormido algo?

Asiento con la cabeza.

—Keegan se hizo cargo un rato. Te dejamos descansar.

—Juraría que nunca dejamos de acurrucarnos. —Le devuelve la mirada al otro chico con un atisbo de sonrisa—. Es muy torpe.

—Bueno, esa torpeza te ha permitido dormir toda la noche —señalo. Lo decía como una broma, algo para sacarle más de esa sonrisa, como un escudo contra la pena que sigue intentando abrirse paso hasta mi garganta. Pero suena como un puñetazo.

Es suficiente para silenciar a Leander, y surfeamos unas cuantas olas más antes de que responda.

—Una cosa más que añadir a mi cuenta —dice en voz baja.

—¿Por qué no le caes bien? —pregunto— Pensaba que le gustabas a todo el mundo.

Leander resopla.

—Bueno, a Wollesley no. Lo pasó fatal en el colegio, y aunque yo no participé, ambos sabemos que podría haberlo evitado. —Sube para sentarse a mi lado en la popa, estirándose con una mueca de dolor—. No puedo evitar darle vueltas:

hace dos días pensó que había escapado de su destino. Creyó que iba camino de la Biblioteca, donde todos sus sueños literarios se harían realidad. Hace un día, pensó que se había desviado de su camino con un chico que en la escuela no le caía muy bien. Que se retrasaba, que se perdería el comienzo del semestre. Aun así, podría sobrevivir. Y ahora aquí está. Nos salvó de ser descubiertos. Ha navegado tu barco durante la noche, de camino a un puerto hostil, y cuando despierte, seguramente haga algo extraordinario.

—¿Qué crees que le hace ser así? —pregunto, estudiando los rasgos angulosos de Keegan, la piel pálida que ya se vuelve rosada al sol—. Parece alguien que se caería a pedazos si lo dejaras fuera bajo la lluvia. ¿Qué es lo que le hace fuerte?

—Ojalá lo supiera —dice Leander, casi con nostalgia—. Quizá sea alguien a quien le gusta hacer las cosas. A quien le gusta intentarlo.

—¿Cuál es la alternativa? —pregunto.

—No hacer nada —dice en voz baja—. A mí eso se me da bien.

Pero ninguno de los dos puede permitirse no hacer nada ahora. No solo porque tenemos que mantener a flote la *Pequeña Lizabetta*, nuestra diminuta mancha blanca de seguridad en el vasto y agitado océano, sino porque ninguno de los dos puede permitirse pensar demasiado en cómo llegamos a estar a bordo de ella.

Los dos estamos callados, yo sin apartar los ojos de la vela y corrigiendo el rumbo con cada nueva ola, él mordisqueando su manzana.

—¿Cobre por tus pensamientos? —acaba preguntándome.

—Creía que habías lanzado el último que teníamos a los espíritus de fuego.

Ladea la cabeza y me estudia, deja que el silencio se prolongue mientras da otro mordisco a su manzana. No es que sean una gran comida, pero Keegan no tenía mucho donde elegir abajo, y menos aún cuando descartaba cosas que no sobrevivirían a ser arrastradas por el agua.

—Estoy pensando en las manzanas —digo al final, con el dolor brotándome de nuevo detrás de los ojos.

—¿En las manzanas?

—Sigo pensando en que cuando tiramos todo el lastre por la borda, alguien dejó esto debajo de la cubierta, junto con un par de barriles de agua, por si sobrevivíamos de algún modo. Que por muy valiente que fuera mi tripulación cuando se plantó delante de aquella chica, por muy claro que pareciera que iban a morir, uno de ellos tenía esperanza. Uno de ellos se aferró a esta pequeña posibilidad de que encontrarían una manera de salir de esta. Es mucho peor, el saber que no querían morir, y que no estaban preparados.

—Se suponía que nadie iba a pagar por esto con su vida —susurra, ronco—. La flota del progreso... los que iban en esos barcos eran mis amigos. Crecí con ellos. Yo invité a la mitad de ellos; se creían que iban de viaje conmigo. Se habrían reído al ver que no estaba a bordo. Pero ellos... eran mis amigos.

—Lo sé —digo en voz baja, imaginándome a la chica del vestido plateado bailando en la cubierta mientras Leander y yo la observábamos entre las cajas de embalaje y las flores. Estaba tan llena de vida, de alegría, aunque entonces le reprochara esa felicidad. Ahora estoy desesperadamente agradecida de que la tuviera.

—Si por un momento hubiera pensado que estaban en peligro, nunca habría...

—Lo sé. —¿Cómo había dicho que se llamaba? *Violet*.

—Y tu tripulación. Tu barco era un carguero.

—Lo sé —murmuro.

Y entonces volvemos a quedarnos en silencio, las olas se apresuran a llenar ese silencio.

—Me aprendí el nombre de Kyri, y el de Rensa —dice al final—. Y el de la otra chica, Abri. ¿Cómo se llamaban los hombres?

—Jonlon —susurro—. Y Conor. Trabajaban para mi padre desde que yo era un bebé.

—Siento mucho, muchísimo que murieran, Selly —dice en voz baja—. Haría cualquier cosa por cambiarlo.

Parece imposible que el chico que tengo al lado pueda ser la razón de que algo así haya sucedido.

Pero mi mundo se ha hecho mucho más grande de lo que era antes, y mi visión ha cambiado tanto como si hubiera subido a la cofa.

Sé cómo se ve el continente en un mapa. He trazado largas rutas a través del mar Medialuna de un puerto a otro con el dedo sobre el papel, las he navegado a bordo de la flota de mi padre. He visto mapas y cartas de lo que hay más allá, y cuando era demasiado pequeña como para recordarlo, llegué a hacer un viaje a las islas del sur a bordo de la mismísima *Lizabetta*.

Pero mi mundo siempre ha estado limitado a la cubierta de mi barco, o a un viaje rápido a tierra durante unas horas en un puerto extranjero. Conozco el olor de la madera, la sal y el alquitrán, no el de las puñaladas por la espalda y la sangre.

De repente, demasiado tarde, comprendo por qué Rensa se esforzó tanto en enseñarme a mirar más allá de mí misma. A ver el tamaño del mundo. Porque intenté quedarme en mi pequeña parte de él, y no sirvió de nada.

Pero si puedo ver las ondas que se extenderán por el mundo como consecuencia de la pérdida del *Lizabetta*, eso no es lo único que mi nueva visión capta.

—No fue culpa tuya —digo bajito, con los dedos apretados alrededor del timón improvisado y los guantes rígidos.

Me mira fijamente.

—No podría ser más culpa mía. Si no hubiera estado a bordo...

—Nos habrían matado igualmente por ser testigos.

—Bueno, entonces, si yo hubiera hecho el sacrificio a tiempo, la flota progreso ni siquiera habría...

—Leander, para.

Y lo hace, con los ojos oscuros clavados en mi cara, los labios apretados para no decir lo que quiere decir.

—Mira —le digo con un tono tranquilo—. Deberías haber hecho el sacrificio hace un año, sí. Y créeme, estaba furiosa cuando subiste a bordo del *Lizabetta*. Me impediste llegar hasta mi padre, al que no he visto en un año. Perdí la oportunidad de tomar un barco rumbo al Pasaje del Norte antes de que cerrara por el invierno.

Pone una mueca de dolor, pero levanto una mano para detenerlo y se queda callado.

—Lo que no hiciste —continúo—, fue matar gente.

—Selly, era previsible que... —Se interrumpe cuando le fulmino con la mirada y se tapa la boca con una mano.

—Aquí hay mucha culpa que repartir, mucha justicia merecida. Pero lo que te mereces es que te sermoneen, que te metan en una incómoda hamaca de un barco agujereado para que pienses en que no estás a la altura de tus responsabilidades. No ver cómo asesinan a gente en tu nombre.

—Yo... —Vuelve a detenerse.

—No estás acostumbrado a dejar que los demás tengan la última palabra, ¿verdad?

—Tengo que admitir que no suelen intentarlo.

Y quizás en otro momento, si estuviéramos hablando de otra cosa, sonreiríamos. Pero en vez de eso, la tensión que nos recorre a los dos se alivia un poco. Y eso no es nada.

Hace unos días éramos dos mundos distintos. Pero ahora es solo un chico, y uno asustado.

—¿Puedo preguntar…? —Cuando lo miro, sus ojos oscuros están clavados en los míos, y mastica la manzana para indicarme que no me interrumpirá. Así que le pregunto en voz baja—. ¿Por qué no fuiste?

No contesta de inmediato, mastica despacio, mira el diario metido bajo la borda junto a Keegan y luego hacia las jarcias.

—No tienes que responder —le digo al final—. No es culpa tuya, sea cual sea el motivo.

Sacude la cabeza, sin apartar los ojos de la vela mientras sus bordes desgarrados ondean y se deshilachan poco a poco.

—Si se lo preguntaras a cualquiera en casa, te diría que estaba demasiado ocupado divirtiéndome —dice en voz baja—. Si me hubieras preguntado en casa, eso es lo que habría dicho.

—¿Cuál es la verdadera razón?

Se queda callado unos segundos.

—El diario. El diario es la verdadera razón.

—¿Qué quieres decir?

Nuestros ojos vuelven a encontrarse.

—Mi padre murió antes de mi primer cumpleaños. Se cayó de un caballo al tropezar, sin una advertencia ni una razón para pensar que no vería el mañana. Mi madre se convirtió en la regente hasta que Augusta tuvo edad suficiente para ocupar el trono. Mis dos hermanas lo recuerdan, pero yo llegué años después y no lo recuerdo en absoluto. Sin embargo, escribió en el diario, como mi abuela, y todas las generaciones anteriores. Quienquiera que hiciera el viaje a las Islas. Escribían sobre lo que veían, cómo era, dejaban mensajes para quien viniera después.

—¿Hay algo en las entradas de tu padre…?

—No lo sé —admite—. Aún no lo he leído todo. Es como que… cuando lo haga, esa será la última parte de él que me quede. La última parte que no conozco. Y no quisiera que se acabara. Esa es la verdad.

Nos quedamos callados cuando el barco alcanza la cresta de una ola y yo corrijo el rumbo con mi caña de timón, manteniéndola recta mientras desciende. Un ritmo tan familiar como los latidos de mi corazón.

—Supongo que, visto lo visto, es bueno que mi padre se quedara en el norte —digo al final—. Si las cosas van mal, es el lugar más seguro.

—Ojalá estuvieras allí con él —responde en voz baja—. ¿Cómo ibas a reunirte con él? Pensaba que el Pasaje del Norte ya estaría cerrado.

—Había un barco más que iba a hacer la ruta —digo—. El *Freya*. Estaba amarrado junto a la flota del progreso.

Hace una pausa y veo que todo encaja.

—Estabas intentando llegar a ella el día que nos conocimos.

—Sí. Y cuando eso no funcionó, me iba a colar a bordo esa noche. Me habrían descubierto antes de llegar a Holbard, pero habría sido demasiado tarde para dar marcha atrás.

Levanta las cejas y esboza una media sonrisa.

—¿Ibas a huir?

—Yo también lo habría conseguido si el muelle no hubiera estado plagado de guardias de la reina. —Y luego hago una pausa—. Cuando dijiste: «Parece que han perdido algo»… eras tú. Los guardias de la reina te estaban buscando a ti.

—Pero estaba escondido encima de un montón de cajas con una chica que acababa de conocer, aprendiendo todos los defectos que tiene mi personalidad —asiente, con otra pequeña sonrisa—. Estaban furiosos cuando por fin me encontraron.

—Si hubiera llegado al *Freya*, Rensa habría estado igual de… —Las palabras mueren en mi garganta cuando vuelvo a acordarme de todo. Es como si me hubieran dado un puñetazo en el estómago.

Siempre me han gustado las conversaciones en la guardia del amanecer. El mundo está en calma, la mañana brilla y es nueva, y es tan fácil sentir que el tuyo es el único barco del mundo y que sois las dos únicas almas a bordo. Ahora daría cualquier cosa por un puerto ruidoso y abarrotado.

—¿Y tu madre? —pregunta Leander, tratando de distraerme—. ¿Está en el norte con tu padre?

—Mi madre es una actriz de Trallia. Mi padre y ella nunca estuvieron juntos, Pa decía que solo… se divertían. Cuando él estaba en tierra. Cuando nací, ella me entregó a él, y él me crio a bordo del *Lizabetta*, su primer barco.

Deja escapar un suspiro lento y comprensivo por el hogar que dejé atrás.

—Mi madre está más interesada en las fiestas que en la crianza de los hijos, actuar como regente le ocupaba todo el tiempo que tenía, pero al menos estaba casi siempre en el mismo palacio que yo. Supongo que ahora la flota de tu padre es más grande.

—Sí, está en el más nuevo, el *Fortuna*. Se embarcó para negociar nuevas rutas comerciales y decidió pasar el invierno en Holbard, seguir trabajando en ello. No tiene ni idea de lo que está pasando, ni idea de que Rensa aceptó este encargo. Me dejó con ella un año para aprender el oficio.

—¿Y estabas aprendiendo?

—No tanto como me hubiera gustado. No tanto como ella intentaba enseñarme. No nos llevábamos bien, Rensa y yo. Pero si por un momento hubiera pensado que este trabajo era peligroso, me habría dejado en tierra. —Mi garganta amenaza con cerrarse, e inspiro por la nariz, saco el aire por la boca, tranquilizándome—. Eso es lo que siempre me viene a la cabeza. Me habría dejado atrás si hubiera pensado que había algún peligro. Pero no lo hizo. Pensó que estábamos a salvo.

Y entonces el silencio se instala entre nosotros de nuevo.

—¿Funcionará? —pregunto, aclarándome la garganta—. ¿Una diosa puede protegernos? Sé que en las historias antiguas es diferente. Keegan me contó algunas, dijo que era cierto que antes los dioses existían de verdad. Que luchaban en las guerras y creaban Mensajeros con poderes mágicos especiales. Pero eso fue hace siglos.

—Barrica sigue aquí —responde en voz baja—. No como solía estar, no de una manera en la que podría sentarse en este barco con nosotros. Pero está más presente que cualquiera de los otros, porque ella se quedó como Centinela, para vigilar a Macean. Y yo no creo eso, Selly. Lo sé. El diario que te mostré es uno en una larga colección, y todos contienen relatos de los viajes de mi familia a las Islas. No son viejas historias, son nuestras historias.

—¿Y lo que hay ahí escrito dice que sigue vigilando?

—Sí, pero es más que eso. Cuando rezo, para mí es diferente. Mi familia tiene una conexión con ella. No hablamos, no con palabras, pero... está ahí. Está presente.

—¿Cómo puedes estar seguro? —pregunto con cautela.

—Confía en mí, no puedes dejar de verla. Es... —Baja la voz, como si eso pudiera evitar que nuestra diosa escuche—. Me recuerda a mi hermana Augusta. Imponente.

—No puedo imaginármelo —admito—. Conocer a una diosa o a una reina.

—Creo que a ambas les gustarías —dice en voz baja—. Selly, te prometo que lo haré. Llévame a Puerto Naranda y podré encontrar a la embajadora. Nada me impedirá llegar a las Islas.

—Nada te detendrá —coincido, y sé por su cara que ambos estamos pensando en el precio que se ha pagado para llegar incluso hasta aquí—. Aunque tenga que llevarte hasta allí yo misma.

En silencio, Leander posa una de sus manos sobre las mías, donde yo agarro la caña de timón. Me doy cuenta de que me duelen los nudillos y de que su tacto alivia esa sensación a medida que el calor de su piel se filtra en la mía.

Nuestras miradas se cruzan y él me sostiene la mirada, algo centellea en el aire entre nosotros. Siento que se me calientan las mejillas, pero no puedo apartar la mirada, o no quiero hacerlo. Entonces una comisura de sus labios se levanta en un atisbo de sonrisa, y mis instintos se activan.

—Solo te dejo hacer eso porque tengo las manos frías —murmuro.

—Por supuesto —asiente, dulce.

Pero deja su mano allí, incluso cuando el dolor de mis nudillos desaparece poco a poco y mis dedos se calientan bajo los suyos.

Y mientras el sol sigue subiendo hacia su cenit, se lo permito.

—Enséñame a llevar el bote —dice, tal vez una hora más tarde—. Si Keegan ya ha recibido su lección, podemos arreglárnoslas juntos mientras duermes unas horas más. ¿Cómo utilizas esa cosa?

—La caña de timón —le corrijo automáticamente.

—La caña de timón —acepta—. No se me dará tan bien como a ti, pero puedo pedirles a los espíritus de agua que nos mantengan en un rumbo recto, y a los espíritus de aire un viento lo bastante suave para que la vela sea más fácil de manejar.

Quiero discrepar, pero la verdad es que necesito dormir. Así que le dejo que apoye la mano en el remo junto a la mía y le enseño cómo gira el bote cuando lo empuja o tira hacia él. Está muy cerca y yo presto más atención de la que desearía a los lugares en los que nos rozamos con la mano y la rodilla, ligeramente girados el uno hacia el otro. Es como si, al darme cuenta, no pudiera dejar de prestarle atención.

—Cada movimiento debe ser pequeño —le advierto, fingiendo ser profesional—. Sutil. Cualquier movimiento grande puede volcarnos. Así que ve en contra de tus instintos en todo momento y todo irá bien.

Se ríe entre dientes y con cuidado quito la mano para que lo intente él solo. El aire me hiela la piel cuando me separo. Se ríe de mí cuando me estremezco, dispuesta a arrebatarle la caña de timón a la primera señal de problemas, y empiezo a quitarme los guantes sobre todo para tener las manos ocupadas y porque me pica la piel de la sal seca.

En cuanto me ve el dorso de las manos, me doy cuenta de que he cometido un error.

—¡Selly! ¿Qué es…? —Intenta agarrarme de la muñeca y yo me abalanzo sobre la caña de timón. De repente, está vertiginosamente cerca y lo empujo hacia su lado del bote con demasiada fuerza.

—¿Quieres volcarnos?

—¡Pero eso son marcas de mago! —Ya no le interesa dirigir el barco, se inclina para mirarme mejor la mano, y no puedo apartarla porque ahora soy yo quien lleva el timón. Inclina la cabeza sobre mi mano como si estuviera leyendo un mapa—. Nunca las había visto de esa forma. No en un adulto. ¿Cómo funciona tu magia?

—No funciona —respondo con voz profunda, esa conexión nueva y diferente entre nosotros desaparece en un instante—. No soy una maga. Solo tengo las marcas.

—Eso es imposible.

—Y sin embargo aquí estoy. Este es el tema de conversación que menos me gusta, Leander. Elige otro.

—¿Alguna vez fuiste aprendiz? —insiste—. ¿Con Kyri o con alguien más?

—No tenía sentido —exclamo—. Intentó explicármelo, pero no tengo afinidad. Siempre dice…

Mi voz muere en mi garganta.

Siempre *decía*. No *dice*.

Por un momento, sintiéndome impaciente, olvidé que... lo olvidé.

Los detalles más pequeños siguen afectándome, siguen arrastrándome como olas que quieren hundirme.

Kyri nunca encenderá otra vela con sus manos seguras. Sus banderas espirituales están reducidas a cenizas. La semana pasada estaba remendando su mejor vestido para salir por la noche cuando le dieron el permiso de tierra. Ahora nunca se lo pondrá. Está bajo el agua en alguna parte, o convertido en cenizas. Hasta sus posesiones han desaparecido. Nadie más que yo sabe que ese vestido existió.

Sigo cayendo en la cuenta de esas cosas nuevas y pequeñas y repitiéndomelas, intentando encontrar una forma de entenderlo. Pero parece imposible que se haya ido para siempre.

Me doy cuenta de que estoy agarrando la caña de timón con tanta fuerza que los nudillos se me están poniendo blancos, y cuando levanto la mirada, los ojos oscuros de Leander me están esperando de nuevo. Ahora son solemnes. Más amables de lo que habría esperado. Tristes.

Tiene que aclararse la garganta antes de volver a hablar; mantiene la voz baja, por deferencia a Keegan, que de algún modo se las arregla para dormir durante todo esto en su sitio detrás del mástil.

—Nunca había oído hablar de alguien que no pudiera usar su magia. —Se levanta su propia manga para estudiar los intrincados diseños que posee, con diferencia los más complejos que he visto nunca. Nada podría resaltar con más claridad las gruesas tiras sin vida de color verde esmeralda visibles en el dorso de mis manos.

—¿Quieres llevar el bote o no? —pregunto, tratando de distraerle.

—No —responde de inmediato—. ¿Se te ocurre alguna razón por la que hubieras suprimido tu magia? ¿Algo que te haya hecho tener miedo de usarla, aunque no lo sientas así a primera vista?

Niego con la cabeza. Yo misma he pensado en ello más de una vez.

—No tuve una experiencia traumática temprana con una ráfaga de viento o algo así.

—Aire —murmura—. ¿Eso es lo que hay en la línea familiar? ¿De quién lo heredaste?

—De mi madre —le digo—. Tiene magia de aire. O la tuvo, no lo sé. Hace mucho que mi padre y yo no sabemos nada de ella.

En el fondo, una parte de mí se ha preguntado durante años si de algún modo rechazaba mi propia magia, en respuesta a la madre maga que me rechazó a mí. Pero el mundo está lleno de gente con grietas en el corazón, y todos se las arreglan para seguir adelante; muchos de ellos incluso son magos.

—¿Nunca hablaste con ella de su magia?

—No. Ya te lo he dicho, se deshizo de mí cuando nací. Eso hace dos padres que pueden prescindir de mí, dadas las recientes elecciones de mi padre. ¿Alguna pregunta?

Mi tono es deliberadamente mordaz, y espero una mueca, pero se limita a apoyar la mano en la caña de timón, sobre la mía, tiene los dedos calientes.

Aparto la mirada para estudiar la vela, para ocultar el efecto que me produce. Sin los guantes que me cubren el dorso de las manos, me parece increíblemente íntimo. Tengo que dejar de reaccionar así cada vez que me toca, es absurdo.

—Háblame de tu magia —me dice con dulzura—. Cómo ha sido, qué has probado hasta ahora.

Se me forma un nudo en las tripas con solo pensarlo, pero cuando le miro solo veo ánimos en su cara, eso y cansancio. Es el cansancio de sus ojos lo que vuelve a ablandarme.

—Siempre ha sido así —digo en voz baja—. Nací con marcas, como todo el mundo, pero nunca salió nada de ellas. Pa se esforzó mucho tratando de ayudarme. Tener una maga de aire en la flota habría sido muy valioso. Siempre decía que, si podía ser tan buena maga como marinera, sería imparable.

—Yo diría que ahora eres bastante imparable —replica Leander.

—Bueno, me llevó a magos de todos los puertos cuando era pequeña. Todos intentaron enseñarme. —Mis mejillas se calientan al recordar aquel vergonzoso desfile de fracasos. *Pero ¿qué es ella? ¿Cómo es posible?* Me hacían sentir un bicho raro y un fracaso, pero yo los escuchaba a todos, desesperada por que alguien me ayudara.

—¿Alguno tenía una teoría? —pregunta.

—Todos estaban seguros de poder ayudar, desde la señora de aquella gran casa de Petron hasta un hombre de una cabaña en Kethos. Y al final, todos y cada uno de ellos sentían... rabia. Como si pudiera ser contagioso. Una mujer dijo que los espíritus no querían hablar conmigo. Otra dijo que era como si no pudieran verme. —Se me corta la voz, se me hace un nudo en la garganta y me callo, mordiéndome con fuerza el interior de la mejilla.

—Se equivocaron al culparte de sus propios fallos —dice Leander, mientras me da un apretón en los dedos.

—Bueno, mi padre no se dio por vencido conmigo, no durante mucho tiempo. Cada vez que volvía de viaje, era lo primero por lo que me preguntaba. —Por mucho que esperara su regreso, siempre temía esa pregunta. Temía la respuesta que tendría que darle.

La expresión de Leander es difícil de leer mientras continúo.

—En fin, al final ni siquiera él podía fingir que iba a suceder. Así que me compró unos guantes.

—Y me he dado cuenta de que nunca te los quitas —dice Leander en voz baja—. Selly, sé que intentaba ayudar, pero que tenga una hija capaz de... —levanta la mano libre, señalando el bote aparejado que surca las olas— de esto, y que te hiciera sentir menos que...

—Fue un detalle. —Le interrumpo—. Lo intentó todo.

Nunca pude explicar la mezcla de vergüenza y gratitud que me invadió cuando me entregó los guantes. Cuando aceptó que, fuera cual fuera el fallo que había en mí, no era algo que pudiéramos arreglar.

Por eso estaba desesperada por aprender de Rensa mientras él no estaba. Mi magia le decepcionó tanto... Si hubiera podido demostrarle que estaba preparada para dar un paso adelante y llevar el nudo de primer oficial, siendo tan joven como soy, eso me habría ayudado a recuperar parte de su buena opinión. Le habría dado algo de lo que sentirse orgulloso.

Leander abre la boca, la vuelve a cerrar y me doy cuenta de que cuando continúa elige cuidadosamente sus palabras.

—Bueno, esos magos que trataron de enseñarte... estoy seguro de que hacían lo que podían, pero todos se equivocaron. Tus lecciones deberían haber sido aquí, en el mar. Este es tu hogar. Esto es lo que eres. Aquí es donde residirá tu magia.

Le miro y me encuentro con sus ojos marrones, en busca de palabras. Se equivoca con lo de la magia, pero entiende que pertenezco al mar, eso sí que lo sé. No esperaba que un chico de palacio me viera con tanta claridad.

—Mira —dice—. Me callaré si quieres. Sé que parezco un arrogante, pero en realidad soy diferente a todos los que han intentado enseñarte antes. Soy más fuerte. Y no aprendí esto una vez, lo aprendí cuatro veces, para los cuatro elementos. Fui aprendiz de los mejores magos de Alinor. Déjame enseñarte una vez, solo una vez, y si no funciona, no volveré a mencionarlo.

Me permito cerrar los ojos. Detrás de mis párpados, puedo ver el desfile de profesores que han fracasado: sus ceños fruncidos, la forma en que me estudiaban como a una especie de insecto. ¿Merece la pena la humillación de buscar a los espíritus delante de un mago como Leander y no encontrar nada para no tener que volver a hablar de esto con él?

Probablemente, sí.

Cuando levanto las pestañas para mirarle, me espera una sonrisa amable. ¿Alguna vez alguien le dice que no?

—Nada de esto va a hacer que me gustes más —murmuro.

—Puedo oírte siendo arisca conmigo, pero se me da muy bien ignorar lo que no quiero notar —dice con una sonrisa—. Déjame llevar la caña de timón para que puedas concentrarte. Hay una razón por la que lo llamamos encantar a los espíritus. Los atraes, no les das órdenes. Los convences de que hagan lo que tú quieres poniéndolos de tu parte.

Lo dice como si fuese sencillo. Como si no importara que él es un príncipe conocido sobre todo por su encanto, y yo... no destaco por mi carisma.

—Dime cómo lo haces, pues —le digo, ya mentalmente echándome hacia atrás.

Leander considera la pregunta.

—La mayoría de los magos tienen una sola afinidad, así que solo he podido preguntárselo a algunos miembros de mi familia —admite—. Según mi experiencia, los distintos tipos de espíritus tienen personalidades diferentes. Es como te comenté cuando estábamos en la proa del *Lizabetta*. Los espíritus de agua son juguetones: para encantarlos, hay que invitarlos a jugar contigo. Los espíritus de aire son más agresivos. Les haces un cumplido y les dejas espacio para lo que te gustaría que hicieran.

—Ni siquiera puedo conectar con ellos —le respondo—, y mucho menos averiguar el tono de voz que debo utilizar para hablarles.

—Ya llegaremos a eso —dice—. El encanto es solo una parte. La otra la has visto muchas veces: un sacrificio, como en el caso de los dioses, pero en este caso mucho más pequeño. Son criaturas más sencillas: en su mayoría quieren algo material que valga algo para ti. Hasta ahora en este viaje les he dado el anillo de mi padre, luego mi última moneda de cobre, que era mucho más pequeña, pero valía mucho para mí en este momento, y los espíritus lo perciben.

—¿Y qué les diste cuando huíamos en el *Lizabetta*? —Hago la pregunta en un susurro, y su cara se ensombrece.

—La verdad es que no lo sé. Tiempo, tal vez. Suerte. Fuerza. Sea lo que fuere, siento su ausencia. Pero sigamos contigo. Es una vista encantadora.

—Es una vista desastrosa —murmuro. Pero aún puedo ver la sombra en su mirada, así que, para apartarla, hago lo que me pide—. ¿Cuáles son las banderas de los espíritus? —He visto a Kyri colgarlas cientos de veces, pero nunca se me ocurrió preguntar—. ¿Encanto o sacrificio?

—Encanto —responde, volviendo a encontrar su sonrisa—. Supongo que hay un poco de sacrificio, un poco de esfuerzo en ensartarlas. Pero sobre todo son halagos: «Mira qué importante eres, presumo de que te conozco».

El bote se inclina sobre una ola y ambos estiramos una mano para estabilizarnos, están una al lado de la otra, la suya es más grande que la mía, su piel es más morena, sus uñas están más cuidadas, sus marcas arremolinadas y en bucle junto a mi gruesa línea verde.

—Los espíritus saben que hablo de ellos —murmura—. Deja que te enseñe cómo hacerlo. Sé que lo has intentado antes, pero esta vez están por todas partes. Ellos... tienden a aparecer donde estoy.

—Eso es quedarse corto, ¿no?

—Un poco. ¿Qué tienes para sacrificar? Cualquier cosa, si significa algo para ti.

Me miro: tengo la ropa que llevo, cubierta de sal, y poco más. No puedo permitirme desperdiciar mi cuchillo en un intento fallido; un marinero nunca renuncia a su cuchillo.

—¿Una manzana? —pregunto, con una mueca ante la sugerencia. Tenemos muy pocas, y nos queda una noche y un día entero; mi barriga ya se está royendo a sí misma, exigiendo otra.

—¿Y un mechón de tu pelo?

Parpadeo.

—¿Mi pelo?

—Es bonito —dice—. Pero lo que yo piense no importa. Tiene que gustarte, o te lo habrías cortado lo bastante corto como para trenzarlo, en vez de tenerlo casi hasta el final de la espalda. Debe ser un fastidio lavarlo cuando es tan largo, y no había ducha a bordo de tu barco… no que yo haya visto, por lo menos.

Nos miramos durante un buen rato. Me doy cuenta de que me ha estado prestando más atención de lo que pensaba, y él se da cuenta de que lo ha admitido.

Y también me pregunto si ha pensado en mí lavándome el pelo. Su cara de póquer me promete que no lo ha hecho.

Sin mediar palabra, me saco la navaja del bolsillo, saco la hoja y la uso para cortarme la punta de la trenza, teniendo cuidado de mantener la cinta de cuero apretada alrededor del extremo. Levanto el mechón de pelo, froto los dedos y el pulgar y, como retazos de hilo dorado, los mechones se desprenden con la brisa. Intento ver si se desvanecen, como lo haría un mago, pero son demasiado finos para saberlo.

—Bien —se limita a decir Leander. Ladea la cabeza, mirando a nada en particular, y frunce el ceño—. Oh, interesante. Es como si ni siquiera te vieran. Como si fueras invisible para ellos.

Me duele la mandíbula y me doy cuenta de que estoy apretando los dientes.

—Genial.

—La verdad es que nunca he visto nada igual. Eres única, Selly; es fascinante. Los voy a dirigir hacia ti. Si crees ver alguno, haz una petición respetuosa.

—¿Cómo los veré? —pregunto.

Sonríe burló.

—Los verás cerrando los ojos.

—¿Qué? —Esto es nuevo.

—Concéntrate en los sonidos que te rodean —dice Leander en voz baja—. Las olas, el agua rompiendo contra el bote. La vela ondeando. Sea lo que sea ese ruido que hace «clic».

—Es el remo contra la popa —le digo.

—No importa, solo fíjate en él. Este es tu sitio. Sé parte de él. Escucha tu propia respiración y concéntrate en los sonidos, nada más.

—¿Haces esto siempre? —pregunto en voz baja, tratando de ignorar la forma en que de repente me pica la piel por la sal seca, la forma en que mis pestañas quieren levantarse para que pueda comprobar que todo está como lo dejé, comprobar si me está mirando.

—No —murmura, puedo oír su sonrisa—. Pero yo soy algo excepcional, ¿no lo sabías? Concéntrate en los sonidos, marinera.

Así que lo hago, y al cabo de unos instantes me sorprendo al descubrir cuántos más hay de los que había notado. Cuántas capas hay en todos los ruidos que me rodean. Pensaba que aquí fuera reinaba el silencio, pero es tan complejo y tiene tantas voces como las bandas que escuché en el gramófono al otro lado del agua, hace apenas un par de noches.

—Ahora, sin abrir los ojos —dice Leander en voz baja—, empuja tu mente hacia fuera. Sabes lo que hay sin mirar. La forma de mi cuerpo sentado a tu lado, la forma del bote. Los tablones que tienes debajo. El mástil delante, la curva de la vela, Keegan en la proa.

Intento imaginar estas cosas, dibujándolas en la oscuridad que me rodea, con la luz del sol jugueteando sobre mis párpados. No las imagino en color, sino como líneas blancas dibujadas a grandes rasgos con tiza. Los sonidos casi les dan vida.

—Y ahora —dice Leander, en un tono tan bajo que apenas puedo oírle—, no prestes demasiada atención e intenta simplemente... fijarte en el espacio que hay entre las cosas. No te concentres, solo observa con el rabillo del ojo.

Casi abro los ojos para protestar, pero el tono ronco de su voz me detiene. Él necesita esto. Así que vuelvo a concentrarme en los sonidos que me rodean y me sumerjo en el murmullo del agua y el aleteo de la vela.

—Estoy pidiéndoles a los espíritus que te busquen a ti también —murmura—. Son curiosos, lo harán.

Y entonces... ¿qué ha sido eso?

Un destello.

Un parpadeo.

Algo que no está del todo ahí, pero tampoco... no.

—Leander —suspiro, preocupada por asustarlos—. Hay algo en el aire.

—¿Como luciérnagas? —susurra.

—Casi. No resplandecen, pero a veces brillan. Como si reflejaran la luz. No paran de moverse.

—No estás sola —dice, hay una sonrisa en su voz cansada—. ¿Dónde están más concentrados?

Giro la cabeza con cuidado y sé que no veo nada, no con los ojos cerrados, pero sin duda estoy sintiendo algo.

—Alrededor de la vela —suspiro, llena de euforia—. Y a tu alrededor. Hay miles de ellos en el aire a tu alrededor.

Después de todos estos años, soy una maga. Leander tenía razón, es aquí, en el mar, donde para mí mi magia tiene sentido, y con un mago real a mi lado... por fin está ocurriendo. Tengo que contarle...

No a Kyri.

A mi padre. Se lo diré a Pa cuando salgamos de esta.

—Espíritus de aire —dice Leander—. Salúdalos con gentileza.

Estoy temblando, con la respiración entrecortada y, por un momento me siento como el *Pequeña Lizabetta*, en la cima de una ola y a punto de hundirme en ella. Pero me contengo y empujo mi mente despacio hacia los espíritus, mostrándome a ellos con toda la delicadeza de que soy capaz.

Hay un remolino y una agitación en la brillante y titilante masa de espíritus: se arremolinan en un remolino veloz, y la vela se agita y se tensa cuando la golpea la ráfaga. La tela de su áspero triángulo se abomba, tratando de desprenderse de sus ataduras.

—¡Eh, cuidado! —dice Leander desde algún lugar muy lejano, y no estoy segura de si me habla a mí o a los espíritus, pero tengo que mantener toda mi atención en ellos.

El pelo me golpea la cara, los mechones se sueltan de la trenza como si los espíritus lo inspeccionaran y confirmaran que el sacrificio venía de mí; otros me tiran de la ropa y se arremolinan a mi alrededor entusiasmados por el descubrimiento.

«Por ahí», intento decirles, dirigiéndoles de nuevo a la vela. Intento mostrarles dónde tienen que estar, imaginar en mi mente cómo debe fluir el aire sobre la vela, cómo debe deslizarse el barco hacia delante.

No les interesa y abandonan la vela, dejándola temblorosa y desinflada, desviándose hacia mí una vez más. El *Pequeña Lizabetta* se balancea de forma peligrosa a medida que su vela se vacía, inclinándose de forma precaria a barlovento, y yo alargo la mano en un arrebato de pánico para empujar los espíritus directamente de vuelta a la vela.

¡No, allí! ¡Id allí!

Las ráfagas de viento se rebelan contra la orden, forman remolinos y ráfagas que nos empujan en todas direcciones a la vez, y mis ojos se abren de golpe cuando la vela se desgarra por un lado del barco.

El *Pequeña Lizabetta* intenta virar hacia el viento, y Leander lucha contra la caña de timón porque no sabe qué hacer, tratando de recuperar el rumbo.

El remo se engancha como una palanca clavada en el mar y todo el barco empieza a inclinarse hacia mí. Maldice y se esfuerza por hacer de contrapeso cuando el barril de agua sale disparado hacia mí. Me da de lleno en las tripas, paralizándome y me deja jadeando y tratando de agarrarme al barril, con una parte de mi cerebro gritando que no podemos perder el agua, pero rebota y se atasca contra la borda mientras el agua del mar empieza a entrar a borbotones, bañándome hasta que me desparramo por la parte baja del bote.

Keegan está a punto de caerse al mar, y veo su cara blanca y aterrorizada cuando se despierta y se da cuenta de que está cayéndose. Las manzanas pasan volando a su lado y él se eleva hacia el lado alto mientras la vela se agita en su cara.

—¡El barril de agua! —grita Leander, pero el bote sigue escorándose y, si vuelca, los tres no pesaremos lo suficiente como para ponerlo de nuevo en posición vertical, no con la barriga del bote llena de agua de mar.

—Keegan —grito, y su rápido cerebro hace lo que necesito que haga: mira a su alrededor, hace el cálculo y se suelta de su lado del bote para caer a mi lado. Atrapa el barril antes de que se escape, clavándolo en las tablas con una pierna, y luego me empuja con las dos manos hacia los brazos de Leander.

El bote está a punto de volcar y ambos nos lanzamos contra la borda para inclinarnos todo lo que podemos.

—Leander, para el viento —jadeo, y él me lanza una mirada atónita que dice «¿hablas en serio?» buscando algún tipo de calma, algún tipo de control.

Un segundo después, el viento amaina y trepo por encima de él para alcanzar el remo, que —gracias a Barrica— sigue amarrado en su sitio. Apenas tengo un instante para percibir el olor a sal y sudor, el roce de su pelo contra mi mejilla, y, entonces, ya le he pasado y estoy agarrando el mango del remo.

El bote se nivela de golpe y nos deslizamos hacia el interior. Forcejeo con el remo con ambas manos, guiándonos de nuevo hacia nuestro camino antes de que lleguen las olas. Y, de repente, con el viento a nuestras espaldas, el bote viaja a la misma velocidad que la brisa, todo está tranquilo y en calma.

Keegan sigue aferrado al barril de agua. Al verle, me acuerdo de las manzanas y me doy la vuelta, pero hace tiempo que han desaparecido a nuestro paso.

Nadie habla: el pecho de Leander se agita y, poco a poco, cuando todo vuelve a la normalidad, sus ojos se abren.

—¿Qué has hecho? —pregunta sin fuerzas.

—¿Yo? —protesto—. ¡Nada!

—¿Es Selly —Keegan jadea—, después de todo, una maga?

—No —replico.

—Sí —dice Leander al mismo tiempo. Me mira con los ojos enrojecidos y doloridos por la sal—. Son altivos, son espíritus de aire. ¿Se lo has pedido amablemente?

El frío me recorre la espalda. En mi euforia por conectar con ellos, en la prisa por reaccionar a su excitación, lo había olvidado. Oigo la voz de Rensa en mi cabeza. «¿Otra vez pensando en ti, muchacha?».

Lo estaba. En mi emoción. Mi consuelo. Mis órdenes.

Porque soy exactamente quien ella siempre decía que era, por mucho que lo niegue.

No voy a mentir a Leander, así que no digo nada y él tiene su respuesta.

—Volveremos a intentarlo más tarde —dice—. Voy a dejarlos solos un rato, que se calmen.

Asiento sin decir nada.

—¿Por qué no duermes un poco? Ahora Keegan está despierto; puede ayudarme con el bote.

No puedo creer que lo haya hecho. Leander tenía razón. Solo necesitaba un mago real que los espíritus adoran, una lección en el mar… y si soy sincera, un maestro con el que siento una conexión. Una conexión de la que no puedo deshacerme.

Y no puedo creer que, al fin, al fin haya encontrado mi magia, y no haya podido seguir la única indicación que me dieron. No soy una persona preguntona, nunca lo he sido. Siempre me he dejado llevar.

Pero casi nos cuesta todo.

El agua, el bote.

Nuestras vidas.

Todo porque no pude alcanzar a los espíritus a mitad del camino.

Ahora puedo ver con claridad lo que mi mente sabía desde el principio, cuando bloqueaba mi don: no fui hecha para la magia.

LASKIA

◆

El Cortador de Gemas
Puerto Naranda, Mellacea

M e aseo antes de bajar al Cortador de Gemas.
Mi habitación está en el último piso de nuestro
edificio, la de Ruby está abajo y el club en la planta baja.

Hay que subir más escaleras, pero me encanta estar en lo más alto. Desde mis ventanas se ven los tejados irregulares de nuestros vecinos, y más allá los altos edificios de la calle Nueva, sus ventanas brillan ante mí cuando sale el sol.

Bajamos por la costa hasta Puerto Naranda en coche antes del amanecer. La primera luz apareció hace una hora, con matices plateados que pintan la ciudad de un color más claro a medida que se extiende frente a mí. Desde aquí puedo distinguir el tejado curvo de la iglesia, que todavía es una sombra de color negro mate.

Asistiré a una misa esta tarde, después de comprobar cómo han ido las cosas en mi ausencia. Ya estoy deseando escuchar los cánticos familiares, el suave aroma del incienso en el aire, los turnos de levantarse y arrodillarse.

A veces me pregunto si en Alinor es diferente, donde su diosa está presente en el templo. Cómo será en el nuestro, cuando Macean despierte.

Aun así, el ritual siempre me tranquiliza, me centra, y siento una tensión en el cuerpo, un ardor en las tripas que no desaparece. Necesito tranquilizarme.

Todavía no he dormido, a excepción de una pequeña cabezada en el coche que traqueteaba, y me duelen los ojos por el cansancio. Pero, aunque lo intentara, no podría. Así que me meto en la ducha, inclino la cabeza hacia atrás cuando el agua caliente me cae en la cara y me tomo mi tiempo para frotarme meticulosamente de la cabeza a los pies.

Presiono la piel con los dedos, aliso los músculos doloridos y observo cómo el jabón se desliza por el desagüe mientras pienso. Necesito que el informe que le presente a Ruby sea detallado pero conciso. Tengo que dejar las emociones a un lado.

La secuencia de los hechos tiene que estar clara: ¿qué ocurrió y cuándo? ¿A qué hora? ¿Cuántos? Tengo que asegurarle que todo se hizo, tal y como prometí. Que Jude lo confirmó.

La mayor parte del trabajo consistió en actuar, pero ahora tengo que llevarlo hasta el final, para demostrarle lo bien que me las arreglé.

Envié a Jude a casa con su madre, no iba a mostrarse tranquilo ante Ruby. Su señoría no tiene lo que hay que tener, por muy fuerte que golpee en sus cuadriláteros de boxeo sin guantes. Sin embargo, era muy seguro evitar que se reuniera con los demás para desayunar. Está tan ligado a nosotros por lo que ha hecho ahora como por el médico que Ruby envía a su madre. Y podría tener información útil sobre los alinorenses.

Ruby dice que no hay nada que merezca la pena que sea fácil de conseguir. Que si lo bueno fuera fácil, todo el mundo lo reclamaría. Así que no importa si te resulta difícil hacer lo que hay que hacer. Eso no es lo que te hace débil.

Solo eres débil si te alejas de la parte difícil.

Yo no seré débil.

En mi mente flota la imagen de una chica, como un cuerpo que sale a la superficie después de haber sido arrastrado bajo el agua. Lo único que veo es el instante en que salta del barco en llamas, con su vestido de colores flotando en el aire, y se sumerge en el agua. Salió a la superficie con el pelo pegado a la cara y miró desesperada a su alrededor, dándose cuenta de que no había ningún lugar seguro al que nadar.

Entonces, el agua que la rodeaba, cubierta de aceite, se prendió fuego.

Y ella también.

Enderezo la mandíbula y aparto la imagen, bajo las olas.

Lo hecho, hecho está.

Salgo de la ducha y limpio el vaho del espejo con la palma de la mano, la superficie está helada bajo mi piel. Parezco cansada, desaliñada, pero más fuerte que antes. No me doy la vuelta.

Alcanzo una toalla y sigo ensayando mi informe mientras me visto: un traje a medida, zapatos pulidos. Me ajusto el broche de rubí a la solapa. Me seco el pelo con cuidado y luego me froto cera entre las palmas para calentarla antes de ocuparme de mis rizos. Tienen que estar más bonitos que nunca, porque ha llegado el momento.

Es mi momento.

Estoy a punto de darle a Ruby todo lo que podría desear, y yo seré quien se lo haga realidad.

Tendrá su poder, se deshará de sus rivales. E incluso si no viene a la iglesia, sabrá que su hermana hizo lo necesario para despertar a un *dios*.

Echo un último vistazo a la habitación y me acerco a estirar las sábanas para que queden lisas. Luego, salgo, cierro la puerta tras de mí y me guardo la llave en el bolsillo.

Las escaleras de madera crujen bajo mis pies cuando empiezo a bajarlas, hablando para mis adentros. Esta reunión va a ser el comienzo de muchas cosas importantes para mí, y estoy preparada para todas ellas.

Cuando empiece la guerra, ampliaremos nuestro arsenal de importación de armas. Habrá demanda, y ya tenemos suministros preparados. Sé que Ruby ha almacenado otras cosas que también escasearán, desde comida hasta telas. Hay una pugna constante entre las bandas de Puerto Naranda por el tipo de influencia que supone poseer una parte del mercado, y tanto Ruby como yo sabemos lo que se siente cuando uno no lo tiene.

Estar ahí con lo que se necesita cuando nadie más lo está sellará su lugar en la cima. ¿Y si se alinea con las hermanas verdes mientras lo hace? Será invencible. Será la que haga las jugadas.

Ruby vio venir esta guerra hace mucho tiempo. Pero fui yo quien descubrió cómo impulsarla, y ahora he conseguido exactamente lo que prometí. Me he ganado un papel más importante en sus operaciones, y no podría llegar en un momento mejor: la guerra que le estoy dando significará más trabajo del que puede hacer ella sola.

Entre todo lo que Ruby necesitará de mí y todo el trabajo que tiene por delante la hermana Beris —trabajo en el que estaré allí para ayudar, preparada para el día en que Macean despierte y sea testigo de nuestra fe—, pasará mucho tiempo antes de que descanse.

Así que después de hablar con ella esta mañana, voy a dormir unas horas, luego tengo trabajo que hacer antes de ir a la iglesia. Tengo que comprobar qué me he perdido durante mi ausencia. Tengo contactos por toda la ciudad, chicos que son como yo fui una vez, que me traen lo que averiguan a cambio de una moneda.

Y tengo más que eso, más de lo que Ruby sabe. Una empleada novata en la residencia de la embajadora alinorense, para empezar. Una chica de ojos brillantes y hoyuelos, que cometió el error de aceptar unos dólares por chismes sin importancia dentro de la embajada. Que luego aceptó unos cuantos más. Que ahora no tiene más remedio que aceptar más, y contarme cada vez más.

Más tarde iré a verla para ver si hay algún susurro sobre algún problema. Me ha llevado dos años trabajar con ella, pero el modo en que Ruby fruncirá el ceño cuando le cuente ese detalle... ¿por qué no iba a disfrutar de la anticipación? Me lo he ganado.

La chica salta del barco, su vestido de colores cae detrás de ella mientras se precipita hacia el agua.

No.

Me lo he ganado.

Atravieso los pasillos traseros de la planta baja, paso por delante de las cocinas: su caro chef de Fontesque está discutiendo con uno de sus magos de fuego, probablemente sobre alguna forma nueva de asar algo.

Me detengo frente a la puerta, echo los hombros hacia atrás y llamo, repitiendo el ritmo que llevamos usando desde que éramos niñas.

—Entra —dice, con el mismo acento de siempre, y yo entro a su guarida de oro y oscuridad, madera pulida y terciopelo rojo, siempre igual a cualquier hora del día.

Me detengo en el segundo paso que doy.

La hermana Beris, a quien dejé en la iglesia no hace mucho, ya está sentada en el sofá con Ruby. Se da la vuelta, sin prisa, y me mira fijamente con sus ojos pálidos.

—Laskia —dice Ruby con una de sus sonrisas fáciles—. Buenos días. La hermana Beris me ha estado informando de tus aventuras.

—Ah —digo como una estúpida, parpadeando. Le está dando mi informe. Cómo se atreve... Pero me repongo y avanzo—. Bueno, ahora me puedo ocupar yo de eso, y...

Ruby levanta una mano para detenerme.

—Tengo todos los detalles que importan —dice—. Bien hecho. Le he pedido al cocinero que te prepare un buen desayuno. Tienes que estar hambrienta.

La miro fijamente, incapaz de moverme, incapaz de hablar, con las palabras atascadas en la garganta.

No soy tonta. Sé lo que es esto. Conozco ese tono.

Me está echando.

Ruby nunca te dice directamente que te vayas, se supone que tienes que entenderlo. Pero no puedo hacer eso. Tengo que presentar mi informe ante ella. Me lo he ganado.

—Debería ponerte al día sobre los detalles —intento—. Tuvimos que…

Vuelve a levantar la mano.

—Por ahora tengo bastante. Deberías estar contenta con tu trabajo, Laskia. ¿La miel fue efectiva?

Efectiva.

Abro la boca y la vuelvo a cerrar, algo se apodera de mí, hirviéndome desde dentro. Lo menciona para atribuirse el mérito, como si darme la miel hubiera sido lo difícil, y no quedarse quieta mientras la tripulación aplaudía y se la echaba en el desayuno.

Como si la idea fuera lo importante, en lugar de la acción.

Yo soy la que ha dejado un barco de cadáveres anclado frente a la costa.

—Ruby —vuelvo a intentarlo, alzando la voz—, quiero quedarme y…

Ella sacude la cabeza, solo un poco. Un movimiento mínimo.

—Hablaremos pronto, Laskia. La hermana y yo tenemos que hablar de nuestros próximos pasos.

La miro con una incredulidad glacial. «La hermana y yo», mientras a mí me mandan a desayunar.

Miro a la hermana Beris, con la garganta seca y las palabras estancadas. Me llevó a la iglesia, me dijo que lo que hacía importaría, que Macean me necesitaba. Y ahora me mira impasible, esperando a que me vaya.

Por fin he descubierto a qué me recuerda.

Un niño que conocí tenía una serpiente de mascota. Nunca parpadeaba, solo miraba. Y luego intentaba comerte.

Su vestido era dorado, el de la chica que saltó al agua. Estaba cubierto de lentejuelas y flecos, y ya parecía fuego cuando se elevó en el aire, con las piernas dando patadas y los brazos abiertos de par en par.

Y entonces cayó y desapareció con un chapoteo, y se abrió paso hasta la superficie, jadeando en busca de aire.

Se me retuercen las tripas, me sube la bilis a la garganta.

No puedo haber hecho todo esto para descubrir que no ha servido para nada. He ido demasiado lejos, demasiado adentro, para que sea en vano. ¿Cómo puedo haber hecho algo así, haberme jugado todo por el mismísimo dios del riesgo, para volver aquí y que me den una palmadita en la espalda?

Si Ruby aún no está dispuesta a dejarme entrar, encontraré la forma de demostrarle que tiene que hacerlo.

Y si voy a salir de esta habitación ahora mismo sin nada más que mi dignidad, estoy segura de que no les daré eso.

Traeré algo de la embajadora. Algo nuevo. Les haré ver lo mucho que puedo hacer, y entonces Ruby deseará haberme tenido aquí desde esta mañana.

—Tienes razón —digo con una sonrisa en el rostro. Una máscara—. Me iré. Tengo mucha hambre.

LEANDER

◆

Los Muelles
Puerto Naranda, Mellacea

Divisamos las torres de Puerto Naranda al caer la segunda tarde, perfiladas contra la puesta de sol como dientes afilados. Estamos llenos de sal, quemados por el sol, doloridos y exhaustos. Pero lo hemos conseguido.

—Ahí está —jadea Selly desde su puesto en el timón. Contempla la costa con los labios entreabiertos, inmóvil, como si no acabara de creérselo.

Hasta ese momento no me había dado cuenta de lo improbable que le parecía que llegáramos hasta aquí. Ahora, mientras la estudio a la luz del atardecer, se me revuelven las tripas al darme cuenta.

—Lo lograste, Selly —murmuro.

—Todavía no —me corrige enseguida, y yo agacho la cabeza para ocultar una sonrisa. Nadie me trata como ella. Es genial.

—¿Qué haremos cuando desembarquemos? —pregunta. Ha estado muy seria desde el desastre con su magia, y reconozco la supervivencia cuando la veo. No quiere pensar en ello, no puede permitírselo, y lo entiendo. Al menos, por ahora. No puedo dejar pasar el misterio de su magia, pero puedo elegir el momento.

—Se está haciendo tarde —dice Keegan, frunciendo el ceño hacia el sol que se está poniendo.

—¿Directos a la embajada? —sugiere Selly—. De barco a barco se dice que las cosas se están poniendo feas en Puerto Naranda. Y si no les gusta el típico marinero alinorense, a ti no te van a querer, Leander.

—Imposible de creer.

—Lo es, ¿verdad?

—A mí me parece que tenemos dos opciones. —Keegan interrumpe nuestra disputa con ese tono pensativo que me hace lamentar aún más que no esté a buen recaudo en la Biblioteca, que es donde le corresponde estar.

—¿Y cuáles son?

—Podemos hacerlo de forma lenta y meticulosa. Hacer todos los movimientos con cuidado, minimizar todos los riesgos. Será más seguro, pero llevará mucho más tiempo, y cuanto más tardemos, más nos expondremos a otros peligros inesperados. Otra opción es movernos con rapidez y decisión, y esperar que, cuando llamemos la atención, nos hayamos puesto a salvo.

Me muerdo el labio, tratando de pensar en las posibilidades. Otra persona siempre ha tomado estas decisiones por mí. Ahora, las consecuencias que pueden surgir si nos equivocamos...

—No tenemos tiempo para ir despacio —dice Selly—. Lo preferiría, pero vamos contrarreloj: alguien va a ver el humo de la flota del progreso, probablemente ya lo hayan visto. E irán a buscar supervivientes, y averiguarán qué naves son. Y sin duda culparán a Mellacea. Si queremos evitar que se corra la voz de que el príncipe ha muerto, tenemos que llegar cuanto antes a la embajada.

—Tendremos que esperar a primera hora de la mañana, será lo mejor —respondo.

—¿La embajada cierra? —pregunta Selly, enarcando las cejas—. ¿Y si hay algún tipo de emergencia internacional? Como, ya sabes, ¿el comienzo de una guerra?

—Entonces, supongo que alguien despierta a la embajadora en su residencia. Pero su residencia estará bajo vigilancia, siempre. Hay que ir deprisa, y luego ir directos a meterse en problemas —digo—. Estamos hechos un asco y quemados por el sol. Algún lacayo podría decidir no dejarnos entrar, podría no transmitirle mis palabras en clave. Y entonces nos habrán visto intentando entrar en la embajada.

¿Es eso cierto? ¿Estoy siendo inteligente, o tengo miedo?

—Estoy de acuerdo, la primera hora de la mañana será la mejor opción —dice Keegan—. Ahora mismo tenemos una gran ventaja: hemos visto a la chica que quiere mataros, pero a mí solo me ha echado un breve vistazo, y a vosotros dos no os ha visto nunca.

—Así que sabemos de quién debemos cuidarnos, pero ella no —concluye Selly—. O incluso que debería tener cuidado con nosotros.

—Exacto. No hay motivo para que nadie espere ver al príncipe en Puerto Naranda, o reconocerlo fuera de contexto. Podemos vender el bote, y usar el dinero para conseguir una muda de ropa y algún lugar donde pasar la noche. Algo para comer. Nosotros… —Se detiene, Selly lo está mirando fijamente.

—¿Vender el bote? —repite, casi inaudible. El sol se ha deslizado por debajo del horizonte y las lunas salen muy juntas, arrojando una luz pálida sobre el agua, perfilando de plata cada ola y cada onda. Puedo distinguir sus pestañas a la luz de la luna, la firme línea de su boca.

—Tú misma dijiste que no puede navegar hasta Alinor —señala Keegan—. Las posesiones pueden ser reemplazadas, y ahora necesitamos el dinero.

—¿Es eso lo que dijiste cuando mi tripulación tiró tus libros por la borda? —pregunta ella, a punto de estallar—. ¿Las posesiones pueden ser reemplazadas?

Keegan se limita a parpadear, procesando la idea, y yo me abro paso.

—Claro que no —digo—. Porque ni el barco ni los libros son meras *cosas*. Son lo que sois, los dos. Pero si es culpa de alguien que los perdáis, es mía. Lo siento.

Selly me mira.

—No pasa nada —responde de inmediato, rechazando la disculpa—. Puedo soportar perder un bote si los dos podéis soportar perder vuestro equipaje. ¿Alguna vez en vuestra vida habéis estado sin tener una muda de ropa?

—La verdad es que no —respondo risueño, más que dispuesto a recibir el golpe si sirve de algo, aunque me pregunto si una pelea calmaría mucho mejor sus nervios—. Soy un mimado malcriado, ¿no te has dado cuenta?

—Tengo otro collar —dice Keegan de repente, antes de que ella pueda responder—. Deberíamos venderlo. El bote es lo único que te queda, Selly.

Despacio, con pesar, ella niega con la cabeza.

—Un bote abandonado llamará la atención en un día o dos —dice en voz baja—. Y no nos sirve de nada. Vaya a donde vaya, no puedo llevarme al *Pequeña Lizabetta* conmigo.

Añado otro pedrusco de culpa a la montaña que ya tengo en el pecho. Esto le ha costado todo.

—Así que venderemos el bote, encontraremos una habitación en una posada para pasar la noche e intentaremos llegar a la embajadora por la mañana —digo—. Ella podrá conseguirme un barco para volver a casa, y se encargará de que los dos vayáis a donde queráis: a la Biblioteca, a otro barco de la flota de tu padre, Selly.

Ella sacude la cabeza, y algo extraño se apodera de mi pecho.

—¿No quieres volver a la flota de tu padre?

—No, claro que quiero —responde, y yo rechazo la... ¿decepción? No, seguro que no—. Estaba intentando imaginar qué puedo contarles sobre lo que pasó.

Me quedo buscando algo, cualquier cosa, qué responder a eso.

Keegan me ayuda.

—Encontraremos una explicación adecuada —dice.

—Primero tenemos que sobrevivir a esta ciudad que quiere matar a Su Alteza —acepta.

—¿Has estado antes en Puerto Naranda?

—Poco. —Vuelve la mirada a la vela y luego observa la ciudad a lo lejos—. He sido tripulante de naves que han atracado aquí, pero nunca he salido de los muelles. Es una ciudad grande, diferente a Kirkpool. Más ruidosa, más elevada. Kirkpool es todo piedra dorada, y la ciudad se pliega alrededor de las colinas como una manta sobre un camastro. Puerto Naranda es como si hubieran alisado el suelo y le hubieran puesto una ciudad encima.

—Eres toda una poeta —murmuro, intentando sonreírle—. Sabes que eso es más o menos lo que hicieron, para hacer Puerto Naranda.

—¿A qué te refieres?

—La tierra no es buena para la agricultura: es rocosa y en su mayoría escarpada a lo largo de toda la península. Alinor es una nación desde hace más de mil años, pero Mellacea no apareció hasta hace unos seiscientos años. Antes había pequeñas aldeas de pescadores, formadas por almas valientes de todas partes.

—¿Qué cambió? ¿Qué les hizo construir una ciudad aquí?

—Depende de a quién le preguntes. Dicen que un Mensajero creado por Macean fue lo bastante poderoso como para allanar el lugar en el que estaba Puerto Naranda lo suficiente como para que, si construían a lo alto, pudiera caber la gente que se necesita para hacer una ciudad.

—¿Un Mensajero como el rey Anselm? —pregunta ella, mirando hacia Keegan, que inclina la cabeza.

—Si el rey Anselm se transformó en uno, entonces sí —afirma—. Los registros de la época de los dioses son poco precisos al respecto; es de suponer que ya se sabía lo bastante bien como para no necesitar muchos detalles cuando lo estaban registrando. Los Mensajeros tienden a desaparecer de la historia después de unas pocas menciones, lo que arroja algunas dudas sobre si realmente existieron.

—Podrían haber sido simplemente un grupo de magos de la tierra con talento —añado—. De un modo u otro, la tierra se aplanó y nació Mellacea, una nueva nación.

—Uf. Supongo que sí se aprende algo en esas lujosas escuelas.

—En mi caso, menos de lo que les hubiera gustado, pero algo es algo —acepto—. También es la historia de cómo ocurrió la primera Guerra de los Dioses, hace cinco siglos. Los mellaceos estaban desesperados por conseguir tierras de cultivo, y habían tenido unas cuantas generaciones para darse cuenta de lo difícil que era importarlo todo, así que intentaron conseguir más territorio. Si hay algo que abunda en Alinor son las colinas verdes y onduladas, y muchos de los colonos eran de Alinor, por eso compartimos idioma. Los colonos a menudo se marchan por una razón, así que es probable que no les faltara rencor, y entre una cosa y otra, pusieron sus ojos en nuestras tierras de cultivo.

—Y se desató una guerra.

—Perdieron, el dios del riesgo hizo una apuesta que no salió bien.

Atrapo a Keegan mirándome, quizá a punto de señalar que lo único que nos salvó entonces fue la voluntad de mi tío abuelo Anselm de dar su vida por la causa. Él y yo no nos parecemos mucho en este momento.

—De todos modos —continúo—, Macean fue encerrado en un profundo letargo, con Barrica la Centinela para vigilarlo, y desde entonces su pueblo se ha convertido en una nación de comerciantes, de inventores. Mellacea es un lugar fascinante. En otras circunstancias.

—Seguro que sí, pero me conformaré con una visita breve —dice Selly, seca—. Y tendremos que ver las vistas en otra ocasión. Recuerdo que los muelles de aquí se extienden desde la plaza del puerto en todas direcciones, como las crucetas de un mástil. Deberíamos poder atracar en el extremo más alejado, donde habrá menos gente que nos vea, y dejar el bote antes de que alguno de los oficiales venga a buscarnos, si tenemos suerte. Podemos vender el bote en la plaza del muelle por menos de lo que conseguiríamos en otra ocasión, pero nos servirá para pasar la noche.

Ahora estamos más cerca de la orilla y los tres observamos la tierra mientras se agranda en la oscuridad. Puedo ver los muelles que me ha descrito; desde el cielo, este lugar parecería un árbol gigante. Enormes ramas se extienden al abrigo de los muros del puerto, otras más pequeñas se ramifican, cada una de ellas bordeada por montones de barcos de todo el mundo.

La ciudad en sí es un amontonamiento de edificios altos y cuadrados que se pelean por el espacio en el único terreno llano en kilómetros a la redonda. Siempre había querido visitarla. Quería ver lo que era igual que en casa, lo que era diferente. Quería ver las brillantes luces —dicen que al caer la noche es como un arcoíris— y pasear por las calles entre sus altísimos edificios, e ir a sus locales de baile. Quería vivir una aventura y permanecer en el anonimato.

Ahora mi vida depende de ese anonimato. Selly tenía razón. Este lugar quiere matarme.

—Atracaremos lo más lejos posible —dice Selly, señalando el extremo de una ramificación más pequeña—. Keegan, quita la vela. Leander, ¿puedes hacer que los espíritus de agua nos guíen?

—Tenemos que dejar de usar su nombre —dice Keegan en voz baja, poniéndose en pie y extendiendo la mano para agarrar su navaja y poder serrar la cuerda donde la vela está amarrada a la parte superior del mástil.

—¿Cómo debo llamarlo, pues? —pregunta Selly.

—Maxim —sugiero—. Es mi segundo nombre favorito.

Ella levanta una ceja.

—¿Cuántos tienes?

—Leander Darelion Anselm Maxim Sam... —empiezo a recitar antes de que me interrumpa.

—Maxim será.

—O nada —dice Keegan—. Lo ignoramos. Si le prestamos atención, atraerá la atención hacia él. No es más que un marinero, un don nadie.

—Llevas años esperando para decir eso —le digo, esforzándome por esbozar una rápida sonrisa, reprimiendo el miedo que quiere surgir en mi pecho ante la idea de que se fijen en mí—. Aunque no estoy seguro de que sea un plan viable. ¿Quién va a creérselo? O sea, miradme. Este nivel de guapura no se puede ignorar.

—A mí no me resulta nada difícil —responde Selly con indiferencia, y Keegan suelta un bufido.

Rompe la cuerda que sujeta la vela y se sienta con un golpe seco cuando la tela raída se desprende del mástil y todo el bote se balancea con el impacto.

Nos deslizamos despacio por el agua, los mástiles de los barcos que nos rodean se extienden hacia las estrellas, sus cascos apiñados unos junto a otros como animales en un corral, observándonos en la oscuridad.

Me arranco el botón más bajo de la camisa y lo arrojo a las silenciosas aguas como ofrenda. Entonces cierro los ojos y me dirijo a los espíritus de agua para indicarles adónde quiero que vaya el bote. Es casi imposible encontrar el toque juguetón que necesito para ellos; el miedo y la culpa que me recorren al compás de los latidos de mi corazón me están mareando.

Cada parte de esto —cada alma que ha muerto en el mar, el riesgo que corren las dos que están conmigo ahora, el riesgo de la guerra misma y todo lo que le costará al mundo— recae directamente sobre mis hombros. Si hubiera hecho el sacrificio cuando debí, Mellacea nunca habría soñado con la guerra. Alinor habría sido demasiado fuerte.

Todo por no subirme a un barco para visitar un templo, hacerme un corte en la palma de la mano y derramar un poco de sangre. No habría tardado nada.

—Llévanos ahí —oigo decir a Selly en voz baja, y luego me empuja hacia la proa. Un minuto después chocamos con suavidad contra uno de los toscos pilares de madera que sostienen el muelle. Alcanza una cuerda grande que está sujeta al muelle y la ata a algo en la proa del *Pequeña Lizabetta*.

Despacio, nuestro bote se aleja unos metros hasta el final de su cabo, y allí se queda, sujeto por la marea que se aleja con suavidad del puerto.

Durante un buen rato nadie habla.

Lo hemos conseguido: hemos navegado una distancia imposible en un barco demasiado pequeño y hemos alcanzado nuestro objetivo. Hemos sobrevivido a la muerte y la destrucción que dejamos atrás, al barco en llamas que se hunde en el mar, y con solo media docena de manzanas y un bote, hemos llegado a Mellacea.

Pero, aunque debería sentirlo como un triunfo, me estoy dando cuenta de que nuestro plan era más que nada teórico. Nunca imaginé lo que sería encontrarnos en el puerto de una ciudad enemiga, en un lugar donde las iglesias se llenan cada día de adoradores de un dios al que le gustaría destruir las nuestras. Estamos hambrientos, sedientos, agotados, salados y sucios, y sin un duro.

Y aún nos queda mucho camino por recorrer.

Subimos al muelle de madera tambaleándonos, Keegan y yo vamos detrás de Selly como un par de patitos mientras nos acercamos al muelle. Enseguida nos damos cuenta de que, aunque en Alinor hayamos estado distraídos ante la posibilidad de una guerra inminente, en Mellacea a nadie le va a sorprender.

Mientras avanzamos por el muelle hacia la plaza, Selly ralentiza el paso y se coloca detrás de un grupo de marineros de Beinhof, a juzgar por sus ropas y su conversación. Al pasar por su lado, veo lo mismo que ella: un escuadrón de guardias municipales que avanza por el estrecho muelle hacia nosotros.

El capitán que lidera el grupo de marineros saca un papel de un bolsillo interior y lo levanta, y ellos le hacen señas para que pase: es una especie de permiso, y sin perder un segundo, Keegan y yo nos deslizamos detrás de Selly, con la cabeza gacha, como si fuéramos parte de la tripulación.

No exhalo hasta que llegamos a la gran plaza adoquinada del puerto, donde el capitán se detiene para discutir sobre los impuestos con un grupo de oficiales, y podemos fundirnos en silencio con la multitud. En casa, los magos de la ciudad estarían encendiendo las lámparas, pero aquí, las brillantes luces de Mellacean zumban y brillan, parpadean en colores chillones mientras anuncian los negocios que nos rodean. En la ciudad de la invención les encanta todo lo nuevo.

La plaza está flanqueada por el agua en su extremo oriental, con una gran hilera de grúas preparadas para elevar la carga de los barcos que esperan. Hay agentes fiscales por todas partes y conversaciones animadas que rozan la pelea junto a las grúas de carga. Tampoco se trata de un regateo amistoso: sus voces son tensas, sus gestos agresivos, y no son los capitanes quienes llevan la voz cantante.

En los otros tres lados de la plaza hay edificios altos y estrechos apiñados. La mayoría tienen unos tres pisos y las ventanas miran a la plaza como si fuesen ojos.

Veo una iglesia dedicada a Macean, con las estatuas y las piedras que decoran el edificio pintadas de negro, en representación del sueño del Jugador.

Dos hermanas verdes velan en silencio ante la puerta abierta, y los transeúntes depositan monedas en sus platos de colecta al pasar. Hay muchas, y también muchos fieles entrando y saliendo de la iglesia, a pesar de la hora. Tengo la inquietante sensación de que, en casa, en el templo de Barrica, no habría el mismo número.

—Esa es la oficina del supervisor del puerto —dice Selly, devolviéndome al presente y señalando un bullicioso edificio—, y el resto son agentes de compras, que regatean por los cargamentos que llegan cada día, o posadas para cualquier marinero que pueda permitirse una noche en una habitación que no se tambalee.

—¿Podemos quedarnos aquí en la plaza? —pregunto, un poco de la tensión abandona mi pecho. Estamos más cerca de un refugio de lo que pensaba.

—En cuanto venda el barco —dice sin volver la cabeza y señala un lugar junto a una de las grúas, donde hay refugio entre la multitud—. Esperad, y mantened la cabeza gacha.

Desaparece entre la multitud y pierdo de vista su trenza rubia. Es una sensación extraña, estar aquí a la vista de todos mientras la gente fluye a nuestro alrededor como si fuese agua. No sé por qué estoy preocupado por ella, es más capaz que yo en un lugar como este, pero me dan ganas de seguirla.

Sin embargo, vuelve en menos de diez minutos, con las pecas marcadas sobre la piel pálida y la boca en una fina línea.

—Ya está —dice sin más—. Y tengo el nombre de un lugar que podemos pagar: la posada Casa de Sal.

Se vuelve de nuevo y nosotros la seguimos, zarandeados y golpeados por los marineros y comerciantes que nos rodean. Me agarro con demasiada fuerza a la correa de mi mochila cuando un marinero tatuado me empuja y aprieto una mano contra mi diario, donde está envuelto.

Por todas partes, las voces se alzan a medida que las lunas se abren paso en el cielo, la energía de la plaza cambia a medida que los comerciantes se aferran a las últimas ofertas del día y dirigen sus mentes hacia el jolgorio de la noche.

Cuando llegamos a los límites de la plaza, Selly se mete por un callejón maloliente entre dos edificios que apenas es más ancho que mis hombros. Los encojo para evitar tocar las paredes cubiertas de lodo y contengo la respiración hasta que salimos al callejón que discurre por detrás de la hilera de edificios.

El resplandor de las ventanas sobre nosotros oscurece las sombras, y las escaleras metálicas que descienden por la parte trasera de los edificios son como enredaderas artificiales que podrían cobrar vida en cualquier momento y arrancarnos del suelo.

—Deberías esperar aquí —le dice a Keegan—. Eres el único al que le han visto la cara. Conseguiremos una habitación en la posada que tenemos detrás, y podrás entrar por la escalera de incendios. Es más fácil explicar dos personas que tres, menos llamativo.

Me sorprende que se le haya ocurrido eso, y luego me enfado un poco conmigo mismo por sorprenderme. Ha sido lo bastante ingeniosa como para salvarnos la vida más de una vez, ¿por qué no iba a serlo ahora?

Porque tú no lo eres, dice una voz en mi cabeza. Y es cierto. Tengo tanta hambre que no puedo pensar con claridad, y me da miedo perderme algo.

—¿Qué hago si viene alguien? —pregunta Keegan, que mira a su alrededor, a las sombras, con comprensible preocupación.

Selly se encoge de hombros.

—Di que buscas a alguien que vende favores.

—Me quedaría contigo —añado—, pero tendría que ser un callejón de mucha mejor clase para que alguien creyera que se ofrecen galanes como estos.

Keegan se tensa la camisa.

—Preferiría comprar un libro que un favor —nos informa—. Y, en cualquier caso, el contenido me importaría mucho más que la cubierta.

Selly resopla riéndose mientras busco una respuesta y, antes de encontrarla, se da la vuelta para regresar por el callejón embarrado por el que vinimos. Me apresuro a seguirla y la agarro del brazo antes de que llegue a la puerta de la posada.

—¿Puedo hacer una sugerencia?

—Adelante —responde ella, ralentizando el paso.

—He recibido algunas lecciones sobre cómo pasar desapercibido, por si alguna vez me encontraba separado de la guardia de la reina o en apuros.

—¿O si decidías vagar y explorar por los muelles de Kirkpool, y molestar a chicas inocentes que intentaban ocuparse de sus asuntos?

—Oye, fuiste tú la que se lanzó a mis brazos y estaba intentando colarse ilegalmente en un barco, chica inocente. En fin, las lecciones fueron bastante deficientes, pero recuerdo que la mejor manera de asegurarse de que la gente no recuerde nada de ti es no hacer nada que llame su atención. Pero no podemos hacer eso, porque vamos a pedir una habitación, pagar, y alguien en la posada lo sabrá. Así que la segunda mejor opción es darles algo grande en lo que fijarse, y no se fijarán en nada más. Si tienes un acento escandaloso, se olvidarán de tu color de pelo. ¿Tiene sentido?

Me devuelve la mirada, considerándolo.

—De acuerdo. Ya sé cómo podemos darles dos personas a las que recordar que parezcan cualquier cosa menos unos marineros que han naufragado. —Por un momento me pregunto si es así como se sienten los demás cuando les digo que tengo un plan.

—¿Tenemos que preocuparnos por nuestros acentos alinorenses?

—Mira a tu alrededor —responde, levantando una mano para señalar el caos que se arremolina ante nosotros—. Estás en un puerto. Vamos.

Antes de que me dé tiempo a protestar, me agarra de la mano y me arrastra con ella a través de la puerta abierta.

La recepción de la posada es diminuta, con una mujer de rostro amable y cabello grueso y canoso agolpada tras el mostrador, con hileras de llaves colgadas de ganchos a sus espaldas. Una escalera de madera conduce a los pisos superiores, y unos estrechos pasillos a las habitaciones de esta planta.

—¿Buscan habitaciones? —pregunta, dejando a un lado el periódico para inspeccionarnos.

Con una carcajada y un rápido tirón de mi mano, Selly me hace tropezar y aterrizar pegado a ella.

—Una habitación —dice, prácticamente moviendo las cejas—. Una cama y un baño, por favor, señora. He oído que los tienen unidos a la habitación, así que, ¿podemos tenerlo enteeeero para nosotros?

Casi me atraganto con mi propia lengua, sobre todo porque su actuación es tan exagerada que es imposible que esta mujer se lo trague, y un poco porque le habría llevado diez segundos contarme el plan, lo que significa que no lo hizo porque pensó que era más divertido no hacerlo. Aun así, aquí estamos, así que le paso el brazo por el hombro y me permito sonreír.

—Hay que pagar un suplemento por dos personas —advierte la mujer, extendiendo la mano detrás de ella para agarrar una llave sin mirar—. Veinticinco dólares la noche. Agua corriente, pero fría. Una noche de carbón y una olla para calentar el agua, si quieren. Si se quedan otra noche, son otros veinticinco dólares, más dos por más carbón.

—No hay problema —responde Selly, inclinándose hacia mí.

—Y en dólares mellaceos —dice la mujer con firmeza—. No acepto coronas alinorenses, o cualquier otra cosa que hayan adquirido en su último puerto.

—Sí, señora —dice Selly, y luego chilla fuerte, como si mis manos acabaran de hacer algo escandaloso por debajo de la línea de visión de la mujer, y de alguna manera soy yo quien se ruboriza cuando ella me mira especulativa.

—¿Puede enviar cena para dos? —pregunta Selly con aire recatado.

—¿Quiere la cena de dos dólares o la de cinco?

—La de cinco. —Selly rebusca en su bolsillo y saca unos dólares mellaceos de oro—. Vamos a tener que reponer fuerzas. ¿Y la cama es buena? No quiero saber nada de hamacas durante una noche o dos. —Se inclina para confiárselo a la mujer en un susurro demasiado alto—: No hay intimidad. Es muy fácil caerse si no estás concentrado.

—Eso me han dicho —contesta la posadera con indiferencia, en un claro intento de no reírse de nosotros. Acepta los treinta dólares de Selly y le entrega la llave, señalando las escaleras—. Suba un piso, segunda puerta a la derecha. La comida llegará enseguida.

—Gracias, señora —dice Selly, y sube trotando las escaleras.

—Más vale que te des prisa —me dice la mujer mientras la sigo con la mirada—. Podría cambiar de opinión.

Me arden las puntas de las orejas y murmuro algo que ni siquiera son palabras mientras empiezo a subir tras ella, tropezando con el último escalón. ¿Qué tengo, doce años otra vez, y estoy sufriendo un primer flechazo?

—¿En serio? —le murmuro a Selly cuando la alcanzo.

—¿Qué? —La mirada que me lanza es de pura inocencia—. Estaba haciendo mi mejor imitación de ti. Pensé que te gustaría.

El pasillo recorre la parte trasera del edificio, con una puerta que da a las escaleras metálicas que vimos en el callejón. Selly vuelve a trotar delante de mí y la abre, asomando la cabeza para susurrar-gritar a Keegan.

—¡Aquí arriba, académico!

No puedo evitar sonreír burlón al verle subir para unirse a nosotros. Selly ya está abriendo la puerta de nuestra habitación y, cuando la mantiene abierta, Keegan y yo entramos por ella.

Su estado de ánimo es contagioso, como si la marea hubiera cambiado. Esta pequeña victoria —tenemos un lugar seguro en esta gran ciudad— lo cambia todo. Y a pesar de todo lo que hemos dejado atrás, empiezo a darme cuenta de que mañana por la mañana podré dejar todo este desastre en manos de un adulto responsable. Nuestra habitación está a oscuras, pero veo que tiene una cama grande, como nos prometieron, y un par de sillas junto a una ventana que da a la plaza, con un toldo debajo.

—¿Dónde está el interruptor de la luz? —pregunta Keegan en voz baja medio de la oscuridad, tanteando cerca de la puerta. Las brillantes luces de la plaza de abajo proporcionan la única iluminación que hay aquí.

—Hay una chimenea frente a los pies de la cama —responde Selly—. Es probable que también haya velas. ¿Serías tan amable, L-eh, Maxim?

Apenas hay sitio para apretujarse en los bordes de la cama. Me he quejado muchas veces de las pequeñas posadas rurales en las que he tenido que alojarme cuando estábamos de viaje, y ahora me doy cuenta de cómo les habría sonado a los criados. Este lugar hace que esos lugares parezcan palacios.

—Necesito algo para darles —murmuro, palmeándome los bolsillos.

—Arráncate un trozo de la camisa —responde Selly—. Tenemos comida para la cena. En cuanto llegue, Keegan puede comérsela, y tú y yo podemos bajar por la escalera de incendios al mercado nocturno. Compraremos más comida y ropa limpia. Está bien pasear por los muelles con una ropa tan rígida por la sal que podría mantenerse en pie por sí sola, pero si salimos a la ciudad, hacia la embajada, llamaremos la atención.

Ni siquiera había pensado en eso.

Así que me arranco una parte de la camisa, prendo una cerilla y extiendo la mano hacia los espíritus que se arremolinan a su alrededor en las corrientes de aire caliente, animándoles a arrastrarse por el resto del carbón. La parte de la camisa se desvanece cuando su energía la atraviesa, y bailan mientras la luz se enciende y el fuego prende, y me miro en el espejo de la ventana.

Me veo… bueno, tengo el aspecto de haberme sumergido en el mar y haber navegado desde la mitad de camino de Alinor en un bote abierto. En cambio, Selly aún lleva el pelo recogido en una trenza y no está ni un tono más rosada de lo habitual bajo sus pecas.

—Guardad silencio —nos advierte—. La comida llegará pronto. —Señala a Keegan y le hace señas—. Ven aquí y te enseñaré a calentar agua en el fuego para que puedas lavarte mientras estamos fuera. El baño estará por esa puertecita junto a la cabecera.

—¿Debería salir a la ciudad? —le pregunta Keegan, ladeando la cabeza hacia mí.

—Intenta detenerme —le respondo—. No me lo voy a perder. De todas formas, no vamos a enviar a Selly allí sola, ¿verdad?

—¿Por qué no? —pregunta Keegan, alzando las cejas—. Si es demasiado peligroso para que ella vaya sola, seguro que es demasiado peligroso para correr el riesgo de que tú vayas.

—Estará bien —responde Selly—. Este lugar está más concurrido que Kirkpool, y no se parece en nada a su yo habitual. Prefiero tener compañía en un puerto extranjero.

—¿Necesitas más dinero? —pregunta Keegan, llevándose la mano a la garganta; al cabo de un instante, me doy cuenta de que se está apartando la camisa para enseñarnos la cadena de oro que llevaba cuando se hundió el barco. La gemela de la que le dio a la chica que lo hizo naufragar.

Los ojos de Selly se abren de par en par mientras le estudia. Luego sacude la cabeza.

—Aún tengo veinte dólares —dice—. Es suficiente. Cuando esto termine, todavía quieres ir a la Biblioteca, ¿verdad? Es todo lo que tienes para hacerlo. Aférrate a ello.

Keegan deja caer su camisa, su mandíbula se cuadra mientras asiente. No creo que esté acostumbrado a ese tipo de amabilidad. Yo nunca se la di en la escuela, pero aquí está, siendo leal.

Llaman a la puerta y Selly me hace gestos enérgicos; al principio me quedo parado, pero luego comprendo.

Si les das algo importante en lo que fijarse, no se fijarán en nada más.

Es imposible que esta mujer piense en los amantes a los que dio una habitación si alguien viene preguntando por príncipes o náufragos.

Siento que las puntas de las orejas se me ponen rojas otra vez, y las mejillas también, seguro. Esto no me pasa nunca. Pero sigo las instrucciones de Selly y me desabrocho rápidamente la camisa, pasándome una mano por el pelo antes de abrir la puerta. Ignoro la risa silenciosa de la mujer cuando me entrega la bandeja.

—Asegúrate de que te deje dormir un poco —me advierte, y cierro la puerta tras ella sin decir palabra.

Keegan observa todo esto con interés, pero no hace preguntas, aunque casi desearía que las hiciera.

En lugar de intentar explicarme, dejo la bandeja sobre la cama para él, y guardo lo que me gustaría creer que es un silencio digno. Me ruge el estómago al percibir el olor que sale de debajo de la tapa metálica, y la cabeza me da vueltas mientras mi cuerpo aprovecha para decirme que se muere de hambre. Hay una especie de estofado ahí dentro, y podría comerme la tapa para llegar hasta él, y luego masticar la bandeja como postre.

—¿Listo para irnos, guapo? —pregunta Selly, inclinando la cabeza hacia la puerta.

—Oh, ¿al fin te has dado cuenta?

Resopla.

—Solo quería llamar tu atención. Bajemos por la escalera de incendios. Es hora de ir al mercado nocturno.

SELLY

◆

El Mercado Nocturno
Puerto Naranda, Mellacea

U n marinero de la plaza me da indicaciones para llegar al mercado nocturno, del que he oído hablar las pocas veces que hemos llegado a puerto, pero que nunca he visto por mí misma. Rensa no quería que me alejara mucho del barco.

—Por ahí detrás —dice, cambiando lo que esté masticando a un lado de la boca y guardándoselo en la mejilla, y luego señala la esquina más alejada de la plaza—. Luego dos manzanas más adelante, y no tiene pérdida.

Hace una pausa y mira a Leander, que está detrás de mí, y mi corazón se estremece. No creo que nadie lo reconozca aquí. Sigo cambiando de peso, preparándome para moverme rápido, agarrar la mano de Leander y arrastrarlo hacia la multitud. Entonces el marinero sonríe.

—Tened cuidado con los acentos cuando os alejéis de los muelles —nos advierte—. Los de sangre salada sabemos que la gente viene de todas partes, pero no todo Puerto Naranda siente lo mismo por las tripulaciones alinorenses. Y cómprale algo bonito, hijo —añade, agitando un dedo hacia Leander de forma paternal.

Leander se ha recompuesto desde que le provoqué un infarto con la posadera, y simplemente me rodea la cintura con un brazo, tirando de mí, su cuerpo caliente pegado al mío. Huele a marinero, a sal y a sudor.

—Sí, señor —dice antes de alejarme entre la multitud.

Me rodea con el brazo hasta que estamos a medio camino de la esquina que señaló el marinero, lejos de su vista, y no hago ademán de separarme, demasiado consciente de cada punto en el que nos tocamos, del movimiento de su cuerpo contra el mío mientras nos abrimos paso entre la multitud.

Cuando me quita el brazo de la cintura, apenas tengo un segundo para notar su ausencia, para reprimir el impulso de buscarlo, antes de que me agarre la mano y deslice los dedos entre los míos.

—Deberíamos mantenernos cerca —murmura cuando lo miro. Nunca había paseado de la mano de nadie, así que ¿por qué no empezar con el príncipe de Alinor? Asiento con la cabeza, tragando saliva.

El cuero de mi guante se interpone entre nuestras palmas, y una parte de mi cerebro quiere sumergirse en las oscuras aguas del por qué llevo estos guantes, pero nuestros dedos están calientes donde se enredan, y prefiero centrarme en eso.

Aunque ha oscurecido, las lámparas eléctricas se alinean en la plaza del muelle y las brillantes luces de los carteles parpadean en un arcoíris de colores. Hay marineros y comerciantes de todo el continente y seguramente de más allá. Todas las lenguas que conozco, todos los acentos, se mezclan como el sonido de las aves marinas. Al igual que la flota de barcos amarrados en la oscuridad, los tonos de piel van desde el abedul más pálido al caoba más oscuro, con todos los tonos intermedios. La gente va vestida con ropas burdas o de colores brillantes de sus puertos de origen, o con las camisas y pantalones de los marineros.

Puerto Naranda es diferente a Kirkpool, pero cualquier puerto es como estar en casa. Es como si Kyri y la tripulación debieran estar cruzando la plaza para reunirse conmigo, el *Lizabetta* esperando a que nos embarquemos a toda prisa para poder llegar a la marea. Se me corta la respiración al imaginármelos emergiendo de entre la multitud, y luego guardo esa imagen y la dejo bajo sello por el momento. Más tarde, pensaré en ellos. Más tarde, dejaré que me duela. Ahora tengo trabajo que hacer y estoy tan cerca de terminar que no puedo permitirme tropezar.

Leander me hace volver al presente, me aparta del camino de un hombre que se acerca con un enorme barril sobre su cabeza y nos metemos en la calle que me indicó el marinero. El gentío apenas disminuye; hay un flujo constante que va y viene del mercado nocturno.

—¿Estás seguro de que nadie va a reconocer tu cara? —le pregunto, manteniéndome cerca de él mientras la multitud nos arrastra como una marea rápida. A pesar de las garantías que me dio en la posada, ahora que estamos a la intemperie, parece un riesgo.

—Estoy seguro —responde, inclinando la cabeza para hablarme al oído, y tengo que recordarme a mí misma que debo controlarme e ignorar su proximidad—. Nadie espera verme aquí. La gente rara vez ve cosas que no espera ver.

—Espero que tengas razón.

—Es como he dicho antes, les das una cosa grande: el título, la ropa, la guardia de la reina, el espectáculo; y no recuerdan los detalles concretos. Pocos de ellos podrían describirme.

—¿No estás en retratos oficiales, o cosas así?

—No donde la gente los ve de verdad. Sé que es imposible imaginar que alguien pueda olvidar esta cara, pero… —Se encoge de hombros—. No me esperan aquí. Pensarán que soy asombrosamente guapo, pero no atarán cabos.

—Sabes, no voy a echarte ni un poquito de menos cuando te deje —murmuro—. Habrá mucho más espacio para moverse sin tu ego gigante.

No me contesta, solo me aprieta la mano. Y me alegro de que no me diga nada sobre el hecho de que le esté agarrando la suya, porque no estoy segura de por qué sigo haciéndolo. O puede que me esté agarrando él a mí.

La verdad es que tengo una sensación extraña en la boca del estómago cuando pienso en él volviendo a Alinor sin mí, cuando me lo imagino pisando por fin la Isla de Barrica, solo.

Siento como si me cayera, y no quiero prestarle demasiada atención.

No tiene sentido desear que las cosas fueran diferentes. ¿De qué serviría si me quedara?

El mercado se convierte en una calle entera, cerrada a carros y coches en ambos extremos. Los puestos se alinean a ambos lados y se extienden por el centro, con percheros de ropa, mesas llenas de objetos que sus dueños ya no necesitan y un montón de comida caliente. Los artistas deambulan entre la multitud con guitarras, cantando para ganarse la cena, y los vendedores de periódicos gritan los titulares.

Leander y yo nos metemos a sotavento de un edificio, refugiándonos un momento del interminable flujo de gente, y aunque mi barriga me suplica que siga el vertiginoso olor a comida, él me sujeta del brazo, esperando a que la chica de la pila de periódicos repase los titulares.

«¡El primer consejero Tariden visita la Casa de Macean! ¡Entérate de lo último!»

—No oigo las palabras guerra ni asesinato, así que estoy contento —murmura.

—Yo estaré más contenta cuando hayamos comido algo —le respondo, arrancándole una sonrisa.

—Estoy famélico. Tienes razón, deberíamos comer antes de que nos caigamos.

Nos dejamos llevar por la multitud, avanzamos entre percheros de ropa y mesas de baratijas y nos detenemos al llegar al primer puesto de comida.

Este puesto está regentado por una pareja de mujeres, casadas, sospecho, a juzgar por la familiaridad con la que se empujan la una a la otra en el pequeño espacio. Tienen una enorme sartén poco profunda y en su interior chisporrotea una apetitosa mezcla de marisco, verduras y arroz. Una mujer, con marcas verdes de mago que le suben por los antebrazos, vigila la llama bajo la sartén para asegurarse de que los espíritus mantienen el calor uniforme, y está ocupada aceptando el dinero de los que hacen cola para comer.

Su mujer no para de picar y remover, echando nuevos ingredientes a la sartén para seguir el ritmo de lo que van sacando.

—Dos, por favor —digo cuando nos acercamos a la primera fila.

—Son dos dólares. —Mientras busco un par de monedas de oro con la mano libre que tengo libre, ella continúa conversando—: ¿Entraste bien, amor, o te han registrado?

Tengo que parpadear un par de veces antes de entender qué está diciendo. Estos últimos meses, los barcos de Alinor han sido sometidos a registros y confiscaciones extra, impuestos y aranceles, cada vez que llegan a los puertos mellaceos. Yo misma lo vi la última vez que el *Lizabetta* estuvo en puerto. Su pregunta me recuerda que el hombre de la plaza tenía razón: nuestro acento nos delata.

Me ve dudar y me dedica una rápida sonrisa mientras acepta mi dinero.

—En lo que a nosotras respecta, un marinero es un marinero —dice—. Pero manteneos cerca de los muelles.

—Sí, señora —respondo enseguida, y Leander se hace eco de las palabras mientras avanzamos por la fila hasta donde su mujer está sirviendo dos raciones generosas y vertiéndolas en platos de hojalata.

—No puedo creer que se pueda comer por un dólar —susurra Leander, inspeccionando la sartén cuando se acerca nuestro turno—. Huele bien. ¿Será comestible?

Lo miro de reojo.

—¿Entiendes siquiera cuánto cuestan las cosas?

Se encoge de hombros.

—¿Por qué iba a hacerlo?

—Eres… —Me quedo sin palabras—. ¿Tienes alguna utilidad práctica?

Se limita a sonreír, observando los platos de hojalata mientras nos acercamos.

—Se supone que no debes preguntármelo. ¿Por qué no me tratas como a los demás?

—Bueno, estamos disfrazados.

—Ah, porque todo empezó cuando nos disfrazamos.

Ahora me toca a mí encogerme de hombros.

—Entonces debe ser porque me molestas más que a los demás.

—Es curioso —reflexiona—. Tú no me molestas nunca.

Estamos al principio de la cola antes de que pueda responder, y la mujer nos entrega dos platos de hojalata llenos de arroz, con un tenedor clavado en la parte superior de cada ración.

Leander parece no estar seguro de adónde ir a continuación ni de cómo comérselo de pie, y yo reprimo una sonrisa mientras lo arrastro hacia el espacio entre los puestos, donde muchos otros devoran su comida. Es extraño separar mi mano de la suya para comer, y es extraño que sea extraño.

Nos ponemos manos a la obra en silencio, y durante un par de minutos lo único en lo que pienso es en el exquisito sabor de la comida. Nunca había probado un arroz tan deliciosamente salado y bueno. Las verduras nunca me habían crujido tanto en la boca, explotando de sabor. El pescado se deshace y me reconforta por dentro. El hambre hace un festín de lo que ya era una comida bastante buena, pero aun así me sorprendo cuando miro hacia abajo y veo que estoy raspando el plato. Después de pensarlo un momento, decido que no me importa lo que el príncipe piense de mis modales en la mesa y lo relamo para acabarme la salsa. Con un guiño, él hace lo mismo.

Me gusta que sea tan poco principesco conmigo.

Sin embargo, su sonrisa se desvanece cuando un par de hermanas verdes pasan por delante de nuestra pequeña esquina. No es difícil ver cómo la multitud se aparta de su camino. No por miedo, sino por respeto.

Muchos de los lugareños se vuelven hacia las dos mujeres, presionándose la frente con la punta de los dedos y tapándose los ojos. *La mente de nuestro dios nos aguarda, aunque sus ojos estén cerrados.* Pa y Jonlon me enseñaron lo que significaba la primera vez que desembarqué en Puerto Naranda, cuando era pequeña.

Las hermanas asienten y levantan las manos en señal de bendición. Creo que nunca he visto que traten así a un sacerdote de Barrica en las calles de Alinor.

—Lo que dicen de que Macean se está levantando es verdad —susurro.

—Deberíamos buscar algo de ropa y volver. Más adentro será más barata. Todo el mundo para en los primeros puestos.

Dejamos nuestros platos y tenedores en un contenedor y volvemos a unirnos a la multitud. Pero antes de llegar a los puestos de ropa, Leander me agarra del brazo.

Cuando miro hacia atrás, se escabulle entre la multitud hacia un puesto escondido entre una pescadería y un vendedor de especias con un cartel luminoso que parpadea. Cuando me doy cuenta de hacia dónde se dirige entre la multitud, se me revuelven las tripas.

En la parte trasera de la pequeña tienda hay ensartadas banderas de espíritus y detrás del mostrador hay grandes cubos de piedras de colores brillantes, donde en un puesto de Alinor habría velas en un templo dedicado a Barrica.

Llevo toda la vida armándome de valor para acercarme a puestos como este, pero ahora, con el desastre de mi intento de magia en el *Pequeña Lizabetta* recorriéndome el cuerpo en un arrebato de vergüenza, apenas me atrevo a mirarlo.

Casi había empezado a olvidarlo, empeñada en meter toda la experiencia —la confianza de Leander, su confusión, ese breve vistazo a los espíritus que me han eludido toda la vida— en un profundo agujero e ignorarlo. Pero el recuerdo estaba justo debajo de la superficie, esperando para hacer que mis entrañas se estremecieran de nuevo, como si volviera a estar en nuestro diminuto barco inclinado.

¿Qué voy a decirle a Pa cuando lo vuelva a ver? ¿Es peor admitir que por fin vi a los espíritus y no me hicieron caso? ¿O le dejo en la tranquila decepción con la que ha aprendido a vivir?

Me obligo a no responder a esas preguntas y mantengo la mirada fija en el príncipe. Por supuesto que querría visitar este puesto; gastó demasiado de sí mismo para traernos hasta aquí, y no pueden atraparnos de nuevo sin un sacrificio en condiciones.

—No se puede pasar de Audira —dice una voz, y yo parpadeo, levantando la vista para encontrar a una mujer de mejillas rosadas que se detiene al pasar.

—Lo siento, ¿qué?

Señala el puesto con la cabeza y comprendo: cree que estaba pensando en comprar algo.

—Tendrán lo que necesite el mago de su barco, créanme.

—Gracias —digo con mi mejor intento de sonrisa cortés, y ella sigue su camino.

Leander se inclina para hablar con la empleada que está detrás del mostrador —Audira, supongo— y bastan unas pocas palabras para que su postura se suavice y se inclinen hacia él, como si estuviera a punto de contarles un secreto. Y un segundo después, ambos se ríen, y él prácticamente mueve las pestañas mientras le hace una pregunta.

¿En serio, Leander? De todos los momentos y todos los lugares…

Entonces se atreve a girarse y me sonríe, haciéndome señas para que me acerque.

—¿Me das un dólar, por favor?

Rebusco en mi bolsillo una moneda, atravieso la multitud, se la pongo en la palma de la mano y me doy la vuelta. ¿Cómo puede ser…? No es justo que él y su magia fácil sean con lo que quiero enfurecerme, pero él y su sonrisa torcida también son el lugar al que quiero ir con mis quejas en busca de consuelo. Ni siquiera es que vaya a decir lo que tiene que decir: es desesperante.

Cuando termina de comprar y se pone a mi lado, vuelvo a la multitud sin decir una palabra.

—Te he comprado esto —me dice, se pone a mi altura y me tiende tres piedras de cristal de colores brillantes, verdes, azules y rojas, que resplandecen ante mí, con las lucecitas que nos rodean bailando sobre sus superficies redondeadas.

Me llevo las manos al cuerpo y las meto bajo los brazos.

—Guárdatelas.

—Eres una maga, Selly —dice, apenas lo bastante alto para que se le oiga por encima de la multitud—. Siempre deberías llevar algo en el bolsillo.

—¿Para qué? —espeto, advirtiéndole con la mirada que lo deje correr.

No lo hace.

—Para cuando lo necesites —responde—. Lo intentamos una vez, ya está. Lo resolveré. Lo resolveremos juntos. Ahora, métetelas en el bolsillo y que sepas que son una promesa.

No puedo permitirme parar en mitad del mercado nocturno y pelearme con él por esto, así que se las quito de la mano, cerrándolas en un puño. Están calientes por su tacto.

—Dicen que ha habido protestas frente a la embajada de Alinor todos los días durante la última semana —me dice, cambiando de tema ahora que tiene lo que quiere.

—¿Qué? —Parpadeo.

—Audira —dice, señalando con el pulgar por encima de un hombro—. La que lleva el puesto de los magos.

—¿Tu nueva amiga? —murmuro.

Se le ilumina la cara.

—¡Mira qué mueca! ¡Estás celosa!

—Gritaré a pleno pulmón quién eres y te dejaré a merced de la multitud si no te callas.

—Bueno, me encanta que seas posesiva —responde—, y te daría la mano otra vez si no estuviese seguro de que estás dispuesta a morder si te provocan. Pero estaba hablando con ellos porque los magos tienden a hablar a través de la ciudad de una forma que los demás no lo hacen: a menudo las palabras pasan de una clase a otra, entre comerciantes y barrios, de una forma que no se ve en ningún otro sitio.

Se me cierra la garganta mientras asimilo sus palabras. *Los magos hablan.*

He estado en esos puestos toda mi vida, recogiendo suministros para mis propias lecciones fallidas o para Kyri, y ni una sola vez me habían invitado a participar en esa conversación. Ni siquiera sabía que ocurría.

Leander me mira de reojo y hace una pausa.

—Creías de verdad que solo estaba flirteando, ¿no?

Me callo porque o admito que tiene razón o no digo nada.

Su sonrisa tiene un toque sombrío que deseo que desaparezca en cuanto la veo.

—Bueno, para ser justos, suelo ser exactamente tan horrible como suponen los demás —dice.

—He visto cosas peores —murmuro.

Levanta una ceja.

—¿En serio?

—Probablemente no. —Le agarro del brazo para apartarle del camino de un carro que se aproxima—. Pero si hay protestas fuera de la embajada, no puedes acercarte. Si te reconocieran allí...

Hace una mueca en señal de estar de acuerdo.

—Sería mejor que te adelantaras tú y dieras un mensaje.

Nos dirigimos hacia los puestos de ropa, pasando por delante de todo, desde libros de segunda mano hasta cacerolas de tercera mano, pasando por una cuba con masa frita que huele increíble pero que no podemos permitirnos. Muchos de los puestos tienen estatuillas de Macean en algún rincón, igual que harían con una estatua de Barrica en Kirkpool, o de cualquiera de los otros dioses en sus países.

También tienen pequeños medallones de la Madre, y alargo la mano para tocar uno con el dedo.

—Está en todas partes —murmuro—. Supongo que no toma partido entre sus hijos.

—Eso es lo que dicen —concuerda Leander—. Que todos los dioses están presentes en el Templo de la Madre, y allí mantienen la paz, sin importar lo que ocurra fuera. Supongo que son como todo el mundo: obligados a comportarse en la mesa de sus padres.

Encontramos un buen puesto y no tardamos en elegir dos camisas y dos pantalones desgastados pero aceptables. Con un poco de suerte, Keegan y Leander no volverán a salir de la posada hasta que la embajadora envíe a la guardia de la reina a por ellos. Aun así, tendrán que llevar sus propias botas, tiesas por la sal. Supongo que tuvimos suerte de que Keegan no supiera lo suficiente sobre sobrevivir en el mar como para quitárselas.

—¿Qué te parece? —pregunta Leander, poniéndose una gorra como las que llevan los vendedores de periódicos y haciendo una pose—. ¿Oculta mi apuesto aspecto?

Le queda bien. Por supuesto que le queda bien.

—¿Qué? —pregunta ajustándose el ala—. ¿Qué es esa cara? ¿Tengo la cara sucia? ¿Tengo que ensuciarme la cara?

—Es que…

Me niego a darle la satisfacción de sacar de mí algo más de lo que ya ha sacado, y una parte de mí sabe que tiene que ser una fanfarronada. El alivio de llegar a tierra solo puede llevarnos hasta cierto punto. Al igual que yo, debe de sentir una punzada de nervios en las tripas que no desaparece.

Así que me doy la vuelta para buscar entre los percheros de ropa, empujando las perchas mientras busco algo de mi talla.

—Selly. —Está justo detrás de mi oído, de alguna forma ha vuelto a acercarse—. No quiero que me pegues un pisotón, pero creo que deberías mirar los vestidos.

Mis manos se quedan quietas.

—No es mi estilo, chico rico.

—Ya, pero cuando te alejes de los muelles, ¿quieres parecer una marinera? Todo el mundo nos lo advierte. La embajada está en una zona acomodada de la ciudad, y las mujeres de por aquí van casi siempre con faldas, si es que llevan ropa que sirva para algo. No queremos que llames la atención. Queremos que camines hasta la puerta principal sin que parezcas fuera de lugar.

Tiene razón. Sin embargo, no he usado un vestido en años. A Kyri le encantan —*encantaban*—, pero nunca fueron mi estilo. Intentaba convencerme de que me los pusiera, me acercaba el suyo e inclinaba nuestro pequeño y mugriento espejo para mostrarme mi reflejo, y yo rechazaba sus intentos.

Ahora me vestiría de la cabeza a los pies de encaje y volantes si pudiera alejar el dolor que siento en el pecho y tenerla aquí con nosotros.

La chica que atiende el puesto intuye que es el momento perfecto para acercarse.

—¿Buscas algo especial? —pregunta, y aparece a mi lado como salida de la nada. Su piel y su pelo son de color caoba, su intrincado nido de trenzas se enrosca a la moda sobre su cabeza y sonríe con amabilidad.

Entonces, de todas las personas posibles, escucho a Rensa en mi cabeza.

Acepta un consejo. Por una vez, escucha a alguien que sabe más que tú.

—Tengo unos ocho dólares —digo—. Necesito el mejor vestido que pueda comprar.

Me mira de arriba abajo, pensativa.

—¿Y un par de zapatos? —arriesga.

Trago saliva.

—Y un par de zapatos.

Sonríe.

—Voy a enviarte a mi hermana, Hallie. Tiene un pequeño local en el que hace unos vestidos que ni te imaginas. —Saca un lápiz y nos dibuja un mapa en un trozo de papel mientras habla—. Está en una galería subterránea con las luces más bonitas. Hay una pastelería, una joyería, una discoteca muy mona y ella está al final. Dile que te envío yo y te convertirá en un sueño de ocho dólares.

Le da la vuelta al mapa para enseñármelo: la tienda de su hermana no está lejos, pero sí más alejada de los muelles.

—Te llevaré de vuelta a la posada —le digo a Leander después de darle las gracias y marcharnos.

—¿Qué? —protesta—. No, voy a ir a comprar vestidos.

—No podemos permitirnos uno para ti también —le respondo, guiándole a través del mercado, hacia la plaza.

Resopla.

—Bien que me vería, pero quiero ayudarte...

—No necesito espectadores, gracias.

—Debería echar un mejor vistazo a la ciudad —intenta.

—Deberías echar el ancla en la posada y quedarte allí. Es lo que debería haber hecho contigo desde el principio. Es lo que voy a hacer contigo ahora.

Resopla, pero me deja acompañarlo por donde hemos venido. Desembolsamos otros veinticinco céntimos para comprar un periódico en un quiosco al final del mercado nocturno, y Leander lo hojea mientras caminamos. Arranca una hoja que no es más que un anuncio y me da el resto para que lo meta en la bolsa de la ropa que llevo.

—¿Qué haces? —pregunto, abriéndome paso entre la multitud y estirando el cuello para ver.

Sus ágiles dedos lo doblan, lo giran, lo vuelven a doblar. Luego me lo ofrece, tomando la bolsa de las camisas y los pantalones mientras me lo pone en la palma de la mano.

Es un barquito de papel, con las líneas nítidas y las velas desplegadas.

—Es una promesa —me dice en voz baja—. Tu sitio está en el mar. Te llevaremos de vuelta.

De repente, no puedo hablar.

El *Lizabetta* se ha ido, incluso el *Pequeña Lizabetta*. Mi capitana, mi tripulación. Todo lo que tengo se ha ido.

Y ya no estoy tan segura como antes de adónde debería dirigirme. Mañana los chicos se habrán ido, y este barquito de papel será todo lo que tenga.

—Gracias —digo después de aclararme la garganta, y él me ofrece una sonrisa casi melancólica.

—Mi padre solía hacerlos —dice—. Eso me han dicho. Uno de sus amigos me enseñó, y de niño solía doblar cualquier trozo de papel que encontrara. Era como un vínculo con él.

Sé muy bien lo que significa querer tener un vínculo con alguien que ya no está, pero trago saliva, miro el barco y asiento con la cabeza.

—Hacía años que no hacía uno —reflexiona, y ninguno de los dos vuelve a hablar mientras dejamos que la multitud nos lleve hasta la posada.

Allí, me hago la seria y endurezco el tono.

—Ahora, entra, y quédate ahí hasta que pueda dejarte en manos de alguien con algo más que un par de pantalones de segunda mano para ocultarte.

—Mi gloria no puede ocultarse, tanto si la ropa es de segunda mano como si es la más fina…

—Vete, eres un grano en el…

—¡Me voy! —ríe, y yo lo observo hasta que desaparece por el callejón, para volver a subir por la escalera de incendios. Después de todo, nuestro anfitrión está seguro de que nunca nos fuimos. Entonces me doy la vuelta para seguir el mapa unas manzanas en dirección a los salones recreativos, con el estómago revuelto de una forma que no creo que tenga nada que ver con la comida que acabo de ingerir.

La entrada es un conjunto de escalones de piedra que conducen por debajo del nivel de la calle, rematados con un arco de hierro forjado. Mientras desciendo por el pasadizo, me doy cuenta de que las tiendas y la discoteca deben de estar en los sótanos de los edificios de oficinas que hay sobre nosotros. Dan a unos arcos subterráneos pulcramente empedrados, cuyas paredes están iluminadas con luces doradas.

Las letras de cada una de las tiendecitas son doradas, la escritura curvada; este lugar parece de lujo. Hay media docena de personas en el callejón, algunas mirando pasteles y joyas a través de los escaparates, y otras haciendo cola para entrar en la discoteca que hay detrás de una cuerda de terciopelo rojo. El lugar no parece tener nombre, y en la barra donde se balancea un cartel para las tiendas, solo hay un cuadro con un rubí, sujeto en la palma de la mano de una mujer.

La música suena a mi paso, salvaje y juguetona, y a través de la puerta abierta se ven parejas bailando y contoneándose. Sigo de largo hasta la siguiente tienda, en cuyo escaparate pone *Hallie's*.

La chica que está dentro es una versión más rolliza y curvilínea de su hermana del mercado, con la misma piel morena perfecta y trenzas en la cabeza. Lleva un vestido de noche dorado que brilla cuando se mueve por la tienda. Tiene la misma sonrisa amable que su hermana y, cuando me ve en la puerta, levanta un dedo para invitarme a entrar.

—Pareces una chica que necesita algo especial —me dice.

Así que, tragando saliva, cruzo el umbral.

Hallie tarda menos de un cuarto de hora en revolver entre sus apretados percheros de ropa y transformarme.

Le sorprende la franja gruesa y sin forma de mis marcas de maga, y hace una pausa para levantar con cuidado una de mis manos entre las suyas y mirarla más de cerca.

—Esa es nueva —dice con su suave acento mellaceo, y yo apenas resisto el impulso de arrebatarle la mano.

—Alinorense —murmuro.

—No me digas. —No es que no se lo crea, es que tiene curiosidad.

—¿Podemos taparlas? —pregunto en voz baja, con el pecho oprimido.

Me mira a la cara, y lo que sea que ve la hace asentir, comprensiva.

Pronto estoy de pie frente a un espejo mirando a una chica a la que apenas reconozco. Lleva un vestido verde jade de manga larga que le llega hasta las rodillas, con abalorios brillantes que crean un dibujo geométrico que empieza en la cintura y se extiende hacia arriba y hacia abajo. Cuando me muevo, noto el chasquido de las cuentas.

El dorso de las manos también está cubierto con un trozo de encaje de cuentas que Hallie ha cosido con rapidez en cada puño y ha enrollado alrededor de los dedos corazón, como una versión elegante de mis guantes de toda la vida. Cierro las manos en un puño y flexiono los dedos, observando cómo la piel verde se mueve bajo el encaje y cómo la ira y la frustración vuelven a aflorar. Estuve tan cerca.

Pero lo meto en la caja en la que siempre ha vivido y cierro la tapa con clavos. Es lo que tengo que hacer.

—Ese vestido tuvo cuatro dueñas antes que tú —me dice Hallie con satisfacción—. Trátalo bien y te devolveré cinco dólares.

Después, tenemos una gran discusión sobre los zapatos. Los quiero planos. Ella se niega. Al final, la altura del tacón es la mitad de lo que ella quería, pero más de con lo que me siento segura. Al menos tienen una tira delante para que no se caigan.

Me observa con ojo crítico mientras practico cómo caminar por su pequeña tienda, pasando por delante de los percheros llenos de ropa en todos los rincones posibles, cuyos colores explotan ante mí como promesas de mil vidas que nunca llevaré y que definitivamente no quiero experimentar.

—Él te gusta de verdad, ¿eh? —pregunta.

—¿Qué te hace decir eso? —pregunto, practicando cómo doblar una esquina.

—Bueno, o ella. El caso es que una chica viene y se compra un vestido cuando no es lo que suele llevar, por algo será —dice—. Aunque si te sirve de algo, eres lo bastante mona como para despertar a Macean de su siesta con tu ropa de marinera. Ponte un vestido de muerte si quieres, pero no cambies lo que importa.

Sabía que me iba a caer bien.

—Ni hablar —respondo, parando delante del espejo para mirarme una vez más.

Aunque no puedo evitar imaginarme la cara de Leander cuando me vea.

—¿Puedo meter mi ropa vieja en una bolsa? Me pondré el vestido.

Parlotea mientras guardo la camisa, los pantalones y las botas en una bolsa y meto el barquito de papel de Leander entre dos capas de tela para que no se aplaste. Dejo las piedras de cristal de mago que me dio Leander en el bolsillo del pantalón.

Antes de que Hallie me deje marchar, me enseña a trenzarme el pelo en forma de corona, como hacen los lugareños, en lugar de dejarlo suelto sobre la espalda. Me cae bien, es simpática, se ríe y sonríe, y pronto yo también lo hago. Me resulta imposible que seamos enemigas.

Cuando me ha aplicado un poco de producto rosa en los labios y las mejillas y ha metido el tarro en mi bolsa para mañana, estoy más que preparada para la misión. Tengo buen aspecto, aunque parezca otra persona.

Hallie silba cuando me doy la vuelta para salir por la puerta y yo le guiño un ojo por encima del hombro. No son solo los tacones nuevos los que me hacen mover más las caderas al andar, y me paso una mano por las cuentas verdes de la parte delantera, sonriendo al sentirlas bajo mi tacto.

La música sigue saliendo a borbotones de la discoteca sin nombre y, al pasar, vuelvo a echar un vistazo a través de la puerta, dejando que mi mirada recorra a la gente que baila. Se mueven como una sola persona, cada uno a su manera, pero todos al mismo ritmo.

Ahora parezco una de ellos. En un cuarto de hora me he transformado en una mellacea, en el tipo de chica que va a los clubs, en el tipo de chica que mañana irá directa a la puerta de una embajadora.

Entonces me fijo en una figura en particular y me detengo tan rápido que casi tropiezo con mis tacones nuevos. Está entre la multitud de gente que baila, con una copa en alto en una mano, moviéndose y riéndose con los demás.

Pero no puede ser, porque lo he llevado a la posada de la Casa de Sal hace menos de media hora. Sin embargo, mientras me quedo mirándolo, con la boca abierta, en el fondo sé que es imposible que me equivoque. Podría distinguirlo entre cualquier multitud.

El príncipe Leander de Alinor está bebiendo y bailando en un club mellaceo.

Por los siete infiernos, voy a partirle el cuello.

LEANDER

◆

Ruby Red
Puerto Naranda, Mellacea

E
n casa no tenemos nada que se parezca a esto, y no se
me permitiría estar aquí si lo tuviéramos.

La música es divertida y salvaje, la pista de baile está
abarrotada y todo el mundo se mueve al compás del ritmo
como una bestia con muchos cuerpos. Hay una bola que cuelga del techo cubierta de fragmentos de un espejo, y pequeños
puntos de luz blanca se arremolinan sobre nosotros como un
cielo lleno de estrellas que pasan a toda velocidad, como si
incluso los cielos se moviesen al compás del ritmo que nos
rodea.

Aquí llevan los trajes y vestidos más espectaculares, pero
me abrí paso hasta el hombre de la puerta con mi camisa informal y pantalones, complementado con un guiño y una sonrisa. En el mundo, dondequiera que esté, una fiesta es una
fiesta, y yo me siento como en casa.

Mientras me uno a la gente que baila, bebo de la copa a la
que me ha invitado un chico guapo con un chaleco muy favo-
recedor, y me arde todo el camino que hace hasta las tripas,
luego me hormiguea. Le entrego mi vaso a una chica con una
bandeja llena de vasos vacíos, y un grupo de gente riendo me
acoge en su círculo y me enseña a bailar claqué y a saltar con
los movimientos que todos conocen.

Subiendo las escaleras de este club subterráneo, la ciudad está al borde del abismo, hay protestas ante la embajada de mi país, un puerto lleno de barcos que son registrados y sometidos a impuestos. Todo para preparar una guerra que yo podría haber evitado.

Detrás de mí hay una cadena de muertes que nunca podré expiar, amigos y marineros e inocentes quemados hasta la muerte, fusilados, ahogados. Soy irredimible, y siempre lo he sabido. Y ahora que hemos aminorado la marcha, he tenido tiempo de volver a enfrentarme cara a cara con ese conocimiento.

Pero este lugar está libre de preocupaciones, y voy a sumergirme en él hasta que todo desaparezca. Voy a refugiarme en un momento de alivio, aunque sea lo único que consiga. Lo necesito con desesperación.

Si hay algo que sé hacer es esconderme de las responsabilidades, y este es el lugar perfecto para intentarlo.

Alguien me pone la mano en el hombro y me giro, dispuesto a bailar con ellos, y entonces… oh-oh.

Es Selly.

Oh… *oh*.

Es Selly, y está espectacular. Lleva un increíble vestido verde cubierto de cuentas brillantes, cada una de las cuales brilla mientras las estrellas de los espejitos giran a su alrededor. Lleva el pelo recogido como una corona de oro y nunca he visto nada igual.

A juzgar por su expresión, puede que sea lo último que vea.

Al menos, eso sigue igual. No estoy seguro de haberla reconocido si no me hubiera mirado con el ceño fruncido.

—¿Qué demonios estás haciendo? —me pregunta, me agarra del brazo y me aparta del círculo de gente que está bailando para llevarme al borde de la multitud. La luz resplandece en su vestido con cada movimiento.

—Aprender sobre las tradiciones y la cultura de Puerto Naranda —grito por encima de la música—. Recopilando información de inteligencia.

—No reconocerías la inteligencia ni aunque se te acercara e intentara entrar por la fuerza a través de tus oídos hasta el hueco donde debería estar tu cerebro —suelta, con los ojos verdes iluminados por la ira.

El tono de su voz, el brillo de sus ojos... algo se agita en mi corazón y, de repente, me invade el deseo insano de besarla, de perderme en ella. Estoy a punto de rodearla con los brazos, pero, conteniéndome con una especie de templanza que no sabía que poseía —no soy tan idiota—, consigo alcanzar su mano.

—¿Bailas conmigo? —le pregunto. Le ruego—. Mañana me habré ido.

—Solo si tengo suerte —responde, apartando los dedos de mí con las mejillas sonrosadas por la furia. Al menos supongo que es furia.

Dios, ¿y si no es la furia lo que la hace sonrojarse?

Debería dejarlo estar, pero la bebida está calentándome las venas, y he dormido demasiado poco y he sentido demasiado dolor, y me está presionando en el pecho, volviéndome imprudente.

—¿Te da igual que no volvamos a vernos? —pregunto antes de que pueda darle más vueltas.

Su rostro se queda inmóvil y un poco de la cólera se desvanece, pero no me contesta.

—A mí no me da igual. Es otra cosa más de las que puedo soportar ahora mismo. ¿Bailas conmigo? —Le tiendo la mano—. Considéralo mi última petición.

La mira como si le fueran a salir dientes y fuese a morderla.

—No sé cómo hacerlo. —De repente, como si una cámara enfocara hacia otra posición, veo cómo cambia la irritación de sus facciones.

Selly está asustada.

¿Selly? Mi Selly, ¿asustada por una pista de baile?

Me dan ganas de agarrarle la mano, pero dejo la mía extendida, esperando. Con esperanza.

—Puedo enseñarte.

—Le... Maxim, ¿qué estás haciendo? —responde, un latido demasiado tarde, vuelve a la frustración. Por un momento, vi cómo me miraba. Como si se estuviera dando cuenta de algo, tratando de entenderlo. Tan pronto como está ahí, desaparece, pero estoy seguro de haberlo visto.

Pruebo un par de los pasos de claqué y balanceo que me enseñaron mis nuevos amigos y le lanzo una sonrisa.

—Esto.

Sus manos se cierran en puños y se acerca un paso para poder hablar sin gritar.

—¿No...? ¿No sabes lo que depende de ti? ¿Cómo puedes estar en un club nocturno?

Nuestras miradas se cruzan, la música fluye a nuestro alrededor, las luces brillan en su vestido y el ardor de mis entrañas vuelve a instalarse como si nunca hubiera desaparecido. Con él llega mi propio brote de ira, que se eleva en una ola para ocupar el lugar de ese repentino e insoportable deseo de sentirla entre mis brazos.

—¿Que no sé lo que depende de mí? ¿Crees que podría olvidarlo? ¡Los veo cada vez que cierro los ojos, Selly!

—Y sin embargo aquí estás, bailando. Estaba empezando a considerarte un ser humano más honesto.

Me mata que, después de todo lo que hemos pasado juntos, vuelva a verme como siempre me han visto mis hermanas: un desperdicio de espacio y privilegios. Me mata que probablemente tenga razón.

Me encojo de hombros, mantengo la máscara en su sitio y, aunque se me hace un nudo en la garganta, la música atronadora es suficiente para disimular el cambio en mi voz.

—Bueno, ese fue tu primer error.

Respira hondo, su columna se endereza y yo reacciono.

—¿Querías conocer a tu padre? ¿Qué pensaría si pudiera verte ahora?

Doy un paso atrás, el aire abandona mis pulmones. El estruendo de la música se desvanece. Las luces giratorias de la bola de espejitos se desvanecen en los bordes de mi campo de visión.

—Creo que se llevaría una gran decepción —susurro, medio confiando en que el ruido lo cubra, y medio demasiado conmocionado para que me importe.

Pero ella lo oye. Se queda inmóvil. Parece como si acabara de dispararme sin saber que iba a apretar el gatillo.

Separa los labios y abre los ojos.

—No, yo…

—No lo sientas —la corto—. No te disculpes. Tienes razón. Y es mi culpa, todo. Yo soy el culpable de que estén todos muertos. Yo soy la razón por la que esta guerra está… Yo soy la razón. Es culpa mía.

Y eso es de lo que estaba huyendo esta noche. De eso y de saber que pronto dejaría atrás lo único que me ha ayudado a sobrevivir: esta chica que ve a través de mí, que entiende quién soy. He estado tan centrado en nuestra pelea que esta noche me he dado cuenta de que pronto nos separaremos y no volveré a verla.

Hace apenas una hora le he hecho un barquito de papel para recordarme lo inevitable que es que nos separemos, pero quiero aferrarme a ella, tomarle la mano, disfrutar de sus insultos, saber que estará ahí para apoyarme.

Pero ella no quiere eso. ¿Cómo podría, después de que le haya costado todo lo que conocía y amaba? Si yo fuese ella, querría que me marchase.

—Por mi culpa están todos muertos —vuelvo a decir, más bajo.

Y no sé qué estaba haciendo intentando huir de eso, pero eso es lo único que siempre he sabido hacer.

Y habría sido tan agradable bailar con ella esta noche.

Seguimos mirándonos a los ojos, apenas oigo la música, apenas veo las luces. No puedo apartar la mirada de ella, y así veo el momento exacto en que se desmorona, con mis palabras resonando entre nosotros.

Están todos muertos.

Durante un instante, todo lo que ha estado escondiendo en su interior se refleja en sus ojos, y luego está en mis brazos. No sé si la he buscado yo o ella ha venido a mí, pero estamos juntos, aferrados el uno al otro como hicimos con el *Pequeña Lizabetta*.

Yo soy su bote salvavidas y ella es el mío. Los sollozos sacuden su cuerpo y la abrazo con fuerza, arropándola contra mí.

Esto es de lo que he estado huyendo. No solo de lo que hice, sino de lo que le costó a ella.

Ninguno de los dos habla, la banda cambia de canción y la multitud de la pista de baile sigue un nuevo ritmo. El chico del chaleco que me invitó a la copa me saluda por encima del hombro de Selly y levanta su copa en un irónico brindis. Cree que se ha perdido mi compañía esta noche. Tiene razón, pero no de la forma que él cree.

No puedo ni quiero dejarla ir. Así que la abrazo, y ella solloza en mi hombro, huir aquí esta noche me parece tan insensato, tan desesperado como ella ha dicho que era. Porque no hay ningún lugar al que pueda ir que me permita esconderme de lo que he hecho.

Y mañana estaré en el barco de la embajadora, y ella se habrá ido.

Transcurren un par de canciones antes de que levante la cabeza, y ahora las luces brillantes atrapan las lágrimas de sus mejillas, que centellean como los abalorios de su vestido, como las luces de la bola de espejos. Le paso el pulgar por el pómulo con delicadeza, por las pecas, para quitarle las lágrimas.

—Lo siento —dice sorbiendo las lágrimas, reacia a levantar la vista y mirarme a los ojos.

—El que tiene que disculparse soy yo. —Inclino la cabeza hasta que nuestras frentes se tocan, manteniendo la voz baja—. Nunca será suficiente. —La verdad de eso se apodera de mí.

La veo recomponerse, la veo decidida a tomar las riendas de sí misma una vez más y guardárselo todo. Es tan fuerte. Solo tengo un segundo antes de que vuelva tras sus escudos. Y quiero tanto…

—¿Puedo besarte? —susurro antes de pensármelo mejor.

Se le entrecorta la respiración, levanta la cabeza para encontrarse con mi mirada y se queda inmóvil entre mis brazos. El momento se prolonga una eternidad mientras las luces juegan con su rostro.

—Leander —murmura—. No puedo.

El nudo que se me forma en las tripas se convierte en un dolor físico, y sé que, ahora mismo, la máscara no puede ser lo bastante buena.

—Claro. No debería… Tú no quieres…

—No —dice enseguida. Su mano, apoyada en mi brazo, se tensa. De repente, mi conciencia desciende por el brazo hasta la piel que se somete a las yemas de sus dedos bajo mi manga. Traga saliva, vacila, sus mejillas se oscurecen. Sus ojos y sus labios se oscurecen—. Sí que quiero.

Su voz, apenas audible por encima de la música, resuena en mis oídos. No puedo moverme, una conmoción tangible me recorre. Esperanza, anhelo, deseo… se me enredan en la garganta, como caballos empujándose al comienzo de una carrera. Y entonces la consternación los alcanza y se apodera de todo.

—Si quieres, entonces, ¿por qué no podemos…?

—Solo lo hará peor —dice con rapidez—. Mañana.

Quiero discutir, pero tiene una expresión en la cara que me recuerda lo mucho que ya ha perdido. Una madre que la abandonó al nacer. Un padre que navegó hacia el norte y la dejó atrás. El barco que era su hogar, y la tripulación que era su gente… todo se ha ido.

Todas las personas y todas las cosas a las que ha intentado amar se han ido, y por la mañana yo también lo haré. Cuando le hice aquel barquito de papel y le prometí que pronto tendría uno de verdad, una parte de mí esperaba que lo rechazara, que dijera que quería otra cosa. Fue una idea absurda, incluso para ser un sueño.

Se lo he quitado todo y no tengo derecho a pedirle nada más. Lo único que le queda es el mar, y no se lo voy a quitar también.

Así que busco la sonrisa que todos conocen tan bien y la llevo de vuelta a donde debe estar.

—Bueno, estás impresionante, y no deberíamos desperdiciarlo. Déjame enseñarte un baile, y luego volveremos a la cárcel.

Sonríe y me agarra las manos. En el dorso de las mías están grabados los intrincados diseños que marcan mi magia, en el de las suyas las gruesas rayas verdes que marcan su falta de ella, ocultas bajo el encaje verde a menos que sepas que están ahí. Pero ella está mirando su vestido brillante, moviéndose para que las cuentas brillen a la luz.

—Pensé que te gustaría más así.

Me muero por inclinarme y besarla, por sentir sus labios sobre los míos. Pero me conformo con estrechar sus manos. Y con la verdad. Porque no se trata del vestido. Esta versión de ella es hermosa, pero no es quien es ni quien quiere ser.

—En realidad —digo, encontrándome con sus ojos verdes—, me gustas más con sal en la piel.

SELLY

◆

Ruby Red
Puerto Naranda, Mellacea

A hora mismo, lo único que quiero es dar un paso al frente, enredar las manos en su camisa y besarlo hasta que deje de hablar.

Pero eso no es para mí, él no es para mí.

—Muy bien, zalamero —digo, apartando la mirada de él y observando los cuerpos en la pista de baile—. Vamos, la canción está cambiando. Un baile y te hartarás de que te pise los pies.

Dejo que me lleve a la pista de baile, con los dedos entrelazados; hace apenas una hora, en el mercado nocturno, esto me parecía tan extraño, pero ahora es como si hubiéramos salido de los confines del puerto y estuviéramos en mar abierto, sin nada que se interponga en nuestro camino. Es más sencillo. Aunque no actuemos en consecuencia, ambos sabemos lo que sentimos.

Leander se detiene tan de repente que choco contra él, rodeándole con un brazo para mantener el equilibrio con estos ridículos zapatos.

—¿Qué pasa? ¿Es esta canción demasiado…? —Mis palabras se apagan al ver su cara.

Está mirando fijamente a un chico que está cerca de la barra. Creo que acaba de entrar por la puerta trasera del personal y estaba hablando con uno de los camareros, pero él también se ha quedado parado, congelado en el sitio. Leander parece haber visto un fantasma, y el otro chico también, con la boca abierta por la sorpresa.

Es delgado, de complexión extraña, pelo negro corto, piel bronceada, ojos oscuros, labios carnosos. Guapo, pero cauto. Un segundo nos mira fijamente, al siguiente retrocede hacia la puerta y, cuando choca contra ella, se sobresalta.

—Jude —dice Leander, arrastrándome con él mientras se abre paso entre la multitud en los bordes de la pista de baile.

El chico llamado Jude no tiene adónde ir a menos que desaparezca por la puerta que tiene detrás, y hay algo que parece impedirle abrirla. No va vestido como la gente elegante que baila en el club, sino como la gente de la calle, con una camisa informal y una gorra de lana con visera, lleva un broche con una pequeña joya de color rojo en la solapa, como la del cartel de fuera. Me parece que he visto uno de esos broches antes, pero no sé dónde. Mira a Leander con la boca abierta y mueve la cabeza despacio.

—Jude, por los siete infiernos, ¿dónde has estado? —le pregunta Leander cuando llegamos a él.

—Aquí —responde el chico, sin aliento—. ¿Dónde más iba a estar?

—¿Cómo que «dónde más iba a estar»? —Leander sigue mirándolo como si intentara creer que es real, pero por muy contento (si esa es la palabra correcta) que esté de ver a este chico, está claro que el sentimiento no es mutuo.

Jude vuelve a negar con la cabeza, metiéndose las manos en los bolsillos, pero no sin antes ver que le tiemblan.

—Yo… ¿qué haces aquí? —Parece a punto de decir «Su Alteza», pero reprime las palabras. Parece querer vomitar.

—No estoy aquí —responde Leander—. Nunca lo he estado, no lo estaré mañana. Jude, ¿sabes lo que hice para intentar encontrarte? Fui a casa de tu madre en Kirkpool, pero me dijo que te ibas a mudar, así que le dejé unas cartas.

—¿Qué hiciste qué? —pregunta Jude despacio.

—Dijo que te las daría —dice Leander, pasándose una mano por el pelo—. Pero cuando no respondiste, volví, y los dos os habíais mudado. Hice que el capitán de la guardia de la reina te buscara. Fui a ver a la esposa de tu padre. Me habría echado si no fuese quien soy.

—Mientes —dice Jude, con cara de estar aún peor—. Ninguno de vosotros... no.

—¿Por qué iba a...? Mira, no deberías estar aquí —dice Leander—. Habrá una guerra... tienes que volver a casa. Podemos arreglarlo, tú...

—No puedo —dice Jude tajante, sacándose una mano del bolsillo y acercándose a la manilla de la puerta—. Olvídate de mí. Te aseguro que nunca te he visto.

—Jude, yo...

—Tienes que irte. —Jude le corta, con la voz baja, intensa—. Tienes que irte ahora mismo. Vete de la ciudad. —Con un movimiento rápido abre la puerta, sale por ella y la cierra de golpe.

En un segundo, Leander va tras él, pero cuando intenta girar el picaporte, ya está cerrada.

—¡Jude! —grita, golpeándola—. ¡Jude, vuelve aquí!

—Para —siseo, agarrándolo del brazo—. La gente va a acabar fijándose. —El chico con el que Jude estaba hablando en el bar ya nos está mirando. Lo fulmino con la mirada hasta que se da la vuelta y toma un vaso para sacarle brillo.

Leander se gira para mirarme.

—Selly, tengo que...

—¡No, no tienes! Ha dicho que no.

—Pero no puede... —Se interrumpe, sacudiendo la cabeza, y su desconcierto hace que me duela el pecho.

—¿Quién es? —pregunto, con más calma.

—Fuimos juntos al colegio —dice despacio—. Es un amigo. Un amigo que no sabía que estaba en Puerto Naranda.

—Para ser un amigo, no parecías gustarle mucho. Entre Keegan y él, empiezo a preguntarme si a alguien de tu escuela le caías bien.

—Yo también —murmura, pero solo me escucha a medias.

—¿Le dirá a alguien que te vio?

Leander niega con la cabeza.

—Nunca —responde, y luego hace una pausa—. Aunque yo hubiera dicho que él nunca se creería que abandoné.

—¿Lo hiciste?

—Claro que no. Simplemente desapareció un día, es difícil ayudar a alguien que no puedes encontrar.

—Tiene que haber algo más —insisto con voz suave, intentando averiguar cuánto rencor le guarda Jude.

Leander inclina la cabeza y apoya la mano en la puerta como si pudiera atravesarla.

—Jude llevaba el apellido de su madre en la escuela: era Jude Kien. Su padre era lord Anson, pero la madre de Jude no era la esposa de lord Anson.

—Ah.

—Sí. Cuando su señoría murió, no les dejó nada a Jude ni a su madre. No sé si fue a propósito o un accidente, pero lady Anson no estaba por la labor de ayudar; nunca le había gustado que su marido pagara los estudios de Jude.

—¿Así que Jude tuvo que dejar la escuela?

—Un día desapareció sin más —responde, impotente—. Lo intenté todo para encontrarlo. Le di cartas a su madre... ¿por qué no iba a dárselas?

—Las familias son complicadas —murmuro, y suena como una excusa débil incluso cuando la digo.

—Me habría asegurado de que se quedara en la escuela, de que tuviera un lugar adonde ir, si hubiera sabido dónde encontrarlo —dice Leander con pesar—. Pero desapareció.

Parece tan perdido, y me duele verlo así. También puedo imaginar lo enfadado que puede estar Jude, si piensa que Leander le abandonó justo cuando lo perdió todo.

—Siento que huyera. Pero tenía razón en una cosa. Deberíamos irnos, no es seguro estar aquí. Puedes decirle a la embajadora que trate de encontrarlo, que lo lleve en un barco a casa, pero…

Cierra los ojos.

—Tienes razón. Sé que la tienes. Pero hace dos años que no lo veo, Selly. Lo he intentado por todas partes. No lo entiendo. ¿Por qué ha cerrado la puerta?

Deslizo mi brazo por el suyo y hago que se mueva. Es extraño tocarlo así, como si tuviera permiso, pero tampoco resulta extraño. Me siento muy cerca de estar bien, aunque sé que nunca lo estaré.

—Los problemas de uno en uno —digo, intentando parecer seria—. Volvamos a la posada.

Recogemos la bolsa con mi ropa vieja de detrás de la barra y salimos por delante del hombre de la puerta y subimos las escaleras hasta la calle.

Leander sigue sumido en sus pensamientos, con el brazo entrelazado con el mío mientras caminamos. Pero no puedo evitar mirar hacia atrás por encima del hombro cuando giramos hacia los muelles una vez más.

Keegan lleva el alivio escrito en la cara cuando volvemos, y no para de hacer preguntas sobre Puerto Naranda: sobre lo que vimos en el mercado, sobre lo que se rumorea en la ciudad. Leander le habla de Jude y le da el periódico, y supongo que no haber leído ninguna palabra nueva en los dos últimos días le ha dolido, porque Keegan lo abre de un tirón para absorberlas como si estuviera sediento y fuesen agua fresca.

Dimos bastantes vueltas, y miré hacia atrás antes de meternos en el callejón para subir por la escalera de incendios; estoy segura de que no nos siguieron desde el club. Pero con ese miedo inminente detrás de mí, todo lo demás vuelve a aflorar. El dolor del cansancio detrás de mis ojos. La conciencia de dónde está Leander en cada momento y de si está mirando hacia mí.

—Deberíais dormir —dice Keegan sin levantar la vista—. Di una cabezadita mientras no estabais, así que la cama está libre.

Leander y yo echamos un vistazo a la cama al mismo tiempo, y aunque lo dejamos claro cuando alquilamos la habitación, sigue habiendo una larga, larga pausa mientras pensamos en esas palabras. La cama. Solo una.

Levanto la mirada a tiempo para encontrarme con la suya y noto que el rubor me calienta las mejillas.

—Por favor, por favor, no me hagas ser todo un noble y ofrecerme a dormir en el suelo —dice, y aunque su tono es cómicamente suplicante, hay algo más en sus ojos oscuros, y no estoy segura de entender qué es.

—Claro que no —digo automáticamente—. Estás demasiado mimado. Lo haré yo.

—Yo...

—Voy a lavarme la cara —anuncia Keegan, doblando el periódico y llevándoselo mientras prácticamente desaparece por la puerta de nuestro pequeño lavabo. En su tono se percibe un fuerte pero tácito mensaje en el que dice «solucionadlo antes de que vuelva».

—Selly —dice Leander, tratando de ser razonable y bajando la voz con la débil esperanza de tener algo de intimidad, aunque la puerta del lavabo es fina—. Vamos a la cama. Mantendré las manos quietas. Me dijiste que querías que lo hiciera.

Resoplo, porque le he dicho que no quería, pero no voy a decirlo en voz alta. En lugar de eso, asiento con la cabeza.

—Date la vuelta.

—¿Qué?

—No voy a dormir con este vestido. Date la vuelta mientras me cambio.

Gira sobre sus talones obediente y una parte de mí se siente decepcionada de que no haya protestado. *No puedes tener las dos cosas, chica.*

Me quito con cuidado el vestido y los zapatos nuevos y lo doblo sobre el respaldo de una silla. Vuelvo a buscar el barquito de papel y lo acomodo para que no se aplaste ni se arrugue.

Leander mira obediente hacia la pared, pero sé que es tan consciente como yo de cada pequeño ruido que hago: cada susurro de la tela, cada cambio de equilibrio de un pie a otro.

Alcanzo los pantalones con sal incrustada que me puse en el *Lizabetta* y les doy la vuelta entre las manos. Noto el peso de las piedras de cristal en el bolsillo, un recordatorio de algo en lo que me niego a pensar ahora. Esta noche ya he hecho bastante, ya me he enfrentado a bastante. De todas formas, no puedo dormir con esto puesto, está demasiado tieso.

Así que me pongo mi camisa arrugada de color crema, me la abrocho y me meto bajo las sábanas. Nunca había escondido mi cuerpo, pero tampoco había tenido a nadie a mi alrededor tan interesado en mirarlo.

—Ya puedes darte la vuelta.

Leander se da la vuelta y se sienta en el borde de la cama, agachándose para desatarse las botas. No habla, y no se me ocurre nada que decir, y no es hasta que se endereza de nuevo que vuelve a mirar por encima del hombro.

—¿Sobre las sábanas o debajo?

Me ablando.

—Debajo —murmuro, estoy segura de que vuelvo a sonrojarme. La corona de trenzas que Hallie me hizo en el pelo sigue ahí, así que me pongo a deshacerla y eso me da algo que hacer mientras él se pone a mi lado y se acomoda.

Y luego nos quedamos tumbados, los dos con la mirada clavada en el techo manchado de humedad, escuchándonos respirar y dándonos cuenta de lo increíblemente cerca que estamos. Al menos eso hago yo.

—Keegan se está tomando su tiempo —observa al cabo de un par de minutos.

Le echo un vistazo y su sonrisa irónica me está esperando, y un poco de la tensión que se ha ido acumulando en mi pecho se deshace. Es solo Leander.

—Es difícil culparlo.

Nos quedamos en silencio, pero sigo siendo muy consciente de lo cerca que está, de todos los pequeños movimientos que hace y de cómo me pega las sábanas al cuerpo. Bastaría el más mínimo movimiento para girarme hacia él, y él captaría esa señal en un instante. En un suspiro, estaría entre sus brazos. Pero me quedo donde estoy, y él también.

Pensé que pasaría la noche en vela sabiendo que él estaba allí, pero el cansancio empieza a invadirme, tan cálido como la manta bajo la que estamos acurrucados, y no me deja margen para mucho más: ni para la rabia que me hirvió la sangre cuando crucé el club hacia él, ni para el dolor cuando le dije que no podía besarme, que no debía besarme. Sin embargo, no adormece el hecho de saber que mañana se habrá ido, y no quiero que sea así como pasemos nuestro último tiempo juntos, en silencio, sin hablar de nada. Así que sin pensar en lo que voy a decir, hablo; y me asalta una pregunta. Una pregunta para la que de repente creo saber la respuesta.

—¿Leander?

—¿Mmm?

—El día que nos conocimos, en los muelles. ¿Qué hacías acechando detrás de una pila de cajas?

Se queda un rato callado.

—Escapar —dice al final.

—Como esta noche. —Es una afirmación, no una pregunta.

—Supongo que sí —acepta—. A veces… es mucho, todo.

—¿El qué?

—No me malinterpretes —murmura—. Hay gente peor que yo, lo entiendo. Pero tener todos los ojos puestos en ti, en cada momento de tu vida… es como estar en una jaula. Tengo todos los privilegios de formar parte de mi familia, pero también todas las expectativas. Hay muy poca libertad, y como tercer hijo tengo muy pocas posibilidades de hacer algo real con mi vida.

Suelto una risita suave e involuntaria.

—Bueno, apuesto a que lamentas haber deseado hacer algo.

—Si tan solo hubiera sabido antes que podía hacer realidad deseos —responde, y aunque intenta hacer un chiste, hay algo melancólico en su voz.

Sin pensarlo, deslizo la mano hacia la suya bajo las sábanas. Nuestros dedos meñiques se rozan y él se queda quieto el tiempo suficiente para asegurarse de que no ha sido un accidente, creo. Pero muevo la mano un poco más y entrelaza sus dedos con los míos tan rápido, tan fuerte, que es como si se estuviera agarrándome para sobrevivir.

—Buenas noches —susurro.

—Buenas noches, Selly.

Aunque estoy cansada, no creo que me duerma. Pero en un abrir y cerrar de ojos me quedo dormida, con los dedos entrelazados con los suyos.

JUDE

◆

Taberna de Jack el Guapo
Puerto Naranda, Mellacea

M e abro paso a empujones por la puerta de Jack el Guapo, casi sin saber cómo llegué aquí, y el rugido de la multitud se eleva para abrazarme.

—Esta noche no te toca —me dice el hombre de la puerta. Me mira y luego estudia una lista mugrienta que tiene en una mano. Levanta la vista y vuelve a mirarme, fijándose en mi expresión—. ¿Quieres subir al ring?

Y entonces lo comprendo, por esto es por lo que mis pies me llevaron a la taberna, al ring de boxeo.

—Sí —digo con voz ronca, desabrochándome ya la camisa.

Debería haberme quedado. Debería haber hablado con Leander.

Debería haberle preguntado, haberle suplicado, para que me ayudase. Si decía la verdad acerca de intentar encontrarme cuando nos fuimos, ahora me habría ayudado.

Pero lo único en lo que podía pensar era en: *La ayudé a matarte. ¿Por qué no estás muerto?*

Y en mi cabeza una voz más dulce y persistente decía: *Podrías entregarlo ahora mismo y todos tus problemas se acabarían.* Porque resulta que ese es el tipo de persona que soy.

Pero con la culpa quemándome por dentro, en lugar de pedir ayuda, en lugar de advertirle de los sabuesos que le seguían el rastro, eché a correr.

Y ahora, cuando el monstruo de la multitud ya brama a mi alrededor, me dirijo a grandes zancadas hacia el cuadrilátero y hacia la única forma que conozco de dejar de pensar.

No me merezco lo que me ha ofrecido.

Pero no puedo soportar saber que he renunciado a ello.

KEEGAN

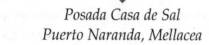

Posada Casa de Sal
Puerto Naranda, Mellacea

L a plaza del muelle de Puerto Naranda nunca duerme,
pero ahora está más tranquila, su actividad se reduce
a aquellos cuyos recados no pueden esperar a la mañana.

Un grupo de marineros lleva su cargamento hacia el muelle más cercano, sin duda con la intención de zarpar aprove-
chando la marea. Un par de guardias de la ciudad patrullan a
un ritmo lento por los confines del espacio. Marineros somno-
lientos se dirigen hacia sus barcos: observo que se mueven en
grupos. Quizá siempre lo han hecho, o quizá sea la tensión
que se respira aquí lo que les hace hacerlo.

Las cortinas de nuestra habitación están corridas, mis compañeros duermen en la cama, rendidos por el cansancio. Poco
a poco se han ido girando el uno hacia el otro, y ahora duermen con las cabezas juntas, como si se susurraran secretos.

Yo también debería estar durmiendo —podría hacer una
cama en el suelo—, pero, aunque me duele la cabeza por el
cansancio, no consigo conciliar el sueño.

Así que, en su lugar, me meto por debajo de la cortina
para colocarme en el lado opuesto, apoyar el periódico en el
alféizar de la ventana y leer junto a las luces de la plaza. Es
una vieja costumbre. Llevo toda la vida leyendo a la luz de la

luna, ya sea en el dormitorio de la escuela o cuando estaba en casa. Me tranquiliza, y nunca falla a la hora de hacer que mi cabeza o mi corazón vayan más despacio.

No hay nada en el periódico que Leander y Selly han traído que hable de la flota del progreso o del príncipe perdido de Alinor, aunque hay muchas menciones a Alinor: se habla de comercio, de política, se informa de insultos fabricados. Supongo que pasarán uno o dos días más antes de que la flota de Leander haga su primera parada; tendría sentido dar a Leander toda la ventaja posible hacia el sacrificio antes de que se descubriera su ausencia.

Sin embargo, no pasará mucho tiempo antes de que los titulares tanto aquí como en casa —de hecho, en todo el continente— griten que el príncipe Leander ha muerto.

Entonces dos naciones se prepararán para la guerra. Alinor en venganza por el ataque a su flota, pues solo puede haber un sospechoso en semejante crimen.

Mellacea también reunirá a su armada, en apariencia como respuesta a las amenazas de Alinor, pero en realidad como culminación de una acumulación que lleva en marcha más de un año.

Las palabras de la portada del periódico que sostengo lo confirman.

El Primer Consejero Tariden visita la Casa de Macean

En Alinor, la reina Augusta dirige la nación: cuenta con un grupo de ministros y consejeros, cargos electos cuyos consejos acepta a menudo y sacerdotes que hablan en nombre de la iglesia. Sin embargo, al final, ella es quien tiene la última palabra sobre cualquier tema.

Aquí, en Mellacea, sus líderes son elegidos, pero el verdadero poder reside en otra parte. Por eso el primer edil viaja para consultar a las hermanas verdes.

En Alinor, al menos la mujer que gobierna el país es honesta al admitir que lo hace. La primera entre las hermanas verdes no puede decir lo mismo.

Me pregunto si en la Biblioteca habrá periódicos internacionales. El envío tardaría un poco, claro, pero sería interesante ver los mismos acontecimientos desde distintos puntos de vista. Si no, quizá pueda importarlos yo mismo.

La mera idea de estar allí, de ver la gran biblioteca, de asistir a clases en las legendarias aulas, de debatir y aprender entre estudiantes de todo el mundo... es un sueño por el que he luchado y, de un modo u otro, voy a conseguirlo. Puede que ahora esté metido en la política mundial, pero la Biblioteca es independiente, intocable: por algo alberga el mayor Templo de la Madre que existe. Al igual que todos sus hijos están presentes en sus templos, en la Biblioteca todos son bienvenidos y dejan sus conflictos en la puerta.

Antes de ver nada de eso, debo pensar cómo explicaré el retraso de mi llegada, porque sin duda me perderé la primera parte del semestre, y no puedo decirles la verdad.

Creo que es razonable esperar que la embajadora me embarque hacia allí, pero si no, tengo mi collar, aunque preferiría usarlo para mis gastos hasta que consiga una beca o un trabajo como tutor. Con un poco de suerte, Leander se acordará de pedirle a alguien un pasaje para mí antes de que nos separemos.

Como si mi mención lo invocase, la cortina que tengo a mi lado se mueve y aparece el príncipe.

—Qué casualidad encontrarte aquí —murmura, apoyándose en el alféizar de la ventana.

No respondo de inmediato. Nunca hemos sido amigos, el príncipe Leander de Alinor y yo. Él no era el peor en la escuela, pero nunca se esforzó por ayudarme.

De hecho, aún recuerdo la primera vez que nos vimos, aunque dudo que él lo recuerde.

Estaba en la biblioteca, sentado contra la pared entre dos estanterías altas, con un libro apoyado en las rodillas. Tenía doce años, así que sin duda estaba pasando la hora del almuerzo con un tratado de geografía, seguramente algo de Freestone.

El príncipe acababa de llegar y caminaba con una pandilla de otros estudiantes, todos ellos peleándose por enseñarle el lugar. Pasaron por el extremo del pasillo donde yo estaba sentado y uno de ellos, un chico de hombros anchos llamado Hargrove, me miró por casualidad. Nuestros ojos se cruzaron y, mentalmente, le insté a que siguiera avanzando, mientras yo me mantenía quieto.

«¡Cuidado! —gritó, y me dio un ataque cuando todas las cabezas se volvió hacia mí—. ¡Un devorador de libros!»

«No te acerques —dijo alguien detrás de él—. ¡Podría contagiarte algo! Nunca se sabe dónde ha estado».

En todas partes, quería decir. *Y en cualquier sitio. Ese es el objetivo de los libros.*

Hargrove me enseñó los dientes desde el final del pasillo y me estremecí.

«Los gusanos no muerden —dijo con una sonrisa—. No tienen dientes».

Pensé en aconsejarle que un gusano cuchillo de Petronia tenía unos dientes lo bastante afilados como para devorarlo hasta las tripas, si se comía un trozo de pescado o de carne de caza con uno dentro. Pero ya había aprendido a guardarme mis propios consejos, en lugar de enfrentarme a mis compañeros.

«Sé valiente —dijo Leander desde detrás de él. Incluso a su edad, tenía un tono muy seguro, siempre con una leve sonrisa, como si se supiera un chiste y tú tuvieras que estar desesperado por participar en él. Al principio pensé que se dirigía a mí, pero luego continuó—. Estoy seguro de que todos sobreviviréis a la fauna local».

Y así, sin más, el príncipe puso su sello de aprobación a mi exclusión.

Era consciente de que era torpe, de que tenía las extremidades demasiado largas, de que estaba demasiado pálido por la falta de sol y de que ya desconfiaba demasiado del mundo. En aquel momento, estaba claro que allí nunca habría sitio para mí.

Cuatro años más tarde, cuando teníamos dieciséis, abandoné la lucha de desiguales y presioné al director para que sugiriera a mis padres que aprendiera en casa, con tutores. Aunque me alegró que accediera, la rapidez con que lo hizo me desanimó un poco y no hizo más que confirmar mis propias preocupaciones.

Ahora, Leander reclama mi atención con un susurro, uniéndose a mí para mirar hacia la plaza de abajo.

—Siempre pensé que ser parte de la historia sería diferente.

—Has sido parte de la historia toda tu vida —señalo—. ¿Tienes algo con lo que escribir?

No contesta, pero se escabulle al otro lado de la cortina y vuelve con la cartera que contiene su diario familiar. Saca un lápiz y me lo entrega.

Aliso un trozo de periódico y dibujo una cuadrícula para una partida de Destinos Trallianos, luego coloco algunas de las piedras de cristal de colores brillantes que ha comprado esta noche en el puesto del mago en lugar de las velas que seguro que preferiría.

—En realidad no formo parte de la historia —dice tarde, volviendo a nuestra conversación anterior—. Augusta sí; incluso Coria, porque sus hijos serán los herederos. ¿Yo? Ni siquiera soy el repuesto. Una vez que haya hecho este sacrificio, que, debo añadir, no es precisamente una hazaña: todo lo que tenía que hacer era sentarme en un barco, visitar el templo de una diosa con la que me llevo muy bien, y deslizar un cuchillo por la palma de mi mano, no es lo que se dice una tarea exigente, aunque he encontrado la manera de fracasar. Una vez hecho esto, ¿qué me queda por hacer? ¿Esperar un cuarto de siglo para el siguiente?

Coloco la última piedra en su sitio y le hago un gesto con la cabeza para que empiece. Mueve una hacia delante y vuelve a hablar en voz baja por respeto a Selly.

—Lo que digo es que esto es diferente. Si lo hacemos bien, la historia cambiará. Nosotros tres evitaremos una guerra.

—Eso es cierto —coincido—. Sin embargo, el trabajo duro ya está hecho. Sobrevivimos al ataque y llegamos a Puerto Naranda. Mañana solo queda la última y más mínima parte de nuestro viaje.

—Me relajaré cuando todo haya terminado —murmura.

—Es justo. ¿Selly está dormida?

—Sí. Me ha robado la almohada. —No parece estar molesto.

—Es extraño pensar que nunca hubiéramos llegado a conocerla a bordo del barco —digo, llevando mi propia piedra hacia delante—. Si todo hubiera salido bien.

—No había pensado en eso. —Hace su jugada, y yo hago la mía antes de volver a hablar.

—Te importa.

Eso le toma por sorpresa y me mira, con la guardia baja de una forma que no es lo normal en él.

—No tengo inclinación por el romance —digo, en respuesta a su pregunta no formulada—. Eso no significa que mi capacidad de observación me falle.

En silencio, hacemos una pausa en el juego mientras vemos a un par de hermanas verdes cruzar la plaza y desaparecer entre las sombras. Veo a un grupo de guardias de la ciudad vigilándolas, más de lo que habría creído necesario a estas horas de la noche, pero con las constantes discusiones entre capitanes y oficiales, quizá no. Todo está en vilo.

Los guardias observan a las hermanas verdes cruzar la plaza, inclinando la cabeza con respeto cuando una de las dos mujeres se acerca. No consigo imaginarme cuáles pueden ser sus asuntos a estas horas, cosa que no hace más que subrayar lo poco que sé sobre la religión de Mellacea y, de hecho, sobre su dios, Macean.

—Sabes —digo, mirando como las mujeres desaparecen por una esquina—, los sacerdotes y sacerdotisas de casa pueden llevar uniformes militares, pero no son ni de lejos tan intimidantes como las hermanas verdes.

—Responden a una jerarquía —contesta Leander—. Que responde a una diosa, una diosa del orden, la Guerrera y luego la Centinela. ¿A quién responden las hermanas verdes? Su dios está dormido, e incluso cuando estaba despierto, Macean era el Jugador, el dios del riesgo. ¿Quién sabe lo que les diría que hicieran si estuviera aquí?

—Sinceramente, espero que nunca lo averigüemos —respondo, para disimular mi pequeña sorpresa ante semejante visión por parte de Leander. Sigo subestimándole. Por otra parte, empiezo a ver que se ha esforzado mucho para que todo el mundo lo haga.

—¿Crees que Jude dirá algo? —pregunta el príncipe, cambiando de tema y volviendo a la partida que teníamos entre manos. Me contó su encuentro con nuestro antiguo compañero de clase cuando regresó, más alterado de lo que habría esperado.

—¿A quién se lo diría? Creo que es razonable esperar que incluso si es hostil, se tomará la noche para considerar la mejor manera de utilizar la información. Y por la mañana estaremos a salvo con la embajadora.

—Supongo que sí. —No parece muy aliviado—. Ojalá no hubiera escapado.

—Opino lo mismo.

—¿Es así? —pregunta después—. ¿En tus libros de historia?

—¿Qué quieres decir?

—En las historias, los héroes siempre tienen propósitos, están seguros de lo que tienen que hacer. Yo solo estoy cansado y preocupado por diecisiete cosas a la vez.

Considero la pregunta.

—Cuando uno lee relatos en primera persona de personajes históricos, me refiero a las fuentes originales, no a las versiones documentadas de manera oficial, en su mayoría son como nosotros. Están cansados, hambrientos, asustados. Pero decididos.

—Supongo que eso es cierto respecto al diario —asiente—. Mi abuela suena mucho menos señorial de lo que era de anciana.

—Ahí lo tienes, pues. —Coloco otra piedra en su sitio, rodeando sus piezas.

—Podrías haberte ido —dice en voz baja—. Cuando desembarcamos, podrías haber tomado ese collar y estar en un barco rumbo a la Biblioteca ahora mismo. A más tardar, en uno que saldría mañana por la mañana.

—Lo sé —digo en voz baja—. Aunque si comienza una guerra, incluso la Biblioteca se verá afectada, sea neutral o no. Y piensa en su ubicación: no hay mayor recordatorio en el mundo de lo que está en juego que las Tierras Áridas. Que las ruinas de la ciudad sobre la que está construida la Biblioteca.

Me mira de reojo, evaluándome.

—Es cierto —termina accediendo.

Nunca me ha importado lo que el príncipe piense de mí, pero me siento obligado a aclarar mi posición.

—Más allá de eso —digo—, habría sido un error.

—¿Por Alinor? No creía que fueras patriota.

—Por ti —respondo, moviendo otra pieza.

—Ah. —Frunce el ceño mirando el tablero—. Suelo ganar a Destinos Trallianos.

—Quieres decir que los demás te dejan ganar —le corrijo—. Deberías haber jugado conmigo antes.

Sigue estudiándome, con el ceño fruncido, como si yo fuera un texto muy complejo. El escrutinio no me resulta especialmente cómodo y busco un tema distinto. Pero antes de que encuentre algo de provecho, habla.

—Tienes razón. Debería haberlo hecho. Keegan, te debo una disculpa. Más de una. No es muy agradable estar aquí ahora, pensando en lo poco que merezco tu lealtad. Siento no haber sido mejor contigo en la escuela. Siento no haberte tratado con el respeto que mereces.

No sé qué decir. He perdido la cuenta de las veces que he compuesto discursos en mi cabeza, a altas horas de la noche. De las veces en las que he insultado a mis compañeros, haciéndoles pedazos por las humillaciones que me han hecho sufrir. Por la forma en que me marginaron. Por la forma en que me dejaban cuestionándome todo lo que hacía, sin saber nunca qué era lo correcto.

Pero de todas las respuestas que imaginé, cuando pronuncié esos discursos en mi cabeza, ninguna llegó a ser como esta.

No digo nada durante tanto tiempo que se muerde el labio y me doy cuenta de que cree que su disculpa ha sido rechazada.

Debo decir algo, esté pulido o no.

—El motivo por el que me fui de casa para ir a la Biblioteca fue porque vi la oportunidad de elegir quién iba a ser —pruebo—. En lugar de vivir siendo la persona que otros querían que fuera. Sin embargo, la persona que me gustaría ser ha cambiado con los años. No puedo negarte la misma oportunidad que me gustaría tener a mí.

Me recibe con una expresión familiar: suele significar que alguien está descifrando mis frases para encontrarles sentido.

—Eso han sido muchas palabras, Keegan —dice al final.

Vuelvo a intentarlo.

—Lo que quiero decir es que me interesa más quién eres ahora, y quién te gustaría ser, que quién eras.

Asiente, y vuelve a asentir. Y ambos nos quedamos en silencio un rato, observando de nuevo la actividad de la plaza.

—Y coincido —añado, tras esa pausa—. Es muy extraño imaginar que estamos haciendo historia. —Veo una forma de disminuir la tensión y decido arriesgarme a hacer una broma; tal vez sea el cansancio lo que me hace ser tan tonto—. Espero que cuando nuestros papeles entren en los anales, al menos escriban mi nombre correctamente en los libros de historia. La gente suele omitir la *e* final de Wollesley, y es tedioso a más no poder.

Me recompensa con una suave carcajada mientras sacude la cabeza.

Resulta sorprendentemente agradable hacer sonreír a alguien.

SELLY

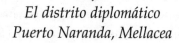

El distrito diplomático
Puerto Naranda, Mellacea

Trenzarme el pelo así me pareció mucho más fácil cuando Hallie me enseñó cómo se hacía, y me duelen los brazos, pero ya lo tengo recogido en una de las coronas enroscadas que les gusta llevar aquí. Me unto la sustancia rosa en los labios, me froto un poco las mejillas y me deslizo con mucho cuidado en el vestido.

Guardo mi barquito de papel junto al corazón, aunque es una sensación agridulce. Es lo único en el mundo que es realmente mío, a pesar de que me lo hizo el chico del que no quiero separarme, como promesa de que se asegurará de que pueda marcharme. Pronto Leander me encontrará un barco de verdad, y él trazará su propio rumbo en otra dirección.

Esta mañana, la plaza del muelle estaba alborotada. Empezó con una discusión sobre una confiscación a un barco alinorense, la tripulación siguió al capitán del puerto a lo largo del muelle, gritando protestas que atrajeron a otros, y a partir de ahí se convirtió en un huracán ante nuestros ojos.

Para cuando llegó la guardia de la ciudad y se llevó al capitán alinorense de allí, estábamos más seguros que nunca de que ni Leander ni Keegan podían arriesgarse a ser reconocidos en la embajada, sobre todo si lo que había dicho la chica del puesto de los magos sobre las protestas era cierto. Así que me tocará a mí, a mí sola.

Levanto el pequeño trozo de espejo de la pared, lo inclino para estudiarme, y el efecto no está nada mal. No estoy segura de poder despertar a Macean de su largo sueño, como dijo Hallie —de hecho, espero que no pueda—, pero quizás pueda hacer que se dé la vuelta mientras duerme, desde el ángulo correcto.

Paso los dedos por las brillantes cuentas verdes, cosidas con esmero en un patrón de estrellas que empieza en mi cintura y se extiende hacia los costados, captando la luz con cada movimiento. Nunca he tenido nada igual. Nunca lo volveré a tener.

Me abrocho los zapatos y salgo a nuestra habitación, donde Leander está tumbado en la cama y Keegan sentado en una de las dos sillas, todavía pegado al periódico.

Lo baja despacio, me mira por encima de las páginas, considera mi aspecto y aprueba el disfraz con un gesto de la cabeza. Leander se incorpora y se da la vuelta para ver lo que está mirando Keegan, y no se molesta en ocultar cómo me recorre con la mirada, repitiendo sin palabras su oferta de la noche anterior.

Podría inclinarme, apoyar una rodilla en el borde de la cama, empujarlo hacia atrás y rozar mis labios con los suyos. Me dejaría.

Pero dentro de unas horas se habrá ido, así que me arrastro por el borde de la cama hasta la puerta.

—No os metáis en líos —consigo decir, y salgo corriendo.

Cuanto más me alejo de los muelles, menos segura de mí misma me siento.

Puerto Naranda es diferente de otros lugares que conozco, incómodo en formas que no sabía que un lugar podía ser.

Hay cosas insignificantes que creía que estaban en todas partes: el aroma de la sal en la brisa, la luz del sol en lo alto. Siempre han sido el telón de fondo de mi vida, y de repente han desaparecido. Estoy desorientada y, a medida que me adentro en la ciudad, se desvanecen por completo y todo me resulta extraño.

Aquí, los edificios son tan altos que forman cañones por los que camino, siempre a la sombra. Una vez estuve en un barco que atravesaba una serie de esclusas, y este lugar está haciendo que ese recuerdo aflore a la superficie.

Las esclusas estaban situadas en un río estrecho, con muros elevados a cada lado. Cada vez que entrábamos en una nueva sección, se levantaba una compuerta que nos retenía mientras la maquinaria gigante trabajaba y el agua entraba para elevarnos a un nuevo nivel. Luego avanzábamos a la siguiente sección y repetíamos el mismo proceso. Era como subir un tramo de escaleras, de escalón en escalón.

Me sentí encerrada, con el barco atrapado de una forma que nunca lo estaba cuando navegaba.

Ahora me siento igual.

La ciudad de Kirkpool es toda de piedra dorada, pero, aunque Puerto Naranda es de la piedra gris oscuro de sus montañas, el lugar es más colorido. Carteles brillantes adornan los edificios, invitando a todo el que pasa junto a ellos a comprar de todo, desde limpiabotas a sombreros nuevos, pero nadie interrumpe su camino.

Los hombres llevan pantalones y camisas, y las mujeres, vestidos que caen hasta las rodillas. Son como pájaros hermosos y coloridos que visten tonos de joyas: rojos profundos, verdes intensos, el azul del océano cuando está de humor juguetón; y los colores resplandecen bajo sus voluminosos abrigos. Finjo ser una de ellas, pero estoy segura de que todo el mundo se da cuenta de que no lo soy.

Recuerdo que mi padre me dijo una vez que Mellacea no tenía mucha tierra de cultivo, aunque no entendí lo escasa que era hasta que Leander me explicó que este lugar había sido tallado en roca sólida por un Mensajero de antaño. Pa dijo que el mayor activo de los mellaceos estaba entre sus orejas, y que por eso se habían convertido en la ciudad de la invención.

Estoy acostumbrada al mar abierto, a los lugares que puedo señalar en un mapa y a la mercancía que puedo tocar. Aquí ni siquiera puedo ver el sol entre los edificios para comprobar la hora o fijar el rumbo.

Lo único que sé es que el reloj sigue avanzando y que tenemos que salir de la posada antes del mediodía, porque no tenemos otros veinticinco dólares para una segunda noche.

Me estremezco por la brisa fría al pasar por delante de la que debe de ser la iglesia más grande de toda la ciudad. Los pilares de la fachada están pintados de negro, pero a diferencia del dios al que rinde culto, este lugar no duerme.

Las hermanas verdes, algunas de ellas magas, encienden las antorchas que bordean las escaleras que conducen a la gran entrada del templo. Otras están de pie, listas para dar bendiciones, y los mismos transeúntes que ignoran las ofertas de los que lustran zapatos y venden sombreros nuevos, se detienen para recibir a las hermanas verdes y sus bendiciones sin dudarlo. Me detengo un momento a observar, y las grandes puertas de la entrada se abren, dejando salir a los fieles de la misa matutina. Los fieles salen a centenares y yo me apresuro a seguir adelante, apretándome la mano contra el corazón antes de darme cuenta de lo que hago: tocar el lugar donde llevo escondido dentro del vestido el barquito de papel.

Pronto estaré otra vez en un barco, y lejos del chico que lo hizo.

El distrito diplomático está ubicado en una zona acomodada de la ciudad, las embajadas en un gran círculo que rodea un jardín público con árboles, despliegues de flores e incluso un lago decorativo. Es mucho terreno para un lugar que no tiene mucho. En el extremo más alejado del jardín, se ha levantado una valla alta alrededor de un grupo de tiendas de campaña, y personas vestidas con ropas de colores brillantes entran por una puerta. Creo que es una especie de fiesta.

Vehículos y carros tirados por caballos se abren paso a lo largo de la carretera que divide las embajadas del parque situado en el centro, y no tengo que seguirla durante mucho rato antes de ver la bandera de Alinor ondeando frente a un edificio cercano: azul zafiro, con una lanza blanca atravesándola.

Debajo, dos miembros uniformados de la guardia de la reina permanecen en guardia. Sin embargo, solo puedo verlos porque están en lo alto de la escalinata; frente a ellos, a ras de suelo, hay montones de personas esparcidas a lo largo del camino fuera de la embajada. Los manifestantes.

La guardia de la reina mira fijamente hacia delante, como si no fuese consciente de la multitud que se agolpa frente a ellos, vestidos con una mezcla de colores oscuros y boinas de obrero y los colores brillantes de los ricos. No es una multitud que suela mezclarse con tanta libertad, pero ahora todos miran en la misma dirección y sus gritos se convierten en un rugido.

Dos hombres se precipitan escaleras arriba, y uno de los miembros de la guardia de la reina cruza con elegancia para atrancar la puerta de la embajada, su cara es como una nube de tormenta. Casi más rápido de lo que mi vista puede seguir, levanta un brazo para bloquearlos y se agacha cuando uno de ellos lanza un puñetazo, y entonces los hombres vuelven a caer, engullidos por la multitud, mientras el guardia de la reina intercambia una larga mirada con su compañero y vuelve a su posición.

Ya he visto disturbios en el puerto, en tabernas y aduanas. Este todavía no está listo para estallar, pero puedo percibir la posibilidad en el aire, como la electricidad estática que precede a una tormenta. Lo único que hace falta es una chispa.

Gracias a Barrica que los chicos no están aquí. Una cosa sería hacerlos pasar por ojeadores en ventanas lejanas, espiando en nombre de Mellacea. Otra cosa es imaginarlos caminando entre una multitud furiosa.

Entraré yo sola. Tengo los códigos de Leander, una lista de cuatro palabras que identificarán mi mensaje como si procediera de él. Pertenecen en exclusiva a Leander y a sus dos hermanas, la reina Augusta y la princesa Coria. Cualquier mensaje que entregue con esas palabras en la secuencia correcta me garantizará una audiencia. Pero ¿cómo voy a hacerlo?

No puedo abrirme paso entre la multitud y exigir entrar para entregar un mensaje secreto que solo entenderá la embajadora. Los guardias de la entrada no sabrán el código, y si todos lo supieran, ¿de qué serviría?

Pero tampoco puedo quedarme aquí para siempre.

Mientras estoy allí de pie, evaluando a los manifestantes, las puertas de la embajada se abren y salen varios guardias de la reina con sus uniformes azul zafiro.

Están escoltando a una figura entre ellos, y cuando la multitud la ve, sus gritos aumentan. Casi la confundo con otro miembro de la guardia (también va vestida de azul), pero entonces consigo verla bien.

No lleva uniforme, sino un vestido brillante, resplandeciente y de lo más glamuroso. Es bonito a la vista, pero no sirve para luchar. La guardia de la reina la conduce escaleras abajo, apartando a la multitud, hasta un coche que la espera.

Espera, ¿esa es la embajadora? Oh, que los espíritus me salven, por la forma en que la rodean, tiene que ser ella.

La puerta del coche se cierra de golpe y, cuando el elegante vehículo negro se adentra en el tráfico, antes de que pueda siquiera pensarlo, me pongo a correr.

Por los siete infiernos. Debería haberme quedado con las botas y los pantalones.

Pero el miedo me oprime el pecho mientras el coche se adentra en el tráfico.

¿Hasta dónde podré seguirlos, y quién me verá salir corriendo detrás de la embajadora? ¿Qué voy a hacer si se me escapa?

Unos segundos después, me cuesta respirar —todavía estoy muy cansada—, pero cuando el pánico amenaza con apoderarse de mí, el coche empieza a frenar como a un tercio de la circunvalación.

Cuando para, me detengo a cierta distancia, cruzo la calle para refugiarme en la entrada de un callejón y observar. La embajadora sale del coche con su lustroso pelo negro brillando al sol y las cuentas de su vestido captando la luz, y se une al grupo que se dirige hacia la valla provisional y las tiendas que vi antes. Estaba evitando a los manifestantes, eso es todo. Atraviesa las puertas y se detiene para dar lo que supongo que es una invitación para que la revisen.

Su coche se aleja una vez está a salvo dentro de la fiesta, y yo me quedo mirándola fijamente.

Tengo el destino del mundo en mis manos y la embajadora que me tiene que ayudar a salvarlo está en una fiesta al otro lado de la valla.

Por lo que a mí respecta, bien podría estar en Holbard con mi padre, al otro lado de las tormentas invernales.

Pero no tengo tiempo para pensar así.

Respiro más despacio e intento serenarme como me enseñó a hacer Leander durante mi catastrófico intento de comunicarme con los espíritus. Necesito pensar.

«Dales una cosa grande en la que fijarse y no se fijarán en nada más», me dijo. No creo que ese sea el consejo apropiado. Puedo ser todo lo llamativa que quiera: si no tengo una invitación, no voy a entrar.

¿Qué más dijo? Cierro los ojos y busco su voz. «Nadie espera verme aquí. La gente rara vez ve cosas que no espera ver».

Levanto las pestañas y me permito esbozar una pequeña sonrisa.

Lo tengo.

En un par de minutos confirmo que tenía razón sobre la valla. Se trata más de mantener alejados a los intrusos ocasionales que de detener a alguien que esté realmente decidido.

Trazo un camino entre los árboles, buscando la parte menos vigilada de la barrera. En cierto punto atraviesa el lago decorativo y, si pudiera permitirme el lujo de hacerlo empapada, nadaría por debajo.

Pero al final encuentro un hueco y hago una pausa para subirme el vestido hasta medio muslo y poder moverme con más facilidad. Doblo las rodillas y salto para agarrarme a las ramas más bajas del árbol que hay junto a la valla, oculto a la vista desde el interior por la tienda de campaña color blanco en la que guardan la comida.

Me impulso y me subo con la misma facilidad que si estuviera trepando por las jarcias, las hojas brillan a mi alrededor. Ojalá supiera cómo decirles a los espíritus que se queden quietos, pero no me ofrezco voluntaria a otro desastre. En lugar de eso, bordeo la rama, diciéndome a mí misma que no son más que los árboles. No es la distancia al suelo lo que me pone tan nerviosa. Es lo que encontraré cuando llegue.

Me dejo caer en el hueco entre la valla y la carpa y me recoloco el vestido, esperando a que el corazón deje de latirme con fuerza. No lo hace, así que salgo de todos modos, como si fuera la dueña del lugar, y casi me choco con un camarero que lleva una bandeja llena de champán. ¿En serio, gente? ¿A estas horas de la mañana?

No obstante, acepto una cuando me la ofrece, y luego otra. Hay menos posibilidades de que alguien me hable si parece que voy a llevarle una copa a un amigo. Me recuerdo a mí misma: *Nadie tiene motivos para sospechar que no deberías estar aquí. No verán lo que no esperan ver, y no esperan a una intrusa. Esto es lo que haría Leander. Espero. O ahora mismo estaría sufriendo un infarto, ¿quién sabe?*

Los invitados se arremolinan como gaviotas en busca del mejor tentempié, para ellos estoy segura de que son los cotilleos, pero para mí son las bandejas con trocitos de comida que veo pasar, arrepintiéndome de los vasos que tengo en las manos.

Aquí todo el mundo observa a los demás, intentando averiguar quiénes son y lo que valen. Tengo que moverme rápido antes de convertirme en el misterio de alguien.

Aquí también hay dos hermanas verdes, y todo el mundo se arremolina alrededor de ellas como el agua alrededor de las rocas, cediéndoles el paso a medida que se mueven por la fiesta.

Las dos visten las mismas túnicas verdes sencillas que las hermanas de los templos, pero no creo que estén aquí porque sean hermanas normales. La que supongo que es la mayor tiene el pelo negro y liso y se mueve con tanta agilidad que parece ir sobre ruedas. Mientras la observo, rechaza el ofrecimiento de una copa e inclina la cabeza para saludar a un grupo de mujeres que se le han acercado.

Las mujeres van vestidas como si fueran un joyero, todas de rojo, azul, verde y dorado, con brazaletes que tintinean en sus muñecas y cintas entrelazadas entre sus trenzas. Pero cada una de ellas levanta las manos y se las lleva a la frente, tapándose los ojos mientras saluda a las dos hermanas.

Me da un vuelco el corazón cuando veo a la embajadora delante, hablando con dos damas elegantes. Parece relajada, con la cabeza echada hacia atrás riéndose. ¿Cómo puede hacer eso cuando estamos casi en guerra?

Es una mujer alta con una sonrisa afable y el pelo largo y negro recogido de la misma forma que el mío; supongo que

Hallie sabe de moda. Me acerco al trío con aire desenfadado y me pregunto cuál es la mejor forma de llamar su atención. No voy a sorprenderla sola, eso está claro. Hay una asistente cerca, una chica morena de rostro amable y franco, con hoyuelos cuando sonríe. Cuando uno de los acompañantes de la embajadora se marcha, la chica hace pasar a otro para que ocupe su lugar, gestionando con destreza el flujo de tráfico.

El sol se abre paso por el cielo mientras espero, y el champán se me calienta, y sé que estoy en plena cuenta atrás hasta que alguien se fije en mí. Sigo esperando llamar la atención de la embajadora, aunque no creo que sepa cuál es la expresión facial que debo poner para: *tengo que entregarle un mensaje de alto secreto, venga por aquí.*

Sin embargo, noto que el tiempo que me queda se me escapa entre los dedos, así que cuando un hombre con un traje de corte fino la abandona y se queda sola con un acompañante, me abro paso en el hueco, imitando lo mejor que puedo a una gaviota.

—Disculpe —empieza a decir la asistente, avanzando—. Me…

—Embajadora, le he traído una bebida —digo, ignorando por completo a la chica y esbozando una sonrisa radiante que estoy segura de que más bien parece que estoy mostrándole los dientes. Por si fuera poco, le muestro los dientes al único acompañante que le queda a la embajadora—. Déjeme robársela un momento.

—Me temo… —vuelve a empezar la asistenta, pero la embajadora levanta una mano para detenerla.

Se me cierra la garganta, el corazón me late con fuerza, mientras me deja que le ponga una copa de champán en la mano y la agarre por el codo para medio guiarla, medio empujarla.

Es una verdadera diplomática, apenas parece enfadada, y no me tira la bebida encima, que sería lo que yo haría si estuviese en su posición. En lugar de eso, muestra una expresión educada.

—Me temo que no…

La interrumpo.

—Mis palabras clave son *arquero*, *eternidad*, *diamante*, y *sal*.

Se queda inmóvil. Pero esta mujer es buena, porque apenas dura un latido y luego levanta la copa para beberse un sorbo de champán caliente.

—Esas han sido sustituidas —dice en voz baja.

—¿Qué han qué?

Alza una ceja.

—Esas palabras —dice—, han caducado.

Siento que el suelo cede bajo mis pies. No. No he sobrevivido a un ataque, a un naufragio, a un viaje imposible a un puerto enemigo sin mapa, he lidiado con un príncipe malcriado y con la alta costura para que todo sea en vano.

La miro a los ojos, me inclino hacia ella y bajo la voz.

—Se suponía que la persona que me las dio iba a estar en el mar durante un tiempo, Embajadora. Debió perderse las nuevas.

Veo que mis palabras la impactan y bebe otro trago de champán.

—¿Se suponía? —repite.

—Así es, señora. Escúcheme bien.

Se queda callada y el ruido que nos rodea se desvanece mientras me presta atención.

—La escucho.

—Bien. Porque he tenido los peores días de mi vida, y sé algo que podría iniciar una guerra. Así que por qué no se acerca a la valla, donde nadie pueda oír, y se lo cuento todo.

LEANDER

◆

Posada Casa de Sal
Puerto Naranda, Mellacea

S oy como un animal en una trampa, a punto de roerme
mi propia pierna para escapar de nuestra habitación e
ir tras ella.

Llevo haciendo el mismo recorrido por la moqueta gasta-
da, moviéndome cada segundo desde que Selly se fue, pasando una mano por el papel pintado descolorido. Apenas hay
espacio para pasar al final de la cama, pero ya lo he convertido en un arte.

Keegan ha vuelto a colocar las sábanas en su sitio y está
sentado encima de ellas, leyendo el diario de mi familia. No
me pareció mal dejárselo. Después de todo, cuando escriba
mis propias entradas, él formará parte de ellas. Ha leído el
diario varias veces, y nunca volverá a tener la oportunidad de
sostener un documento histórico como este.

Me detengo junto a la ventana. Mantenemos las cortinas
echadas, pero a través de un resquicio puedo ver un poco de la
ajetreada plaza. Es extraño ver a los marineros, los comerciantes y la gente de la ciudad seguir con sus quehaceres a medida
que avanza la mañana, sin saber que en la habitación de arriba
se está haciendo historia. Que el mundo está cambiando.

Debería escribir en el diario; mis antepasados lo utiliza-
ban para documentar sus viajes de ida y vuelta a las islas, y

nunca ha habido uno como el mío, así que creo que debería escribir algo. ¿Por dónde empezar?

¿Por el chico que yace en la cama leyendo el mismo diario que me preocupa? ¿Por una descripción de esta habitación? ¿Una lista de los que han muerto hasta ahora? ¿Mis reflexiones sobre Jude, en algún lugar de la ciudad con mi nombre en los labios, por razones que no entiendo?

¿Por Selly?

No sabría qué escribir sobre ella, aparte de que hace tiempo que dejé de estar preparado para que cruzara la puerta.

Tal vez que rodearla con mi brazo cuando nos registramos para alojarnos aquí fue diferente a las veces que lo he hecho antes, con otras personas.

Quizá que no quería soltarle la mano en el mercado, casi no podía. Quizá porque estaba espectacular en la pista de baile, y aún más en la cubierta de su barco.

Tal vez porque desde que me dijo «no sé quién eres, pero no tengo tiempo para ti» en los muelles de Kirkpool, y se escondió conmigo entre las flores encima de una pila de cajas, he estado esperando a ver qué hacía a continuación.

Siempre he sabido que el amor no estaba entre mis planes, y nunca me ha importado: mis dos hermanas están felizmente casadas con parejas políticas. Pero eso significó que nunca me interesara por nadie. Era la forma más segura de evitar decepciones. Y no soy tan estúpido como para pensar que estoy enamorado de una chica a la que solo conozco desde hace unos días.

Pero me pregunto si, al dejarme llevar por la corriente todos estos años, me estaba perdiendo algo.

Y si ahora es demasiado tarde para encontrarlo.

—Media hora —vuelvo a decir, girándome para mirar a Keegan—. Media hora para ir andando al distrito diplomático. Incluso si se perdió, media hora es mucho. Tendría que haber vigilado la puerta principal durante diez minutos y luego presentarse. Si decía que tenía un mensaje urgente para la embajadora, entraría rápido, así que diez minutos más para hablar, y luego el paseo de vuelta. Va con mucho retraso.

Keegan no levanta la vista del diario mientras responde:

—Se me ocurren varios maestros de escuela que estarían profundamente sorprendidos de oír que tienes una noción tan firme del paso del tiempo.

Resoplo, pero me arranca una sonrisa cargada de tensión, y al final me detengo para apoyarme en la pared e inclinar la cabeza hacia atrás para estudiar el techo manchado por la humedad.

Mi conciencia se extiende para registrar la reconfortante presencia de los espíritus que están cerca. Los afilados espíritus de fuego danzan alrededor de las llamas que consumen lo que queda de carbón, moviéndose con la urgencia propia de su especie. Aparecen enseguida cuando se enciende una llama y desaparecen con la misma rapidez cuando se apaga. Siempre me ha parecido que quieren aprovechar al máximo el tiempo que hay entre medias.

Los espíritus de aire flotan con suavidad en el aire cálido, más calmado. Sigo recordando lo que le dije a Selly cuando los buscó. *Se pregunta. No se lo mandas.* Pero ella se lo mandó. En los pocos días que hace que la conozco, he tenido tiempo de darme cuenta de que, al menos cuando está en el mar, a nuestra marinera le resulta más fácil dar instrucciones que recibirlas.

Pero ¿por qué la han ignorado todos estos años? ¿Por qué la tratan de forma diferente?

El misterio me fascina, me atormenta, y deseo resolverlo con desesperación. ¿Cómo podré hacerlo si ella ya no está?

Tal vez, dice una vocecita en el fondo de mi mente, *podría ser una excusa para pedirle que se quede.*

Tal vez diría que no, respondo, deseando ser más valiente.

Sin embargo, los espíritus no pueden hacer mucho por ninguno de los dos, por muy bien que se lo pida. Llevo toda la mañana rezando a Barrica para que me guíe y me ayude, pero la sabiduría sólida aún no ha llegado. No sé si me oye; suelo sentir mucho más su presencia, pero en las tierras de Macean está callada. O tal vez mis ruegos están obrando en favor de Selly en algún lugar ahí fuera. Nunca se sabe.

Por ahora, rozo con la mente a los espíritus y los atraigo a mi alrededor como el consuelo de una manta. Aprender a conocerlos es un hábito, esté donde esté. Los espíritus se agitan en el pasillo, pero antes de que pueda hablar, llaman a la puerta. Keegan y yo nos quedamos inmóviles.

Entonces, la voz de Selly suena en el pasillo, cantarina y alegre.

—¡Guapo, ya estoy en casa!

Cierro los ojos, hundiéndome en el alivio. Keegan cierra mi diario familiar y se incorpora, bajándose de la cama para abrir la puerta y dejarla entrar. Se apresura a entrar y cierra la puerta tras de sí; lleva una bolsa de papel que huele a azúcar y a algo delicioso.

No me doy cuenta de que estoy conteniendo la respiración hasta que sus labios se curvan y esbozan una sonrisa.

—¿La has visto?

—La he visto —responde—. Ha funcionado. Estará aquí en media hora, dispuesta a verte para asegurarse de que no le estoy contando una historia absurda de las profundidades. Luego te llevará a la embajada en coche y te mantendrá allí hasta que consiga un barco para esta noche. —Sonríe más y levanta la bolsa—. Y me ha dado dinero para un aperitivo. He traído masa frita cubierta de azúcar que tenéis que probar. Voy a quitarme este vestido y volver a ponerme algo cómodo, pero aseguraos de dejarme algo.

Keegan se acerca para quitársela, pero yo me quedo mirándola, inmóvil ante la magnitud de lo que acaba de ocurrir.

Y entonces no puedo evitarlo: cierro la brecha que nos separa con dos pasos rápidos y la estrecho entre mis brazos.

Ella no se resiste, me rodea la cintura con los suyos, se acurruca contra mí y me estrecha con todo el sentimiento para el que no tiene palabras.

—Selly, gracias —susurro. Me quito un peso de encima y se me saltan las lágrimas. Me siento tan ligero que podría flotar hasta el techo.

Media hora más. La embajadora vendrá. Y esto habrá terminado.

Encontraré la manera de volver a ver a Selly. Lo solucionaré. Tengo que hacerlo.

Pero estamos a salvo.

Lo logramos.

LASKIA

◆

Restaurante Skyline
Puerto Naranda, Mellacea

Estoy sentada en un taburete en un extremo del mostrador de madera pulida de la cafetería, con el hombro apoyado en la pared. Tengo los rizos recogidos bajo una boina con visera y la cabeza gacha, pero con Dasriel en el taburete de al lado, estoy a salvo de las miradas.

Siempre siento un picor entre los omóplatos cuando no estoy en el territorio de Ruby, y cada vez que suena la campana de la puerta, también lo hacen mis nervios.

—Vamos a llegar tarde —murmuro, tamborileando con los dedos sobre la encimera, con las uñas posándose en rápida sucesión.

Tap-tap-tap-tap.

Tap-tap-tap-tap.

Dasriel se encoge de hombros y se come su tercer trozo de tarta metódicamente. Recoge las migas con mucho más esmero del que su enorme corpulencia podría sugerir, y los tendones del dorso de la mano se flexionan bajo las marcas verdes de mago.

—¿Cómo puedes quedarte ahí sentado sin más? —siseo, manteniendo la voz baja.

Vuelve a encogerse de hombros.

—Matarme de hambre no va a hacer que se dé prisa. O viene o no viene.

Aprieto los dientes con tanta fuerza que lo noto en las sienes, pero a él no le afecta.

Sé por qué se queda conmigo. Ruby me lo asignó como guardaespaldas hace años, cuando empecé a trabajar para ella. Ahora todo el mundo nos ve como a una pareja. A Dasriel no le caigo muy bien, pero su reputación está ligada a la mía, y él lo sabe. No podría irse, aunque quisiera.

Dejo de dar golpecitos con el pie en el reposapiés del taburete y me quedo mirando mi trozo de tarta sin tocar, intentando contener la rabia que me invade.

Cómo se atreven. ¿Cómo se atreven?

Yo les llevé la idea. Me ensucié las manos, no, no me las ensucié, me las llené de sangre, me las empapé, ¿y ahora Ruby y Beris creen que pueden prescindir de mí?

—No va a venir —murmuro a la vez que empujo mi plato hacia Dasriel, que lo pone sobre el suyo vacío y empieza con mi tarta.

—Tal vez sí —dice, sin prisa.

—No. Me voy a la iglesia.

Necesito rezar, dejar que los cánticos que conozco me calmen lo suficiente como para poder pensar con claridad. Puede que la hermana Beris me haya traicionado, pero mi dios sabe lo que es que te nieguen lo que te corresponde, y aunque esté dormido, le contaré mis frustraciones y…

Me deslizo del taburete.

—Vamos.

—Todavía no —dice Dasriel en un tono amable, señalando con la cabeza nuestros reflejos en el espejo de detrás del mostrador.

Sigo su mirada y veo cómo sus ojos recorren la sala… y ahí está ella, de pie junto a la puerta, echando un vistazo a la cafetería con algo desmedido en los ojos.

La asistente de la embajadora.

Ve a Dasriel y viene corriendo hacia nosotros, abriéndose paso entre un par de comensales que se marchaban y una pareja. Lleva un vestido azul pálido con un dobladillo que le llega hasta las pantorrillas y los rizos sujetos con una diadema de joyas. Parece que viene directa de una fiesta.

No me molesto en andarme con rodeos.

—¿Qué es? ¿Qué tienes?

Sacude la cabeza y veo que está jadeando: ha venido corriendo. Y parece como si quisiera morirse. Es una expresión con la que estoy familiarizada; no quiere hablar, pero hace tiempo que se involucró demasiado conmigo, así que simplemente lo escupe.

—No te vas a creer lo que acabo de oír —dice en voz baja.

KEEGAN

◆

Posada Casa de Sal
Puerto Naranda, Mellacea

L a embajadora es puntual, lo cual supongo que era de
esperar.

Un elegante coche negro de fabricación local se abre
paso en la plaza, pasando despacio entre las cajas y la multitud. Hay más gente que ayer.

Podemos ver a uno de los guardias de la reina al volante,
pero el vehículo se detiene a medio camino de la plaza, retenido por una capitana kethosí que está en medio de una vehemente discusión con un grupo de agentes de aduanas; parece
que están requisándole la carga, que está apilada sin orden
alguno detrás de ella, protegida por una tripulación desaliñada que parece dispuesta a defenderla por la fuerza si es necesario.

Cuando queda claro que el coche no va rápido a ninguna
parte, otro de los guardias se baja y le abre la puerta a la embajadora, mira nervioso a la multitud.

La embajadora no vacila y se dirige a nuestra posada, sola.

—Iré yo —digo, y me apresuro a salir por la puerta y bajar las escaleras, sin apenas resistir el impulso de echar a
correr.

Llego a la entrada de la planta baja al mismo tiempo que
ella, y cuando levanta la vista, se queda mirándome. No creí

que me reconociera, pero me parezco mucho a mi padre, y supongo que lo nota, porque saluda con la cabeza y camina junto a la posadera para reunirse conmigo.

Es posible que la posadera se esté preguntando quién soy, ya que acabo de bajar por las escaleras sin haberlas subido nunca, pero la embajadora es muy imponente, y también es posible que la dueña de la posada no se haya fijado en mí en ningún momento.

La embajadora no se ha molestado en cambiarse desde la fiesta que Selly describió; lleva un vestido azul zafiro y un abrigo que le queda grande, a la moda de aquí. Todo está hecho a medida, pero no hay nada en ella que encaje con el entorno. Es como cuando en un sueño algún detalle inusual te dice que estás soñando. El brillo de su vestido contra la áspera madera de las paredes, los broches enjoyados de su pelo, bastaría con uno de ellos para cubrir una semana de estancia aquí.

A pesar de estar fuera de lugar, está aquí y es real. Cuando llega hasta mí, nos giramos juntos, sin decir nada, para subir las escaleras.

—Me pareces un Wollesley —dice en voz baja.

—Sí, milady.

—Seguro que tienes una historia que contar —murmura.

—Sí, milady.

—Bien hecho —dice sin más.

Y me gustaría fingir que las palabras no significan nada, pero la verdad es que alivian algo en el interior de mi pecho. Hemos hecho lo imposible. Ha debido de creerse la historia de Selly, o no estaría aquí sola.

Pero se detiene en seco cuando abre la puerta de nuestra habitación y se encuentra a Leander junto a la ventana, como si una parte de ella no esperara verlo aquí. Entra despacio y saluda a Selly, que está a su lado, de nuevo en camisa y pantalones, con los mitones secos y sin sal, que vuelven a ocultar el

312

dorso de sus manos. Lleva el pelo recogido en una corona, pero es el único rastro de su aventura matutina.

Cierro la puerta a nuestras espaldas.

—Su Alteza —dice la embajadora despacio, mirándole.

—Lady Lanham —dice Leander, y supongo que he llegado a conocerlo mejor de lo que pensaba en los últimos días, porque veo el parpadeo. Por un instante, la mira, como conmocionado, y todo mi cuerpo se tensa: ¿podemos confiar en ella? Luego esboza una de sus características sonrisas, como si se hubieran encontrado en una fiesta—. No sabía que la habían destinado aquí.

Selly y yo intercambiamos una mirada. ¿Tenemos que estar preparados para algo?

Pero como si mi mente hubiera estado realizando una búsqueda rápida y frenética en mi catálogo mental, de repente aparece la ficha que necesito, y se me revuelven las tripas. Fuimos al colegio con Penrie Lanham; recuerdo que ganaba la medalla de atletismo todos los años. Era alta y tenía las piernas largas, los ojos marrones y el pelo negro y liso como la embajadora, siempre estaba riéndose de algo.

Y ella era del grupo de Leander, lo que significa que casi con toda seguridad estaba en la flota del progreso.

A juzgar por el parecido, que ahora me resulta obvio, lady Lanham debe de ser familia cercana. Pero Leander no dice nada. Este no es el lugar para que se entere de esa noticia. Vuelvo a mirar a Selly y sacudo un poco la cabeza, de modo que se retira de su posición.

Lady Lanham no parece notar nada raro y levanta una ceja, observándonos.

—Esta es una historia que estoy deseando escuchar —dice.

—No os la vais a creer —responde Leander—, pero estoy deseando convenceros de que es verdadera.

—Me han dicho —dice, con una inclinación de cabeza a Selly—, que los mellaceos creen que os han matado, Alteza.

Eso nos pone en una posición muy peligrosa. En mi último informe le dije a Su Majestad que estamos haciendo todo lo posible, pero aquí, en Puerto Naranda, la tensión es cada día mayor; desde que envié mi último informe, la situación se ha agravado aún más.

—Nos advirtieron más de una vez que no nos alejáramos demasiado de los muelles —coincido.

—Es más que eso. Ya he enviado a casa a parte de mi personal de menor rango. El primer consejero asistió ayer a la iglesia, con la mayoría de los líderes de Mellacea. Las hermanas verdes son cada día más fuertes y predican que hay que despertar a Macean de su letargo y fortalecerlo con la fe para que pueda reclamar lo que Mellacea merece. Con ello se refieren al territorio de otros países.

—Llevan siglos predicando eso —señala Leander.

—Cierto. Pero ahora su congregación escucha. No me cansaré de subrayar el cambio en su posición. Hay que tomarse muy en serio a las hermanas verdes, y su agenda influye (o me atrevería a decir que controla) la del gobierno mellaceo en los aspectos más importantes.

—Y ellas quieren una guerra —murmura él.

—Así es. Si la noticia de vuestra muerte se hiciera pública, con la implicación de que el sacrificio no ha sido hecho, y Barrica es vulnerable, no me cabe duda de que los mellaceos se verían alentados hasta el punto de atacar. Lo verían como el paso final para reanudar la guerra que llevan tanto tiempo esperando.

Una sensación de malestar se arraiga en mi estómago.

—Y Su Majestad respondería al insulto del aparente asesinato de su hermano, iniciando una guerra ella misma, si ellos no atacan primero. Creerá que a estas alturas ya habremos fortalecido a Barrica en secreto.

La mirada de lady Lanham se dirige a Leander.

—Me han dicho que aún no habéis hecho el sacrificio, Alteza. Quizás debería enviaros directamente a las Islas.

—Tengo un mapa —dice Leander, echándole un vistazo a la bolsa que contiene el diario de su familia—. Algo así, al menos.

—Pero el viaje hasta allí sería de unos días en un barco rápido, y luego algo más de tiempo hasta Alinor —señalo—. Todo ello sin forma de probar que Leander está vivo si la noticia sale a la luz.

—Estoy de acuerdo —dice, frunciendo el ceño.

—Y —dice Selly—, nunca podrías salir de Puerto Naranda hacia las Islas sin que se dieran cuenta. No hay nada más en esa dirección, así que tendrías que navegar en un rumbo señuelo hasta estar lejos de la vista. Eso suma aún más tiempo.

La embajadora abandona la idea con un gesto de la mano.

—¿Tenéis que ser vos quien haga el sacrificio, Alteza? Podría enviar un mensaje por delante de vos, pedir a vuestra hermana que envíe a alguien más.

Leander hace una mueca y sacude la cabeza.

—No tengo que ser yo. Pero si no es un miembro directo de la familia real, el sacrificio tendría que ser... mucho mayor que el que haré yo.

—¿Por qué?

—Bueno, si soy yo, el hermano de la reina y el mago más fuerte que nuestra familia puede perder, eso es un riesgo real. Basta con hacer el viaje, cortarse la palma de la mano, derramar un poco de sangre y el trabajo está hecho. Si elegimos a un pariente lejano que no tuviera nada que hacer ese mes, que al reino no le importara perder, no es un gran sacrificio, ¿no? Así que tendrían que compensarlo ofreciendo algo mucho peor. Yo valgo lo suficiente como para hacer menos, no sé si me entendéis.

Asiente, hinchando las mejillas, y luego suelta un suspiro despacio.

—Muy bien, ¿tiene que ser en el templo de las Islas?

315

—Sí —responde él con firmeza—. No servirá ningún otro lugar, eso sí lo sabemos. ¿Ha oído que las oraciones se amplifican cuando se hacen en los templos? Pues bien, este es el primer templo. No hay lugar más poderoso. Cuando los dioses estaban con nosotros, cuando sus Mensajeros caminaban entre nosotros, era distinto. Ahora necesitamos una forma de alzar nuestras voces.

—Bien —dice ella—. En ese caso, lo mejor que podemos hacer es llevaros a casa lo antes posible.

—Estoy de acuerdo —responde Leander—. Demostrar al mundo que estoy vivo, y no dar señales de que estoy siquiera considerando el sacrificio. Entonces podremos hacer un viaje encubierto a las Islas, bien equipados y bien custodiados.

Salvo que ese viaje clandestino era más o menos el plan original. Aunque, técnicamente, no fracasó. Fue la mala suerte de que nos descubrieran lo que nos hizo fracasar. No hay razón para pensar que no funcionará la próxima vez.

Lady Lanham inclina la cabeza y me sorprende con una pequeña sonrisa.

—Lo admito, esto reconforta mi corazón diplomático —dice—. ¿Os lo imagináis? Los titulares, las condolencias, y luego ahí estaréis vos, tan sano y salvo como siempre. No podrán decir: *Pero creíamos que os habíamos matado.*

Es doloroso ver esa sonrisa, porque la parte de la historia que aún no conoce es lo que nos ha costado —le ha costado *a ella*— llegar hasta aquí sanos y salvos.

—No hay duda de que su intención era negar todas las acusaciones de estar implicados —dice.

—Y podían hacerlo —responde Leander—. No fue la armada mellacea la que intentó acabar con nosotros. Eran... supongo que intereses privados.

Ella alza las cejas.

—¿Podéis describirlos?

Leander asiente.

—Civiles, pero duros. No me sorprendería que muchos de ellos fueran exmilitares o mercenarios a sueldo. Vi una hermana verde en el barco que nos atacó, pero no abordó el nuestro. El grupo de abordaje estaba liderado por una chica, no podía ser mayor que nosotros. De complexión delgada, piel de un marrón más oscuro que la mía, pelo oscuro rizado y corto. Vestía ropa de hombre como si estuviera acostumbrada a llevarla. Astuta, segura de sí misma, no vacilaba a la hora de matar. —Me mira a mí—. Tú la viste más de cerca... ¿algo más?

Considero la pregunta.

—Su ropa parecía de buena calidad. Y llevaba una joya, supongo que se podría llamar así. Un broche en la solapa, con una pequeña piedra roja que me pareció un rubí. Recuerdo que me fijé en él porque era de oro y pensé que haría juego con la cadena que me estaba quitando.

Por el rabillo del ojo, veo que Selly se queda muy quieta, pero es la embajadora la que habla, haciendo un mohín.

—Es el símbolo de la jefa del crimen más influyente de la ciudad —responde—. Su nombre es Ruby, y los broches los lleva toda su gente. La chica que describes es su hermana, Laskia. Ha estado abriéndose camino en la organización, pero esto representa un gran salto. No me sorprende que se centrara en triunfar.

—Y está claro que no esperaba dejar ningún superviviente, si llevaba algo que señalara su identidad —supone Leander.

Selly emite un sonido y, cuando vuelvo a mirarla, está pálida bajo las pecas.

—Leander —murmura—. El chico que vimos anoche, Jude, llevaba uno de esos broches. En ese momento me pareció familiar, pero no pude ubicarlo.

—¿Cuándo fue eso? —pregunta la embajadora, tensa—. ¿Os reconocieron?

317

—Sí —dice Leander despacio—. Pero incluso si trabaja para ellos, tendría que estar metido en el plan para tener una razón para mencionar haberme visto.

—Seguro que informaría de haber visto a alguien tan importante —digo, deseando que no sea verdad—. Antes pensábamos que estaba solo. Pero si hay alguna forma de ganarse el favor de sus jefes…

—No lo sé —dice Leander con cautela—. Éramos amigos en el colegio.

—No creo que ahora seáis amigos —dice Selly en voz baja—. Lo siento.

—Entonces nuestro plan de ponernos en marcha sigue siendo la mejor opción —dice lady Lanham—. Traeré el coche por la plaza hasta la puerta principal. Os llevaremos directamente a la embajada. Dentro estaréis a salvo mientras preparo todo, y esta noche la guardia de la reina os escoltará hasta un barco diplomático e iréis directo a casa. La tensión puede ser alta, pero los mellaceos no atacarán un barco con la bandera de la embajada. Tal vez, un día no muy lejano estén dispuestos a hacerlo, pero aún no.

—¿Puede conseguir pasajes para mis amigos también? —pregunta Leander, asintiendo primero hacia mí y luego hacia Selly; su mirada se cruza con la de ella, y ninguno de los dos parece dispuesto a apartar la vista.

—Por supuesto, Alteza. —La embajadora lo asimila sin reaccionar, aunque la forma en que se miran debe de plantearle muchas preguntas—. A donde quieran ir.

Es extraño pensar que al anochecer habré abandonado Puerto Naranda, un lugar en el que nunca debería haber estado. Es peculiar, salir tan de repente de la historia que he estado viviendo, y separarnos antes de que nuestra misión esté completa.

¿Sería raro escribir a Leander más adelante? ¿Después de que todo esto haya acabado?

Me pregunto dónde irá Selly; tendría sentido que regresase a Alinor, el hogar de la flota de su padre, para buscar otro de sus barcos.

De repente, se oye un estruendo en la plaza, se oyen voces airadas por encima de la multitud, docenas de ellas, por lo que parece.

Selly aparta la mirada de Leander y lo agarra por el brazo, apartándolo de la ventana. Él deja que lo mueva, pero estira el cuello para ver por encima de ella. Me apresuro a acercarme a los pies de la cama para echar un vistazo al exterior.

Abajo se está produciendo una pelea, un nuevo grupo de marineros se dirige hacia un muro de guardias de la ciudad que avanza y, aunque sus gritos son ininteligibles, varios de ellos señalan hacia un barco que ondea la bandera de Alinor.

Se arremolinan en torno al coche de la embajadora, y la guardia de la reina, vestida de azul, los aparta a empujones. Dos de los que están peleándose se tiran por el capó del coche y enseguida los sacan de allí y los empujan de nuevo a la refriega.

—Deberíamos irnos —digo mirando por encima del hombro.

—Estoy de acuerdo —dice la embajadora—. Haré que acerquen el coche. Estad preparados. —Asiente con cortesía a Leander—. Alteza.

Se marcha, y yo me quedo junto a la ventana, observando la plaza, viendo cómo empieza a disolverse la pelea. Tan rápido como empezó, como quiera que haya empezado, ha terminado.

—Sabes, Keegan —dice Leander en voz baja—, creo que después de todo llegarás a tiempo a la Biblioteca para asistir a las primeras clases.

Al oír sus palabras, una ligera sensación de vértigo empieza a extenderse por mi pecho. Al principio se mueve despacio y luego empieza a enroscarse y desplegarse, como un rayo de sol que ahuyenta la niebla. Me recuerda al primer día de las vacaciones escolares: todas las preocupaciones y las pruebas del trimestre desaparecen de repente, el tiempo libre se reduce a largos paseos y mi biblioteca se extiende ante mí. Es extraño abandonar esta historia, sí, pero me voy al lugar con el que siempre he soñado. Y dejo el final de nuestra historia en buenas manos. Alguien se hará cargo, alguien con los recursos para mantener a salvo al príncipe.

Abajo, la embajadora sale de la posada y se dirige a grandes zancadas hacia el coche, sin inmutarse por la multitud.

—Deberíamos quedarnos cerca del príncipe, Selly —digo, y una parte de mí se da cuenta de que he dejado de usar su nombre, como si ya estuviera preparándome para que vuelva la distancia que una vez hubo entre nosotros—. En cuanto el coche esté delante, deberíamos salir juntos: yo iré primero, luego él y después tú. La multitud sigue tensa, pero la guardia de la reina nos estará esperando. No os detengáis, subid directamente al coche y apartaos para hacernos sitio.

Por la ventana, veo a lady Lanham llegar al coche y subir a la parte delantera junto al sorprendido conductor. Al cabo de un segundo, se mueve hacia la posada.

—Nunca he estado en un coche —dice Selly, con la voz un poco tensa—. Son tan…

Sus palabras se ven interrumpidas por el fuego que estalla en la plaza, una enorme bola que crece y se eleva como un corte anaranjado en el aire.

Al instante, un estruendo sacude las ventanas y comienzan los gritos.

Me quedo helado, observando, intentando comprender lo que estoy viendo.

Y entonces lo entiendo.

El coche de la embajadora acaba de estallar en llamas.

LEANDER

Posada Casa de Sal
Puerto Naranda, Mellacea

Me agacho para mirar por la ventana y alguien grita horrorizado, creo que soy yo. Una explosión se eleva hacia arriba y, una vez que la paralizante conmoción empieza a desvanecerse entre la multitud, la plaza se vacía y comerciantes, marineros, guardias y ciudadanos corren en busca de un lugar seguro.

Sus gritos flotan en el viento mientras los coches quedan abandonados y una carreta vuelca. Los marineros corren hacia sus barcos y el mar, el resto hacia el refugio de los edificios o las calles que se alejan de la plaza. Hay una mancha oscura de sangre en los adoquines.

Selly está a mi lado, con los labios entreabiertos por el horror. Entonces se pone en marcha.

—Recogedlo todo —grita, alejándose de la ventana—. Nos vamos.

—¿Crees que era para nosotros? —le pregunto, parpadeando—. Pero ¿cómo podía saber alguien que íbamos a estar en el coche?

—Volvió a la embajada. Quién sabe lo que dijo, lo que se oyó por casualidad.

Miro a la plaza una vez más, a la bola de fuego que se está convirtiendo en una hoguera. Puedo sentir los espíritus arremolinándose y la intensidad del fuego. Puedo sentir el punto de origen a través de ellos, un punto de calor tan intenso que debe haber sido...

—Era una bomba —jadeo.

¿Explotó antes de tiempo? ¿Debíamos estar dentro?

De repente, me viene a la mente la imagen de esos dos camorristas rodando por el capó del coche; quizá no estaban peleándose, sino trabajando juntos para conseguir su objetivo.

Las llamas se intensifican y sé, con la misma certeza con la que me rodean las costillas, que ahí dentro no hay nadie vivo. Ni la embajadora, ni la guardia de la reina.

Selly ya está agarrando la ropa que tenemos colgada para que se seque, metiéndola en la bolsa que trajimos de nuestra expedición a las tiendas.

—Tenemos que irnos ya. Quizá debíamos estar en el coche cuando explotó. Tal vez aún no saben que estamos aquí. Pero acaba de entrar y salir de este lugar a la vista de quien puso la bomba. Entonces, es aquí donde vendrán después.

Keegan y yo nos quedamos inmóviles, mirándola. Entonces nos ponemos manos a la obra y agarramos nuestras escasas pertenencias. Me meto la mano en el bolsillo, busco las piezas de cristal que compré en el puesto del mago y las escudriño entre los dedos.

Selly entreabre la puerta y se asoma al pasillo. Debe de estar vacío, porque la abre de un empujón y nos hace salir a toda prisa.

—Escalera de incendios —dice en voz baja—. Vamos, vamos.

Keegan sale corriendo, pero Selly me sujeta con una mano en el pecho mientras abre de par en par la puerta de la escalera de incendios y mira hacia el callejón.

—Aquí no hay nadie —me dice, trepando por la barandilla y empezando a subir.

—Ahora —susurra Selly, empujándome tras él.

—Deja la puerta abierta —le digo, y ella asiente, montando guardia mientras sigo a Keegan, preparándome para bajar por la escalera.

Cuando pongo el pie en el primer peldaño, levanta la cabeza. Alguien corre por el pasillo hacia ella, y veo a la chica del barco —Laskia— con los labios contraídos en un gruñido.

Hay un hombre enorme detrás de ella, y no necesito ver sus marcas de mago para saber quién es: los espíritus están enloquecidos, arremolinándose a su alrededor mientras saca una caja de cerillas del bolsillo.

Agarro los cristales de mi bolsillo, los arrojo al pasillo como sacrificio y se desvanecen cuando busco a los espíritus.

Los encuentro, afilados como unas agujas en las brasas de nuestra chimenea, montados en los remolinos de viento que provocan nuestros movimientos, y vierto mi frustración, mi ira y mi miedo en mi contacto mental mientras extiendo la mano para abrazarlos. *Ayudadme*.

SELLY

◆

Posada Casa de Sal
Puerto Naranda, Mellacea

Una columna de fuego sale rugiendo por la puerta abierta de nuestra habitación, gira la esquina y se precipita por el pasillo hacia nuestros perseguidores.

Me pongo en cuclillas cuando una pared de aire abrasador me golpea y corro hacia la escalera de incendios, con Leander a mi lado.

Detrás de Laskia, el enorme mago levanta la mano y la retuerce en un movimiento de agarre, cerrando el puño. Su rostro parece el frente de una tormenta, y avanza hacia nosotros con la misma promesa de destrucción.

El fuego comienza a disminuir, a florecer hacia afuera, y a rodar hacia nosotros.

—¡Leander, vete! —Es como si todo a mi alrededor se congelara, las llamas suspendidas en el aire, el aliento que tengo retenido en la garganta.

Y entonces los veo: las formas brillantes de los espíritus del aire que giran alrededor de las llamas, conduciendo el viento caliente que me estaba azotando, dando forma al propio fuego mientras gira inexorable hacia nosotros.

—¡Para! —grita alguien, y soy yo, estoy gritando, en voz alta y ronca—. ¡Atrás!

Rebusco en mi bolsillo con desesperación, saco las tres piedras de cristal para magos que Leander me dio en el mercado y las arrojo al pasillo como ha hecho él.

Rebotan una vez, dos veces... y luego desaparecen mientras los espíritus reclaman mi sacrificio.

La columna de llamas se retuerce, las llamaradas se dispersan en todas direcciones mientras los espíritus del aire giran furiosos alrededor de las llamas, rebelándose contra mis órdenes, haciendo saltar chispas.

Una bola de fuego ruge hacia el enorme mago, que grita, y entonces las llamas vienen hacia nosotros, como un brazo de fuego que se extiende por el pasillo, dispuesto a aplastarnos contra el suelo, a asfixiarnos y quemarnos vivos, con los espíritus del aire girando libremente a su alrededor.

Leander grita alarmado, arrojándose por encima de la barandilla, y yo voy un latido detrás de él, saltando por encima de la barandilla y medio cayendo al suelo.

Las manos de Keegan están esperando para estabilizarnos cuando aterrizamos, y nos ponemos en marcha, corriendo por el callejón.

Todavía veo estrellas, las secuelas de las llamas, y el corazón me late con el doloroso recuerdo de Leander arrojándose lejos de aquella llama que gritaba hacia él, impulsada por mis furiosos espíritus de aire.

Casi le hago el trabajo a Laskia.

Casi lo mato.

LEANDER

◆

Los Muelles
Puerto Naranda, Mellacea

Apenas sé quién va delante y quién detrás mientras doblamos las primeras esquinas. Me vuelvo hacia la posada, intento calmar a los espíritus lo suficiente como para evitar que quemen todo el lugar, pero, a medida que aumenta la distancia entre nosotros, cada vez los noto menos.

Se oye un estruendo en la plaza y los que huyen de la acción se lanzan a las calles paralelas. La corriente humana que nos empuja nos zarandea y yo me agarro a la mano de Selly con desesperación cuando un fornido comerciante nos adelanta y casi la hace caer. Más adelante, Keegan se agacha bajo el brazo de un marinero y gira hacia un callejón.

Selly y yo nos abrimos paso tras él, y ante el repentino silencio vamos más despacio, para movernos con más sigilo, con más cautela. Ahora miramos hacia atrás y tomamos cada curva con cuidado.

Después de un par de minutos, Selly me arrastra hasta un pequeño patio cerrado en la parte trasera de un bar, el edificio está en silencio a esta hora del día. El estrecho espacio está ensombrecido por edificios más altos, el aire es fresco y frío, los adoquines resbalan bajo mis pies. A lo largo de las paredes se amontonan cajas de basura maloliente, pero tiene una verja y no hay señales de vida.

Keegan cierra la verja detrás de nosotros y los tres nos agachamos, con la respiración entrecortada por la carrera, por el miedo.

Nos miramos los unos a los otros, intentando hacernos a la idea de que esto está ocurriendo de verdad. Que Laskia nos ha vuelto a encontrar. Que nos han arrebatado lo que era nuestro seguro.

A Selly se le llenan las mejillas de lágrimas y yo le tomo la mano, el cuero de su guante es áspero contra mi piel.

—¿Se está quemando? —jadea, es casi un sollozo, y tengo que esforzarme por entender lo que quiere decir.

—¿La posada? No lo sé. La bola de fuego explotó, yo no… —Mi voz se desvanece ante la expresión de su cara.

—Vi a los espíritus de aire —susurra—. Intenté decirles que nos mantuvieran a salvo, pero no pude controlarlos.

No puedo evitarlo: miro el dorso de sus manos, donde sus gruesas marcas de mago sin forma se esconden bajo los guantes.

Sigue mi mirada y cierra los ojos con fuerza.

—Hiciste lo que pudiste —murmuro—. Estamos vivos.

—Debería haber huido. Casi te mato. No debería haber… —Se interrumpe y busco una forma de consolarla. Pero no sé qué decir. Los dos estamos callados, indefensos.

—Casi te mato —vuelve a murmurar.

—No lo hiciste.

—Lo cual es una suerte —dice Keegan en voz baja—. Pero debemos decidir qué hacer a continuación. No podemos ir a la embajada. Hay muchas posibilidades de que alguien se entere de donde nos escondemos, y la bomba en el coche era para nosotros. Para uno de nosotros en particular.

Sus palabras me devuelven al presente. Tenemos problemas mucho mucho más grandes que un incendio.

—Fue Laskia —susurra Selly—. Vosotros ya estabais en el callejón, pero era Laskia, con un mago del fuego. Y no parará de darnos caza. Pensad en lo que ha hecho ya.

—Keegan tiene razón. —Me pone malo saberlo, pero es verdad: no podemos fiarnos de la embajada. Hablo despacio, mientras asimilo la realidad de la situación—. Laskia ha matado a nuestra embajadora. Eso significa que todos los caminos a seguir, excepto uno, acaban de cerrarse.

—¿Qué quieres decir? —murmura Selly, frotándose las mejillas con la mano libre, limpiándose las lágrimas. Guardando sus sentimientos en una caja, como tan bien sabe hacer.

Dejo salir un suspiro tembloroso y cuando hablo, tengo la voz ronca.

—La única forma de que esto termine ya es la guerra. Y pronto.

Keegan está blanco como un fantasma, con la mirada perdida mientras mira fijamente las cajas de basura que nos ocultan. Estoy seguro de que intenta encontrar una salida, una respuesta distinta a la que le he dado. Y no encuentra nada.

Selly se aferra a mi mano como si fuera un salvavidas, y yo intento luchar contra el tambor que late dentro de mi cabeza, ahogando todo lo demás. *Esto no puede estar pasando. Esto no puede estar pasando.*

Hemos fracasado. Mis amigos de la escuela están muertos. Su tripulación está muerta. La embajadora está muerta. Muy pronto el mundo entero pensará que estoy muerto, y si nos encuentran aquí, lo estaré.

Quiero arrastrarme detrás de las pilas de cajas, tumbarme en los adoquines y esconderme hasta que alguien venga a ocuparse de esto por nosotros. Hasta que alguien venga a decirnos «yo me encargo» y nos diga exactamente qué hacer.

Salvo que esa persona era la embajadora y ahora ya no está.

No recuerdo la última vez que lloré, debía de ser muy joven, pero cuando pienso ahora en el rostro de Lady Lanham, en su sonrisa, en Penrie Lanham en la flota del progreso...

Aprieto los ojos contra el intenso dolor que siento tras ellos. La culpa se agita en mi interior, retorciéndome las tripas con el desagradable conocimiento de que si hubiera hecho el sacrificio cuando debía, si hubiera fortalecido a Barrica como siempre ha hecho mi familia, Mellacea nunca habría estado dispuesta a desafiarnos.

Ni siquiera puedo pensar en qué estaba haciendo en su lugar que fuese tan importante. Fiestas con amigos que ahora están muertos, porque se subieron a mi flota señuelo pensando que era una parada más en nuestro interminable tren de la diversión.

Postergando el viaje que mi padre hizo a tiempo porque quería conservar una parte de él, guardar las anotaciones de su diario para mí mismo durante un poco más de tiempo. Si tanto quería estar cerca de él, debería haber cumplido con mi deber.

Pero no lo hice.

Y ahora no sé qué hacer.

Selly vuelve a apretarme la mano y, cuando abro los ojos, su firme mirada verde me está esperando.

—Podríamos vender el collar de Keegan —murmura—. Disfrazarte y subirte a un barco como si fueras un pasajero en las cubiertas inferiores.

Sacudo la cabeza.

—¿De qué sirvo en un barco lento camino a casa cuando está empezando una guerra?

—¿Qué otra cosa podemos hacer sino sacarte de la ciudad? —pregunta Keegan en voz baja.

Y de repente lo sé, pero tengo que obligarme a pronunciar las palabras.

—Necesito un barco —digo despacio—. Pero no para ir a Alinor.

Selly levanta las cejas y veo que ha comprendido lo que quiero decir.

—El mapa que hay en el diario de tu padre no es exacto, Leander. Es un boceto, no es como las cartas de navegación que le diste a Rensa, y un viaje por mar no es como viajar por tierra. Si nuestro rumbo se desvía, aunque sea un poco, no llegaremos a las Islas. Y si eso sucede, moriremos allí.

—No vamos a perdernos —digo, con una voz suave pero segura—. El mapa será suficiente. Y todo lo que necesitamos está en el diario: descripciones del puerto, del templo. Sé lo que buscamos, y Keegan también lo ha leído.

Selly me estudia, mordiéndose el labio inferior.

—Así que navegaremos hasta allí y haremos el sacrificio.

—Hasta ahora, todo lo que ha hecho ella ha sido para mantenerme con vida: por eso su capitana sacrificó su barco y su tripulación. Y lanzar los dados de esta manera es justo lo contrario.

Al final, Keegan vuelve a hablar, tan lento y pausado como siempre.

—Dudo que nada de lo que hagamos ahora pueda evitar una guerra —reflexiona—. Pero quizá podamos hacer que sea corta y abrupta. Reducir el número de muertos. Es mucho más probable que los mellaceos vuelvan a echarse atrás si se dan cuenta de que han fortalecido a Barrica.

Selly toma una bocanada de aire.

—El tipo de barco que podemos tripular con tres personas, dos de las cuales no saben lo que hacen… —Sacude la cabeza—. Es un camino muy largo. No estoy segura de que ninguno de los dos esté comprendiendo cómo sería esto.

—Estoy seguro de que no —acepto—. Pero sí entiendo cuál es la alternativa.

—Hay muchas probabilidades de que no lo consigamos —dice—. Tenemos un dibujo, no una carta de navegación.

Está empezando el invierno, así que el tiempo será impredecible, y aunque lo consiguiéramos, ir de las Islas a Alinor después... iríamos en contra del viento todo el camino.

Nos quedamos en silencio, Keegan y yo miramos a Selly mientras cierra los ojos y vuelve a morderse el labio inferior. Le aprieto la mano, pero no puedo preguntárselo otra vez, no en voz alta.

Todo depende de que esté dispuesta a arriesgar su vida por esto. Puede que la flota de su padre lleve la bandera de Alinor, pero ella no creció en Kirkpool, no creció con la política, o con la gente.

Podría alejarse de nosotros ahora mismo y, con lo que sabe, ocupar un puesto en la tripulación de cualquier barco del puerto. Podría encontrar la forma de volver a la flota de su padre.

Levanta las pestañas y echa la cabeza hacia atrás, mirando hacia el único trozo de cielo que se ve.

—No podemos ir a los muelles y comprar un barco. A estas alturas, con el acento alinorense, podría no ser seguro. Entre los marineros, las noticias vuelan. Dejaríamos un rastro de una milla de ancho para cualquiera que viniera haciendo preguntas tras nosotros.

Asiento despacio, con las tripas revueltas mientras busco sin poder evitarlo otra idea, otra forma de conseguir un barco, y no consigo dar con nada.

Ella baja la mirada y nos estudia a cada uno por separado.

—Así que tendremos que ir hacia el sur —dice—. Podemos bajar por la costa, encontrar un barco en un pueblo más pequeño.

—¿Quieres decir que...?

—Me he pasado toda la vida sin mirar más allá de la cubierta de mi propio barco —dice en voz baja—. Rensa solía decirlo todo el tiempo. Solía decir que debería hacerlo. Supongo que voy a seguir su consejo. Te dije en el *Pequeña Lizabetta* que te llevaría navegando a las Islas, aunque tuviera que llevarte yo misma. Que así sea.

—Eres…

—Perdí a mi tripulación por esto, mi barco. Lo que está pasando es más grande que ellos, más grande que nosotros. Si este es el comienzo de una guerra, tenemos que mantener a los dioses al margen, cueste lo que cueste.

Keegan se mete la mano en la camisa para tocar el collar de oro que lleva puesto, luego lo rodea con los dedos y se lo quita por la cabeza.

—De todas formas, iba a llegar tarde al comienzo del semestre —dice.

—Keegan, yo…

—Siempre estuve más interesado en los estudios que tú —dice, con tono pensativo, como si yo no hubiera hablado—. Sabía que era importante estudiar historia. Para aprender de ella.

Me siento culpable. Si yo hubiera pensado lo mismo no estaríamos aquí.

Me mira de reojo, lo lee en mi cara y desecha la idea.

—A lo que me refiero —continúa—, es que, al igual que Selly, me veo obligado a reconsiderar mis creencias anteriores. A veces hay que estudiar la historia, Alteza. Pero a veces uno debe hacerla. Cueste lo que cueste.

PARTE TRES

EL BARCO EN EL HORIZONTE

JUDE

◆

Los suburbios
Puerto Naranda, Mellacea

Llevo todo el día pensando en dinero.

En nuestro apartamento no hay nada que valga mucho por sí solo, pero si lo vendo todo y lo combino con la bonificación que me ha dado Ruby... quizá sea suficiente para que mamá y yo nos vayamos de la ciudad antes de que esto explote. He estado repasando los números una y otra vez en mi cabeza, intentando que cuadren.

No se trata de lo que quiero, ya no. No se trata de lo que podría o debería hacer.

Se trata de encontrar un lugar para escondernos. No hay una redención esperándome, eso lo sé, y no hay forma de volver a ser quien solía ser.

No he querido dar la impresión de estar planeando nada, así que he seguido con mi rutina: vuelvo del entrenamiento, con los músculos doloridos, el sudor secándose y el corazón latiéndome más deprisa. Estoy lleno de moratones por el último combate, pero si peleo este fin de semana y consigo una buena suma, lo que está por venir será más fácil.

Tengo que salir de la ciudad, eso es lo que importa.

Antes no era más que un boxeador y el chico de los recados, y si una de esas cosas era un alivio y la otra era una humillación obligada, ambos eran caminos con los que podía vivir. Pero me quedé mirando cómo Laskia mataba y volvía a matar, y bien podría haber disparado las balas yo mismo.

Y entonces hui de mi amigo, justo después de pensar en entregarlo.

Lo miré y pensé en traicionarlo.

No merezco la ayuda de Leander. Esa es la verdad.

Llego al cruce de la calle Nueva con la calle Porter y me detengo sin pensarlo. Estoy en el límite de los suburbios y me paro a mirar hacia Porter, hacia el club donde ocurrió. El lugar donde todo lo que no estaba ya destruido empezó a derrumbarse.

Solo estaba allí para ver a Tom, e incluso ahora casi me permito dar un paso en su dirección. Puedo ver cómo se ilumina su sonrisa cuando entro por la puerta, sentir cómo se me ralentiza el corazón ante su amable presencia.

Es camarero en el Ruby Red, y suele estar allí antes de que abran por la noche, sacando brillo a los vasos, cortando los adornos. A veces voy antes de que abran y hablamos. A veces lo recojo después del trabajo, y no hablamos.

No hay ningún compromiso entre nosotros. Nada acordado. En realidad, no somos nada. A veces me pregunto cómo sería, pero nunca podría arrastrarle al desastre que es mi vida, aunque sé que él desearía que lo hiciera. A pesar de sus ofertas, mantengo la distancia entre nosotros.

Apenas voy por las noches, no puedo permitirme las copas, pero todo se está desmoronando y quería verlo, y pensé...

Si al menos no hubiera sido su club en el que Leander entró anoche. Podría haber sido peor, podría haber sido el Tallador de Gemas, el club que Ruby utiliza como cuartel general personal, pero si no hubiera acabado en el Ruby Red, donde trabaja Tom, al que decidí ir a una hora en la que rara vez lo hago, porque quería verlo...

Si al menos, si al menos, si al menos. La historia de mi vida.

Sigo mirando hacia la calle Porter cuando me vuelvo hacia casa, y solo doy un paso antes de chocar contra el muro de ladrillo que es Dasriel.

El mago de fuego de Laskia es enorme, una cabeza más alto que yo, y cuando estiro el cuello para mirar hacia arriba, sus duros ojos me miran fijamente. Lleva la ropa chamuscada, la piel enrojecida y parece la mismísima venganza.

Algo dentro de mí se arquea, un animal que se encoge hacia las sombras. Por los siete infiernos.

No dice nada, se limita a ponerme una mano estampada de verde en el hombro y me acompaña hacia el interior de los suburbios, permanece callado a mi espalda, hasta que encuentra un callejón tranquilo.

Entonces me vuelve hacia él y, sin mediar palabra, me da un puñetazo en las tripas.

Me doblo y jadeo en busca de aire mientras mis pulmones se estremecen, negándose a cooperar. No sé si podría defenderme, pero sé que no debo intentarlo.

Su puño vuelve a golpearme y me tambaleo hacia atrás, estrellándome contra la viscosa pared de ladrillo que hay detrás de mí. Las luces parpadean en mi campo de visión cuando mi cabeza golpea contra los ladrillos.

Me agarra por la parte delantera de la camisa y me empuja hacia delante. Me fijo en las marcas de mago que recorren sus antebrazos. Luego vuelve a golpearme y esta vez veo todo negro.

Cuando me suelta, me dejo caer de rodillas, veo las estrellas, el dolor me sube hasta las caderas y me dejo caer hacia delante, con las palmas de mis manos deslizándose por el suelo mugriento. Intento mantenerme en pie, pero se me doblan los codos y una patada en las costillas me hace caer de espaldas.

Sigo luchando por respirar mientras él me mira implacable y rebusca en su bolsillo una caja de cerillas y una moneda de cobre.

No. Por favor, no.

Lanza la moneda al aire en busca de los espíritus y se desvanece en silencio. Luego enciende una cerilla y se concentra en la pequeña llama mientras yo intento incorporarme sobre los codos con desesperación.

Hice todo lo que me pidieron. Subí al barco con Laskia.

La vi matar y matar y matar, y me mordí la lengua. No quiero morir quemado.

De repente, la llama de la cerilla se hincha hasta alcanzar la mitad del tamaño de mi cabeza, se agita y se revuelve mientras los espíritus le dan vida con entusiasmo, y se cierne sobre la palma de su mano.

Lo miro fijamente, sin pronunciar palabra.

Él baja la mirada sin un atisbo de compasión. Sin dar señales de que le importe...

—Para, Dasriel.

Vuelvo la cabeza, y Laskia está de pie en la entrada del callejón, con los brazos cruzados.

No sé cuánto tiempo lleva aquí. No sé si ha estado aquí todo el tiempo. Pero, con un ruido sordo, Dasriel retrocede, con la llama bailando en una mano, para ocupar su lugar y vigilar.

Avanza hasta agacharse junto a mí, donde yazco en el lodo, con movimientos nítidos y precisos. Hay furia en su mirada. Y cuando habla, lo hace en voz tan baja que apenas puedo oírla por encima de mi respiración agitada.

—Dijiste que estaba muerto.

Oh, no.

Diez cosas distintas luchan a la vez en mi interior: sabe que Leander está vivo y, por lo que parece, sabe que está en Puerto Naranda. ¿Sabe que lo vi? ¿Cree que Tom tuvo algo que ver? ¿Puedo fingir sorpresa?

Quiero protestar, quiero decirle que nunca dije que estuviera muerto, dije que no lo había visto, pero no me está preguntando nada y no me quedan palabras. No quiere mi opinión ni mis excusas. Así que espero a ver qué quiere.

—La embajadora de Alinor —dice Laskia en voz baja—, acaba de ir a los muelles para reunirse con el príncipe en una posada. Me lo dijo una de sus empleadas.

Hace una pausa, pero no digo nada, así que continúa.

—Casi los teníamos, pero ese idiota —y señala a Dasriel con el pulgar por encima del hombro— hizo explotar el coche antes de que tu amigo real estuviera dentro.

Parpadeo, luchando por no perder la compostura. Una parte de mí se siente muy aliviada de que no haya matado a Leander; de que no lo haya matado otra vez. Otra parte de mí está completamente segura de que son muy malas noticias para mí.

—¿Escapó? —susurro entre jadeos.

—Es un mago poderoso —responde—. Casi me quema viva, pero conseguí verlo.

—¿Cómo ha...?

—¿Sobrevivido? Excelente pregunta, Jude. Envié a mi gente a buscar la respuesta. ¿Y sabes lo que encontraron?

Despacio, niego con la cabeza. Tal vez ella no sabe nada de lo del club. Ya habría dicho algo, ¿no?

—Un bote, lo vendieron anoche en los muelles. Se llama el *Pequeña Lizabetta*. Viste el nombre en el barco mercante que perseguimos, estoy segura. No puede ser una coincidencia.

Cuando uno las piezas, me quedo de piedra. Ese barco nunca navegó hacia el sur solo para escapar de nosotros. Estaba navegando hacia el sur antes de vernos. Con rumbo a las Islas de los Dioses.

Y Leander nunca estuvo en la flota del progreso.

Por un momento, me pareció ver a alguien en el *Lizabetta* después de irnos. Vi a alguien corriendo por la cubierta. Y no dije nada.

Tenía que ser él.

La maga del barco —la mujer muerta junto al mástil— era muy, muy buena. Demasiado buena para ser la maga de un mercante normal. Tendría mucho más sentido si ese viento, esas olas, hubieran sido obra de Leander.

Esto no va a gustarle a Ruby. Y cuando Ruby no está contenta, nadie lo está. No puedo sentir ni una pizca de alivio de que Laskia no sepa que también he visto a Leander.

Tantas muertes, y ni siquiera conseguimos la que teníamos como objetivo.

—¿Reconociste al hijo de lord Wollesley? —pregunta Laskia, con voz suave y peligrosa, y se me corta la respiración. Quiere echarme la culpa a mí.

—Sí —resoplo—. Pero el príncipe y él se odiaban en la escuela. Nunca estarían en el mismo barco.

—Está claro que sí lo estaban —suelta, con los ojos llenos de furia.

—Laskia, es imposible que yo…

Dasriel cambia de posición con brusquedad en la entrada del callejón, y me quedo en silencio.

—¿Y ahora qué? —susurro en su lugar, intendando volver a apoyarme sobre los codos, aunque me duela todo.

—Ahora —dice tajante—, vamos a acabar la faena.

—Ruby quiere…

—Hablaremos con Ruby cuando esté hecho —dice—. La hermana Beris puede hacerle compañía hasta entonces. Parece que se llevan bastante bien. Ese chico no puede esconderse en ningún lugar de esta ciudad en el que yo no pueda encontrarlo. Y no puede salir de aquí sin que yo lo sepa. Voy a seguirle la pista hasta cualquier agujero en el que intente meterse y voy a traerle su cabeza.

Le arden los ojos oscuros: algo se ha roto dentro de ella.

Y no puedo huir. Porque ella sabe dónde encontrar a mi madre.

—Levántate —espeta, poniéndose de pie—. Y busca algo limpio que ponerte. Vamos a acabar con esto.

Sin decir nada más, se da la vuelta sobre sus talones, pasa junto a Dasriel y desaparece de nuevo en la calle.

El gorila se vuelve para mirarme y parpadea despacio. No se mueve mientras me pongo en pie con dificultad, cubierto de mierda y con todo el cuerpo dolorido. Sigue sin decir una palabra mientras me sigue en silencio hasta nuestro apartamento. Y yo sigo sin hablarle.

Me tomo mi tiempo, la cabeza me da vueltas mientras analizo con rabia todas las posibilidades, captando ideas y descartándolas con una prisa frenética.

Pero todas acaban en el mismo sitio: Necesito dinero para sacar a mamá de la ciudad.

No tengo.

Y si intento huir y fracaso, Laskia nos matará a los dos.

Mi madre no protesta mientras me limpio y me cambio. Ni siquiera pregunta por qué Dasriel está de pie en la puerta, observándome.

Se limita a mirarnos a los dos con ojos apagados, aceptando este último golpe como ha aceptado todos los demás. Al final su mirada se desvía hacia la ventana, para ver las nubes pasar, y es entonces cuando la chispa de frustración que hay dentro de mí cobra vida, convirtiéndose en una pequeña llama.

Siempre he reservado mi rabia para mi padre, que nos dejó sin nada. Pero ¿por qué se lo permitió? ¿Por qué no se aseguró de que nos mantuviera? ¿Por qué no le obligó a hacer los trámites?

Dejó que la metiera en una casa en la ciudad, lejos de su familia, lejos de sus amigos. Le dejó elegir mi escuela y enviarme allí, lejos de todo y de todos los que conocía, a vivir como una curiosidad entre la nobleza.

Y cuando se fue, lo perdimos todo de todos modos. Mi educación. Nuestro hogar. Nuestra dignidad.

Por un instante, no está tumbada en su cama de aquí, en nuestro apartamento, sino en su litera del camarote de tercera clase que compartimos con otra docena de personas de camino a Puerto Naranda, hacinados en el minúsculo espacio con el barco tambaleándose a nuestro alrededor, una sola linterna iluminaba la penumbra.

Un mes antes de aquel viaje, estaba en el colegio con el príncipe que ahora estoy persiguiendo, y discutía con unos amigos sobre nada más importante que si debíamos ir andando al pueblo el fin de semana.

Pensé que ninguno de esos amigos intentó ayudarnos cuando caímos en desgracia, y mamá se limitó a aceptar ese duro descenso. Pero ¿lo provocó ella?

«Lo mejor será cortar por lo sano», me repetía. «Debemos mirar hacia adelante, no hacia atrás».

Saber que mis amigos me buscaron, que intentaron encontrarme y no pudieron, no sé qué hacer con esa información.

¿Puedo creer a Leander? ¿O era su culpa la que hablaba, meras excusas por lo que debería haber hecho? ¿Por no aparecer cuando más importaba, como mi padre? Sabía lo mucho que me dolía aquello, no le habría gustado sentir que estaba haciendo lo mismo.

Pero la respuesta se revuelve en mis entrañas, lenta y dolorosa.

Le creo.

Lo conozco lo suficiente como para saber cuándo dice la verdad.

Lo que significa que le dio a mi madre cartas para mí, y ella no me las dio. En su angustia por perder a mi padre, quería cortar de raíz con nuestras antiguas vidas, y lo consiguió.

Tal vez podría haberlo intentado más, escribirle una vez llegamos aquí. Haberme negado a dejar Kirkpool.

Mamá se mueve en la cama y yo la miro mientras me agacho para atarme los cordones de las botas. No puedo hablar con ella de eso ahora, no con Dasriel aquí. Tendrá que esperar.

Alargo la mano para tomar la suya, pero su piel está demasiado seca, demasiado fría. Estoy atrapado entre Laskia y ella, las dos tan diferentes como es posible que lleguen a ser dos personas.

Mamá sigue aceptándolo, no importa lo que nos hagan. Ayudó a que sucediera, estaba tan segura de que llegaría nuestro fin. Y ahora, mientras yace aquí, demasiado enferma para levantarse de la cama, se limita a resignarse a lo que venga sin luchar ni un poco.

Por otro lado, Laskia cree que se obtiene lo que se toma, no lo que se da. Puede que esté loca, pero al menos intenta elegir su propio destino.

No quiero acabar como ella, pero tampoco como mi madre.

Quiero seguir mi propio camino, pero no veo la manera de salir de esta pequeña habitación y de la correa que Laskia sujeta en su puño.

—Vamos, su señoría —gruñe Dasriel mientras termino de atarme los cordones de las botas y me pongo de pie poco a poco—. La caza no espera.

SELLY

Los Muelles
Puerto Naranda, Mellacea

He dejado al príncipe de Alinor escondido en un patio mugriento detrás de una taberna, metido detrás de una enorme caja de botellas vacías que sobraron de la jarana de la noche anterior. Keegan está con él, los dos apiñados uno al lado del otro, con rostros sombríos.

El horror aún intenta abrirse paso por mi garganta y abrumarme con la culpa, casi mato a Leander con mi estupidez.

Por eso la magia no es para mí. Por eso los espíritus nunca me respondieron, ni siquiera a través de todos los maestros que intentaron ayudarme. Hizo falta un mago real para obligarlos a fijarse en mí, e incluso entonces, se rebelaron contra lo que soy.

Pero no puedo quedarme ahí. No cuando tengo trabajo que hacer. Trabajo que podría salvar a todos los que aún siguen vivos y me importan. A mi padre, a las tripulaciones de todos sus barcos restantes. A los amigos y a los conocidos en cada puerto. A miles, decenas de miles de personas que nunca he conocido.

Sin embargo, cuando pienso en ello, el corazón intenta detenerse dentro de mi pecho.

Así que, en lugar de en eso, pienso en ellos: Leander y Keegan.

Lo hago por ellos.

Por estos dos chicos que cuentan conmigo.

Antes de que me fuese, Keegan me dijo en voz baja que tuviese cuidado, y, ahora, vuelvo a prestar atención a sus palabras, repitiéndomelas a mí misma: «Cada persona con la que hablas es una persona más que recuerda que estuviste allí. Cada persona con la que te cruzas, es una posibilidad de que se fijen en ti. Debemos suponer que Laskia mató a la embajadora y que ahora nos busca a nosotros. Y tenemos que asumir que tiene ojos en todas partes».

Es extraño, pero, aunque haya una chica ahí fuera intentando asesinarnos, el lugar en el que estamos ahora tiene algo más sencillo, más tranquilo.

Todo se ha reducido a nosotros tres, y una tarea.

Ya no hay cálculos, ni ángulos, ni riesgos que correr o medir. Solo tenemos que conseguirnos un barco y navegar a las Islas.

El resto, podemos dejarlo atrás. Porque no importa nada más.

Tenemos que hacer el sacrificio, nos lleve lo que nos lleve y cueste lo que cueste.

Robo un gorro de marinero del tendedero de la parte trasera de una posada y me meto el pelo por debajo, con lo que tengo un rasgo menos por el que la gente me recordará. Si me quedo en los muelles, con un poco de suerte, seré una sangre salada más.

Hablo con el menor número de personas posible. Vigilo a cualquiera que lleve un broche con un rubí en la solapa. Voy al mínimo de sitios posibles, no hago nada que llame la atención.

El problema es que soy alinorense, y en cuestión de minutos queda claro hasta qué punto es un problema.

En los muelles el ambiente es inestable. Echo un vistazo a la posada Casa de Sal y, aunque hay equipos de bomberos agrupados a su alrededor, están recogiendo sus cosas: su trabajo ha terminado y nadie se lleva cadáveres.

La posadera está delante, llorando, con el brazó de otra mujer alrededor de sus hombros, y la culpa me invade. Yo le hice eso. Si hubiera dejado que Leander luchara contra el mago del fuego, en lugar de dejarme llevar por el pánico, en lugar de insistir una segunda vez a los espíritus...

Me doy la vuelta y me abro paso entre la multitud. Las tripulaciones alinorenses recogen sus bártulos y se preparan para soltar amarras, con o sin su carga. Las grandes barcazas de Kethos hacen lo mismo, y un capitán tralliano habla con uno de Beinhof, discuten si es seguro que se queden. Cuando un escuadrón de la guardia de la ciudad marcha hacia la plaza, se separan en silencio y se apresuran a llegar a sus propios barcos.

En cuestión de minutos, la guardia urbana discute con los capitanes sobre el registro de los barcos, y está claro que nadie está dispuesto a arriesgarse a llevar pasajeros, y mucho menos a permitir que Leander les convenza de que cambien de rumbo y se dirijan a las Islas. Yo tenía razón al decir que tendríamos que ir hacia el sur, por la costa.

Me meto la mano en el bolsillo y rozo con los dedos el barco de papel que se esconde allí, caliente por el calor de mi cuerpo. Leander me prometió que pronto volvería al mar, pero ninguno de los dos pensó que sería así. Aun así, lo llevo en la cadera como un amuleto de la buena suerte, un compañero, mientras atravieso la ciudad a toda prisa.

Intento imitar el acento de Petronia cuando llevo el collar de Keegan a la casa de empeños, pero una ceja levantada del hombre delgado que está detrás del mostrador me dice que no va a colar.

—¿Y de dónde has sacado una cosa así? —me pregunta, pasando los eslabones entre los dedos—. ¿Latón?

—Sabe que no lo es.

—Sé que una chica alinorense ya debería estar en su barco y de camino a otra parte. No tratando de venderme propiedad robada. El dinero no te servirá de mucho si no estás aquí para gastarlo, marinera.

Estoy a punto de responder cuando un pelotón de la guardia urbana pasa por delante del escaparate, los cristales vibran con el pesado ruido de sus pies. Se dirigen a los muelles.

Nuestras miradas se cruzan. Podría llamarlos, decirles que tiene a una chica alinorense con objetos robados. Perdería el collar. Podría perder mi libertad.

—Aun así, te daré mil dólares —dice con calma.

—¿Mil? —No puedo evitar que la ira se apodere de mi voz.

Keegan me dijo que valía al menos el doble, incluso a precio de casa de empeños.

—Lo tomas o lo dejas. —Enrosca la mano alrededor del collar, con expresión firme—. Es una oferta generosa dadas las circunstancias. Si quieres quejarte, podemos llamar a la guardia.

La furia me sube por la garganta y aprieto los dientes para mantenerla ahí, con la mandíbula dolorida. En silencio, cierro el puño en torno a los billetes y él los deposita en mi palma.

—Vuelve cuando quieras —me dice, y apenas puedo resistir las ganas de darle patadas a los expositores mientras salgo de la tienda.

Si soy tacaña y regateo mucho, quizá nos llegue para un barco a lo largo de la costa. No sé lo que valen aquí.

Después de eso, vendo el vestido. Tardo unos minutos más, pero se lo llevo a Hallie, que me saluda con una sonrisa rápida y comprensiva.

—¿No funcionó? —me pregunta.

Se me escapa una risa amarga.

—Resulta que no.

—Me enteré de lo que pasó en los muelles —dice tímida, deslizándolo en una percha y subiéndolo a un perchero. Siento una pequeña punzada cuando las cuentas verdes desaparecen de mi vista. Pero no me sirve de nada allá donde vamos. De todas formas, a mí no me sirve de nada: esa ropa pertenece al mundo de Leander, no al mío—. ¿Estás en condiciones de salir de la ciudad?

—Lo estaré —digo, dividida entre la gratitud por haber pensado en preguntar y el recelo a revelar demasiado de lo que pienso, incluso a ella.

Hace una mueca, rebusca en la caja y saca un billete de diez dólares. Se inclina y me lo pone en la mano.

—Solo me debes cinco —le digo. Eso fue lo que me prometió y yo solo le pagué ocho. No seré el tipo de la casa de empeños. No me pareceré en nada a él—. Y eso si estaba en buenas condiciones. Me subí a un árbol con él, a decir verdad.

Ahora es ella la que se ríe, y es un sonido musical, que se acaba demasiado pronto.

—Acéptalo —dice—. Y buena suerte. Quizá algún día vuelvas a la ciudad y puedas venir a comprar otro.

La miro y le doy las gracias con un nudo en la garganta.

No tiene sentido que sea tan amable, cuando dentro de unos días estaremos todos intentando matarnos.

Uso el dinero para comprar gorros y abrigos para todos —aunque en las Islas hará calor, no llegaremos si nos congelamos en los mares embravecidos que nos esperan—, y me meto en una tienda llena de marineros aterrorizados, recorro las estanterías con rapidez.

El único lugar en el que me sentiría más a gusto que en esta pequeña tienda sería la cubierta de un barco, y aun así mis nervios están a flor de piel.

Puedo oler el alquitrán, la cera y el barniz de la madera, las estanterías están construidas con madera que creo que alguna vez formó parte de un barco. Están apiladas con todos los objetos que siempre han sido parte de mi vida, desde cuchillos hasta kits de empalme, pasando por banderas espirituales y los frasquitos de especias que tantos marineros llevan en el bolsillo para condimentar las aburridas comidas de los viajes largos.

Me hago con una ristra de banderas espirituales y hojeo las cartas hasta que encuentro una con el nivel de detalle que busco. A continuación, alcanzo un pequeño y ordenado kit de navegación, con las herramientas encajadas en el interior de cuero teñido de azul, y desembolso un dinero que no puedo permitirme gastar.

Solo me queda una parada, la oficina del supervisor de puerto, y el interior es una carnicería. No es el habitual caos amistoso de marineros registrando llegadas y salidas, regateando con mercaderes y poniéndose al día con los amigos.

En lugar de eso, hay un frenético sentimiento de pánico cuando se alzan las voces; los empleados se apresuran a garabatear los papeles de salida, algunos trabajan deprisa, otros miran hacia la puerta, temerosos de que el guardia llegue en cualquier momento. Veo cómo los capitanes abandonan el intento y se ponen a correr para regresar a sus barcos sin la documentación adecuada, mientras otros discuten impotentes, pasando dinero por el mostrador para acelerar el proceso.

Paso por delante de un hombre enfadado con un marcado acento alinorense y entre dos mujeres nusrayanas con el pelo rapado al ras. La multitud me empuja contra la pared cuando por fin llego a ella, y me apoyo en los antebrazos para evitar que me aplasten.

Sin embargo, aquí están los horarios de trenes que esperaba: a veces, la carga que llega en los barcos acaba en trenes que se alejan del puerto, y la desgastada lista de horarios está clavada entre información sobre los precios del grano y un anuncio de un cocinero de barcos.

Los horarios están impresos en letra pequeña, con una fila tras otra de nombres y horas. Entrecierro los ojos para distinguir las diminutas palabras, intento recordar lo que me dijeron los chicos sobre cómo leer uno de estos a la vez que recorro con la mirada una columna, luego otra.

Hay una línea a lo largo de la costa, hasta el extremo sur de Mellacea, donde se une con los barcos que se dirigen a la Pueta de Brend, la isla situada bajo el continente. Los barcos pasan entre Mellacea y la Puerta de Brend antes de subir hacia el Pasaje del Norte y Holbard. Es la ruta que tomó mi padre hace un año.

Hay un puñado de aldeas por el camino, y el mapa que compré me dice que al menos algunas de ellas deberían tener flotas pesqueras. Así que ahí es donde nos detendremos a regatear para conseguir un barquito.

El horario dice que podemos subirnos a un tren en cuarenta y cinco minutos si nos damos prisa, y que solo saldrá otro después, por lo que no hay ninguna posibilidad de que nadie nos siga.

Con la cabeza gacha, salgo a empujones de la oficina del supervisor del puerto y, aunque no tengo mucho tiempo que perder, doy unas cuantas vueltas en el camino de vuelta a los chicos.

Respiro de alivio cuando vuelvo al mugriento patio y veo los ojos oscuros de Leander asomándose detrás de las cajas. Me cuelo a su lado, donde los chicos están agazapados, con los brazos llenos de provisiones, y él se acerca de cualquier manera para entrelazar sus dedos con los míos.

—Si nos ponemos en marcha ya, en poco más de media hora podremos estar en un tren hacia el sur, hacia Puerto Cátaro —digo a modo de saludo, apretándole los dedos con fuerza. Es como anclarme a una corriente que quiere arrastrarme.

—¿Es ahí donde queremos estar?

—Bueno, está en el trayecto del tren —le digo—. Por su situación en la costa, diría que su principal fuente de ingresos es la pesca. Eso significa que deberíamos poder comprar algún tipo de barco con el dinero que tenemos.

—Si alguien viene preguntando por nosotros, en un puerto más pequeño será más fácil que nos recuerden —dice Keegan—, pero las probabilidades de que alguien nos siga la pista seguro que son menores que aquí.

Leander asiente mientras me suelta la mano, y empiezo a repartir la ropa que compré para los chicos.

—Nos estarán buscando para que tomemos un barco que salga de Puerto Naranda —dice Leander, poniéndose un gorro de marinero sobre su pelo negro—. Y puede que también miren los trenes. Depende de lo buenos que sean. Pero marineros en un vagón de tercera clase, que se dirigen a un puerto pesquero, tienen que destacar mucho menos que alguien que desembolsa dinero en efectivo para comprar un barco a toda prisa. Vámonos.

Cuando llegamos a Puerto Cátaro estoy agotada. El miedo que antes me recorría las venas ha dado paso a un cansancio mortal.

La enorme estación central de Puerto Naranda es más grande que cualquier almacén de carga que haya visto, los techos abovedados se elevan sobre nosotros, el rugido de las locomotoras resuena en las paredes de piedra. La multitud se agolpaba con más fuerza que en la oficina del supervisor del puerto.

No creo que Leander haya estado nunca en ningún sitio donde la gente no le haya cedido el paso; tropezó la primera vez que un portero le empujó para quitarle de en medio.

Vislumbré el vagón de primera clase mientras avanzábamos por el andén, todo caoba pulida, accesorios de latón y terciopelo rojo. Era un mundo aparte del vagón de tercera clase en el que nos apretujamos, más estrecho que una bodega de carga, con bancos de madera maciza y cuerpos alineados en cada centímetro.

El ajetreo y el pánico de los muelles aún no habían llegado a la estación; supongo que la mayoría de la gente que se marchaba intentaba salir por mar.

Encontramos un sitio en nuestro atestado vagón, pegado a la pared, y me apreté contra ella mientras nos poníamos en marcha. El traqueteo del tren me inquietó; pensé que sería como el balanceo de un barco, pero era demasiado uniforme, demasiado rítmico, demasiado fuerte. Al cabo de un rato, Leander me rodeó los hombros con un brazo para tranquilizarme y me dormí con la cabeza apoyada en su hombro.

Me desperté cuando una de nuestras acompañantes intentó preguntarle la hora, y él abrió la boca, dejando escapar unas dos sílabas de un educado acento alinorense antes de que Keegan se parara sobre su pie, inclinándose para dar su respuesta en un perfecto acento de Puerto Naranda. Nunca le había oído hablar así.

Cuando la mujer se dio la vuelta, enarqué las cejas y él se limitó a encogerse de hombros.

«Creía que todos los nobles eran animales domésticos de interior —murmuré, inclinándome hacia él—. Pero mírate».

«Estoy en territorio conocido —dijo, bajando la voz. Luego, en respuesta a mi mirada interrogante, añadió—: No Puerto Naranda. Huir. Ya lo he hecho antes, y con bastante éxito, debo añadir. O al menos mi plan habría sido ejecutado sin ningún fallo si el barco en el que tomé un billete no hubiera sido requisado para otros fines».

«No creo que podamos culparte por no haber visto venir eso», murmuré, y él se encogió de hombros, en una especie de ¿qué se le va a hacer?

Sigo sin saber qué pasa dentro de la cabeza de nuestro erudito la mayor parte del tiempo, pero es mucho más complejo de lo que pensaba, eso seguro.

Ahora, alguien grita en el andén que hemos llegado a Puerto Cátaro, y los tres nos abrimos paso a empujones entre nuestros acompañantes para salir al aire fresco del atardecer, con Keegan agarrando la bolsa que contiene todas nuestras pertenencias.

El sol está besando las montañas al oeste. El aire está impregnado de sal y algas, y mi corazón suspira aliviado cuando miro colina abajo desde la estación y veo un grupo de edificios alrededor de lo que a todas luces es un puerto pesquero.

Este es el tipo de sitio con el que sé lidiar: no más cañones de piedra entre edificios altos, no más ejércitos de gente circulando por todas partes con un propósito que ignoro.

Volvemos al mar, y es hora de buscar un barco.

KEEGAN

◆

Puerto Cátaro, Mellacea

Mi niñera —o mi cuidadora, como la llamábamos mi hermana Marie y yo— nos llevaba todos los años a la playa. Mis padres y mi hermano mayor se quedaban en casa y nosotros íbamos a disfrutar del aire fresco, el agua salada y demasiados helados.

Entonces no me gustaba mucho la playa: el sol quemaba demasiado, la arena se colaba por todas partes y era imposible que un libro se mantuviera en buen estado; y ahora tampoco me gusta mucho.

Puerto Cátaro es una aldea de pescadores que no tiene nada de especial, y no creo que podamos estar seguros de encontrar un barco de segunda mano en un mercado de este tamaño, pero Selly confía en encontrar algo aceptable.

Los tres bajamos por la sinuosa carretera que parte de la estación, incrustada —junto con la vía férrea— en la ladera de la montaña. Debajo de nosotros hay un grupo de edificios que rodean un pequeño puerto.

—Aquí nos recordarán —dice Leander—, y con facilidad.

—Ese es el riesgo que estamos corriendo —respondo—. Si nos siguen, no cabe duda de que nos rastrearán con facilidad. Pero las probabilidades de que alguien sepa que subimos a ese tren… tendrían que tener ojos en cada esquina de la ciudad.

—Lo sé, lo sé —asiente—. Seguiré nervioso hasta que estemos millas mar adentro sin nadie pisándonos los talones.

—Hoy solo había un tren más —le recuerdo—. Eso aumenta nuestras posibilidades. —Pero la verdad es que, aunque mantengo un tono uniforme y calmado, estoy tan inquieto como él.

—Aquí nuestro dinero dará para mucho más —dice Selly, estudiando el grupo de barcos que hay debajo de nosotros—. Todo es menos costoso fuera de la capital, y aún no se habrán enterado de que los marineros alinorenses no son bienvenidos.

Leander no dice nada mientras seguimos bajando la colina.

—Si no podemos permitirnos un barco, este lugar parece bastante tranquilo —digo, pensativo—. Deberíamos poder robar uno sin muchos problemas.

Selly me fulmina con la mirada, con los ojos abiertos de par en par por el asombro.

—¿Hablas en serio?

Para ella, un barco es… bueno, supongo que es el equivalente a una librería para mí. Aquello alrededor de lo que uno construye su vida.

—Sería mejor comprar uno —le digo—. Pero si tenemos que elegir entre la pérdida de un medio de vida y la pérdida de diez mil vidas…

Selly nos mira por turnos y nos observa con esa mirada que suele tener siempre que nos evalúa. Nunca estoy del todo seguro de si nos considera dignos.

—Es cierto —dice al final—. Pero hay barcos ahí abajo que podrían adelantarnos, que serán más grandes que cualquier cosa que podamos tripular. Así que sería más inteligente no huir de la buena gente de Puerto Cátaro. Encontraré algo que podamos comprar.

Elegimos dividir las tareas que tenemos que hacer. El sol ya toca la cima de la montaña por el oeste, mientras que el mar por el este desciende hacia la penumbra del atardecer.

Selly se dirige a la taberna y, antes de abrir la puerta, se ciñe con firmeza el gorro de marinero y la luz la envuelve antes de desaparecer.

El príncipe y yo nos dirigimos al único almacén del pueblo, necesitamos provisiones. Estoy seguro de que nunca antes ha entrado en una tienda normal y corriente. Selly y yo lo acordamos con una mirada, sin mediar palabra, y por eso voy con él a conseguir provisiones.

Pero Leander se detiene y vuelve a mirar hacia la taberna.

—Estará bastante segura —digo.

—Probablemente más segura que nosotros en un pueblo como este —responde Leander—. Sabe más que nosotros. Estaba pensando… ¿qué le he hecho a su vida, Keegan? Nada de lo que haga lo arreglará, ¿verdad? Y aun así… ¿cómo la dejaré atrás cuando esto termine? Nunca podría alejarla de lo que ama.

—No hay una respuesta fácil —respondo—. Con todo el respeto, sugiero que dejemos la resolución de ese problema para el final de la larguísima lista que tenemos por delante. Si por casualidad llegamos a él, en lo que estimo que es la posición número cuatrocientos treinta y siete, entonces ya encontraremos la forma de resolverlo.

La sonrisa de Leander es afable y repentina, y sus dientes blancos centellean cuando me mira. Creo que nunca antes le había hecho sonreír así, desde luego no en todos los años que pasamos juntos en el internado.

—Bueno, si ella es la cuatrocientos treinta y siete —dice cuando nos volvemos juntos hacia la tienda—, entonces tu eres el cuatrocientos treinta y ocho. ¿Qué habías planeado estudiar?

La sorpresa ante el cambio de tema hace que mi respuesta tarde más en llegar.

—Historia. Y ahora estoy decidido a sobrevivir para poder escribir relatos detallados y útiles de primera mano sobre esta experiencia para futuros estudiantes. Habiendo estudiado muchos que escasean, tengo opiniones firmes sobre el tipo de información que debe incluirse.

El príncipe suena casi melancólico mientras mira hacia delante por la calle adoquinada casi vacía.

—¿Qué dirás de mí cuando escribas la historia? —pregunta.

Hago una pausa para considerar la respuesta. Durante años, habría aprovechado esta oportunidad de hacerle daño si hubiera podido. En el mejor de los casos, no me habría detenido a pensar en sus sentimientos.

Incluso ahora no le mentiría, yo no soy así. Pero puedo decir algo que es verdad.

—Diré que te ganaste la lealtad con facilidad. Que es un don raro y valioso. Diré que eres un mago poderoso, y que… ¿qué era lo que el maestro Gardiner siempre solía gritarte en matemáticas? Que tienes mucho cerebro, si solo estuvieras dispuesto a usarlo.

Leander se echa a reír.

—¿Cómo puedes saber que decía eso? Ni siquiera estabas en esa clase.

—Estaba en el aula de al lado —respondo con toda la seriedad del mundo—. Te aseguro que podíamos oír sus palabras con bastante claridad a través de las paredes.

Se ríe de nuevo, y la tensión que lleva viviendo en mi pecho los últimos días se reduce sólo un poco. Ojalá hubiéramos hablado así en el colegio. Solo hizo falta un naufragio para acabar con las diferencias.

—Deberías estudiar filosofía —me dice—. Cuando llegues allí.

—Elegiré en segundo año. —Hago una pausa—. Mantendré la mente abierta.

—Sabes que lo financiaré —dice, con más suavidad—. O lo hará Augusta, supongo.

Lo miro, pero está serio. Hasta ahora había estado bastante seguro de que al menos me llevaría sano y salvo a la Biblioteca. Nunca se me había ocurrido que su familia pudiera ayudarme en mis estudios.

La verdad es que sería útil en más de un sentido. No se trata solo de dinero, creo que podría conseguirlo con una combinación de becas y clases particulares. Es que, cuando mi familia descubra adónde he ido, tener el sello de aprobación de la reina, de forma abierta o implícita, lo cambiaría todo.

También sería la primera vez que alguien —incluida mi familia— considera que merece la pena ayudarme a aprender.

Cuando vuelve a hablar, me separo de ese pensamiento antes de poder llegar hasta el final.

—Si no te importa que pregunte, ¿quién era ella?

—Perdona, ¿quién? —Me detengo en seco. Entiendo la pregunta, porque aparte de Selly, solo hay una mujer en mi vida a la que pueda referirse.

—Tu prometida —explica, por desgracia—. Algo te hizo huir en lugar de quedarte a discutir con ellos sobre lo de la Biblioteca. Supongo que iban a casarte.

Hago un mohín.

—Era lady Carrie Dastenholtz.

Sus ojos se abren de par en par.

—¿Kiki? —Luego vuelve a sonreír—. Keegan y Kiki. Al menos, los nombres pegan.

—Hemos oído ese chiste una o dos veces —murmuro.

—Mmm. Supongo que, teniendo en cuenta los intereses en importación de tu padre, tiene sentido.

Ahí está otra vez. Mucho cerebro, si solo estuviera dispuesto a usarlo.

—Ella es una elección lógica —digo.

—Es buena chica —dice Leander—. Admito que me cuesta un poco imaginar la pareja.

—Es muy buena persona. —Estoy de acuerdo—. Pero no eres el único al que le cuesta imaginar esa pareja. Si te soy totalmente sincero, ella me ayudó a escapar por la ventana.

Leander intenta en vano amortiguar la risa, le bailan los ojos, y nos detenemos frente a la tienda de ultramarinos, con sus expositores de conservas y artículos de pesca.

—Un día —le digo—, te contaré la historia de cómo ella y yo nos hicimos con los collares de oro. Pero por ahora debemos ocuparnos de nuestros asuntos.

—Keegan —dice el príncipe de Alinor, moviendo la cabeza despacio—. Eres una joya. Y soy un tonto por no haberme dado cuenta antes.

Resulta que una joven nada inmune a los encantos de nuestro príncipe es la que se encarga de la tienda, y yo me encargo de reunir los artículos de la lista de Selly mientras Leander coquetea sin ningún esfuerzo, sobre todo logrando ocultar el hecho de que no tiene ni idea de los precios de ninguno de los artículos que estamos comprando. Sin embargo, es él quien negocia un descuento, y la chica incluso nos presta una carretilla para llevar nuestras compras a los muelles. Promete devolverla en persona esta noche.

Leander se encarga de empujar la carga, algo que no habría esperado de él en la escuela.

—Me gustaría poner las banderas de espíritu en la jarcia esta noche —dice—, y me gustaría repasar la teoría de la navegación de nuevo con Selly antes de que salgamos por la mañana. Al amanecer, supongo.

Estudio la ciudad ociosamente mientras él habla, dejando que las palabras fluyan. La sensación de tener compañía es agradable, pero me contento con guardar silencio. Ha pasado casi una hora desde que llegamos y las calles están mucho más oscuras.

Estoy familiarizándome con el terreno, sin ninguna razón en particular, excepto que podría ser útil si algo sale mal.

Cuando mi mirada traza un camino hasta la estación, me detengo de repente.

Leander también lo hace y casi vuelca la carretilla.

—Keegan, ¿qué pasa?

Se me atascan las palabras en la garganta y levanto un dedo para señalar.

El último tren de la tarde se aleja de la estación, y tres figuras salen del edificio y se dirigen con decisión colina abajo.

Una es mucho más grande que las otras dos, y es la más delgada de las tres la que va en cabeza.

Aunque no puedo ver más que sus siluetas a contraluz, siento un escalofrío entre los omóplatos que me recorre la espalda.

No me cabe duda de que estoy viendo a Laskia, a Jude y al mago gigantesco que casi nos prende fuego en la posada.

Y están de cacería.

LASKIA

◆

El Percebe Negro
Puerto Cátaro, Mellacea

Dasriel abre de un empujón la puerta de una taberna llamada el Percebe Negro y la sostiene para que yo entre a grandes zancadas.

Es tan enorme que tendrá que agachar la cabeza cuando me siga, y no puedo negar que siento un pequeño escalofrío en mi interior al saber que dispongo de toda esa fuerza. Es como tener a un león atado con correa.

Es de noche y casi todo el pueblo está aquí. La mujer que atiende tras la barra de madera tiene la cara redonda, lleva el pelo recogido en una corona de trenzas y tiene las mejillas enrojecidas por los años de viento.

La mayoría de los clientes parecen marineros, vestidos con pantalones y camisas de tela áspera. El fuego arde en la chimenea, con media docena de pares de botas para el mar volcadas frente a ella para que se sequen por dentro.

El bullicio de la conversación se apaga cuando Jude y Dasriel se colocan detrás de mí, uno a cada lado. Dasriel se cierne en silencio, y Jude se muestra inescrutable, reacio, lo sé, pero hará lo que le manden.

A nuestro alrededor, las copas están servidas y todos los rostros se vuelven hacia nosotros.

Aquí no podría estar más fuera de lugar, con mi traje de ciudad y mi chaleco, el pelo bien recogido en la nuca. Pero después de años sintiéndome incómoda, de años mirando a Ruby para ver qué debía hacer, de años esperando ser lo bastante buena, ya estoy harta.

Si Ruby prefiere confiar en la hermana Beris, entonces les demostraré a ambas que vale la pena escucharme. ¿Quién mejor que yo para entender a un dios que lleva tanto tiempo atado, incapaz de alcanzar su poder, incapaz de mostrar al mundo su fuerza?

En este momento soy la persona más poderosa de esta sala, y lo más probable es que Dasriel sea el único que tenga un arma. Deberían prestarme atención.

Espero a que se callen del todo antes de hablar.

—Alguien acaba de venir y ha comprado un barco.

Mi afirmación es recibida por un mar de caras inexpresivas.

Me obligo a tener paciencia y espero. Al final, es la mujer de detrás de la barra la que habla.

—Bueno, aquí lo que vendo es comida y bebida. ¿Puedo ofrecerles alguna de las dos cosas? También tenemos alojamiento.

Jude cambia de posición, incómodo, detrás de mí, pero lo ignoro y tiendo una mano, con la palma hacia arriba, a Dasriel, sin girarme.

Introduce en ella una pesada bolsa de cuero, y yo me dirijo hacia la mesa más cercana, tirando de los cordones del cuello de la bolsa para desabrocharla.

La abro despacio, a propósito, y una lluvia de dólares de oro cae estrepitosamente sobre la mesa. Algunos rebotan en el suelo y ruedan hasta ocultarse en las sombras.

Los dejo correr, como si tuviera tanto dinero, tantos dólares más, que no importa si pierdo estos. Entre el montón hay un par de rubíes que me regaló mi hermana cuando cumplí dieciséis años y que brillan a la luz del fuego.

En esta pequeña bolsa está todo lo que me queda.

Levanto la cabeza y echo un vistazo a la sala una vez más.

Si Leander y su tripulación me ganan la partida a las Islas, bueno, tengo un plan para eso que puse en marcha antes de dejar Puerto Naranda.

Pero tengo la intención de darles caza yo misma.

—Alguien acaba de venir y ha comprado un barco —repito—. Quien tripule el barco que me ayude a atraparlos puede quedarse con todo esto, y el doble cuando volvamos.

Dejo caer la bolsa de cuero vacía sobre la pila y miro alrededor de la taberna, observando sus rostros con calma.

Ahora tienen unas expresiones muy diferentes.

Sonrío.

—¿Quién está listo para hacerse a la mar?

SELLY

◆

El Emma
El mar Medialuna

Al amanecer sabemos con certeza que no estamos solos.

Habíamos planeado pasar la noche en el puerto para que pudiese familiarizarme con el nuevo barco, para que Leander y yo pudiésemos repasar el mapa del diario y nuestras nuevas cartas como es debido, y para darnos a todos la oportunidad de dormir un poco.

Eso cambió cuando vimos a Laskia, Jude y su enorme mago bajando de la estación. Soltamos amarras en un frenesí de actividad, dejando las provisiones en la cubierta e impulsándonos mientras izábamos las velas.

El sol se ocultó tras las montañas y nos quedamos sin saber si habrían conseguido hacerse con un barco, si habrían logrado avistar nuestro rumbo antes de que la luz se desvaneciera. Ahora tenemos la respuesta.

Al menos hemos sobrevivido a la noche. Hemos dormido una o dos horas, y Keegan está en la única litera, en el camarote de abajo.

El *Emma* es un barco pesquero pequeño y cuidado que hace todo lo que se le puede pedir. Todavía huele mucho a su última captura, pero tiene un casco robusto y unas velas que podemos manejar. Era más que una ganga, porque no tenía los toques modernos de los barcos más nuevos y grandes del puerto. El viejo que lo vendía se fijó en mí, y no había nadie más en el mercado.

Llevamos las viejas velas bastante tensas, el viento viene de babor y navegamos a buen ritmo. La brisa lleva el aroma de la sal y las olas silban a nuestro paso. Con el pelo revoloteándome alrededor de la cara, he fijado el rumbo y estoy justo donde me corresponde. Casi puedo sentir a mi padre a mi lado, casi puedo ver a Rensa o a Kyri subiendo por la pasarela para tomar su turno en el timón.

Parece que fue hace toda una vida cuando estaba furiosa con Leander por haberme abandonado con Rensa, por haberme alejado de Pa. En realidad, solo han pasado unos días.

Ahora, ya casi no pienso en la tripulación.

Cuando dejo que sus rostros salgan de donde los he guardado, o cuando miro a la cubierta del *Emma* e imagino a Jonlon lanzándome una mirada irónica mientras arria mi vela, o a Kyri arrodillada junto al mástil para encantar a los espíritus, el dolor de la soledad fluye a través de mí como si fuese un dolor físico.

Daría cualquier cosa por tener a uno de ellos a bordo conmigo, por tener a alguien que me ayude a cargar con la responsabilidad de llevar a Leander a las Islas. Pero estoy sola, y, por ahora, necesito sentir que la pérdida de mi tripulación fue hace mucho tiempo, que queda muy lejos.

No tengo lo que haría falta para enfrentarme a la realidad de que se han ido, todavía no. He de reservar todo lo que tengo para lo que estoy haciendo aquí. Porque lo que estoy haciendo aquí es casi imposible.

A veces, también pienso en mi padre. Arriba, en el norte, sin tener ni idea de que el *Lizabetta* se ha ido, que su tripulación está muerta. Sin tener ni idea de que estoy aquí, en mitad del mar Medialuna en un barco pesquero intentando detener una guerra.

Si fracaso, él y toda su flota serán reclutados para luchar, para llenar sus bodegas de soldados en lugar de llenarlas de fardos de lana, sacos de grano.

Si fracaso, nunca sabrá lo que me pasó. O que lo intenté.

Keegan sujetó con cautela el timón anoche mientras Leander y yo nos inclinábamos juntos sobre la carta, comparándola con el boceto de su diario.

«Las Islas están por debajo de Loforta —dijo, trazando una línea con el dedo por la página del diario—. Y, a juzgar por esto, justo enfrente de la Puerta de Brend».

Conozco bien la Puerta de Brend. Habría navegado junto a ella si hubiera estado a bordo del *Freya*, de camino a reunirme con mi padre.

«¿Y ahí es donde estaban en la carta que le diste a Rensa? —insistí—. ¿Justo debajo de Loforta? ¿Exactamente a la altura de la Puerta de Brend? Hay un mundo de diferencia entre un boceto en un diario y una marca exacta en una carta».

«No miré tan de cerca —admitió con impotencia—. No estaba en mis planes guiarnos hasta allí yo mismo. Recuerdo que sí. Creo».

Todo dependerá de que ese recuerdo sea acertado. Las Islas son unas manchas diminutas en un océano inmenso, y yo he estado al timón de un barco que no conozco durante toda la noche, con muy pocas horas de sueño. Sé que Leander ha estado rezando, pero ahora Barrica está en lo más hondo de su debilidad, esperando un sacrificio tardío. Tengo que confiar en que su vínculo con ella significará lo suficiente.

Tendremos que contar con algo más que un poco de suerte, pero lo único que puedo hacer es acercarnos lo suficiente como para subirme al mástil con un catalejo y buscar la esperanza en el horizonte.

Navegaremos todo el día de hoy, y toda la noche de nuevo. Y mañana, cuando amanezca, sabremos si lo hemos conseguido o no.

Leander está en cubierta conmigo, moviéndose siempre que necesito ajustar las velas, mientras yo estoy al timón. No podemos hacer otra cosa que navegar, y cuando soy capaz de dejar a un lado mis preocupaciones, descubro que me gusta trabajar con él.

Vuelve de agarrar un sedal que se arrastraba por el agua y se desliza bajo la manta que tengo alrededor de los hombros, acurrucándose contra mí con una sonrisa.

Me acerco más, robándole el calor sin pudor, y él me rodea con un brazo, apoyando una mejilla en la mía. Tiene la piel áspera por la barba y huele a sal y a lona.

—El cielo está precioso —dice, señalando con la cabeza el rosa y el naranja que pintan el horizonte frente a nosotros.

—Cielo rojo al alba, señal de alarma —le digo.

—¿Ya estamos otra vez?

—¿Esa no te la sabías? «Cielo rojo al alba, señal de alarma. Sol poniente en cielo grana, buen día mañana».

Me mira de reojo.

—¿De qué nos avisa?

—De una tormenta. —Cuando miro hacia arriba, él me sigue con la mirada: las nubes están rasgadas en lo alto, despedazadas por el viento, y el rosa y el naranja que tenemos delante se suavizan hasta convertirse en un dorado enfermizo. Cuando miro hacia atrás, el cielo es de un verde horrible. Las banderas de espíritus que hemos colgado a toda prisa ondean y chasquean al viento mientras yo estudio las pesadas nubes suspendidas sobre Mellacea, tratando de adivinar si esa tormenta nos alcanzará; aunque el viento sople del este, no significa que se vaya a alejar. A menudo, más arriba, estas cosas dan vueltas alrededor.

Y es entonces cuando veo algo en el horizonte, solo durante un instante. Una forma que no pertenece a las olas.

Me quedo quieta, y Leander se pone alerta de inmediato.

—¿Qué ves?

—Sujeta el timón. —Busco en la bolsa que cuelga al lado y agarro el catalejo del capitán. Luego me vuelvo hacia atrás, le rodeo el torso con un brazo para estabilizarme, amplío la postura y levanto el catalejo.

Está callado, concentrado en guiar nuestro rumbo a través de cada ola que llega, y espera a que le diga lo que veo.

—Hay un barco detrás de nosotros —acabo diciendo—. Están colocando cada pulgada de vela que pueden encontrar. Los barcos de pesca no hacen eso.

—¿Podría ser un mensajero? —pregunta—. ¿O un mercante que tiene prisa?

Bajo el catalejo y giro la cabeza, levanto la mirada para encontrarme con la suya.

Cuadra la mandíbula al leer la respuesta en mis ojos. Pero, de todos modos, lo digo en voz alta.

—No. En esta dirección no hay nada salvo las Islas… y nosotros.

JUDE

◆

El Sirena
El mar Medialuna

L askia me mantiene en cubierta con ella.
Preferiría estar en el otro extremo del barco, pero cada
vez que me alejo, me llama para que vuelva con ella,
y me trago otra oleada de mareo para volver a sentarme junto
a la barandilla. Al menos me dejó dormir anoche; sé que ella
tampoco descansó.

Nuestra embarcación, la *Sirena*, es más grande que la que
perseguimos, pero está hecha para pescar y no hay tantas literas. Dasriel se quedó con una y el primer oficial con la otra.
Pasé unas horas en una hamaca, y no creí que fuese capaz de
dormir —el movimiento de balanceo me revolvía el estómago, el barco crujía a nuestro alrededor, despertando todos los
recuerdos oscuros que tengo del viaje a Mellacea—, pero al final me venció el cansancio.

Esta mañana, la cocinera del barco, que parece desem-
peñar otras funciones a bordo también, hizo gachas en
una olla suspendida encima de la estufa. Estaba sobre un
cardán, balanceándose de un lado a otro con el movimiento del barco, por lo que siempre estaba en posición
vertical.

Me estremecí al olerlas, aunque no me hubiera mareado
lo suficiente como para vomitar las suelas de mis botas,

369

estaba demasiado cerca de la comida que vi comer a Varon, a bordo de *El Puño de Macean*.

Dasriel repitió.

Quería decir algo. Quería advertir a la tripulación cuando estaban desayunando, mientras amontonaban más velas y debatían formas de alcanzar a nuestra presa, quería decirles que su nueva patrona ha matado y volverá a matar. Que los matará.

Tal vez por eso me mantiene tan cerca. Pero tiene a mi madre, y no diré nada. No tiene sentido fingir que tengo agallas.

Es por la mañana, pero tarde, y Laskia permanece en la proa como si fuera un mascarón de proa, agarrada a la barandilla con ambas manos, resistiendo el movimiento picado de la embarcación. O quizás es como un perro de caza, atento a su presa. Nunca aparta la vista del pequeño barco que llevamos delante, sus labios se mueven mientras susurra una oración tras otra.

El tiempo se ha estado preparando para una tormenta desde que amaneció, y los marineros dicen que será mala. Me doy cuenta de que ya sienten que algo no va bien con Laskia. Esta gente conoce el mar a la perfección, pero le tienen más miedo a ella. Casi desearía que la hermana Beris estuviera con nosotros. O Ruby. Nadie más tiene posibilidades de frenar a Laskia, ya no, y la verdad es que tampoco estoy seguro de que lo hicieran.

—¿Y si llegan antes? —pregunto, rompiendo el silencio por primera vez en horas—. ¿Y si no llegamos a tiempo?

—Ya lo había previsto antes de salir de Puerto Naranda —dice sin apartar la mirada de la pequeña embarcación en el horizonte—. No se preocupe, su señoría. De un modo u otro, alcanzaremos a tu amigo, o se encontrará con un comité de bienvenida esperándole. Esta vez voy a regresar con su cuerpo. Así estaremos seguros.

El estómago se me revuelve de nuevo, como si estuviera otra vez en la hamaca y se tambalease con el movimiento del barco. No me mareé cuando fuimos a por la flota del progreso, antes de que empezara la carnicería. No me mareé en el viaje desde Alinor, hace dos años. Es desde la masacre, ya no puedo soportarlo.

Miro hacia abajo, donde las manos de Laskia se agarran a la barandilla. A pesar de todo el tiempo que he pasado en el ring de boxeo, nunca he matado a nadie. Pero si Dasriel no estuviera a bordo, pensaría en hacerlo ahora. En matarla a ella, solo para acabar con esto.

Y, aun así, tal vez debería, y pagar el precio. Pero me falta valor para aceptar el coste.

Sigo pensando en la cara de Leander en el club. En su asombro absoluto al verme: la boca abierta, los ojos de par en par. Creo que nunca lo había visto perder la compostura, y lo conozco desde que teníamos doce años.

Leander es muchas cosas, pero no es un mentiroso, no con estas cosas.

Si dice que intentó encontrarme, entonces… ¿Y por qué iba a mentir? ¿Cómo pudo siquiera pensar en una mentira con tanta rapidez, cuando estaba tan visiblemente sorprendido de verme?

No sabía que yo era uno de los de Ruby, probablemente ni siquiera sabía de la existencia de Ruby. No tenía motivos para protegerse de mí.

Solo me queda una conclusión: vino a nuestra casa de verdad, me escribió de verdad. Me buscó de verdad. Y mamá, con su discurso de que es mejor cortar por lo sano, mirar hacia delante y no hacia atrás, no me dio sus cartas nunca.

Le preguntaré por qué cuando llegue a casa. Si es que vuelvo a casa. No es que vaya a cambiar lo que pasó.

Por ahora, rezaría, pero ya no sé a dónde dirigir mis plegarias. Los templos de los siete dioses y la Madre están ahí delante, y si llega a tiempo, lo que más importará será la plegaria de Leander.

Durante mucho tiempo pensé que Alinor no había hecho nada por mí, que no me había dado nada más que sufrimiento. Pero ahora me encuentro cerrando los ojos contra el viento y la niebla salada y buscando en silencio a Barrica. Diciéndole que lo busque, que lo espere.

Porque si Laskia le impide hacer este sacrificio, y la fuerza de Barrica decae; si las hermanas verdes se salen con la suya, arrastrando a la gente de Mellacea a la iglesia hasta que la fuerza de Macean sea tan grande que pueda despertarse de su letargo, entonces sí que no sé qué pasará después.

No será una simple guerra entre Alinor y Mellacea, ni siquiera una simple guerra que arrastre al resto de países y principados del continente.

Será algo que no hemos visto en quinientos años.

Será una guerra entre dioses.

SELLY

◆

El Emma
El mar Medialuna

E l mundo entero se ha reducido a nosotros y al barco que hay en el horizonte.

A veces se acercan y sus velas crecen lo suficiente como para que pueda apreciar más detalles. A veces parece que se alejan, pero en el mar es difícil calcular las distancias.

La tormenta gris casi se ha apoderado de ambos barcos. El viento sopla con furia, las jarcias se tensan y ya no me molesto en ocultarle a los chicos la preocupación que siento. Están callados y concentrados, acatan las órdenes sin rechistar mientras les enseño a arrizar las velas. Puede que nuestros perseguidores se vayan arrimando por detrás, pero nunca veremos las Islas si la tormenta acaba con nosotros.

Leander es el que más callado está. Sé que se culpa a sí mismo y, aunque intenta sonreír, hay una tristeza en él que es como si alguien introdujera la mano en mi pecho y me estrujase el corazón.

Cada vez que pasa a toda prisa, apoya una mano sobre la mía, solo un segundo. Me gustaría girar la palma y estrecharle la mano como respuesta, pero me duelen las muñecas y los nudillos por el frío, y no creo que pueda soltar la garra con la que sujeto el timón.

Una parte de mí sabe que, hace un par de días, hace toda una vida, me hubiese resistido a ese contacto. Ya no recuerdo por qué. Esta conexión es real, y me reconforta, y ya no puedo fingir otra cosa.

Y ojalá le hubiera dejado besarme cuando tuve la oportunidad.

Sé lo que pasará cuando nos atrapen, y lo harán cuando lleguemos a las Islas y echemos el ancla. He intentado imaginar el aspecto que tendrán nuestros cuerpos, desparramados sin vida, como los de Rensa y Kyri. Pero eso solo hace que empiece a catalogar todas las formas que podrían tener de matarnos, así que cada vez que mi mente intenta poner rumbo a ese puerto en concreto, hago girar el timón y cambio de rumbo.

Lo único que tengo que hacer es impedir que ocurra todo el tiempo que pueda. El mundo se ha reducido a una única tarea: llevar a Leander al templo.

Miro automáticamente hacia donde estaría la figurita de Barrica, a estribor del timón, si este fuese el *Lizabetta*. La he tocado infinidad de veces cuando llevaba el timón, he rozado con los dedos su cálida superficie metálica y le he pedido suerte, o que me guiara, o paciencia para contenerme. Nunca me concedió esto último. Cuando subimos a bordo, en su lugar había una pequeña estatua de Macean. La arranqué de un tirón y la dejé en el muelle.

Y aunque este es un barco mellaceo, y no hay ni rastro de Barrica a bordo, por primera vez en mucho tiempo le rezo como es debido, sin hacer las desesperadas ofertas o los intentos de intercambio que he hecho en el pasado, cuando las cosas no iban como yo quería. Esta vez mis plegarias son dulces y sencillas, me salen del corazón.

Hacemos todo esto por nuestra diosa, y debo confiar en ella.

Ayúdame a llevar el timón de este barco. Ayúdame a llevarlo a donde tiene que ir.

Estoy dando mi vida por esto, y mi futuro, y todo lo que podría haber hecho. Todo lo que él y yo podríamos haber sido juntos.

No sé cuánta más fe y sacrificio puede pedir.

Un chorro de agua helada me salpica cuando una ola rompe contra el barco, y sacudo la cabeza para despejar los ojos.

Lo único que nos queda es seguir adelante.

Empieza a caer la noche cuando nos golpea otra borrasca.

El muro de viento se dirige hacia nosotros por babor y veo cómo tiemblan las olas. Estas rompen con una ferocidad renovada y nuestro intrépido barquito se escora hacia sotavento.

Sujeto el timón con las manos y aprieto todo el cuerpo para mantener el rumbo a duras penas. Si una ráfaga inesperada nos empuja antes de que pueda esquivarla... no sé si un pesquero podrá recuperarse de eso.

—¡Leander! —grito, el viento me arranca el nombre de los labios en cuanto sale de ellos, pero Keegan está más cerca de la escalerilla y lo veo inclinarse para gritar el nombre del príncipe.

Un minuto después, mientras forcejeo con el timón, Leander sube las escaleras a toda prisa. Lo hemos dejado para este momento.

El chorro de agua me golpea en la cara y me escuecen los ojos. La jarcia aúlla, las velas crujen sobre mi cabeza. Escupo un poco de agua salada a un lado mientras las banderas ondean y se rompen en el estay.

—¡Necesito ayuda! —grito.

Leander tiene en sus brazos lo que parece ser la mitad de nuestra comida, un sacrificio lo bastante grande para lo que está a punto de pedir. Sin vacilar, la arroja por la borda y se desvanece al caer al agua. Luego se tambalea y se coloca detrás de mí, ayudándome a sujetar el timón. Me abraza con los brazos, su pecho está caliente contra mi espalda y me presta su fuerza para que la use cuando la necesite. Cuando vuelvo la cabeza, veo que sus facciones se suavizan mientras se sumerge en su vínculo con los espíritus.

—No dejes que el viento amaine demasiado —grito—. Todavía necesitamos velocidad.

El viento nos rodea de forma salvaje y recuerdo lo que me enseñó en el *Pequeña Lizabetta*: no le decimos a los espíritus lo que queremos. Se lo pedimos.

Todo el barco se estremece y me pregunto si está pidiendo en vano. Si ni siquiera el mago más poderoso de Alinor puede controlar esta tormenta.

Me concentro en ayudarnos a atravesar las olas a medida que nos abrimos paso por cada una de ellas y nos precipitamos en los senos que las separan. El agua baña la cubierta en grandes cántaros y la espuma blanca se arremolina alrededor de la base del mástil.

No puedo imaginar lo que está pasando en el barco que tenemos detrás de nosotros. Es más grande, pero no lo suficiente como para aguantar una tormenta como esta, y sea cual sea el mago que lleven a bordo, no será rival para Leander, nadie lo es. Si son sensatos, se volverán contra el viento y se retirarán, esperarán a que el tiempo mejore y volverán a navegar mañana. Puede que no tengan una carta que muestre las Islas, pero tienen nuestro rumbo, así que la realidad es que aún pueden seguirnos.

Otra ráfaga de viento nos alcanza como si fuera una tromba y nos estrellamos contra la cresta de la ola. Salgo despedida hacia delante contra el timón, una de mis manos se desprende de él y el dolor me recorre las costillas.

Entonces Leander me rodea con un brazo, me sujeta hasta que puedo respirar a la desesperada y luchamos juntos para controlar el timón mientras Keegan lucha por la cubierta, calado hasta los huesos, para recoger una vela que se agita como una loca.

Y así trabajamos juntos durante horas.

Cuando la última luz lúgubre queda atrás y cae la noche, con las estrellas y las lunas ocultas por las oscuras nubes grises, Keegan se arriesga a bajar; nos trae queso y frutos secos que podemos comer a puñados, y rodajas de manzana dulce. Incluso cuando el rocío las salpica, nos limpian la boca.

Leander consigue agacharse un poco, pero ahora se balancea, los arrebatos de viento y las molestas olas se le escapan con más frecuencia.

Y mientras navegamos por la noche, grito hasta quedarme ronca, haciendo que Keegan corra de un lado a otro; no sé de dónde saca la fuerza en esos brazos desgarbados y en esas piernas que tiene a medida que pasan las horas. No sé de dónde sacamos la fuerza ninguno de nosotros.

Al amanecer, cuando vuelve junto a mí al timón, mi voz se quiebra al intentar gritar por encima del viento y las olas, y él agacha la cabeza para que pueda gritarle al oído.

—Tenemos que echar un vistazo al horizonte.

Keegan mira al mástil y luego vuelve a mirarme.

—¿Estás de broma? —grita.

Sacudo la cabeza.

—Fijamos nuestro rumbo basándonos en que Leander dijo que las Islas estaban justo debajo de Loforta. No hemos visto las estrellas en toda la noche. He estado utilizando una brújula en medio de una tormenta. Es imposible que hayamos mantenido el rumbo, pero ahora se está aclarando. Si he hecho bien mi trabajo, estarán en algún lugar del horizonte, y necesito saber dónde. No puedes sostener el timón sin mí. Tendrás que subir.

Se queda callado un latido, luego dos, con la mirada fija en la maraña de cabos y velas hasta lo más alto del mástil.

Puedo ver cómo su miedo alarga ese momento hasta convertirlo en una eternidad. Y entonces asiente.

—Lo intentaré.

—Abajo habrá un arnés —grito—. Puedo decirte cómo engancharte al mástil. Tú...

Una monstruosa ráfaga de viento me interrumpe mientras me aferro al timón con todas mis fuerzas. Incluso con el estruendo del vendaval, oigo el ruido que se produce por encima de nosotros: la vela mayor se está desgarrando, aparece un agujero enorme e irregular al ceder una costura, que va haciéndose más grande por segundos.

El aire lo atraviesa, la tela se ondula y tiembla, se mueve y se desgarra, y Leander grita alarmado detrás de mí mientras los espíritus se cuelan por la herida abierta en la vela.

El viento gira alrededor de cada punto de la brújula mientras reaccionan, arremolinándose como locos unos sobre otros, y luego, por un instante, se reduce a la nada, todo se queda totalmente quieto y en silencio, de repente mi propia respiración entrecortada puede oírse, la presión de su cuerpo, cálido detrás del mío.

Giro la cabeza, pero antes de que pueda hablar y rogarle que vuelva a encantarlos, el vendaval vuelve a arreciar con fuerza, soltándome el pelo de la trenza y azotándome la cara, haciendo que las jarcias se estremezcan y chillen.

El *Emma* empieza a inclinarse, el agua se desliza por la cubierta y se esfuerza por quedar a sotavento. Apenas puedo controlarlo, vamos a naufragar y no hay nada que pueda hacer para impedirlo.

De repente, Leander ya no está detrás de mí; se desliza por la cubierta, lucha por agarrarse, y capto un destello en sus ojos grandes y aterrorizados.

Luego se da un golpe contra la barandilla con un sonido que oigo incluso por encima de la tormenta, y se queda inmóvil al instante, boca abajo, con el agua a su alrededor.

Mientras el barco sigue inclinándose, él empieza a rodar sin hacer ningún esfuerzo por evitarlo, acercándose al borde, a punto de desvanecerse en las olas oscuras por encima de la borda.

—¡Ve! —grito mientras una ola se abalanza sobre él, y mi corazón se contrae con tanta fuerza que creo que se detendrá, sobresaltándome ante la profundidad de mi pánico. Keegan ya se está lanzando por la cubierta—. ¡No dejes que caiga!

Keegan se deja medio caer por la cubierta, golpeándose contra la barandilla mientras agarra al príncipe; cuando hace rodar a Leander en sus brazos, su cabeza se echa hacia atrás de forma horrible.

Está inconsciente, o al menos rezo para que solo sea eso. Está completamente inerte y no hay nada de él en su cuerpo; su forma de mantenerse en pie ha desaparecido y es un peso muerto en los brazos de Keegan. Quiero separarme del timón, deslizarme por la cubierta, tocarlo, sacudirlo, rogarle que despierte.

Pero con su repentina desconexión de los espíritus, estos se vuelven locos, arremolinándose a nuestro alrededor como un huracán. Los espíritus de agua también entran en pánico ante su desaparición, y, bajo el barco, el mar embravecido comienza a agitarse y a retorcerse, y las propias olas se convierten en un remolino impetuoso.

El *Emma* gime, un escalofrío lo recorre por la presión sobre sus maderas, subiendo por el timón hasta mis manos, como si intentara liberarse de mi agarre.

—¡Selly! —grita Keegan—. ¡Haz algo!

—No puedo… —empiezo a decir, pero las palabras mueren en mis labios.

Vuelvo a sentir al *Pequeña Lizabetta* inclinándose bajo mis pies.

El calor en mi rostro cuando el pasillo de la posada estalló en llamas.

El horror enfermizo de haber encontrado mi magia después de todos estos años, después de cada fracaso, de cada oscura sombra de vergüenza, de cada humillación, solo para que se volviera contra mí.

He buscado a los espíritus dos veces, y las dos veces casi acabo con nosotros.

—¡Selly! —vuelve a gritar Keegan, su rostro es un borrón blanco entre las olas rompiendo, Leander sigue inmóvil en sus brazos.

El *Emma* se tambalea hacia un lado y algo me hace levantar la vista cuando una polea se desprende del mástil y sale disparada por el extremo de su cuerda, lanzándose hacia mi cabeza como un arma mortal. Me arrodillo cuando la polea se arquea justo por encima de mi cabeza y luego da la vuelta para enredarse en la jarcia. Me apoyo en el timón, usando todo el peso de mi cuerpo para evitar que nos abandonemos a la vorágine que se forma a nuestro alrededor.

Tengo que intentarlo.

Las dos veces que he recurrido a los espíritus, he intentado darles órdenes, he intentado someterlos a mi voluntad; es lo que he intentado hacer con todo, con todos, toda mi vida.

Antes estaba muy segura de todo lo que sabía. Pero ahora solo sé que el mundo es inmenso. Y, al igual que este barco, yo soy una mota diminuta en él.

Eso fue lo que Rensa intentó mostrarme. No soy más que una parte de algo mucho más grande, y no existe debilidad alguna en ello. Solo fuerza.

Rebusco en mi bolsillo y saco el barquito de papel. Este tiene que ser un sacrificio de verdad, y este barquito es lo único que tengo que signifique lo suficiente para mí.

Es el regalo de un chico que podría haberme dado oro y joyas como para llenar la flota de mi padre, pero que, en lugar de eso, me dio algo que no tiene precio: una parte de sí mismo. Es la promesa de enviarme de vuelta al lugar que más amo, incluso cuando él quería mantenerme a su lado.

Es un regalo que honra lo que soy, no lo que él desearía que fuera. Es él creyendo en mí, incluso cuando yo no he creído en mí misma.

Al principio no consigo que mis dedos helados lo suelten, y mi mano tiembla mientras lo miro como si perteneciera a otra persona.

De repente, mis dedos se abren y el viento se lleva el frágil barquito en un instante, desvaneciéndose hasta desaparecer.

Vagamente, siento que sigo sujetando el timón, pero ya estoy entrando en el espacio mental que me enseñó Leander.

Por favor, ruego a los espíritus, ahora pido, no ordeno. *Por favor*.

Y entonces los veo. El pánico se apodera de mí: ¿a cuántos de ellos estaba encantando a la vez? Es como si diez mil luciérnagas se arremolinaran a mi alrededor en el viento, furiosas, caóticas, y su acompañante hubiera desaparecido de repente.

Me obligo a ir despacio. Me inclino con humildad mientras las olas chocan contra mí. Les muestro cómo pueden ayudarnos si están dispuestos, cómo fluir sobre el tejido de la vela y hacer que el barco avance.

Cuando la vela mayor se rompe aún más, los bordes rasgados se hacen pedazos de inmediato y los espíritus danzan dentro y alrededor de ella, como si apenas me oyeran.

Desesperada, me lanzo hasta tal punto a la conexión, que no sé si habrá vuelta atrás.

Por favor, les ruego.

Y entonces hago algo más que hablarles. Les muestro mi corazón. Les muestro mi amor por el mar y el viento. Les muestro que son parte de mí y que los necesito. Esto es a lo que Leander se refería cuando dijo que el mar es el lugar al que pertenece mi magia. Y tenía razón.

Les muestro lo mucho que me gusta estar aquí con ellos. Lo mucho que siempre me ha gustado. Lo mucho que quiero a este pequeño barco que intenta llevarnos con tanto valor. Les muestro que quiero a los chicos que lo tripulan conmigo, valientes, leales y decididos.

Les muestro la forma en que mi corazón está enredado alrededor de Leander, que soy como ellos, que me atrae, y que estoy intentando ayudarlo con todo lo que tengo.

Les muestro que ahora entiendo a qué se refería Rensa cuando dijo que moriría por su tripulación y que ellos lo sabían.

Y les muestro que por fin comprendo lo que ella quería que viera: que el mundo es grande y que hay cosas mucho más importantes que yo.

Intento, sin saber si los espíritus pueden entenderlo, compartir los sacrificios que cada uno de nosotros está haciendo. Y de repente... algo cambia.

El viento se calma cuando dejamos atrás el remolino, y todo el barco zumba cuando nos alejamos, cuando los espíritus de aire empiezan a bailar conmigo en lugar de girar a mi alrededor.

Y es glorioso.

Es como la luz del sol sobre mi piel, después de haber estado empapada en agua salada y helada durante tanto tiempo que he olvidado lo que es el calor. Es como ese instante en el que llevas una eternidad en el puerto y, de repente, tu barco se adentra en mar abierto, ganando velocidad. Es la primera pizca de sal en la brisa, cuando llevas todo el día en una ciudad sofocante y apestosa.

Los espíritus bailan conmigo y a mi alrededor, y con una vertiginosa ráfaga de dicha, no puedo creer que me haya estado perdiendo esto toda mi vida. Todo porque era demasiado orgullosa para pedir.

Veo cómo bailan alrededor de Keegan y Leander, casi como si no supieran que Keegan está ahí, pero se mueven en remolinos salvajes alrededor de mi príncipe, tirándole de la ropa y del pelo, incluso estando inmóvil. Y sé que no se mueve, pero está vivo. Siguen conectados a él.

La euforia me recorre y los espíritus danzan en respuesta a ella.

Está vivo. Está vivo.

Entonces se me ocurre algo más, y vuelvo a tenderles la mano, intentando averiguar cómo mostrarles mi pregunta.

El viento azota hacia nosotros a través del mar desde el noreste. No debería haber nada entre nosotros y Kethos, pero tal vez... Despacio, con cuidado, pregunto si algo ha interrumpido ese viento aullante mientras surca la superficie del agua.

Al principio no parecen entender lo que les pregunto, pero luego la respuesta llega rápida y sencilla: un penacho de espíritus que empuja en la dirección que quiero, tan seguros como la aguja de una brújula.

Hay algo en el mar, muy cerca.

Abro los ojos y hago girar el timón a babor, corrigiendo el rumbo y mostrando los dientes con una sonrisa feroz.

Los espíritus me han mostrado exactamente dónde encontrar las Islas de los Dioses.

PARTE CUATRO

LAS ISLAS DE LOS DIOSES

LEANDER

◆

La Isla de Barrica
Las Islas de los Dioses

Tengo la cabeza como si alguien me la hubiera envuelto con su puño y estuviera apretando. Cuando me arriesgo a abrir los ojos, la pálida luz de la mañana me atraviesa y doy un respingo. Entonces parpadeo, vuelvo a parpadear y el mundo que tengo encima se vuelve nítido. Selly está inclinada sobre mí, con la trenza deshecha, los ojos ensombrecidos y mordiéndose el labio, con la preocupación reflejada en sus facciones.

Los espíritus danzan a su alrededor como una aureola, enmarcándola contra la luz que hay a sus espaldas y dejando ondear los mechones de su pelo en la brisa que crean para ella. La forma en que le responden ha cambiado.

Levanto la mano para pasarle un dedo por la mandíbula y rozarle los labios, para decirle sin palabras que no se preocupe. Tal vez debería preguntarme dónde estamos, pero no se me ocurre por qué eso sería importante. Exhala con suavidad, me agarra la muñeca y me levanta la mano para que pueda acariciarle la mejilla. Me gusta.

—Tú —dice—, eres un idiota.

—Hola a ti también —balbuceo.

Se permite esbozar una pequeña sonrisa y estudio la forma en la que se curvan sus labios.

—¿Quién no se agarra a algo en una tormenta así? —susurra—. Pensé que te habías matado.

—¿Qué pasó?

—Saliste volando, te golpeaste la cabeza. Los espíritus… entraron en pánico.

Abro los ojos de par en par cuando los recuerdos me inundan y el corazón intenta treparme por la garganta.

—¿Ellos qué? ¿Cómo es que seguimos vivos?

—Bueno, yo… tuve una conversación con ellos.

—¿En serio? —Intento incorporarme y ella me sujeta por los hombros.

—Que no cunda el pánico, Míster Magia. Lo resolvimos entre nosotros. Tuve que hacerlo, ya que te quedaste por el camino.

—Lo siento —murmuro, sin dejar de mirarla mientras mi corazón empieza a ralentizarse de nuevo. Sus ojos son de un verde musgo, lo más parecido que he visto nunca al tono de mis marcas de mago. Curvo los dedos despacio, recorriendo su piel con las yemas. Noto dónde se ha secado la sal.

—Será mejor que no empieces a disculparte ahora, mi príncipe —dice—. Va a faltarte tiempo para disculparte por todo.

Hago una pausa, a punto de sonreír.

—Espera. Si estás aquí, ¿quién dirige el barco?

—Keegan. Ahora siéntate bien y despacio, porque vas a querer ver esto.

Me rodea con un brazo para ayudarme a ponerme en pie y me mantiene sujeto mientras compruebo si puedo sostenerme por mí mismo.

—¿Estás bien?

—Quizá necesito que me aguantes un poco más —respondo, deslizando un brazo alrededor de su cintura y mirándola—. Solo para estar más seguro.

Sin dejar de sonreír, deja que me salga con la mía, y juntos nos dirigimos a babor de nuestro pequeño barco para contemplar el mar.

El viento sigue azotando a nuestro alrededor y las olas rompen en crestas blancas, pero delante de nosotros es como si una barrera invisible se deslizara por el aire y el agua; al otro lado todo es diferente.

El cambio no es gradual, las nubes disminuyen, los mares se apaciguan. En cambio, a un lado de la frontera están nuestros cielos amenazadores y mares peligrosos. Al otro, el agua es de un azul chispeante, tranquilo y amable.

Cuando atravesamos la línea divisoria, las velas del *Emma* dejan de tensarse y pasa del galope al paso. La brisa es ligera y el aire cálido, me acaricia la piel con dedos aterciopelados, los espíritus de aire parecen casi juguetones. Es como si hubiéramos navegado a través de una cúpula invisible y dentro se escondiera un día de verano perfecto.

El repentino y soleado entorno me recuerda a Kethos. Cuando era joven, solíamos navegar por allí en verano en uno de los yates de la familia. Anclábamos mar adentro y nos zambullíamos en el mar durante horas, secándonos al sol como una hilera de cálidas focas tendidas en cubierta.

Pero aquí no veo la costa de Kethos en el horizonte, sino de golpe ocho islas que se alzan ante nosotros, aunque debían de estar ahí antes. Es como si hasta este momento algo me hubiera impedido verlas.

La más grande es la Isla de la Madre, y sus siete hijos están reunidos ante ella formando un corro. En el mapa, una línea ligeramente trazada une las ocho en círculo, y ahora puedo ver arrecifes bajo el agua que las conectan, sombras oscuras lo bastante cerca de la superficie como para provocar pequeñas olas rompedoras. Una corona de color blanco, salpicada por las vívidas joyas verdes que son las islas.

Las propias islas son exuberantes, atestadas de una selva impenetrable, con cien tonos de verde enredados entre sí.

Selly se mueve entre mis brazos, se quita la chaqueta mojada y los mitones sin separarse de mí. Los deja caer sobre cubierta, vuelve la cara hacia el sol y exhala despacio. Recorro su perfil con la mirada mientras la brisa le alborota el pelo, que se seca al sol y empieza a rizarse.

Entonces, cuando extiende las manos para apoyarlas en la barandilla, veo algo más, y una descarga eléctrica me recorre todo el cuerpo.

—Selly... tus marcas.

Mira hacia abajo y se levanta las mangas de la camisa, quedándose boquiabierta al ver sus antebrazos. Las gruesas marcas de maga infantil que tenía pintadas antes han desaparecido.

En su lugar hay líneas esmeralda labradas con finura en patrones geométricos que nunca antes había visto. Como en un caleidoscopio, cuadrados, triángulos y rombos encajan en una complejidad infinita.

—¿Qué son? —susurra.

—Nada que haya visto antes —digo despacio. La visión es eléctrica, me produce un resplandor que no puedo explicar. Las marcas de un mago de aire son todo bucles, remolinos y líneas curvas, no... no esto.

—¿Qué significa eso?

—No lo sé —murmuro—. Estas ni siquiera se acercan a... Selly, no lo sé.

Enrosca las manos alrededor de la barandilla y contemplamos este nuevo misterio. Si antes era única, ahora es algo que ni siquiera había imaginado.

¿Cómo ha ocurrido?

¿Y por qué?

—¡Selly! —grita Keegan desde el timón, y ambos miramos hacia atrás a la vez—. ¿Quieres llevarnos allí?

Ella levanta la vista hacia mí, con el asombro aún en su rostro, aunque todavía no se separa de mi brazo.

—¿Hacemos el sacrificio? —pregunta.

—De acuerdo. —Suspiro—. Pero no hemos terminado de descifrar tus marcas, todavía no.

—Lo sé —acepta, con una sonrisa dulce—. Pero les hemos ganado terreno con esto. Si somos rápidos, quizá podamos volver a ponernos en marcha antes de que lleguen.

Puedo verlo en su cara, por primera vez en mucho tiempo, y siento que también chispea dentro de mi pecho: esperanza.

Estábamos preparados para darlo todo por esto, para morir en el intento por hacer este sacrificio.

Pero tal vez… solo tal vez, no tengamos que hacerlo.

Tal vez lleguemos a casa, a las queridas bibliotecas de Keegan, que podrían explicar sus misteriosas marcas de mago. A mis hermanas, a las que con gusto pediría que me contaran todo lo que he hecho mal, solo por el placer de verlas.

A… Apenas puedo susurrarlo, incluso para mí mismo, pero en algún rincón de mí existe la locura suficiente para imaginar la idea.

Un futuro con esta chica entre mis brazos. Sea como sea.

Lo único que sé es que no soporto separarme de ella.

—Vamos —digo—. Y Selly… sé que me salvaste la vida una vez más. Gracias.

Me mira fijamente y sonríe despacio, con una sonrisa más tierna y apacible que antes. Esbozo una igual y mis labios se curvan en respuesta. No puedo evitarlo. Tengo tantas ganas de que levante un poco la barbilla, de que me dé la más mínima señal… pero entonces el barco choca con una ola errante, nos agarramos el uno al otro para mantener el equilibrio y ella solo se ríe.

—De nada.

Se coloca detrás del timón y Keegan y yo nos movemos sin instrucciones para ajustarle las velas. Mientras observo cómo los espíritus fluyen por las lonas y dan vueltas para jugar de nuevo con su pelo, caigo en la cuenta, un eco de ese instante de anhelo de hace un rato en el que deseaba poder besarla.

Saben que quiero tocarla. Así que la rodean y tiran de su pelo, tan fascinados como yo.

Mientras nos guía hacia la Isla de Barrica, levanto la vista para estudiar nuestro destino: rocas negras en la base, acantilados escarpados que se elevan hasta la selva que corona la isla.

No puedo creer que lo hayamos conseguido. Hemos llegado hasta aquí, y el templo está a nuestro alcance.

No estamos muy lejos de Laskia y su tripulación, pero tal vez, tal vez estamos lo suficientemente lejos.

—Voy a necesitar indicaciones, Su Alteza —dice Selly, con un tono tranquilo.

Es la primera vez que alguien utiliza ese título en lo que parece una eternidad, pero no siento el peso habitual que se apodera de mí cuando lo oigo. Hoy no.

Saco el diario de su bolsa de algodón encerado y lo abro, hojeo las páginas cubiertas de bocetos y garabatos, la letra de las generaciones de miembros de la realeza que me precedieron. Ya lo he leído suficientes veces como para saber exactamente lo que busco, y no tardo en encontrar la descripción del lugar donde desembarcaremos, escrita a mano por mi bisabuelo.

—Estás buscando una cala —respondo—. Los acantilados se elevan a ambos lados de la abertura, pero en el extremo más alejado descienden hasta el nivel del suelo. Hay una franja de arena negra, y podemos echar el ancla y desembarcar allí.

—A sus órdenes —dice alegre, y nos da instrucciones mientras maneja el barco alrededor de la isla en busca de la calita. Casi podríamos estar en Kethos, salvo que los acantilados bajo la vegetación son de piedra negra, no de piedra caliza blanca.

Keegan se agacha y sale con bollos congelados que me alegro de no haber visto cuando estaba tirando la mitad de nuestra comida por la borda. Son dulces y pringosos, lo mejor que he probado nunca: mi tranquilidad y la luz del sol los convierten en algo ligero y delicioso.

Le doy uno a Selly y me quedo con ella mientras apoya una mano en el timón y come con la otra. Nos chupamos los dedos, con el azúcar y la sal persistentes, y ella me descubre mirándola trabajar, con los ojos bailándole, aunque no dice nada.

El *Emma* surca con suavidad las aguas azules tropicales que nos rodean y, a medida que la luz del sol nos calienta, es difícil recordar la desesperación de la noche anterior.

—Veo una hendidura en los acantilados —dice Keegan desde la proa, y Selly gira el timón para acercarnos a ella mientras yo me alejo para ocuparme de las velas una vez más. Pero cuando nuestra pequeña embarcación da la vuelta a la curva para adentrarse en la cala, Selly maldice detrás de mí y yo levanto la mirada del cabo que estoy atando.

Por favor, no.

La cala ya está ocupada por un elegante barco negro. Sus motores no hacen ruido y descansa tranquilo anclado. No es más grande que el *Emma*, pero no se parece en nada a nuestro leal barco de pesca. Este está hecho para cortar el agua como un cuchillo.

Selly baja la voz a un susurro, con las manos livianas sobre el timón.

—Por los siete infiernos. ¿Deberíamos buscar otro lugar para desembarcar?

Niego con la cabeza, con los ojos fijos en el barco.

—Este es el único lugar. El diario es claro.

Keegan lo estudia pensativo.

—No tienen vigía —murmura—. Tal vez no haya nadie a bordo. O no son enemigos; tal vez tu hermana se enteró y envió a otra persona para que hiciera el sacrificio.

—Tal vez —dice Selly en voz baja, sin parecer muy convencida—. Debemos ir ya, rápido, llegar a tierra. En tierra podremos movernos mejor si alguien sube a cubierta, nos ve y no le gustamos.

Siguiendo sus instrucciones susurradas, dirigimos el *Emma* hacia el viento, enrollando con rapidez las velas, y echamos el ancla. Temía una cadena ruidosa como las que he visto en los barcos de mi familia, pero Selly saca algo atado a una cuerda gruesa y lo lanza al agua con un gruñido por el esfuerzo. Se hunde en silencio, y el *Emma* se balancea hasta el final de su cabo sin que nadie aparezca en la cubierta del otro barco.

Tendremos que nadar hasta la orilla, así que tiramos redes de pesca por la borda para usarlas como escalera y bajar al agua, con el hedor de la pesca de anteayer envolviéndonos en una nube nociva.

Selly extiende un traje de pescador impermeable sobre la cubierta y, con una mirada que nos advierte de que no hagamos ningún comentario al respecto, se desnuda hasta quedar en ropa interior, se pone la ropa encima del traje y se anuda los cordones de los zapatos para colgarse las botas al cuello para nadar.

Me quedo inmóvil. Entonces me doy cuenta de que Keegan ya está haciendo lo mismo, y me apresuro a desabrocharme los botones de la camisa, esforzándome por pensar en otra cosa que no sea la piel cremosa de sus largas piernas. Prácticamente puedo oír a Augusta: *¿En serio, Leander? ¿Pensando en eso en un momento como este?* Pero no puedo dejar de pensar en Selly. Y no quiero dejar de hacerlo.

Espera a conocerla, Augusta.

Intentando recuperar mi dignidad, porque sé que al menos Selly y seguramente Keegan me han visto mirarla boquiabierto —o quizá solo intentando hacerla sonreír—, respiro para hacer una broma en voz baja sobre mi físico mientras bajamos de la red de pesca. Y entonces aprieto los labios, conteniendo con desesperación una tos ahogada mientras el olor de las redes de pesca me golpea de nuevo. Me lo merezco.

Keegan me pasa el bulto con nuestra ropa y el diario, y yo se lo paso a Selly, que es la que mejor nada con diferencia.

Se dirige a la orilla de espaldas, manteniéndola alejada del agua, con un ojo puesto en la silenciosa embarcación que nos hace compañía en esta tranquila cala. Todavía no hay señales de vida cuando llegamos a la orilla y caminamos por la arena negra.

Al entrar en contacto con la isla, me invade una extraña sensación: todos mis sentidos se agudizan. El misterioso barco anclado ha caído en el olvido, mis compañeros han caído en el olvido.

Los pájaros gritan en los árboles y la brisa juguetea entre las ramas. Hay mil tonos de verde exuberante. Huelo el aroma limpio y terroso de la maleza, la sal del mar detrás de nosotros.

Siento la isla en la planta de los pies, pero, aunque todo a mi alrededor está más claro, más nítido, también me resulta más distante, porque puedo sentir a Barrica aquí, su presencia acechándome. Es el mismo tipo de cercanía que cuando rezo en el templo: su mente, a falta de una palabra mejor, apretándose contra la mía. Una sensación de familiaridad y, al mismo tiempo, de que es mucho más vasta de lo que puedo comprender. Es abrumador, pero a la vez reconfortante por la familiaridad.

—¿Leander? —me pregunta Selly en voz baja, con la mirada fija en mí cuando percibe que algo ha cambiado.

—¿Puedes sentirlo? —Me las arreglo para hablar.

—¿Sentir el qué? —pregunta Keegan, girándose hacia mí.

—Está aquí —suspiro.

Todo el mundo se queda quieto.

—Está... —empieza a decir, mirando a su alrededor.

—No, Laskia no —murmuro, con una sonrisa en los labios.

—Ella.

Selly echa un vistazo a la jungla y niega con la cabeza, al igual que Keegan.

—Tu familia tiene una conexión con ella —señala—. Supongo que es prometedor que puedas sentir su presencia. ¿Sabes cómo llegar desde aquí?

Sí, lo sé. Todavía hay páginas del diario de mi padre que no he leído, pero todos los miembros de mi familia antes que él dejaron constancia de su camino hasta el templo. Y aunque no lo hubieran hecho, lo sabría por instinto.

Nos vestimos y nos calzamos las botas, secándonos lo mejor que podemos en el proceso.

Y luego subimos, dejando atrás las embarcaciones.

Nos abrimos paso entre la vegetación, con la maleza agarrotándonos las piernas y la hojarasca crujiendo bajo nuestros pies. El aire cálido y húmedo nos abraza mientras seguimos los senderos más estrechos, deben de haber sido creados por animales, porque de vez en cuando veo un palo roto, señal de que algo ha pasado por aquí. De vez en cuando, una brisa serpentea entre los árboles, haciendo que se balanceen.

Hay un ritmo en este lugar que parece el latido de mi corazón.

El terreno se vuelve más escarpado, y a medida que subimos me cuesta más respirar. Ahora veo más luz entre los árboles, nos acercamos a la cumbre de la isla, y nos detenemos para tirar los unos de los otros en las partes más empinadas, dándonos la mano y jadeando.

—¿Cuánto tiempo crees que llevamos subiendo? —resopla Selly al cabo de un rato, tirando del brazo de Keegan mientras sube por una parte del sendero que resbala.

—¿Veinte minutos? —estima, sacando un trozo de tela de un bolsillo (no puedo llamar pañuelo a lo que lleva en la mano, y estoy seguro de que nunca lo fue). Lo usa para limpiarse la frente, pero la mayor parte del tiempo no hace más que esparcir el sudor y la suciedad.

—Es por aquí, ¿verdad? —pregunta Selly, entrecerrando los ojos con suspicacia y subiendo por lo que podría describirse generosamente como una senda.

—Es por aquí —le digo, tendiéndole la mano para que suba conmigo. Su mano se aferra a la mía, ella tira, yo me empujo desde un árbol y, de algún modo, subo a su lado. Seguimos agarrados de la mano, los dos jadeamos—. Es por aquí —repito—. Todos los relatos del diario dicen que el templo está en la cima, y si hay algo que estamos haciendo, es ir cuesta arriba.

—Tú sí que te haces cuesta arriba —murmura, pero la pulla habitual ahora parece afecto, y me deja entrelazar mis dedos con los suyos.

Pocos minutos después encontramos un claro justo delante. Los árboles cesan de repente, aunque no hay señales de que el claro esté hecho por el hombre, no hay rastro de tocones ni de árboles nuevos que quieran invadir este espacio.

En el centro se alza un templo de piedra antigua. Es un edificio bajo, ancho en la base y que se eleva en punta en la cima. Las enredaderas trepan por sus lados oscuros, serpenteando alrededor de la estructura, con ramificaciones metidas en cada grieta de la piedra. El musgo crece por el lado que tenemos más cerca, como terciopelo verde extendido, dándole al conjunto un brillo esmeralda.

Puedo sentir el poder de este lugar mientras lo contemplo, pero tengo una extraña sensación de incomodidad. Como si estuviera en medio de una carrera para la que he entrenado, pero de repente tuviera una piedra en el zapato.

Algo va mal.

¿Cree que no soy suficiente? ¿Presta mucha atención al paso del tiempo y a los asuntos de los hombres para saber que llego tarde?

—Llegamos a tiempo. —La voz de Selly irrumpe en mis pensamientos, como si los respondiera de alguna manera. Pero cuando me giro, está mirando a través de una brecha en los árboles a la cala más abajo.

Veo el *Emma* anclado junto al silencioso barco negro, pero todavía no hay señales de los perseguidores que vimos detrás de nosotros en el horizonte. Sin embargo, mi anticipación, mis sueños de volver a bajar la colina, de despejar la boca de la cala antes de que llegue Laskia se ven repentinamente silenciados, medio enterrados bajo esta incomodidad extraña.

—¿Estás preparado? —pregunta Keegan.

Asiento con la boca seca, flexiono las manos, estiro los dedos y los cierro en puños.

—Lo estoy.

Caminamos juntos hacia el templo.

Siento a los dos detrás de mí, pero estoy atento al frente y el mundo que me rodea se desvanece mientras dejo que mis sentidos se dirijan hacia el altar del templo. Ya estoy casi en la entrada.

Selly me agarra del brazo un segundo antes de que tropiece con los cuerpos y tira de mí hacia atrás. Por un momento, pierdo el equilibrio y la miro con una frustración que roza la ira. Luego sigo su mirada, y la de Keegan, y veo a los cuatro tendidos ante nosotros.

Están boca abajo, medio dentro y medio fuera de la abertura arqueada del templo, uno de ellos con un brazo extendido hacia nosotros como en una súplica silenciosa.

Están viejos y decrépitos, con el pelo encrespado y la piel tirante, pero con la ropa intacta. Y... la tierra está removida alrededor de esa mano extendida. Hay marcas de arañazos, como si el cuerpo hubiera intentado tirar de sí mismo hacia delante, y son tan recientes como si se hubieran hecho hace apenas unos minutos.

—¿Cómo ha podido la ropa, la...? —Selly hace una mueca y señala las marcas de arañazos en el suelo—. ¿Cómo han podido resistir todo este tiempo, mientras los cuerpos acababan así? Que alguien se seque así debe de llevar mucho tiempo. ¿Y por qué se disecaron en lugar de pudrirse, o lo que ocurra en un clima cálido y húmedo como este?

Keegan se acerca a nosotros y se agacha. Asiente con respeto ante la abertura del templo y da la vuelta a uno de los cuerpos, colocándolo boca arriba con cuidado.

Creo que antes era una mujer, con el pelo largo, una falda ligera de algodón y en el cuello un broche de un rubí que nos guiña un ojo a la luz del sol.

—No vinieron en nombre de Alinor, ni de la gente de Barrica —dice Keegan en voz baja—. He aquí el destino de los que no vienen aquí a rezar.

—Por los siete infiernos —murmuro.

—Y lo dice con todo respeto —añade Selly, dándome un codazo y mirando al templo, como si Barrica pudiera oírlo. Para ser justos, nuestra diosa podría oírlo.

Keegan señala las marcas de garras en el suelo, rozándolas con un dedo.

—Creo que son de hoy —dice—. Las marcas parecen recientes, y no sabemos mucho de este lugar, pero imagino que la lluvia las habría borrado si fueran más antiguas.

Selly asiente, levantando un dedo para señalar otro de los cuerpos sin tocarlo.

—A juzgar por su ropa, era marinero. Creo que es la tripulación del barco que vimos anclado en la cala. La pregunta es: ¿qué les mandó hacer Laskia? ¿Y lo consiguieron antes de morir?

Ahora nos volvemos para mirar el templo.

La urgencia de mi propia misión me golpea como un tambor en el pecho: no sé qué querían ellos, pero sé lo que quiero yo.

Sé que mi motivo para venir aquí es puro: estoy aquí para rendir culto. Estoy aquí para hacer el mismo sacrificio que mi familia ha hecho para servir a Barrica durante quinientos años, desde que uno de nosotros dio su propia vida. Así que no correré la misma suerte que esta tripulación.

Me pongo en pie, contemplando la entrada. Algo me toca la mano y veo que Selly me tiende una caja de cerillas y su navaja. Me los meto en el bolsillo, paso con cuidado junto a los cadáveres y entro.

Pensé que el templo estaría a oscuras, pero del techo caen puntitos de luz donde faltan piedras. Caen en patrones, una parte deliberada del diseño. Sin embargo, el lugar sigue estando poco iluminado y avanzo despacio, arrastrando los pies por el suelo lleno de polvo.

Cuando mis ojos se adaptan a la penumbra, distingo la tenue forma del altar frente a mí, con una extraña irregularidad. El diario dice que debería haber una estatua de Barrica detrás del altar; tal vez eso es lo que estoy viendo.

Pero a medida que me acerco, aumenta esa clamorosa sensación de equivocación. Busco a tientas las cerillas en el bolsillo y enciendo una con manos temblorosas, con una sensación de malestar que me arde en las entrañas.

Necesito más luz y no se me ocurre qué sacrificar. Con una urgencia que no puedo explicar, dejo caer el resto de las cerillas al suelo y las machaco en la piedra con el tacón de la bota hasta que quedan inservibles. Un instante después, desaparecen cuando los espíritus las aceptan.

Oigo vagamente la voz de Selly desde la entrada, a pocos pasos de mí, aunque es como si hablara desde lejos.

—Leander, ¿qué pasa?

Tiendo la mano hacia los espíritus de fuego que danzan alrededor de la cabeza de la cerilla y, en respuesta a mi contacto,

400

se encienden con alegría, iluminando la escena a mi alrededor antes de que la llama se consuma.

Sin embargo, me basta con un vistazo. Uno de los otros jadea y por fin comprendo lo que estoy viendo.

El altar y la estatua de la diosa están destrozados.

Esto no es posible.

Esto no puede estar pasando.

Avanzo a trompicones y casi tropiezo con un mazo que hay en el suelo, en la base del altar. Me agarro a los bordes de las piedras rotas, con todos los músculos del cuerpo en tensión, para intentar volver a colocarlas en su sitio, pero no consigo moverlas ni un milímetro.

Paso las manos por el altar, por el trozo de estatua que ha caído en medio: uno de los grandes ojos de Barrica me mira fijamente, tallado en la piedra.

Agarro la navaja de Selly, saco la hoja y me la paso por la palma de la mano con un solo movimiento. Llevo toda la vida soñando con este momento, imaginando cómo sería, pero ni siquiera noto el corte. Inclino la mano para dejar que la sangre caiga sobre la piedra rota, con la respiración agitada y entrecortada.

Cierro los ojos y busco a Barrica, busco la oración que siempre me ha permitido conectar con ella. Pero, aunque está aquí, aunque la sentí en cuanto pisé la isla, hay un abismo entre nosotros. Un abismo negro que se traga mi voz.

Lo que antes era una punzada de incomodidad ahora es un alarido en mis oídos, o quizá soy yo quien está gritando.

Siento a Barrica a mi alrededor, pero sin su templo para amplificar mi sacrificio, no puedo canalizar la fuerza de mi fe hacia ella. Busco otra idea con desesperación: ¿debería cortarme un dedo, la mano, debería darle más sangre?

Pero en el fondo de mis entrañas, sé la respuesta.

Todo lo que hemos hecho, todo el camino que hemos recorrido, todos a los que hemos perdido… no significa nada. Hemos llegado demasiado tarde.

SELLY

◆

El Templo de Barrica
Las Islas de los Dioses

E sto no puede estar pasando.

Esto no puede estar pasando.

Leander está de rodillas ante el altar destrozado, emite un sonido aterrador y roto, y no se mueve cuando le llamamos, ni siquiera da señales de oírnos.

Intercambio una mirada con Keegan, cierro los ojos para rezar —*estoy intentando ayudar, por favor, perdóname*— y paso por el umbral. Doy otro paso, y otro, y luego corro, agachándome a su lado para agarrarlo del brazo.

Deja que lo levante, tiene las manos frías y está inexpresivo, y se acerca a trompicones a la entrada mientras lo guío. La luz del sol es cegadora cuando salimos fuera, y los ojos me escuecen y se me llenan de lágrimas. Solo me acuerdo de los cadáveres en el último momento, los aparto de un salto y arrastro a Leander a un lado conmigo. La sangre brota del corte en la palma de su mano, cayendo sobre la tierra recién removida que hay entre nosotros.

Se zafa de mí, tropieza con la linde de los árboles y, apoyándose sobre las rodillas con las manos, vomita.

Me quedo de pie en el centro del claro, mirándole fijamente, intentando sin éxito que mi cerebro entre en acción.

402

No soy de la realeza, solo soy la chica que lo trajo hasta aquí en un barquito, y no tengo ni idea de qué hacer a continuación.

Supongo que debería intentar ponerlo a salvo, llevarlo al *Emma*. Salir de aquí, volver a cruzar el mar hacia la reina. ¿Deberíamos huir? ¿Hay algo más que podamos hacer aquí?

Keegan agarra el diario y recurre a lo que mejor sabe hacer, se sienta en una roca y lo saca para empezar a pasar las páginas en busca de respuestas.

Al final, nuestro príncipe se endereza y se vuelve hacia nosotros, con su piel morena pálida.

—Leander —intento hablarle, dolida por él, siento su dolor como si fuera el mío propio—. Esto no es culpa tuya. No podías saberlo…

—No. —Su voz me pesa como si fuese plomo.

—Pero…

—¿Quieres una lista de todo lo que es culpa mía? —suelta, angustiado.

—Eso es…

—La pérdida de la flota del progreso, y la muerte de todos mis amigos que iban en ella —comienza, afligido—. Los marineros que iban en ella, gente que ni siquiera conocía, murieron por mi culpa. El *Lizabetta*, su capitana, y su tripulación. La embajadora, cada barco al que se le ha confiscado un cargamento en el último año, cada vida que se perderá en esta guerra. Países enteros se perderán, las Tierras Áridas serán solo el principio.

—La guerra es más que… —Pero no ha terminado.

—Todo esto sucede porque las hermanas verdes olieron una oportunidad. Llevan generaciones trabajando para que su pueblo vuelva a la iglesia. Con un dios dormido no resulta fácil, pero por fin empezaban a ganar fuerzas. Nos observaban y veían menos gente en el templo cada mes, y sabían que por fin llegaba el día en que Macean podría despertar. Barrica es la *Centinela*, es lo que hace, y mi familia son sus sirvientes. Mi hermana me eligió a mí para enviarme aquí. Me eligió a mí para fortalecer a mi diosa.

»Esta guerra no debería haber ocurrido, pero pospuse el sacrificio. Y ahora va a despertar, Barrica no será lo bastante fuerte para detenerlo, y vamos a descubrir lo que se siente cuando dos dioses se enfrentan.

Levanta una mano y se frota los ojos húmedos. Quiero dar un paso adelante, ir hacia él. Tomarle las manos, hacerle ver que todo esto es demasiado para que lo soporte un chico solo.

—Pronto nos atraparán —dice en voz baja—. Así que mi acto final tiene que ser asumir la responsabilidad. Por el hecho de que he matado a toda esa gente. He matado a Keegan, que no me ha ofrecido nada más que lealtad inmerecida. Te he matado a ti, Selly. Y primero te he destrozado la vida, y aun así me has salvado, una y otra vez.

Doy un paso hacia él y levanta la mano ensangrentada como si quisiera apartarme, con los ojos húmedos.

—Leander, déjame…

—¡No! —Su voz es como un cuchillo.

Me rodeo con los brazos y me alejo dando tumbos hasta el borde del claro, como si pudiera escapar de este dolor. Me tapo la boca con una mano y me apoyo en uno de los árboles torcidos que nos rodean, dejando que cargue con mi peso mientras mis rodillas amenazan con ceder.

Esto no puede terminar así. Con nosotros rindiéndonos. Con él apartándome.

Hay un desfile de hormigas subiendo por la áspera corteza y quiero decirles que no hay nada en la cima por lo que merezca la pena luchar. Observo sin sentir nada cómo se abren paso con esfuerzo alrededor de un nudo en la madera, y luego dejo que mi mirada se extienda hacia arriba hasta encontrar un hueco entre los árboles y una parte de la cala donde nos espera el *Emma*.

Se balancea anclada junto al barco elegante y silencioso que trajo a la tripulación muerta tras nosotros para destruir este lugar.

Inclino la cabeza y tardo demasiado en comprender lo que veo. Incluso cuando lo consigo, miro fijamente, parpadeo, con la boca seca y la mente cansada, intentando formar las palabras para describirlo.

Hay un tercer barco anclado en la cala.

No puedo ver a nadie moviéndose en él, lo que significa que es probable que ya estén subiendo.

—Leander. —Me giro, ya moviéndome hacia él—. Hay otro barco ahí abajo, Laskia tiene que estar…

Pero, de repente, Keegan se levanta y me interrumpe, con los ojos clavados en el diario que tiene entre las manos.

—«Este es el tipo de lugar en el que me gustaría quedarme para siempre —lee en voz baja, mirando fijamente las palabras de la página mientras yo guardo silencio—. Pero la capitana me llama. Ojalá pudiéramos quedarnos y explorar. No me atrevería a visitar ninguna de las otras islas, donde los otros dioses deben de ser tan fuertes como lo es la mía aquí, pero sería divertido echar un vistazo desde el barco.

»Sobre todo, una parte de mí sueña con visitar la Isla de la Madre. Le he dicho a la capitana que se dice que todos sus hijos están presentes en el templo de la Madre, así que Barrica nos mantendría a salvo, pero ella no quiere saber nada. Las historias dicen que hay un templo en la Isla de la Madre, construido antes que todos los demás. Ojalá pudiéramos verlo, saber quién lo construyó, saber si conocían a sus dioses más de cerca que nosotros hoy en día.

»¿Cómo debió de ser para aquellos primeros adoradores y constructores de templos visitar la isla donde dicen que nacieron los dioses?»

Keegan levanta la vista, como si estuviéramos en una clase y esperara a que nos pusiéramos a su altura. Pero pierde la paciencia en un santiamén, baja el libro y nos mira a cada uno por turnos.

—¿Lo entendéis? —pregunta.

—No lo reconozco. ¿Quién lo ha escrito? —pregunta Leander, su voz es un susurro.

—Es la entrada más reciente —responde Keegan—. Debió de ser tu padre.

—Y dices… —Las palabras de Leander se apagan, la esperanza desesperada lucha con el miedo a equivocarse en su expresivo rostro.

—Estoy diciendo que, a juzgar por este diario, vuestro padre era al menos tan imprudente como tú, Alteza. Imaginaos sugerir visitar la Isla de la Madre en persona. No me extraña que la capitana se negase.

Juraría que Keegan está sonriendo.

—Y también estoy diciendo que, si tiene razón, nos queda una carta por jugar. Pero solo si vivimos lo suficiente como para lograr salir de esta isla.

LASKIA

◆

El Templo de Barrica
Las Islas de los Dioses

Jude sale a trompicones del templo de Barrica y toma una larga bocanada de aire húmedo de la selva.

—Llegaron al altar antes de que... antes de que ocurriera eso —dice, negándose a mirar los cuerpos disecados a mis pies.

Me inclino para estudiar al equipo que envié directamente desde Puerto Naranda, todos tan secos como el polvo, mientras Dasriel explora el claro.

Hicieron su trabajo y destrozaron el altar, pero no pueden decirme dónde está el príncipe, y eso es lo que me hace falta. Con un gruñido, doy una patada de frustración al más cercano: los huesos se deshacen en el interior de la piel marchita, pero la ropa lo mantiene todo unido.

—¿Pudiste ver alguna señal de a dónde fue?

Jude se limita a negar con la cabeza, apretando los labios mientras traga con fuerza.

—La diosa, pues. ¿Crees que ahora está fuera de combate?

Jude extiende las manos con impotencia.

—No es una sacerdotisa, Laskia.

—Claro, pero a ti no te ha dado el golpe que les dio a ellos —respondo, y él me lanza una mirada mordaz. Supongo que se da cuenta de por qué lo envié a comprobar el altar, en lugar de entrar yo misma en el templo.

Quizá la diosa esté fuera de juego, o haya rezado mientras estaba allí para mantenerse a salvo. Preferiría que estuviéramos en la Isla de Macean, donde podría rezar.

Quiero decirle a mi dios lo que hemos hecho: que la Centinela, que ha estado vigilándole todos estos siglos, perderá su fuerza ahora, aflojará las ataduras. Quiero decirle que lo he conseguido. Que yo, Laskia, fui la única lo bastante valiente, lo bastante fuerte, para hacer lo que él había necesitado todos estos años.

Quiero prometerle que después encontraré al príncipe y acabaré con todo lo que se interponga entre él y su regreso, pero no me atrevo a acercarme a él… no aquí. Si aún queda alguna parte de Barrica, una plegaria a su hermano será la mejor forma de llamar su atención.

—¿Alguna señal de que el príncipe haya estado dentro? —pregunto, rechinando los dientes, buscando algo, cualquier cosa. No puedo volver con Ruby y la hermana Beris con un «no lo sé».

Jude duda demasiado para mi gusto antes de negar con la cabeza.

—No hay forma de saberlo.

—Bueno, está en alguna parte —dice Dasriel sin levantar la vista. Los marineros se han quedado en el barco y aquí arriba estamos los tres solos, Dasriel merodea por los bordes del claro como una gran bestia de caza en busca de un rastro.

Mi rabia bulle, traspasa las barreras que intentan mantenerla en su sitio.

—¿Cómo es posible que no estén aquí? —exclamo—. Seguimos el único camino desde la cala. Desde su barco. Es el único camino por el que pueden volver, ¿no?

—¿Deberíamos…? —La voz de Jude se corta, y cuando miro al otro lado, está mirando a los cadáveres.

—¿Deberíamos qué? —exclamo.

—No lo sé. ¿Enterrarlos?

Resoplo.

—Sea cual sea su destino, ya están en camino. Cubrirlos de tierra no cambiará nada. Si quieres hacer algo útil, Jude... —Mi voz se eleva, se agudiza, y cierro las manos en puños. Tengo que estar concentrada. No puedo permitirme perder los estribos—. Si quieres hacer algo útil —vuelvo a intentarlo—, entonces averigua adónde fue tu príncipe.

Pero antes de que tenga la oportunidad de responder, Dasriel se agacha.

—Aquí —retumba.

En un segundo, cruzo el claro y caigo de rodillas sobre la tierra húmeda junto a él.

Con un dedo enorme, golpea el suelo lleno de musgo... y entonces lo veo. Dos gotas de sangre carmesí, frescas.

Puede que no sepamos adónde van. Pero ahora tenemos su rastro.

KEEGAN

◆

Las Aguas Calmas
Las Islas de los Dioses

Estoy cubierto de suciedad, sudor y arañazos, medio trepando y medio dejándome caer colina abajo. Pero estamos casi a nivel del mar, casi en el arrecife.

A mi lado, Selly maldice mientras se agarra a un árbol para frenar, la áspera corteza le corta la mano.

Ya no hay vuelta atrás. Hemos dejado nuestro barco en la parte más alejada de la isla, anclado junto a los botes de la tripulación muerta y los recién llegados; tenemos que suponer que son Laskia, Jude y su mago. Que es el barco que nos siguió desde Puerto Cátaro.

Y tenemos que suponer que en cuanto descubran por dónde nos hemos ido, nos seguirán el rastro. Pero nuestro objetivo está ante nosotros, y no puedo dejar de pensar en alcanzarlo.

Leander grita una advertencia mientras me abro paso a través de una maraña de lianas colgadas entre dos árboles, y salgo del borde de la jungla con demasiado ímpetu.

Ante mí se cierne el borde de un acantilado y me lanzo al suelo en un intento desesperado por parar antes de despeñarme, mientras ruedo con los brazos extendidos para frenarme.

El mundo se arremolina y yo caigo de espaldas sobre la hojarasca, con una pierna colgando al borde del precipicio y la respiración agitada en mis oídos. Dejo que entre y salga mientras contemplo el impecable cielo azul.

Realmente, este es el lugar más bonito en el que he estado. No es una mala elección, si necesitas un lugar donde pasar tu último día.

Selly se arrastra hasta el borde del acantilado y estudia el arrecife que tenemos debajo. Es un caos oscuro cubierto de espuma blanca, la roca apenas se oculta bajo la superficie del agua, curvándose como un dique alrededor de la laguna que parece un espejo que hay dentro. Leander dijo que el diario decía que eran Las Aguas Calmas, y entiendo por qué.

La siguiente isla frente a la nuestra es la Isla de la Madre, más grande que cualquiera de las siete islas dedicadas a sus hijos, que se eleva escarpada hasta un pico oculto en la selva.

—El arrecife estará afiladísimo —nos advierte Selly—. Si se acerca a vuestra piel, os destrozará.

Eso significa que no podemos saltar desde el acantilado y luego subir al arrecife. Tenemos que bajar y esperar que esté lo menos profundo posible para vadear durante todo el trayecto.

—Este es un plan horrible —murmura, mirando por encima del borde del acantilado—. Absolutamente horrible.

—También es nuestro único plan —señala Leander, mirando hacia atrás por encima del hombro.

Así que, uno a uno, bajamos por el acantilado, con los músculos doloridos, los cortes picando, aferrándonos hasta al más pequeño de los salientes.

Cuando llegamos al final, el agua se arremolina alrededor de nuestros tobillos, empapando unas botas que acababan de empezar a secarse.

Selly y yo intercambiamos una mirada, y ella toma la delantera, haciéndole un gesto a Leander para que la siga, mientras yo me pongo en la retaguardia. Ambos entendemos lo que estamos haciendo: poner al frente a nuestra marinera, para que trace el rumbo más seguro, y a mí detrás del príncipe, como escudo contra sus perseguidores. Está tan ensimismado en sus pensamientos que no sé si se ha dado cuenta. Es mejor que así sea, sería horrible que lo supiera.

La nuca me escuece cuando nos ponemos en marcha, y no estoy seguro de si es el sudor del sol que nos azota, o el intento desesperado de mi cuerpo de advertirme de que nuestros cazadores pronto nos tendrán en el punto de mira. Pero al cabo de un par de minutos, con el agua arrastrándose por el arrecife delante de mí y las olas llegando con la regularidad de un reloj que avanza despacio, me veo obligado a concentrarme en colocar los pies. La roca y el coral que hay bajo mis botas son desiguales y están llenos de agujeros que podrían romperme un tobillo.

Más adelante, Selly tropieza al bajar de forma brusca a un tramo que le llega hasta las rodillas y mueve los brazos con frenesí mientras lucha por mantener el equilibrio.

Leander tiende la mano para sostenerla y la retira cuando ella le grita:

—¡No!

Y de repente, salgo del estado de trance casi meditativo en el que me había sumido mientras avanzaba por las piedras.

Ella puede permitirse caer. Él no.

El propósito de la próxima hora de su vida es simple, encontrar un camino seguro para él, y el mío es seguirle de cerca y mantenerme entre él y el peligro.

Así que me permito sumergirme en la concentración una vez más, y centrarme en ese ritmo arrullador. Tal vez debería emplear este tiempo en enumerar las cosas de las que me arrepiento. Pensar en las cosas que me gustaría haberles dicho a mis padres, a mi hermano o a mi hermana, pensar en los libros que no he leído, en las clases de la Biblioteca a las que nunca asistiré.

Tal vez debería estar redactando mentalmente mi testimonio personal sobre este viaje, aunque ningún otro erudito vaya a leerlo jamás, o elaborando una plegaria para mi diosa.

Pero es un día glorioso, en el lugar más hermoso en el que he estado nunca, y la Isla de la Madre se cierne ante nosotros. Puede que seamos los primeros en pisar su suelo en milenios.

Así que, en vez de pensar en eso, miro cómo rompen las olas en el arrecife y cómo se arremolina el agua alrededor de mis tobillos. Y siento el sol en la espalda.

Y simplemente me contento con… ser.

LEANDER

◆

La Isla de la Madre
Las Islas de los Dioses

E stamos a unos dos tercios del camino por el arrecife cuando los veo detrás de nosotros: tres figuras, una más grande que las otras dos. Laskia, Jude y su enorme mago. La brisa es lo bastante ligera como para que pueda oír sus voces cuando las alzan, aunque no consigo distinguir las palabras.

Intento acelerar el ritmo y mantenerme pisándole los talones a Selly, pero la verdad es que no hay forma rápida de hacerlo. Lo único que podría salvarnos es que a ellos les ocurra lo mismo.

De repente, Keegan lanza un grito de advertencia, y me giro, extendiendo los brazos para mantener el equilibrio, agachándome al ver que el gran mago levanta una mano.

Al principio creo que me está señalando y luego, horrorizado, me doy cuenta de que lleva una pistola en la mano. No podemos hacer nada más que mirar, intentar agacharnos, intentar hacernos más pequeños. Veo que Keegan tiembla, y solo está medio agachado, con las manos apoyadas en las rodillas.

—Keegan, agáchate —siseo por encima del suave repiqueteo de las olas.

No se mueve, no mira atrás. Y entonces lo entiendo.

Se está interponiendo entre la bala y yo.

De repente, el agua salpica justo delante de nosotros y, un instante después, un estruendo resuena por toda la laguna.

Keegan murmura algo que podría ser una plegaria, y Selly me llama con voz urgente.

—Leander, tenemos que seguir moviéndonos, ¡no podemos dejar que se acerquen!

Jude también se mueve, salpica al hombre grande con el arma, gritándole algo. Señala la isla que tenemos delante. Laskia se pone de acuerdo, y algo en su lenguaje corporal me hace pensar que le está diciendo al hombre que no dispare.

Vuelve a señalar la isla: cree que tendrán más posibilidades de darnos con su munición limitada cuando estén cerca.

El corazón me da un vuelco y me doy la vuelta para apresurarme a seguir a Selly una vez más; un vistazo atrás me muestra el rostro blanco y contraído de Keegan, con la mirada desenfocada.

Parece mentira que Jude sea uno de nuestros perseguidores, el mismo chico que se sentaba a la mesa con nosotros en el colegio, que reía con nosotros, que era uno de los nuestros.

Me lo imagino, pasándome un lápiz en clase, caminando conmigo por los campos cerca del colegio en busca de... lo he olvidado, un toro, ¿creo?; en medio de alguna travesura o reto. Me veo abriendo una caja de golosinas de casa y ofreciéndole el caramelo pegajoso de tofe que pedí, solo para poder dárselo. Él no recibía paquetes y yo no quería que se las perdiera.

Pero esa era la cuestión, ¿no? Todos teníamos cajas, y él no tenía ninguna, porque por mucho que yo sintiera que era uno de los nuestros, no lo era. Y al final, eso era lo que importaba.

Sin embargo, pensaba que era mi amigo. Si alguien me hubiera dicho entonces que un día me daría caza hasta matarme, habría pensado que había perdido la cabeza.

Cuando vuelvo la vista atrás, el trío está más cerca que antes: están ganando terreno, no me cabe duda.

Están aún más cerca cuando llegamos a los escarpados acantilados de la Isla de la Madre: cada vez que Jude o Laskia corren peligro de perder el equilibrio, el gigante los agarra y los vuelve a poner en pie. Y poco a poco eso les permite acortar distancias.

El corazón me late con fuerza cuando hago un cabestrillo con las manos, haciendo que Selly suba por el acantilado y, tras un breve debate, que Keegan suba, que pesa menos que yo. Los dos me agarran de las manos, las afiladas rocas me cortan la ropa mientras planto el pie en un pequeño saliente y me impulso para trepar por el borde y llegar a la hojarasca podrida que me espera, con los ricos y penetrantes olores a tierra llenándome la nariz.

Estoy hecho un asco, dolorido y sudoroso, pero tenemos que estar cerca. Ya no puedo pensar bien en las miles, decenas de miles, de personas que ni siquiera saben que dependen de nosotros para evitar esta guerra.

Lo único en lo que puedo pensar es en las dos que están conmigo, y en lo que tenemos que hacer para llegar a ese altar.

Tengo la descabellada fantasía de que, de algún modo, escaparán, de que Laskia los perdonará o de que podrán esconderse. Que dejará de buscar cuando me encuentre.

Quiero que Keegan vaya a la Biblioteca, que aprenda, que comparta su cerebro con el mundo.

Y Selly… ay, Selly. Quiero que sea la capitana de un barco. Quiero que resuelva el misterio de sus nuevas y extrañas marcas de maga, y que aprenda a amar a los espíritus como yo lo hago. Quiero que vea el mundo. Quiero que a veces piense en mí.

Y si no conseguimos nada de eso, entonces una pequeña parte de mí, egoísta, quiere que me disparen a mí primero para no tener que verla morir.

Me agarro al tronco de un árbol para evitar resbalar ladera abajo.

—¿Por dónde? —Jadeo, mirando a Keegan, aunque no sé por qué. No hay nada en el diario que informe de que alguien haya venido aquí, solo que mi padre deseaba hacerlo.

Pero me responde con absoluta certeza.

—El templo estará en la cima de la isla. La Madre no podría estar en otro lugar.

Ahogo un gemido. El terreno es tan empinado que no creo que pueda mantenerme en pie, así que no lo intento. Miro por encima del hombro al trío que viene detrás, me pongo a cuatro patas y los tres nos arrastramos por la jungla.

Las lianas se aferran a nuestros brazos y piernas, y los bichos nos pican en cada centímetro de piel expuesta mientras nos abrimos paso a la fuerza, empapando nuestras ropas de sudor.

Me pasé todos esos años guardando el diario de mi padre, sin leer las últimas páginas, porque quería que me quedase algo de él por descubrir. Así soy yo: siempre reservándome algo.

Al fin y al cabo, si no lo doy todo, si no llego hasta el final del camino, si no me esfuerzo al máximo, nunca tendré que saber si soy suficiente. O si no lo soy.

Pero si Keegan no hubiera leído el diario, hubiéramos pasado por alto el templo, esta última oportunidad. Y juro que aprenderé, aunque sea lo último que haga. Aunque lo será.

Ya no hay nada que ocultar. Lo he apostado todo.

Y subimos y nos arrastramos tirando los unos de los otros a través de la maleza y el barro, mientras nos dirigimos a la cima.

JUDE

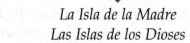

La Isla de la Madre
Las Islas de los Dioses

Esto es una pesadilla.

¿Qué va a hacer cuando lleguemos al templo? ¿Hacer que Dasriel les dispare y luego —mi mente sigue evocando imágenes cada vez más oscuras y extravagantes, con una risa histérica que amenaza con salir de mí— se supone que tengo que ayudar a arrastrar el cuerpo de Leander por esta colina imposible, con la esperanza de que no se me escape y haga que su cadáver ruede hasta el mar, rebotando en los árboles hasta que llegue al agua?

Supongo que, si Dasriel asesina a alguien en tierra sagrada, la Madre nos abatirá antes de que eso ocurra. Y en este día, el más extraño y terrible de mi vida, eso no me parecen malas noticias.

Laskia ha perdido la cabeza, de eso estoy seguro. Y, sin embargo, de algún modo, me escabullo entre la maleza tras ella, camino de ayudar a empezar una guerra. Si me niego, me pegará un tiro y lo hará de todos modos, así que me agarro lo mejor que puedo, con la esperanza de que... la verdad es que no sé lo que espero.

Delante de mí, Dasriel gruñe cuando el suelo se nivela un poco. Estamos sucios, empapados en sudor, llenos de arañazos de ramas mientras nos abrimos paso a la fuerza.

—Quizá no hayan subido —jadeo, sin apenas poder oírme por encima del martilleo de mi corazón.

—Están subiendo —suelta Laskia, hecha polvo—. El templo estará en la cima. ¿Dónde si no estaría para la Madre?

—Laskia, yo...

—¡No! —grita, dándose la vuelta para mirarme fijamente, con los ojos encendidos. Tiene la camisa sucia y el botón superior del chaleco roto—. ¡Ni una palabra, Jude! He llegado demasiado lejos, he hecho demasiado... no pararemos ahora. Escalaremos, lo atraparemos y lo mataremos.

Dasriel no dice nada, pero se agarra a un árbol con una mano y le ofrece la otra, tirando de ella para subir un tramo más empinado. Me deja para que forcejee después y, con los pulmones ardiéndome, lo hago.

Hay algo en el aire; tal vez sea la presencia de los dioses, o simplemente es la humedad y yo soy un estúpido, no lo sé, pero me oprime y me obliga a pensar cada vez más deprisa, como el agua que se precipita hacia una cascada y luego cae en picado.

¿Qué fue lo que dijo mi madre?

Todo el mundo cuenta la misma historia de diferentes maneras. Y la única versión en la que somos el héroe es en la nuestra.

Ojalá supiera cómo encontrar el comienzo de mi historia, cómo desenredar todos los hilos. Cómo rastrearlos desde Puerto Naranda hasta Kirkpool, más allá de la muerte de mi padre, más allá de la escuela, de vuelta al principio.

Ojalá pudiera intentarlo todo otra vez. Lo haría de otra manera.

Pero siempre he dejado que otros empuñasen la pluma; he dejado que pasaran mis páginas sin apenas protestar, que tacharan lo que más importaba, que garabatearan todo lo que yo quería decir y hacer.

Nunca he escrito lo que quería, sino que he dejado que otros eligieran por mí los giros de mi historia.

He dejado que todo me sucediera, comprometiéndome una y otra vez, hasta que he llegado aquí, desesperado por actuar, pero sin ninguna opción.

Delante, Dasriel halla un saliente rocoso, casi como un sendero que rodea el exterior de la montaña.

Cuando me asomo a él, hay una caída en picado a mi derecha, una sentencia de muerte si me resbalo. Muy por debajo se extiende la jungla, el mar, esta parte del mundo tan brillante, tan diferente de los tranquilos campos verdes y la arenisca de Alinor, de las ajetreadas calles de Puerto Naranda.

A mi izquierda hay un muro de piedra por cuyas ranuras corren hilillos de agua y el musgo se adhiere a su desgastada superficie. El camino sube y rodea la montaña en dirección a la cima.

Si Leander y los otros no han encontrado este camino, entonces ahora nos moveremos más rápido que ellos. Podríamos ganar tiempo suficiente como para alcanzarlos.

No pasa mucho tiempo antes de que mi mundo se reduzca al camino que tengo ante mí, mi cuerpo entero vibra de tensión mientras coloco los pies, preparado para forcejear si resbalo. La piedra mojada es traicionera, y el tiempo pierde todo su significado cuando doy un paso, luego otro y luego otro. La verdad es que no estoy seguro de si pasan minutos u horas.

Salgo de mi ensoñación cuando el aire cambia a mi alrededor y una brisa ligera me da en la piel empapada de sudor. Más adelante, Dasriel hace un ruido de sorpresa y Laskia lanza un grito de triunfo. Entonces llego a la curva y, de repente, al final de nuestro saliente rocoso.

Delante de mí, el camino se abre en un espacio despejado entre los árboles, y no hay nada más que cielo azul sobre nosotros.

Hemos llegado a la cima de la montaña.

Aquí no hay ningún templo, solo unas escaleras de piedra que conducen al subsuelo, y mientras los tres nos separamos en abanico, capto un destello de movimiento: alguien baja las escaleras a toda prisa, a punto de desaparecer de nuestra vista.

Dasriel también lo ha visto, y mis excusas ya no le sirven. Levanta el arma, cierra un ojo y extiende la postura mientras apunta con mano firme.

Me quedo paralizado, desesperado por moverme, pero clavado en mi sitio, con la bilis subiéndome por la garganta.

Pero aún me quedan unas cuantas páginas de mi historia por escribir, y soy yo quien elegirá lo que dicen. Aunque esté escribiendo mi propio final.

Levanto la voz al oír el chasquido del seguro al quitarse.

—¡Leander, cuidado!

SELLY

◆

El Templo de la Madre
Las Islas de los Dioses

L a piedra explota sobre mi cabeza, y por un instante
vislumbro una escalera que conduce a lo más profundo del subsuelo; entonces Leander se estrella contra
mí por la espalda.

Gruñe y caemos juntos en una maraña de extremidades;
las paredes de piedra y los escalones se arremolinan y yo extiendo los brazos con desesperación para intentar detener la
caída, pero ni siquiera sé hacia dónde ir. Agacho la cabeza y
rezo, y de repente me estrello contra el suelo de piedra lisa de
la base de los escalones. Leander aterriza encima de mí con
un golpe seco que me deja sin aliento.

Por un momento, no hay nada más que silencio, el esco-
zor de los cortes y las rozaduras, y el dolor agudo que me
dice que mañana estaré cubierta de moratones. Si es que hay
un mañana.

—El arma —jadea Keegan desde algún lugar detrás de
mí, y me doy cuenta de que los dos chicos han caído a la vez,
y seguimos tendidos donde hemos aterrizado, aturdidos—.
Rápido, seguid moviéndoos.

Leander se quita de encima de mí y cae de espaldas con
un gemido, y yo me pongo en pie, le tiendo la mano y lo levanto. Demasiado aturdido como para hablar con propiedad,

hace un gesto con la mano hacia el pasadizo que tiene delante y avanza a trompicones y con desesperación.

De alguna manera, aunque parezca imposible, porque no cabe duda de que estamos bajo tierra, hay luz solar más adelante, a la vuelta de la esquina.

Empujo mi dolorido cuerpo a la carrera, arrastrando los pies por el suelo arenoso del pasadizo mientras me apresuro a pasar junto a él para explorar, esforzándome por oír pasos detrás de nosotros. Entonces, al doblar la esquina, jadeo cuando el templo se abre ante mí.

El Templo de la Madre no tiene nada que ver con el templo de su hija Barrica: está a una escala completamente distinta.

Estoy al borde de una enorme caverna semicircular cavada en la roca negra de la isla. Por un lado, está abierta al mar; la gran boca de la cueva da a la laguna y está protegida por piedras irregulares cubiertas de conchas afiladas y percebes.

El pasadizo nos ha conducido a un balcón elevado sobre el suelo del templo, tan alto como el mástil del *Lizabetta*, y que recorre todo el semicírculo alrededor del borde de la caverna abierta.

Muy abajo hay un amplio altar, y a su alrededor, mirando hacia el mar, una estatua de la Madre, flanqueada por sus hijos a ambos lados, con los brazos extendidos hacia el mundo más allá del templo.

A pesar de la oscura piedra volcánica, el templo está lleno de luz y de vida, la abertura en el lateral de la caverna enmarca la miríada de azules del mar y del cielo y de todo lo que la Madre ha creado.

Miro fijamente el altar, sola con todo por un momento. Se me pone la piel de gallina: esto no es un simple templo de la Madre.

Este es *el* Templo de la Madre.

Leander y Keegan vienen corriendo detrás de mí y me sacan de mi ensoñación. Agarro a nuestro príncipe por el brazo y lo empujo a lo largo del pequeño balcón, manteniéndome entre él y nuestros perseguidores. Enseguida, Keegan entiende lo que quiero hacer y se coloca a mi lado.

Laskia y los demás tienen que estar cerca, pero Jude nos ha dado un respiro, y si conseguimos el tiempo suficiente para hacer el sacrificio...

La voz de Leander me distrae de mis pensamientos, pero habla tan bajo que no le oigo por encima de nuestros pasos.

—Leander, ¿qué pasa?

Se detiene en seco y se vuelve hacia mí.

—No hay forma de bajar —dice, exhalando las palabras más que pronunciándolas.

—¿Qué?

—No hay forma de bajar —repite, y cuando me giro para recorrer con la mirada la longitud del balcón, se me seca la boca y se me revuelven las tripas con una vertiginosa oleada de horror.

Tiene razón.

No hay escaleras que lleven al altar de abajo. No hay rampa, ni siquiera una columna por la que podamos deslizarnos. Solo aire puro.

—Tiene que haber algo —me oigo decir, aunque mis ojos me dicen que no lo hay. Mi voz se eleva y se vuelve estridente—. ¿Cómo puede no haber una forma de bajar?

—Porque se supone que nadie debe venir aquí —susurra mi príncipe, sacudiendo la cabeza despacio, como si pudiera negar sus propias palabras.

—Leander —murmura Keegan a mi lado—. Cuidado.

El hombre enorme con marcas de mago, el que nos lanzó fuego en la posada, se abre paso a través del arco hasta el balcón. Tiene una expresión que recuerda a los truenos y la pistola preparada.

Levanto una mano, como si eso pudiera repelerlo. Ahí está mi brazo, cubierto de las extrañas formas geométricas en las que se han convertido mis marcas de mago. ¿De verdad he buscado mi magia toda mi vida para morir ahora, justo cuando estoy a punto de descubrir por qué es tan diferente, qué significa?

No puedo hacer otra cosa que mirar al hombre enorme mientras levanta lentamente su arma y apunta.

¿Así se sentía mi tripulación en el *Lizabetta*?

Ya no hay movimientos que hacer, ni cartas que jugar. No puedo apartar los ojos del cañón de la pistola, pero no quiero que sea lo último que vea, el último pensamiento que tenga.

Ojalá estuviera en el océano.

Desearía estar en la cubierta de un barco que surca las olas. Ojalá pudiera sentir los espíritus del aire jugueteando con mi pelo, sentir a Leander a mi espalda, ayudándome a sujetar el timón en un día soleado. Ojalá pudiera saborear la sal de la brisa.

Veo el más mínimo movimiento cuando el dedo del hombre empieza a apretar el gatillo, y aparto la mirada del cañón para no tener que mirar. Abro la boca, desearía tener un segundo para hablar, para decirle algo a Leander, a Keegan... y entonces el arma estalla con un estruendo sordo, y el hombre grita, cae de rodillas mientras se agarra los restos de su mano.

Nos quedamos inmóviles, mirando, pero seguimos vivos. Doy medio paso adelante y me detengo, mareada.

—¿Qué ha sido...? —susurro, por encima de los jadeos del grandullón, que gime con cada exhalación y se encorva sobre sí mismo mientras el color desaparece de su rostro.

—La Madre —dice Leander en voz baja—. No lo permitirá. Aquí no.

Sigo mirando al mago encorvado en el suelo cuando Laskia aparece en el pasillo detrás de él. Jude está a su lado: ahora tiene la nariz ensangrentada, un ojo hinchado y el pánico reflejado en la cara.

425

Levanta una mano cuando Laskia se acerca, pasa por delante del mago arrodillado sin mirar hacia abajo, pero él no puede hacer nada para detenerla cuando saca un cuchillo de su cinturón.

—Keegan —murmura Leander desde su posición detrás de mí, con voz distante. Tiene un tono extraño y pausado, como si estuviera pensando en otra cosa—. ¿Estás seguro de que puedo hacer el sacrificio aquí?

—Todo lo seguro que puedo estar —responde Keegan, observando cómo Laskia avanza despacio, ajustando su agarre en la empuñadura del cuchillo—. Todos los dioses están presentes en el templo de su madre.

—Entonces supongo que aquí es donde entra la fe —dice Leander en voz baja.

Laskia se detiene justo fuera de mi alcance, midiéndome; ahora tiene una mirada salvaje, los ojos demasiado abiertos y los labios entreabiertos. Su traje perfectamente entallado está sucio, tiene la piel manchada de suciedad y sudor.

—Leander, córtate la mano otra vez. —No me atrevo a apartar los ojos de Laskia. No podré conseguirle más que unos minutos—. Si puedes hacer que la sangre caiga rápido... —Pero me detengo antes de terminar. Puedo oír cómo suena.

—Este es el Templo de la Madre —dice Leander en voz baja, haciéndose eco de mis pensamientos—. Aquí hace falta algo mucho más grande. Basta de reservas.

Laskia ladea la cabeza; incluso a través de su locura, está claro que ha oído la misma nota extraña en su voz que yo.

—¿Leander? —pregunto con cautela, sin atreverme a girar la cabeza, sin atreverme a apartar los ojos de ella.

—Entregádmelo —escupe Laskia, perdiendo la paciencia.

La mano de Leander se cierra sobre mi hombro y aprieta con suavidad.

—Los dos habéis sacrificado mucho para traerme hasta aquí —dice, en voz baja y tranquila. Hay una serenidad en su

426

voz que nunca antes había oído y me eriza el vello de la nuca—. Lo siento mucho. Habéis dado tanto. Demasiado. Ahora me toca a mí. —Y luego, después de un latido, añade—: Ojalá hubiéramos tenido más tiempo, Selly. Quería enseñarte a bailar.

—¿Qué? —Unos dedos fríos me rodean el corazón y levanto la mano para colocarla sobre la suya, en mi hombro, entrelazando nuestros dedos—. Leander, ¿de qué estás hablando?

—Barrica —dice, su voz se eleva, adquiriendo seguridad con cada palabra—. Te confío mi fe. Te ofrezco mi sacrificio. Hazte fuerte, y mantente firme en tu papel de Centinela. Mantén a Macean atrapado en su sueño y deja que mi pueblo, que todo nuestro pueblo, viva en paz.

Keegan suelta un grito ahogado a mi lado y, cuando Leander retira su mano de la mía, me giro a tiempo de verle apoyándola en el borde del balcón.

Con un movimiento rápido, se sube a la barandilla y se queda de pie, con los brazos abiertos en señal de plegaria.

Se queda inmóvil menos de un segundo, pero yo me abalanzo sobre él, ya en movimiento, antes de que me dé tiempo a pensar.

Las yemas de mis dedos rozan su pierna y agarro el aire mientras Leander se lanza al vacío más allá del balcón.

El grito que me arrancan sale de algún lugar de mi pecho, y Keegan se agarra a mí y me rodea con sus brazos en un abrazo de oso mientras yo corro detrás de Leander. Lucho por quitármelo de encima mientras el momento entre un latido y el siguiente se hace eterno.

Pero sé, incluso cuando se me empaña la vista, incluso antes de que mi grito haya empezado a retumbar, que es demasiado tarde, y por eso me doy la vuelta para enterrar la cara en el pecho de Keegan.

No soporto ver morir a Leander.

LASKIA

◆

El Templo de la Madre
Las Islas de los Dioses

E l tiempo se detiene.

Entre un latido y el siguiente, veo cada cosa que he hecho, cada vez que me he puesto a prueba y Ruby ha cambiado las reglas. Cada vez que confié mis miedos y la hermana Beris asintió y fingió que le importaba.

Vuelvo a oír los susurros, veo las miradas de reojo, y la rabia me invade, se retuerce en mi interior como un fuego que se apodera de mí.

He llegado demasiado lejos, he hecho demasiado, para rendirme ahora.

Les demostraré lo que valgo.

Les demostraré que yo no pierdo.

Dejo caer el cuchillo, me subo a la baranda del balcón y extiendo los brazos, como hizo el príncipe. Me tambaleo en el borde mientras trato de estabilizarme por instinto, y entonces recuerdo que soy completamente libre.

Macean es el dios del riesgo, y con mi fe, con la apuesta de mi propia vida, lo llenaré de poder hasta los topes y lo liberaré.

Él y yo nos liberaremos el uno al otro. Ambos hemos estado apartados de todo lo que merecemos durante demasiado tiempo, él encadenado por Barrica y yo por Ruby, por Beris.

Él me verá, me conocerá y me recompensará.

Él no me defraudará.

—¡Macean! —grito, y en mi voz está todo: la rabia, la devoción, la convicción—. ¡Por ti!

Con un solo movimiento, me lanzo hacia el altar.

Y oigo las olas más allá de la boca del templo, solo por un momento, mientras caigo.

Son hermosas.

SELLY

◆

El Templo de la Madre
Las Islas de los Dioses

—L eander —susurro, balanceándome sobre mis pies. No me atrevo a mirar hacia el altar, no quiero verlo allí tendido, junto a Laskia, ambos destrozados y ensangrentados. Estoy fuera de mí, desconectada de mi propio cuerpo. No recuerdo cómo respirar, cómo pensar.

Pero no puedo dejarlo. No puedo dejar que se vaya.

—Keegan, tenemos que…

Apoya su mano en mi hombro, donde hace un minuto estaba la de Leander. Quiero quitármelo de encima, quiero aferrarme a él.

—Selly, ya está hecho.

—No, tiene que haber algo…

Veo que los espíritus de aire se arremolinan como locos por la estancia, levantando la arena, el polvo y la suciedad en remolinos salvajes, como si captaran mi rabia, mi desconcierto.

Pero esto era lo que teníamos que hacer.

Sabíamos que Laskia nos atraparía, sabíamos que moriríamos cuando lo consiguiese. Solo esperábamos poder hacer el sacrificio primero. Para evitar que los dioses se unieran a la guerra que se nos venía encima.

Pero ahora Leander se ha ido, y me doy cuenta de que nunca imaginé que yo seguiría aquí, y él no. Que habría un momento después de su muerte, y otro, y que yo tendría que sobrevivir a todos ellos sin él. Unos temblores me recorren el cuerpo. Tengo frío, a pesar de que el aire es cálido.

Hay demasiadas cosas que no le dije.

Quería enseñarme a bailar.

Es como si ese pensamiento desencadenara una tormenta de recuerdos: Leander dejando que le pusiera una flor detrás de la oreja el día que nos conocimos, con esa sonrisa suya tan divertida.

Leander maravillado por los espíritus de agua que rodeaban la proa del *Lizabetta* mientras atrapaban el rocío del arcoíris y bailaban para él.

Leander con la mandíbula apretada, agotado después de empujar nuestro barco durante horas, dando lo mejor de sí mismo para arrastrar a Keegan tras nuestra estela y salvarle la vida.

Leander en el mercado, posando con una gorra como las de los repartidores de periódicos para hacerme sonreír. Leander en la discoteca, intentando dejar atrás con desesperación el miedo y la culpa que nadie imaginaba que llevaba dentro. Leander preguntándome si podía besarme.

No debería haber muerto antes de que el mundo supiera quién era de verdad.

—Barrica —susurro, con los dedos clavados en la roca de la barandilla del balcón, el dolor me sirve de ancla.

Ni siquiera sé cuál será mi plegaria, qué quiero decir con ella, pero lanzo las palabras al mismísimo templo con todo lo que tengo. Con una clase de entrega que nunca antes había conocido.

—Barrica, por favor, por favor, no te lo lleves. Es demasiado. Lo necesitamos. —Y entonces, cierro los ojos con fuerza, derribando todos los muros que he construido, dejando atrás

431

todas las veces que he intentado demostrar que no necesito a nadie más que a mí misma—: Yo lo necesito…

Mi plegaria se hunde en un silencio absoluto, que solo queda interrumpido por mi respiración entrecortada.

Y entonces es como si el propio templo respondiera, el aire palpita a mi alrededor. Keegan jadea a mi lado, y yo también lo siento; es como si el fuego crepitara sobre mi piel, la presión a mi alrededor hace que la cabeza me martillee como el momento previo a una tormenta.

Aunque no lo diga, tengo la firme sensación de que una pregunta me asalta la mente, y hago todo lo posible por responderla.

—Por favor —vuelvo a susurrar, dejo que entre a mis pensamientos y se los ofrezco a mi diosa, abro mi corazón, y por primera vez desde que tengo uso de razón, doy lo que hay ahí sin intentar protegerlo—. Por favor. Lo necesito.

Y entonces la sensación desaparece, y no queda nada, solo las olas del exterior y los suaves gemidos del mago gigante de Laskia con la mano destrozada. Había olvidado que estaba allí.

La pérdida de esa sensación abrumadora es como si me golpearan en las piernas, como perder algo que amaba sin avisarme, y me tiemblan las rodillas; creo que grito, pero no sabría decir si el ruido procede de mí.

Y un segundo después, el templo queda bañado por una luz blanca y brillante que me ciega incluso cuando cierro los ojos. Levanto el antebrazo, me encojo contra Keegan mientras me alejo de allí, y su cuerpo tiembla contra el mío.

Es como estar dentro del sol, como si el mismísimo templo estuviese en llamas, y lo único en lo que puedo pensar es en la necesidad de protegerme los ojos, de intentar parpadear con desesperación las formas que se marcan en el interior de mis párpados.

Keegan emite un sonido mudo y, cuando bajo el brazo, la luz empieza a desvanecerse.

Lo primero que veo es a Jude, de pie más allá del balcón. Nuestras miradas se cruzan, pero la suya es imposible de leer a través de la hinchazón y los moratones que brotan por todo su rostro.

Y luego mira hacia otro lado, hacia el centro de la caverna. Hacia donde Leander y Laskia cayeron.

Despacio, temiendo lo que voy a ver, me doy la vuelta.

En el centro de la luz que se desvanece hay una figura que brilla con intensidad: se eleva con los brazos extendidos y el aire resplandece a su alrededor.

Mi mente busca posibilidades como una loca: ¿es la Madre, que ha despertado de algún modo a causa de los sacrificios? ¿Es la propia Barrica que regresa para empuñar las armas?

Pero entonces la figura inclina un poco la cabeza, y el gesto me resulta tan dolorosamente familiar que se me para el corazón.

Es Leander.

Y es *incandescente*.

Está suspendido sobre el altar, en alto gracias a un ejército de espíritus de aire. Extiende los brazos, echa la cabeza hacia atrás, grita y vuelve a gritar, los sonidos crudos se ven interrumpidos por jadeos suaves y desgarradores.

—¡Leander! —grito, luchando por liberarme del agarre de Keegan—. ¡Leander, aquí!

Su cabeza se vuelve, como si me oyera, y el corazón me da un vuelco. Entonces, un viento feroz se eleva a nuestro alrededor, robándome la voz, arrancándome las palabras de la boca y ahogándolas.

Esa extraña y espantosa presión vuelve con la tormenta, la cabeza me palpita al compás del corazón. Unas voces susurran en el límite de mi capacidad auditiva. No puedo pensar, no puedo concentrarme. Solo sé una cosa: un instinto me impulsa a avanzar.

No lo perderé.

—¡Leander! —grito otra vez, tendiéndole las manos—. ¡Por aquí! ¡No te atrevas a dejarme!

Despacio, retorciéndose de dolor, gira la cabeza, levanta una mano en mi dirección.

Intento alcanzarlo desde el borde del balcón, estirándome con todas mis fuerzas, pero está demasiado lejos; tiemblo por el esfuerzo, me tiembla el cuerpo y sigo sin poder llegar hasta él. Está suspendido fuera de mi alcance, con la espalda arqueada y los dedos enroscados en la nada, y sus gritos se vuelven roncos y entrecortados.

Entonces Keegan me agarra de la cintura, me estabiliza, me sujeta con fuerza y, con un gruñido de esfuerzo, me levanta, haciendo fuerza para ayudarme a inclinarme un poco más.

Las yemas de los dedos de Leander rozan las mías, el más leve de los contactos, y un rayo de dolor me atraviesa, cada músculo se me contrae, cada nervio me arde. Con un alarido, Keegan se aleja de mí como si lo hubieran empujado.

Todos mis instintos gritan que me aleje de Leander, pero cuando el fuego amenaza con consumirme, me agarro a su muñeca.

No lo perderé.

Me agarro a él con fuerza y lo acerco, mientras la magia que lo atraviesa empieza a fluir hacia mí. Como un rayo que necesita conectarse a tierra, la energía que lleva dentro necesita una vía de escape, un lugar adonde ir antes de quemarlo por completo.

Y ese lugar soy yo.

No lo dejaré ir.

Nos chocamos, y sus brazos me rodean, y más allá de los matices discordantes de sus gritos sobrenaturales, puedo oírlo, al chico que conozco, el chico que reía y bromeaba y me mostraba sus miedos en la oscuridad de la noche.

Sigue siendo Leander, y no puedo soportar su dolor. Me dejo llevar por mis instintos y, sin pensarlo, tiro de su cabeza hacia abajo y aprieto mis labios contra los suyos. Lo beso con toda la desesperación, con todo el miedo que hay en mí, y también con todo el amor. Es una súplica, una ofrenda y una rendición.

A mi alrededor, el mundo se vuelve blanco y solo siento dolor. No noto el suelo bajo los pies, no veo nada más que claridad, no oigo nada más que el latido de mi propio corazón y un segundo latido que me atraviesa y que sé que es el de Leander, que late al mismo ritmo que el mío.

No puedo —no quiero— dejarlo marchar, y me aferro a él mientras la fuerza bruta que lleva dentro, el don de la diosa, viaja a través de mí y vuelve a la piedra del templo.

Y entonces, en un instante, se acabó.

La tormenta ha pasado, pero el aire sigue siendo espeso y me presiona como si pesase sobre mí. Me separo del beso, con los brazos aún alrededor del chico que tengo delante, jadeando como si hubiera estado corriendo. Me duele el cuerpo, tengo los huesos magullados y me balanceo sobre los pies, pero llevo toda la vida practicando en cubiertas en plena tormenta y me mantengo firme.

Los ojos de Leander ya no son marrones: son de un verde puro, sin una pizca de blanco. Brillan con magia, y pequeños rayos saltan entre nosotros, como las chispas que preceden a una tormenta. Y entonces veo mis brazos y el dorso de mis manos.

Mis nuevas marcas de maga, las que dijo que nunca antes había visto, también brillan, palpitan con suavidad al compás de los latidos de mi corazón.

¿Se hicieron para este momento?

—¿Leander? —murmuro, pero él no responde. Con sus ojos verde esmeralda, ni siquiera sé si me está mirando. Si puede oírme—. Leander, ¿estás ahí?

—Él es... —Keegan apenas susurra—. Selly, creo que él...

—¿Que es qué? ¡Rápido, Keegan!

—Creo que es un Mensajero —consigue decir—. Como el rey Anselm, el primer rey que se sacrificó. Esas historias sobre él convirtiéndose en un guerrero de la diosa, creo que es...

Se detiene, y cuando vuelvo a mirarlo, está mirando hacia el altar. A la chica, que yace allí, inmóvil. Barrica extendió la mano para tocar a Leander, pero Macean no despertó por Laskia. Y quizá otra persona sentiría pena por ella, pero yo no, no con el rastro de muerte que ha dejado: la flota del progreso, el *Lizabetta*, los amigos de Leander y los míos.

Keegan levanta la cabeza y vuelve a mirarme.

—Deberíamos irnos. Deberíamos dejar este lugar.

Leander no parece escuchar nuestra conversación. Mantiene una de mis manos entrelazada con la suya y se da la vuelta, como si fuera a caminar a lo largo del balcón hasta el final, cerca de donde el templo se abre paso a la laguna perfectamente plana, a las Aguas Calmas.

Dejo que me guíe, a la espera de ver qué hace, y aunque no da señales de dar una orden, ni siquiera de ver a su alrededor, la piedra negra que nos rodea empieza a retorcerse y a derretirse.

Recupero el aliento cuando se forma un conjunto de escaleras toscas que descienden desde donde estamos hasta el altar donde yace Laskia, y más allá de ella, a lo largo de un sendero liso y en dirección al mar.

Sin volver a mirarme, Leander desciende, aún tomándome de la mano, y comienza a caminar, medio a trompicones, por ese sendero, avanza hacia el agua.

Cuando llega a la orilla del mar, cuya superficie es lisa como el cristal, da un paso y el mar aguanta su peso como si fuera de piedra. Oigo a Keegan correr tras nosotros, pero no es él quien grita cuando estoy a punto de seguir a Leander a la superficie de las Aguas Calmas.

—¡Leander!

Jude permanece impotente en el balcón, mirándonos.

Me detengo, y Leander se detiene conmigo, emitiendo un suave ruidito de dolor, su agarre en mi mano se tensa mientras inclina la cabeza.

Dudo y miro al chico del balcón, cubierto de sangre y magulladuras. Se supone que es nuestro enemigo. Pero era amigo de Leander. Leander quería ayudarle en Puerto Naranda. Y Jude nos ofreció algo a cambio. Nos advirtió, salvó a Leander de un balazo en la espalda.

—Jude, ven con nosotros —pido—. Rápido.

Su rostro es una agonía de indecisión. Pero justo cuando parece que va a moverse, el gran mago se pone en pie, acunando su mano ensangrentada, y niega con la cabeza.

La expresión de Jude se apaga y vuelve a ocultarse entre las sombras.

Miro hacia el balcón vacío, deseando que vuelva, pero se queda medio escondido. Tras un buen rato, me doy la vuelta para seguir a Leander por encima del agua, a lo largo del camino imposible que ha creado.

Me lleva directamente a la superficie de las Aguas Calmas, y es como si caminara sobre cristal: cuando miro hacia abajo, puedo ver los peces moviéndose bajo mis pies, pero el agua en sí no cede lo más mínimo. Las islas forman un anillo frente a nosotros, unidas por el arrecife para formar una corona de joyas selváticas. Detrás de mí, Keegan susurra algo para sí mismo y, aunque no puedo distinguir las palabras, hay asombro en su tono.

Leander tropieza y yo le tiendo la mano para ayudarle a estabilizarse. El corazón me da un vuelco y entrelazo mis dedos con los suyos.

No sé en qué se ha convertido, o adónde nos lleva, pero sí sé que lo seguiré.

No lo perderé.

No lo dejaré ir.

JUDE

◆

El Templo de la Madre
Las Islas de los Dioses

Todavía podría correr tras ellos. Me oirían, si gritase. Pero Dasriel me observa, acunando su mano destrozada, con la respiración entrecortada por el dolor.

Y Laskia yace bajo nosotros en el altar, al fin quieta, con la cabeza girada hacia un lado y las extremidades extendidas sin miramientos.

Alguien tiene que llevarla a casa. Yo tengo que llevarla a casa. No porque se haya ganado ese tipo de bondad o merezca una dignidad especial. Hace tiempo que renunció a ese derecho.

No. Es porque mi madre sigue en Puerto Naranda y si Dasriel lleva su cuerpo a casa solo, mi madre no volverá a ver a otro médico, nunca sabrá qué fue de mí. Nunca sabrá por qué la dejé morir sola.

Lo más probable es que Ruby haga que me maten de todos modos, pero al menos hay una posibilidad de que me deje marchar. Que me deje desaparecer con mamá, si hago esto por Laskia.

Así que lo haré. No puedo irme con Leander, no después de todo lo que he hecho. Nunca podré unirme a ellos tres, porque nunca podré ser como ellos. Nunca más.

—¿Te vas a quedar ahí parado? —logra decir Dasriel. Su mano (o lo que queda de ella) le ha empapado de sangre la camisa, y creo que se ha atado el cinturón alrededor de la muñeca para detener la hemorragia—. ¿O piensas traerla aquí pronto?

Me dirijo hacia el borde del balcón y, vacilante, pongo un pie en los escalones de piedra que Leander (o en lo que sea que se haya convertido) dejó atrás. No ocurre nada, así que me arriesgo a dar otro paso.

Despacio, con pasos pesados, bajo las escaleras hasta llegar abajo. Laskia no está ensangrentada, ni tan rota como podría haber estado. En todo caso, parece estar durmiendo. No quiero tocarla, y mucho menos intentar levantarla.

Pero este es el camino que me he labrado, y ahora tengo que recorrerlo.

Doy un paso adelante.

Un cambio en la luz hace que me detenga, preguntándome si lo que veo es simplemente el sol saliendo de entre las nubes del exterior. Algún cambio en la luz. Algún… algo.

Pero Dasriel maldice en voz baja en el balcón sobre mí, y sé que él también puede verlo.

Al principio débil, pero cada segundo que pasa se vuelve más brillante, Laskia empieza a brillar con una luz suave, blanca y vibrante, igual que Leander.

Y entonces, mientras permanezco inmóvil al pie de la escalera, ella empieza a moverse. No se parece en nada al suave y grácil ascenso de Leander: se mueve de forma lenta y brusca, como una marioneta con demasiada gente intentando tirar de sus hilos, y emite un ruido, un gemido que le sale de la garganta.

Se pone de rodillas, se balancea y agacha la cabeza.

Entonces me mira y sus ojos son de un verde puro y brillante.

SELLY

◆

El Emma
Kirkpool, Alinor

P uedo ver cómo los espíritus se arremolinan alrededor de Leander, luchando por estar cerca de él.

Ha sido tocado por una diosa, y aunque poco a poco ha ido volviendo en sí a bordo del *Emma*, el chico que ahora está a mi lado al timón no es el que conocía antes.

Aunque han pasado del marrón al verde esmeralda, sus ojos han vuelto a la normalidad, pero se aleja de la luz con un gesto de dolor, se estremece ante el menor de los sonidos, el menor de los movimientos. Está en carne viva y cada parte del mundo le duele. A veces, parece que apenas sabe dónde está o que yo estoy allí. A menos que intente apartarme de su lado, entonces me agarra de la mano y tropieza conmigo, como si la distancia entre nosotros también le causara dolor.

En el *Pequeña Lizabetta*, de camino a Puerto Naranda, Keegan me habló de los Mensajeros. Me dijo que tienden a desaparecer de los libros de historia poco después de su llegada; que el ir y venir suyo es la razón por la que la mayoría de la gente duda de que existieran. Pero ahora creo que puedo ver lo que ocurre, y me niego a dejar que le ocurra a mi príncipe.

Ahora, dondequiera que yo esté, Leander también estará, aunque la mitad del tiempo me atraviese con la mirada. La sonrisa rápida y fácil que me hacía sentir como si estuviera bajo el sol ha desaparecido, pero una parte de él todavía parece conocerme. Está más tranquilo cuando me agarra de la mano y puedo sentir la energía que zumba entre nosotros. No es solo magia. Es algo más.

Estoy anclándolo en el sitio, y ambos podemos sentirlo.

No ha comido en los días que han pasado desde que embarcamos en nuestro pequeño pesquero. Tampoco ha dormido. Creo que ya no lo necesita.

Keegan y yo trabajamos juntos lo mejor que pudimos para dirigir el *Emma* hacia Alinor y fijar su rumbo, pero el viento y los espíritus de agua nos han llevado tan sin esfuerzo que, en realidad, apenas hemos necesitado hacer algo más que ajustar las velas.

Casi siempre estamos juntos en cubierta, yo al timón, Keegan cerca, y Leander siempre a mi lado. Ni siquiera me deja cuando duermo. Simplemente se tumba conmigo, apretujado en la estrecha litera, su cuerpo acurrucado en torno al mío.

A veces me despierto entre sueños extraños e inconexos, estoy segura de que hablamos, pero soy incapaz de recordar nuestras conversaciones. Otras veces tengo pesadillas y veo fragmentos de lo que le atormenta, aunque desaparecen tan pronto como abro los ojos, alejándose como si fuesen polvo.

Me muero por oír su voz. Quiero que parpadee y se despierte, que de repente me mire y se ría, que vuelva a ser él mismo.

Pero, aunque cada día parece un poco más consciente de lo que le rodea, y aunque rara vez me suelta la mano, la persona que más quiero que me consuele en todo el mundo simplemente no está ahí.

Estamos a una legua de la entrada del puerto de Kirkpool cuando divisamos la flotilla en el horizonte. Las cubiertas están abarrotadas de gente. Las banderas ondean en todos los mástiles.

Me recorre un escalofrío de temor, pero Keegan saca el catalejo de la bolsa que hay junto al timón y lo levanta sin esfuerzo. Mira a través de él y luego me lo entrega sin decir nada, tiene una expresión pensativa.

No es un ejército el que viene a recibirnos. Cada barco está repleto de figuras que saludan, muchas de ellas subidas a sus mástiles para vernos mejor. Cada barco tiene una bandera de Alinor izada en alto.

—¿Están todos de nuestra parte? —pregunto, con las tripas apretadas por los nervios.

—Parece que sabían que veníamos —responde Keegan, pensativo—. Barrica es más fuerte de lo que ha sido en siglos. Quizá les habló, como solía hacer antes de la guerra, o les envió una señal.

—¿Crees que saben que es...? —apenas puedo decirlo, miro hacia donde está Leander, a mi lado, con los ojos cerrados y la cara mirando al viento.

Un Mensajero.

Pero para mí es más que eso. Más que el príncipe de Alinor. Más que el Mensajero de una diosa, un chico que sobrevivió a la muerte.

Más que todo eso, sigue siendo solo Leander.

Espero.

LASKIA

◆

El Sirena
El mar Medialuna

Puedo sentir a Macean mientras se remueve en su sueño.

Es como el retumbar de un trueno en el horizonte, y el mero hecho de que pueda sentir la tormenta desde tan lejos es una advertencia de lo fuerte que será cuando por fin me preste toda su atención.

Por ahora, sabe que estoy aquí. Incluso en el más profundo de los sueños, sintió mi fe, percibió mi sacrificio. Fue suficiente para atraerlo de nuevo hacia mí, para que extendiera su mano hacia mí.

Ningún otro creyó como yo, ni ofreció lo que yo estaba dispuesta a ofrecer, y ahora tengo mi recompensa.

Está despertando, y juntos nos alzaremos.

Las hermanas verdes nos servirán, nos adorarán.

Ahora Ruby me verá, en toda mi gloria.

Pero el cuerpo me arde por dentro y no puedo imaginarme hasta qué punto durará su energía para todo lo que quiero hacer. Los músculos me arden con cada movimiento, pero mientras las lágrimas ruedan por mis mejillas y las manos se me enroscan en forma de garras, me mantengo firme.

Necesito lo que él tiene, lo que el príncipe le quitó a esa chica. Necesito a alguien que me sostenga, alguien en quien

pueda verter una parte de esta fuerza que amenaza con arro-
llarme. Debo encontrar a alguien, y pronto.

En los límites de mi visión, los marineros que me rodean
corren por la cubierta como si fuesen hormigas, manteniéndo-
se tan lejos de mí como pueden.

Tienen miedo.

Deberían tenerlo.

AGRADECIMIENTOS

Levo la sal en la sangre. Al igual que Selly, di mis primeros pasos en un barco, con más estabilidad en la cubierta tambaleante que en tierra. Cuando mi hija tenía apenas dos semanas, la llevé al mar para mojarla con una pizca de agua salada. Me alegra que al escribir este libro haya tenido la oportunidad de llevarte a ti, mi lector, al mar también.

Mi padre me enseñó a navegar. Mi madre me ponía chalecos salvavidas y me dejaba a mis anchas para que me lanzara al agua y saliera a flote más veces de las que cualquiera de nosotros podría contar. Mi hermana Flic nunca tenía miedo e hizo que yo quisiera ser igual. A todos aquellos con los que he navegado, gracias. Estar en el agua me ha hecho ser quien soy, y sigue haciéndolo a día de hoy.

En 2013, Marie Lu leyó el primer capítulo de este libro, y cada año, preguntaba para cuándo el resto. Creyó en su existencia. Meg Spooner ha sido un apoyo constante, siempre ahí cuando más la he necesitado para ayudarme o animarme. Muchas amigas han mejorado estas páginas: gracias a C.S., Ellie, Lili, Alex, Nicole, Sooz y Kate.

Con Kate J. Armstrong, presento el podcast *Pub Dates*, en el que se ofrece a los oyentes un pase entre bastidores sobre cómo se hacen los libros, incluido este. Si has disfrutado de la lectura de *Las islas de los dioses*, ¡pásate a escucharlo! Y si quieres estar al día de lo que estoy escribiendo y mis últimos lanzamientos, puedes suscribirte a mi boletín a través de mi sitio web.

Pero ahora, lector, echemos un vistazo a cuántas personas hacen falta para crear un libro; muchas más de las que piensas. Siempre he pensado que los libros deberían tener créditos al final, como en las películas. Vamos a intentarlo.

Estoy profundamente agradecida por la visión editorial de Melanie Nolan, su apoyo y sus consejos. Gracias a todo mi equipo editorial: Gianna, Dana y Rebecca.

Un enorme gracias a mi equipo de campaña: Jules, Elizabeth, Erica y Josh. Gracias a John, Dominique y Adrienne.

Al equipo de encuadernación: Alison, Artie, Tamar, Amy, Renée, Jake, Tim, Natalia, Ken y Angela; gracias. Gracias también al equipo editorial: Gillian, Judith, Erica, Kortney, Joe y Barbara Marcus. A todos, todos, los de ventas (demasiados nombres), estoy muy agradecida por vuestro trabajo para hacer que mis libros lleguen a manos de los lectores. Al equipo de Listening Library, incluido el legendario Nick, ¡gracias por dar vida a mis libros! Gracias a Aykut Aydoğdu por la cubierta de mis sueños.

En lo internacional, gracias al equipo de Allen & Unwin en Australia: Anna, Arundhati, Ginny, Nicola, Eva, Sandra, Simon, Deborah, Matt, Natalie, Alison, Kylie, Liz y Sheralyn. En Reino Unido, gracias al equipo de Rock the Boat: Katie, Shadi, Juliet, Kate, Lucy, Mark, Paul, Laura, Deontaye, Ben y Hayley. Gracias también a los que buscan nuevos talentos, a los agentes, a los editores y a los traductores que están dando vida a *Islas* en todo el mundo.

Estoy muy agradecida a los autores que dedicaron tiempo a leer este libro antes de su publicación e hicieron *blurbs* y mostraron su apoyo: Stephanie Garber, Garth Nix, Brigid Kemmerer, Alexandra Bracken, C. S. Pacat, Kendare Blake, Lynette Noni y Marie Lu.

Estoy infinitamente agradecida a mi agente, Tracey Adams, por su paciencia, su buen humor, su sabiduría y su amistad, así como a todo el equipo de Adams Literary: Josh, Anna y Stephen.

A mi padre y a mi tío Graeme, quienes respondieron a mis oscuras preguntas sobre navegación con paciencia, ¡gracias! También me inspiré en las increíbles fotografías de Allan Villiers. Y como siempre, he tenido la guía de una serie de lectores que me dieron unas experiencias que no eran mías: gracias por vuestro tiempo y cuidado.

Mis amigos me mantuvieron a flote durante la escritura de este libro, gran parte del cual fue durante meses de confinamiento. Hablaba todos los días con mi sabio consejo: Eliza, Ellie, Kate, Lili, Liz, Nicole, Pete y Skye. Selly le dice a Leander que lo llevará a las Islas, aunque tenga que llevarlo navegando ella misma. Algunos días, ellos me llevaban hasta allí.

Con todo mi amor también para mi equipo de Roti, en especial a Emma, que se abrió camino en esta historia para ofrecer un camino seguro cuando más falta hacía, y a quien extrañamos todos los días. Dejadme que añada algunos nombres más; pienso que siempre hay que pecar de agradecido. Así que, a los que aún no he mencionado, mi amor y gratitud: Kacey, Soraya, Nic, Leigh, Maz, Steve, Kiersten, Michelle, Cat, Jay, Johnathan, Jack, Matt, Kat y Gaz.

A los libreros, a los bibliotecarios, a los críticos, a los profesores y a los lectores que compartís mis libros: muchas gracias por vuestro apoyo.

Y, por último, a mi familia. Mi dulce Jack estaba acurrucado a mis pies mientras escribía. Mi marido, Brendan, es mi ancla, el lugar al que siempre vuelvo después de explorar otros mundos. Te quiero. A nuestra hija que es la luz de nuestras vidas: Pip, eres lo mejor de cada día. Has crecido junto a esta historia, y estoy impaciente por descubrir todas las aventuras que nos esperan.